Maardamsviten – böckerna om Van Veeteren i pocket

HÅKAN NESSER

Svalan, katten, rosen, döden

Kriminalroman

ALBERT BONNIERS FÖRLAG

www.albertbonniersforlag.se

ISBN 91-0-058094-5
© Håkan Nesser 2001
Första utgåva 2001
Bonnierpocket 2002
Printed in Denmark
Nørhaven Paperback A/S
Viborg 2002

Att döda en människa tar på sin
höjd en minut.
Att leva ett normalt liv kan ta
sjuttifem år.

Henry Moll, författare

Kefalonia, augusti 1995

1

– I nästa liv vill jag vara ett olivträd.

Hon gjorde en vag åtbörd med handen utåt sluttningarna där skymningen föll hastigt.

– De kan bli flera hundra år har jag hört. Det känns betryggande, tycker inte du det också?

Efteråt skulle han då och då komma att tänka på att just dessa blev hennes sista ord. Detta om olivträden och tryggheten. Det var märkligt. Som om hon ändå bar med sig någonting stort och sublimt till andra sidan. En lyftning, ett spår av en sorts insikt som hon egentligen saknade.

Samtidigt förefoll det honom förstås en smula egendomligt att hon gjort en sådan allmän – och egentligen ganska intetsägande – reflektion, alldeles efter de där fruktansvärda orden som beseglade hennes öde så definitivt. Som ändade hennes liv och gav deras förhållande dess slutgiltiga bestämmelse.

Jag älskar en annan.

Naturligtvis föll det henne aldrig in att det skulle utveckla sig på det viset. Att just detta var den enda utvägen – inte förrän under de sista sekunderna antagligen – men på sätt och vis var det betecknande, både för hennes aningslöshet och för deras samvaro i stort. Det hade ofta hänt att hon inte insett vidden av saker och ting förrän det var för sent. På ett stadium där det var lönlöst att rätta till och där orden – alla ord – redan var förbrukade. Där bara det nakna handlandet återstod, han hade tänkt på det förr.

– Jag har bestämt mig. Jag vet att jag gör dig illa, men vi måste gå skilda vägar från och med nu. Jag älskar en annan.

Sedan tystnad.

Sedan det där med olivträden.

Han svarade inte. Hade hon förväntat sig att han skulle svara?

Det var ingen fråga hon ställt. Bara ett konstaterande. Ett fait accompli. Vad tusan skulle han ha kunnat svara?

Balkongen var inte stor. Sex-åtta kvadratmeter. Ett litet vitt bord med två stolar som såg ut som alla andra plaststolar och alla andra plastbord i hela världen. Likadant med hotellet. Två våningar bara, ingen matsal; knappast en reception ens, de hade köpt resan i sista minuten och inte brytt sig om att välja och vraka.

Olympos. Några minuters promenad upp från stranden, värdinnan hade mustasch och antalet rum låg runt ett dussin, förmodligen under.

Deras brokiga badlakan på tork över räcket. Var sitt glas ouzo, inte mer än en halvmeter mellan dem; hon var nyduschad, brunbränd och fräsch efter en hel eftermiddag på stranden.

En doft av timjan från sluttningen i ohelig allians med lågoktanig bensin nerifrån genomfartsgatan. Det är det hela i stort sett.

Detta och de där orden. Plötsligt börjar en ton ljuda i hans huvud.

Svag och undflyende, ändå ihärdig på något vis. Den hörs som en liten rännil bland cikadorna som gnisslar slött efter en het dag. Låter som flera hundra, är förmodligen inte fler än två eller tre. Han reser sig. Sveper ouzon stående, drar ett par djupa andetag.

Ställer sig bakom henne; flyttar undan hennes hår, lägger händerna på de nakna axlarna.

10

Hon stelnar till. Det är en nästan omärklig spänning, några få muskler bara, men han märker det omedelbart. Hans fingertoppar mot hennes varma hud är känsliga som små seismografer. Han trevar utefter nyckelbenens skarpa kanter. Känner pulsen slå. Hon säger inget. Hennes vänstra hand släpper taget om glaset på bordet. Sedan sitter hon stilla. Som om hon väntade.

Han flyttar händerna in mot halsen. Märker att han får erektion.

En motorcykel med mycket trasig ljuddämpare smattrar förbi nere på gatan. Blodet strömmar till, både i händerna och nere i underlivet.

Nu, tänker han. Nu.

Till en början liknar hennes kamp att slags orgasm, han registrerar denna jämförelse redan medan det ännu pågår. En orgasm? tänker han. Så paradoxalt. Hennes kropp spänns i en båge mellan de bara fotsulorna mot golvet och hans händer om hennes strupe. Plaststolen välter, med vänster hand slår hon ut ouzoglaset, det faller bakåt och landar på en av hans badskor; rullar ett par varv utan att gå sönder. Hon griper om hans handleder, hennes tunna fingrar kramar åt så att knogarna vitnar, men han är den starkare. Den oändligt mycket starkare. Motorcykeln smattrar vidare uppför det smala asfaltbandet mellan olivlundarna, har svängt av från huvudleden uppenbarligen; han kramar åt hårdare, tonen ljuder i hans huvud och erektionen består.

Det tar inte mer än fyrti-femti sekunder, men ögonblicken känns långa. Han tänker inte på någonting särskilt och när hennes kropp plötsligt slappnar av, skiftar han sitt grepp men håller kvar trycket; går ner på knä och böjer sig över henne framifrån. Hennes ögon är vidöppna, kanterna på kontaktlinserna syns tydligt, tungan sticker ut en bit mellan de jämna, vita tänderna. Han funderar hastigt på vad han skall göra med presenten han köpt till hennes födelsedag. Den afrikanska trästatyetten som han hittat nere på marknaden i Argostoli på förmiddagen. En antilop i språnget. Kanske kan han behålla den.

Kanske kommer han att kasta bort den.

Funderar på hur han skall tillbringa de återstående dagarna också, medan han långsamt släpper sitt grepp och rätar på ryggen. Hennes korta klänning har glidit upp och blottar de minimala vita trosorna. Han betraktar hennes mörka triangel som syns tvärs igenom den tunna bomullen, stryker över den med handen ett par gånger och känner på sin stenhårda lem.

Stiger upp. Går ut på toaletten och onanerar. I den mån han känner någonting alls efteråt, känns det märkligt.

Märkligt och lite tomt.

I väntan på den rätta timmen ligger han i mörkret på hotellsängen och röker.

Röker och tänker på sin mor. På hennes oavvisliga mildhet och det egendomliga tomrum av frihet hon lämnade efter sig. *Hans* frihet. Efter hennes död i vintras finns med ens inte hennes blick bakom hans rygg längre. Ingen som ser honom sådan han är hel och hållen, ingen som ringer och hör efter en gång i veckan.

Ingen att skriva semesterkort till och ingen att redovisa för.

Med henne kvar i livet hade en sådan här handling knappast varit möjlig, det vet han med bestämdhet. Inte på det här sättet. Men när blodsbandet klippts har mångt och mycket blivit lättare. På gott och ont, det är som det är.

Lättare men också en smula meningslöst. Det finns ingen riktigt tyngd i honom längre, ingen kärna; han har återkommit till det i tankarna under det halvår som gått. Flera gånger. Plötsligt har livet förlorat sin täthet. Och nu ligger han här på en hotellsäng på en grekisk ö vägg i vägg med alla

12

hemkomsters ö och röker och ser hennes milda men samtidigt stränga ansikte för sitt inre öga, alltmedan hans hustru ligger död ute på balkongen och kallnar. Han har makat in henne mot väggen och lagt en filt över henne, och han kan inte riktigt avgöra om hans mor ändå inte på något outgrundligt vis – i någon förbannad outforskad mening – vet om vad det är som har timat denna kväll. Trots allt.

Det irriterar honom en smula att han inte kan komma till klarhet om detta spörsmål – och inte om hur hon skulle ha ställt sig till vad han just haft för sig denna varma medelhavskväll – och efter tionde eller möjligen elfte cigarretten stiger han upp. Klockan är inte mer än halv ett; kvällslivet på barerna och diskoteken pågår alltjämt för högtryck, det är inte att tänka på att börja forsla ut kroppen ännu. Inte på långa vägar. Han går ut på balkongen och blir stående en stund med händerna på räcket, medan han funderar över hur han skall bära sig åt. Det är ingen enkel uppgift att obemärkt frakta ut en kropp från ett hotell – låt vara litet och undanskymt, låt vara mörklagt – men han är van att ta på sig svåra uppgifter. Ofta kan det till och med stimulera honom; skänka en viss förhöjd livskänsla och just den där förlorade tätheten. Det är sannolikt tack vare denna omständighet han nått så långt som han gjort i sin karriär; han har tänkt på detta också förr, det är ett slags återkommande reflektion. Utmaningen. Spelet. Tätheten.

Han drar in doften från olivlunden i näsborrarna, försöker förnimma den som vore det fråga om världens första olivträd – eller världens äldsta – men det fäster inte. Hennes efterlämnade ord ligger i vägen och cigarretterna har trubbat av luktsinnet ordentligt.

Han går in och hämtar paketet på sängbordet och tänder en till. Sätter sig sedan ute i den vita plaststolen och tänker att de ändå hann vara gifta i nästan åtta år. Det är en femtedel av hans liv och betydligt mer än vad hans mor förutspådde, när han den gången berättade för henne att han hittat en kvinna som han tänkte bruka allvar med. Betydligt mer.

Även om hon aldrig uttryckte sin åsikt så explicit.

När han rökt upp även denna cigarrett lyfter han upp sin döda hustru och bär in henne i rummet. Lägger henne på snedden över dubbelsängen, drar av henne T-shirten och trosorna, får en hastig erektion igen men bryr sig inte om den.

Tur att hon är så lätt, tänker han. Väger just ingenting.

Lyfter upp henne på nytt, placerar henne hängande över axlarna, så som han måste bära henne; han har bara dunkla begrepp om hur rigor mortis egentligen fungerar och när han välter ner henne på sängen igen låter han henne ligga böjd i den U-kurva som hon haft över hans nacke och kraftiga skuldror.

Om hon nu skulle börja stelna.

Tar sedan fram tältet ur garderoben, det lätta nylontältet som han insisterat på att ta med, och börjar svepa det om kroppen. Knyter om med alla de lösa nylonlinorna och konstaterar att det ser riktigt prydligt ut.

Kunde vara en matta eller någonting.

En jättedolmada.

Men det är hans hustru. Naken, död och prydligt paketerad i ett tvåmans vildmarkstält av märket Exploor. Så är det, just så.

Klockan halv tre på natten vaknar han efter en kort slummer. Hotellet verkar försjunket i dov nattsömn, men fortfarande hörs ljud från nattlivet utmed gatan och stråket utefter stranden. Han bestämmer sig för att vänta en timme till.

Exakt sexti minuter. Dricker kaffe för att hålla sig vaken. Natten känns som en bundsförvant.

Hyrbilen är en Ford Fiesta, inte någon av de allra minsta modellerna, och hon får gott och väl plats i bagageutrymmet, dubbelvikt som hon är. Han öppnar luckan med höger hand och lämpar av henne från vänster axel genom att luta sig lite framåt och åt sidan. Stänger luckan, ser sig om och sätter sig bakom ratten. Smärtfritt, tänker han. Inte en människa inom synhåll.

Inte inne i hotellet och inte ute på gatan. Han startar och kör iväg. På sin väg ut ur staden ser han tre levande varelser. En mager kattstackare som går och stryker mot en husvägg och en gatsopare med sin åsna. Ingen av dem tar någon notis om honom. Enkelt, tänker han. Att döda är en enkel sak.

Han har vetat det i teorin i hela sitt liv, nu har han omsatt teorin i praktik. Det föresvävar honom att det är just det som är meningen med livet. Ty människans handlande är Guds tanke.

Ravinen har också föresvävat honom, men det är en osäker minnesbild och han blir tvungen att invänta det första rosa gryningsljuset för att hitta rätt. De passerade den för två dagar sedan på väg över bergen från Sami och östsidan; han minns att hon velat stanna just här för att fotografera, att han gjorde henne till viljes, men att hon hade svårt att hitta de rätta vinklarna för kameraögat.

Nu står de ändå här. Det är bara fråga om en klyfta egentligen, knappast en ravin. En djup kil inuti en hårnålskurva, tretti-fyrti meters nästan lodrätt stup – själva bottnen förlorar sig i ett virrvarr av taggiga buskar och skräp som slängts ut genom nervevade sidofönster av mindre nogräknade bilister.

Han stänger av motorn och kliver ur. Ser sig om. Lyssnar. Klockan är tio minuter över fem; en morgontidig rovfågel hänger absolut stilla över den karga bergsidan i sydväst. Längst nere i V:et mellan två andra steniga branter skymtar en handsbredd av havet.

I övrigt tystnad. Och en tydlig doft av en krydda som han

15

känner igen men inte kan identifiera. Oregano eller timjan, förmodligen. Eller basilika. Han öppnar bagageluckan. Funderar ett ögonblick på om han skall befria henne från tältduken men låter det vara. Ingen kommer någonsin att hitta kroppen därnere och ingen kommer att avkräva honom redovisning för ett tält. Han disponerar bilen ytterligare två dagar och kan kosta på sig ännu en tur till andra sidan. Göra sig av med pinnar, snören och påse i någon annan skreva. Eller i havet.

Ingenting kunde vara enklare. Ingenting.

Han ser sig om ännu en gång. Lyfter ut det stora byltet och häver det ut över det låga räcket. Det studsar mot de branta väggarna ett par gånger, brakar igenom de torra buskarna och försvinner. Rovfågeln tycks reagera på ljudet och rörelsen och flyttar sig till en ny position ett stycke längre västerut.

Han rätar på ryggen. Svårt att föreställa sig att det verkligen är hon, tänker han. Svårt att vara riktigt närvarande i det här.

Tänder en cigarrett. Har rökt så mycket den här natten att det värker i bröstet, men det är av underordnad betydelse. Han sätter sig i bilen och fortsätter upp över bergskammen.

Tolv timmar senare – mitt under den hetaste timmen av siestan – skjuter han upp glasdörren till researrangörens luftkonditionerade kontor invid den stora agoran i Argostoli. Sitter tåligt i den klibbande plaststolen och väntar, medan två överviktiga och översolade kvinnor beskriver oegentligheter på sitt hotell för den blonda, blåkostymerade flickan på andra sidan disken.

När han är ensam med den blonda tar han i med sin vilsnaste röst och förklarar att det är det här med hans hustru.

Att han tappat bort henne.

16

Att hon tycks ha försvunnit. Helt enkelt.

Sent igår kväll, hon skulle gå för att ta ett kvällsdopp; det är förstås möjligt att det har en alldeles naturlig förklaring, men det oroar honom ändå. Hon brukar inte hålla sig borta på det här viset.

Så någonting borde man kanske göra?

Höra efter med något slags myndighet?

Eller sjukhus?

Eller vad gör man?

Flickan bjuder honom på vatten och skakar bekymrat sitt nordiska hår. Hon kommer inte från hans land men de förstår varandra gott ändå. Behöver inte ens tala engelska. När hon vrider sig åt sidan efter telefonen kan han skymta hennes ena bröst ända ner till bröstvårtan och han känner en plötslig ilning.

Och medan hon förgäves försöker få kontakt i telefonen mitt under den hetaste timmen, börjar han fundera över vem den där andra, den som hans hustru talat om, kan vara.

Den som hon påstod att hon älskade.

Maardam, augusti – september 2000

2

Typiskt, tänkte Monica Kammerle när hon lagt på luren. Så jäkla typiskt. Jag hatar henne.

Omedelbart högg samvetet till. Som vanligt. Så fort hon tänkte en negativ tanke om sin mor var det framme och fick henne att skämmas. Samvetet. Den där inre, förebrående rösten som sa åt henne att man inte fick tycka illa om sin mor. Att man måste vara en god dotter och hjälpa istället för att stjälpa.

Stötta varandra istället för att störta varandra, som hon läst i någon flicktidning för flera år sedan. På den tiden hade hon tyckt det låtit så vist att hon klippt ut det och haft det uppnålat ovanför sängen medan de bodde borta på Palitzerlaan.

Numera bodde de på Moerckstraat. Fyrarumslägenheten i Deijkstraakvarteren – med högt i tak och utsikt över Rinderparken och kanalen och Czekarkyrkans grönärgade tak – hade blivit för dyr när de bara var två. Ändå hade de bott kvar i nästan tre år efter pappas död; men till sist var pengarna han lämnat efter sig slut. Naturligtvis. Hon hade vetat hela tiden att de måste flytta, det var ingenting att hymla om. Förr eller senare, det hade aldrig funnits något alternativ. Hennes mor hade förklarat det mycket ingående och ovanligt pedagogiskt både en och två gånger och i våras hade de flyttat hit.

Moerckstraat.

Hon tyckte inte om det.

Inte om namnet på gatan. Inte om den dystra, brunmurriga fastigheten med tre låga våningar. Inte om sitt rum eller lägenheten eller det sterila kvarteret med raka trånga gator och smutsiga bilar och affärer och inte så mycket som ett träd.

Jag är sexton år, hade hon börjat tänka. Gymnasiet tar tre år, sedan flyttar jag härifrån. Sedan får hon klara sig själv.

Samvetet slog an en sträng igen och hon stod kvar vid telefonen medan det klingade ut. Såg ut genom fönstret över kanten på gardinen och betraktade den precis lika smutsbruna fasaden på andra sidan gatan. De smala mörka fönstren som låg i skugga elva timmar av tolv även en ganska solig dag som den här.

Det är synd om människorna, tänkte hon plötsligt. Inte bara om mamma och mig utan om allihop. Varenda kotte. Men ingenting blir bättre för att man inser det.

Hon tyckte om att formulera sådana där små tänkespråk om livet. Inte skriva ner dem, bara hålla dem inne i huvudet en stund och reflektera över dem. Kanske för att det fick henne att se sig själv i ett slags gemenskap med andra. En sorts dyster samhörighet på något vis.

Att hon inte var så annorlunda, trots allt. Att det var så här livet såg ut.

Att hennes mor var precis som andra sextonåriga flickors mödrar och att ensamheten var lika stor för alla och envar.

Och visst kunde hon bli frisk en dag – även om den där tjocka psykologkvinnan knappast låtit som om hon trodde på en sådan utveckling. Snarare fick man försöka hålla det i schack och under kontroll med hjälp av medicinering. Bättre att inte hoppas på för mycket. Bättre att leva med måtta.

Manodepressivitet. Det var så det hette. Och det var *disciplinerad* medicinering hon sagt.

Monica Kammerle suckade. Ryckte på axlarna och letade fram receptet ur pärmen.

Apelsinkyckling med ris och broccolisås.

Kycklingdelarna var redan inköpta och låg i kylskåpet. Resten måste hon handla på Rijkman's. Riset, kryddorna, apelsiner, sallad. Glassorbeten till efterrätt... hon hade antecknat allt och hennes mor hade tvingat henne att repetera hela listan för henne i telefonen.

Manisk, tänkte hon. Ett säkert tecken på att hon befann sig på uppgång i den maniska fasen. Det var väl därför hon missat tåget också, antagligen. Hade varit och sett till graven i Herzenhoeg och dröjt sig kvar för länge, det var inte första gången.

Men förseningen och matfrågan var inget problem. Inte för hennes mamma, inte; det existerade knappast några problem när hon befann sig i det här stadiet. En kort och hög fas, brukade sällan vara mer än någon vecka. Nästan inga hinder för någonting, således.

Och medicinen låg väl kvar här hemma i badrumsskåpet. Som vanligt. Hon behövde inte ens kontrollera saken för att veta.

Vore det inte bättre att inställa middagen? hade hon försökt. Han skulle ju komma klockan åtta, inte hade han lust att vänta på henne ända till klockan halv tolv.

Hennes mor hade förklarat att det hade han visst, det här var saker som en sextonårig oskuld inte kunde göra sig begrepp om. Hon hade redan bestämt saken med honom när han ringde henne på mobilen. Kunde hon nu se till att vara en god dotter och göra vad hennes mor hade bett henne om?

Monica rev lappen ur blocket och letade fram pengar ur hushållskassan. Såg att klockan redan var halv sex och förstod att det gällde att sätta fart om hon inte ville göra sin mors älskare besviken.

Älskare? tänkte hon medan hon knuffade runt varuvagnen mellan hyllorna och försökte hitta rätt. Hon tyckte inte om ordet, men det var så hennes mamma kallade honom.

Min älskare.

Monica tyckte bättre om själva honom än om ordet, faktiskt. Mycket bättre. För en gångs skull.

Tänk om det kunde vara den här gången, fantiserade hon. Tänk om det kunde bli så att de bestämde sig för att verkligen försöka leva tillsammans.

Fast det verkade rätt osannolikt. Såvitt hon visste hade de inte setts mer än ett par gånger, och de flesta brukade hoppa av efter tre eller fyra.

Ändå tillät hon sig den här barnsliga förhoppningen att han skulle stanna hos dem, och hon försökte frammana bilden av honom för sitt inre öga. Rätt lång och kraftig. Runt fyrti antagligen. Gråsprängda tinningar och varma ögon som påminde en liten aning om hennes pappas.

Och så hade han snäll röst, det var kanske det viktigaste. Ja, när hon funderade på det, visste hon att det nästan alltid var så hon bedömde människor.

På rösten. Och på handslaget. Ingetdera gick att förfalska; säkert var det något hon läst i någon annan flicktidning för länge sedan, men det spelade ingen roll. Det stämde, det var huvudsaken. Man kunde ljuga med så mycket annat: med läppar och ögon och gester.

Men aldrig med rösten och sättet man hade att ta i hand.

När det gällde just honom stod de i ovanligt god samklang dessutom, dessa bägge karaktärsmätare: en lugn och mörk stämma där orden fick ha sin rätta tyngd och aldrig hastades fram i brådska – och en hand som var stor och varm och varken tryckte för hårt eller kändes som om den ville dra sig undan. Det var nästan så att det var en njutning att ta honom i hand.

Hon log lite åt sina tankar och riktade uppmärksamheten

mot inköpslistan. Vilken människokännare man är, tänkte hon. Har ju bara träffat honom i sammanlagt tio minuter. Borde bli psykolog eller nånting.

Medan hon preparerade maten började hon som vanligt grubbla över Ensamheten. Med stort E, det var så hon ofta såg den skriven. För att ge den någon sorts extra dignitet antagligen.

Om det skulle gå att bryta den nu när hon började i en ny klass på gymnasiet, eller om det skulle bli likadant. Ensamheten, hennes ende pålitlige följeslagare.

Om det skulle bli så att hon aldrig vågade ta hem kamrater nu heller. Med en mamma som skämde ut både henne och sig själv så fort det kom en ny människa över tröskeln.

Eller som riskerade att göra det i varje fall. Som kunde ligga under en filt i soffan i vardagsrummet mitt på blanka eftermiddagen – med en förskärare och en burk sömntabletter bredvid sig på bordet och högljutt kräva att hennes egen dotter skulle hjälpa henne att ta livet av sig.

Eller flyta omkring i badkaret i halvdött tillstånd bland sina egna spyor och med två tomma vinflaskor på golvet.

Eller på det andra sättet: vara hög som ett hus och börja lära de tolvåriga små flickorna hur man skulle onanera på effektivaste sätt. Eftersom nu sexualundervisningen i skolorna var så usel som den var.

Nej, tänkte hon. Nej, inte mer än tre år till, jag får inte bli likadan.

Och männen. Karlarna som kommit och gått, alltid under de maniska veckorna om höstarna och vårarna, den ene värre än den andre och aldrig någon som hon såg till mer än tre eller fyra gånger. Som sagt.

Utom Henry Schitt – som påstått sig vara författare och som rökte hasch hela dagarna inne på toaletten och ute på balkongen i fyra veckors tid, ända tills hon tog mod till sig

25

och ringde till moster Barbara uppe i Chadow.

Moster Barbara hade naturligtvis inte ingripit personligen, det gjorde hon aldrig. Men hon hade sett till att två socialarbetare kom och kastade ut Henry. Och att hennes syster kom under läkarvård ett par timmar.

Och fick en ny omgång mediciner.

Detta var på våren för ett och ett halvt år sedan och kanske hade det blivit lite bättre efter det. I varje fall så länge inte medicinen fick stå obrukad i badrumsskåpet bara för att hennes mor kände sig alldeles för frisk för att behöva den längre.

Och nu denne Benjamin Kerran.

När hon tänkte på honom, tänkte hon också att det var första gången under dessa år som hon inte hörde skriket efter pappa inne i sitt bröst. Sitt eget skrik inuti sin egen kropp.

Benjamin? Det enda hon egentligen hade att invända emot honom var just namnet. Han var alldeles för stor för att heta Benjamin. Och kraftig och varm och levande. En Benjamin borde vara liten och spinkig med kladdiga glasögon och ansiktet fullt av blemmor och pormaskar. Och dålig andedräkt, precis som den Benjamin Kuhnpomp, som gått en termin i hennes klass i femman, hade haft, och som hon förstod måste vara hennes urbild för alla Benjaminar i hela världen.

Nu stod hon dock här och lagade mat åt en helt annan Benjamin.

En som var hennes mors älskare och som gärna fick bli kvar hos dem så länge han ville.

Vad på Monica ankom, så skulle hon i alla fall göra sitt bästa för att inte avskräcka honom, den saken var klar och det lovade hon sig. Hon kontrollerade temperaturen och sköt in kycklingformen i ugnen. Klockan var inte mer än halv åtta; om hon lät bli att tvätta håret, skulle hon hinna med en dusch innan han kom.

– Inte behöver du sitta och underhålla en gubbe bara för att din mamma blev försenad. Du får inte låta mig hindra dina planer.

Hon skrattade och skrapade upp den sista, rinniga sorbetklicken från tallriken.

– Du är väl ingen gubbe och jag har faktiskt ingenting planerat. Blev du mätt?

Han log och klappade sig på magen.

– Skulle inte få ner ett russin. Är det din mamma som har lärt dig laga mat? Det var verkligen delikat. En gammal ungkarl som jag är inte bortskämd med sådana här anrättningar, det ska du veta.

– Pyttsan, fick hon ur sig och märkte att hon rodnade.

– Nu lägger vi folie över resterna, så kan vi värma upp det till din mamma. Jag tar hand om disken.

– Nej, jag…

– Inga protester. Sätt dig och titta på teve, så sköter jag det här. Eller läs en bok. Förresten, apropå bok…

Han reste sig och gick ut i hallen. Grävde i plastkassen som han lämnat därute på hatthyllan och återkom.

– Varsågod. Som ett litet tack för maten.

Han placerade ett platt, inslaget paket framför henne på bordet.

– Till mig? Varför då?

– Varför inte?

Han började plocka av bordet.

– Du kanske inte tycker om den, men ibland måste man ta en chans.

Hon fingrade över de krusade snörena.

– Ska du inte öppna? Jag har nånting till din mamma också, så hon inte behöver känna sig svartsjuk.

27

Hon vek snöret över hörnet och rev av det vinröda papperet. Fick fram boken och kunde inte hålla tillbaka sin förtjusning.

– Blake! utropade hon. Hur visste du?

Han kom över och ställde sig bakom henne med händerna på stolsryggen.

– Songs of Innocence and of Experience, ja. Jo, jag råkade se att du hade Tyger, Tyger, burning bright på din anslagstavla, det var din mamma som tvingade mig att titta på ditt rum, du får ursäkta intrånget. Hursomhelst tänkte jag att det kanske var en favorit… den är vacker också, med målningarna och allt.

Hon började försiktigt bläddra och när hon såg de mystiska bilderna och den snirkliga pikturen, kände hon plötsligt att tårarna inte var långt borta. För att hålla dem stången reste hon sig och omfamnade honom.

Han skrattade och kramade tillbaka.

– Seså, lilla fröken, det var sannerligen inte mycket. Får jag nu be att ni lämnar mig i fred i köket.

– Du är så snäll. Jag hoppas…

– Vad hoppas du?

– Jag hoppas att det går bra mellan mamma och dig. Du skulle vara så bra för henne… för oss.

Hon hade inte menat att säga det, men nu var det gjort. Han höll henne om axlarna på armslängds avstånd och betraktade henne med ett lite förbryllat uttryck i ansiktet.

– Den som lever får se, sa han.

Sedan makade han ut henne ur köket.

När han kom och satte sig bredvid henne i soffan var klockan tjugo minuter över tio. Det var över en timme tills hennes mor skulle komma. Hon hade börjat titta på en fransk film på teve, men stängt av efter en kvart. Hade tänt läslampan och gått över till Blake istället.

– Läs någonting, bad han.

Hon kände sig plötsligt torr i munnen.

– Min engelska är inte så värst.

– Inte min heller. Jag tycker alla ungdomar talar som infödda britter nuförtiden. Har du någon favorit? Du behöver inte skämmas om du stakar dig.

Hon funderade och bläddrade tillbaka ett par sidor.

– Den här kanske.

– Låt höra.

Hon harklade sig, blundade i två sekunder och satte igång.

> – O Rose thou art sick
> The invisible worm
> That flies in the night
> In the howling storm
>
> Has found out thy bed
> Of crimson joy
> And his dark secret love
> Does thy life destroy

Hon stängde igen boken och väntade på hans reaktion.

– Vackert, sa han. Och sorgligt. Den heter The Sick Rose, eller hur?

Hon nickade.

– Fast den kanske handlar om människor. Jag har förstått att du inte haft det så lätt. Vill du berätta, så lyssnar jag gärna.

Hon visste med ens att det var just precis det hon ville. Men var det lämpligt? tänkte hon. Hur mycket skulle hon berätta i så fall? Och var skulle hon börja?

– Om du inte vill, skall du absolut inte göra det. Vi kan sitta tysta också. Eller prata om fotboll. Eller dåliga teveprogram eller igelkottarnas utsatta situation i dagens samhälle...

– Du liknar min pappa, sa hon och skrattade till. Det gör du faktiskt. Vi brukade sitta i den här soffan och läsa högt för varandra. När jag var liten, alltså, ja, det var förstås han som läste för det mesta... jag satt i hans famn.

Sedan gick det tre sekunder innan hon brast i gråt.

Sedan satte hon sig i hans famn.

Efteråt hade hon svårt att komma ihåg vad de pratat om.

Om de egentligen sagt så mycket, eller om de mest suttit tysta.

Antagligen det senare.

Men hon mindes hans goda lukt. Hon mindes det sträva tyget i hans skjorta och hans jämna, djupa andetag mot hennes rygg. Hans värme och hans starka händer som då och då varligt strök henne över armarna och håret.

Och hon mindes att det var strax efter att den gamla väggpendylen över teven slagit elva som hon kände det där som plötsligt rördes inom henne och som inte borde röras.

Och det som nästan samtidigt rördes hos honom och som var det absolut förbjudna.

3

Han ringde och bad om ursäkt redan nästa dag.

Sent på eftermiddagen; hennes mor var på något slags introduktionsträff för människor som varit borta från arbetslivet under längre tid och som nu skulle slussas tillbaka in i det. Kanske hade hon berättat om det för honom, så han visste när han kunde ringa.

– Förlåt mig, Monica, sa han. Nej, förresten, det behöver du inte göra. Det var oförlåtligt.

Hon visste inte vad hon skulle svara.

– Vi var nog två om det, sa hon.

– Nej, påstod han. Det var mitt fel helt och hållet. Jag förstår inte hur jag kunde låta det hända. Visst var jag lite trött och visst är man inte mer än människa, men herregud, det är ingen ursäkt. Det är nog säkrast att du slipper se mig mer.

Han tystnade och hon tyckte att hon kunde höra hans dåliga samvete i luren.

– Det gick faktiskt inte så långt, påpekade hon. Och jag har väl lite ansvar, jag också. Man är inte ett barn längre när man är sexton år.

– Struntprat, sa han. Jag har ett förhållande med din mor. Det här är sånt man läser om i dåliga veckotidningar.

– Läser du dåliga veckotidningar? sa hon. Det trodde jag inte.

Han skrattade till men avbröt sig.

– Nej, sa han. Men man kanske skulle göra det istället så

31

man lärde sig. Du ska inte behöva råka ut för det fler gånger i alla händelser, det lovar jag dig. Det är nog bäst att jag säger upp bekantskapen med din mamma också på en gång...?

– Nej, sa hon. Nej, gör inte det.

Han dröjde med nästa replik.

– Varför inte?

– Därför att... därför att du är bra för henne. Hon tycker om dig och du tycker ju om henne. Jag tycker också om dig... inte som igår, det var en olyckshändelse.

Han tycktes tveka igen.

– Jag ringde faktiskt för att be om förlåtelse, och... och för att säga att jag tänkte ta konsekvenserna och lämna er i fred bägge två i fortsättningen.

– Du berättade väl inte för mamma?

Han suckade.

– Nej, jag berättade inte för din mamma. Det hade naturligtvis varit mest rakryggat att göra det, men jag vet inte hur hon skulle ta det. Och är man en ynkrygg så är man, du ser vilken skitstövel det är du har att göra med...

– Du är ingen skitstövel. Lägg av, vi var faktiskt två stycken i soffan, jag är inte alldeles otillräknelig.

– Förlåt.

Det blev tyst en stund igen. Hon märkte att tankarna for omkring i huvudet på henne som en svärm yra gråsparvar.

– Jag tycker i alla fall du tar lite för lätt på det här, sa han till slut. Vi kanske borde träffas och prata igenom det ordentligt.

Hon funderade.

– Varför inte? sa hon. Det skadar väl inte. När och var?

– När har du tid?

– När som helst. Skolan börjar inte förrän i nästa vecka.

Han föreslog en promenad i Wollerimsparken följande kväll och hon tyckte det lät som en god idé.

32

Denna följande kväll var en onsdag och en av de varmaste under hela sommaren. Efter en ganska kort promenad slog de sig ner på en bänk under ett av de nedhängande pilträden invid kanalen och samtalade i över en timme. Efteråt gick de en vandring genom stan. Längs Langgraacht, genom Landsloorn och ut till Megsje Bojs. Hon var den som pratade mest. Berättade om sin barndom, om sin pappas död, om sin mamma. Om svårigheterna i skolan och väninnorna som inte gjort annat än svikit. Han lyssnade och ställde frågor. När de vek in på en av vandringslederna i skogen, tog hon honom under armen; när de kommit lite längre in, där det inte längre fanns några lyktor, lade han ena handen på hennes axel, och någon gång strax före midnatt kunde hon konstatera att de blivit ett älskande par på riktigt.

På något vis fortsatte det.

Efter kvällen och natten ute i Megsje Bojs hörde han inte av sig på nästan fyra dygn. Inte förrän sent på söndagskvällen när hon återigen var ensam hemma. På nytt bad han om ursäkt, förklarade att det var oförlåtligt och att det som de höll på med måste få ett slut innan det tog en ände med förskräckelse.

De pratade fram och tillbaka i tio minuter, gjorde sedan upp om att träffas en sista gång och reda ut allting. På tisdagen hämtade han henne efter skolan, de åkte ut till havet i hans bil och efter en lång promenad längs stranden älskade de i en grop inne bland dynerna.

När de skildes åt nämnde ingen av dem ett ord om att avbryta vad det nu var som pågick, och under de första skolveckorna var han på besök hos dem på Moerckstraat två gånger. Bägge gångerna sov han över tillsammans med hennes mor, och i den lyhörda lägenheten kunde hon höra dem älska till långt in på morgontimmarna.

Men hon visste att han en dag skulle komma tillbaka till

33

henne. Det är inte klokt, tänkte hon. Det här är rena rama vansinnet.

Men hon gjorde ingenting, absolut ingenting, för att få ett slut på det.

Inte ännu.

Skolan blev som den blev. Hennes förhoppningar om att det skulle komma en förändring, att hon skulle få en ny chans i och med att hon började i gymnasiet, grusades snart.

I det ärevördiga gamla Bungeläroverket – där också hennes pappa hade gått en gång i tiden, för övrigt – hamnade hon visserligen i en klass med övervägande nya och okända ansikten.

Men där fanns några bekanta också, och det dröjde inte många dagar, förrän hon förstod att dessa gamla så kallade vänner och väninnor från Deijkstraaskolan bestämt sig för att hålla henne kvar i den roll som nu en gång för alla tillkom henne. Som de skurit ut och avpassat bara för henne.

Det var inte svårt att läsa i de nya ansiktena att de nog visste om ett och annat. Att de hört en del fast det bara gått några dagar av terminen. Hur hon hade det och hur det stod till med hennes mor, till exempel. Historien om spyorna och badkaret, som hon anförtrott en mycket pålitlig väninna för ett par år sedan, var på intet vis uttjänt bara för att hon bytt skola. Inte heller den allmänt spridda onanilektionen. Snarare tycktes ryktena ha fått ny luft under vingarna.

Man visste vad man visste, således. Att Monica Kammerle var en smula egen. Undra på. Med den morsan. Det var som det var, inte så konstigt om hon föredrog att hålla sig för sig själv, den stackarn.

Och när hon tänkte på Benjamin och på vad som pågick i hennes hem, kunde hon inte gärna göra annat än att ge dem rätt.

34

Visst var hon konstig. Inte var hon som andra.

Inte hon själv och inte hennes mor heller.

Kanske inte ens Benjamin. När hon älskat med honom för tredje gången – hemma på Moerckstraat en förmiddag då hennes mamma var på sin arbetslivskurs och då hon själv passade på att skolka från en idrottsdag – slog det henne hur lite hon egentligen visste om honom.

Hans namn. Benjamin Kerran.

Hans ålder. Trettinio. Precis lika gammal som hennes pappa skulle ha varit och ett år yngre än hennes mamma. Det lite gråsprängda i Benjamins tinningar gjorde att de flesta nog skulle ha tagit honom för lite äldre. Några och fyrti, kanske.

Yrke? Det visste hon inte riktigt. Han jobbade med någonting inom stadförvaltningen. Hon kunde inte minnas att han preciserat det bättre än så.

Bostad? Ingen aning. Nog var det befängt att hon inte ens hade reda på var han bodde. De hade aldrig träffats hemma hos honom – bara utomhus, eller hemma på Moerckstraat när hennes mor var ur vägen. Nog var det lite konstigt att de inte utnyttjat hans bostad en enda gång, om det nu var så att han bodde ensam? Hon bestämde sig för att ta reda på hans adress så snart de sågs igen. I telefonkatalogen stod han inte, det hade hon kontrollerat så snart hon började fundera över frågan.

I och för sig kunde hon väl be sin mor om uppgifter också. Monica hade naturligtvis legitima skäl att få veta ett och annat om hennes älskare under alla förhållanden.

Under förhållanden som var lite normalare än de här.

Och om hans liv? Vad visste hon om hans liv?

Nästan ingenting. Han hade varit gift en gång, det hade han berättat, men det var längesen tydligen. Någonting om några barn hade han aldrig nämnt.

Så det fanns väl inga, antog Monica Kammerle.

Egendomligt, tänkte hon. Egendomligt att jag vet så lite om den ende älskare jag haft i mitt liv. Och har.

Samtidigt insåg hon att det egentligen inte var särskilt underligt. Det allt överskuggande samtalsämnet mellan dem hade alltid varit hon själv. Varje gång de träffats.

Monica Kammerle. Monica Kammerles barndom och uppväxt. Hennes mamma och pappa. Hennes lärare, hennes gamla falska väninnor, hennes favoritsysselsättningar och favoritböcker. Hennes funderingar om allt mellan himmel och jord och om hur det kändes för henne när han rörde vid henne på det ena eller andra sättet. Och när han var inuti henne.

Men om honom? Ingenting. Det var knappast hans fel. Hon tyckte om att prata och hon tyckte om att han lyssnade. Ville man vara alldeles uppriktig, kunde man nog konstatera att hon inte var mycket mer än en självupptagen sextonåring, som gillade att stirra in i sin egen navel och aldrig såg längre än dit näsan räckte.

Å andra sidan hade hon inte haft någon riktig lyssnare sedan pappa dog. Det var som det var; man har de behov man har, tänkte hon, och fick man en möjlighet att tillfredsställa dem, så gjorde man förstås det.

Förutom företeelsen Monica Kammerle fanns det egentligen bara ett annat samtalsämne som de ägnade tid åt att penetrera.

Förhållandet.

Själva det förbjudna faktumet att hon hade samma älskare som sin mor. Att hon, Monica Kammerle, 16 år gammal, och han, Benjamin Kerran, 39, faktiskt ägnade sig åt att *knulla* med varandra. Framifrån och bakifrån. Med munnar och tungor och händer och allt möjligt. Knullade som bara fan. Hon märkte snart att hon upplevde det med ett slags skräckblandad förtjusning, en lätt upphetsande förfäran, så fort de började tala om det.

36

Som om de hade uppfunnit det. Som om inga andra människor kände till att man kunde göra så.

Eller som om själva detta att sätta ord på allt det fula gjorde att det på något sätt blev tillåtet. Genom att de talade om det. Hon var ganska säker på att han upplevde det på samma sätt som hon.

Vi vet så väl att vi gör fel, därför kan vi tillåta oss det, sa han en gång.

Därför kan vi tillåta oss det?

Till en början trodde hon på det.

Till en början var hon egentligen bara ett motståndslöst offer i hans armar, hon var inte dummare än att hon begrep det också.

För hon tyckte om det han gjorde med henne. Allt, nästan allt.

Och hon tyckte om det han lät henne göra med honom. Och att han tyckte om det.

Det finns andra kulturer, berättade han en annan gång, kulturer där man inviger unga flickor i kärlekslivet genom att låta dem vara tillsammans med vuxna, erfarna män. Det är kanske ingen dum idé.

Monica Kammerle höll med. Säkert ingen dum idé.

Efter en natt då han sovit över hos hennes mor men givit sig av före gryningen, anförtrodde hon sin dotter över frukostbordet att Benjamin nog var den bäste älskare hon haft.

Monica var böjd att hålla med, men sa ingenting. Utan tvivel hade Benjamin ett starkt och gott inflytande på hennes mor, det gick inte att undgå att lägga märke till det. Den maniska uppgång som varit på väg under slutet av augusti hade kommit av sig. Hon skötte medicinerandet regelbundet – såvitt Monica kunde bedöma när hon tittade i badrumsskåpet – och hon verkade både friskare och mer harmonisk än Monica mindes att hon varit vid något enda tillfälle efter pappas död.

Hon gick till sin arbetsträningsterapi fyra dagar i veckan, hon lagade mat och handlade och skötte tvätten. Nästan som en vanlig mor. Det hade aldrig tidigare hänt att hon varit så uthållig och koncentrerad. Inte som Monica kunde erinra sig i varje fall.

Så peppar, peppar, tänkte hon. Det kanske är vansinne det vi håller på med, men vi är väl liksom en annan kultur.

Hon log åt den tanken och tänkte att hennes klasskamrater skulle bara veta.

Behovet att anförtro sig, att berätta för åtminstone någon, dök upp några dagar senare; närmare bestämt den där tidiga morgonen när han lämnade hennes mor i sovrummet och kom över till henne istället.

Det var mellan en tisdag och en onsdag i början av september. Strax efter klockan fem. Benjamin och hennes mor hade, om hon uppfattat det rätt, varit på en utflykt ut till Behrensee och återvänt hem ganska sent. Hon hade redan legat och sovit när de kom tillbaka, hade bara ett svagt minne av hon hört dem i hallen.

Hon vaknade av att han smekte hennes ena bröstvårta. Han höll ett varnande finger över munnen och tecknade med huvudet bort mot sovrummet. Tog hennes hand, lät henne känna på hans stenhårda lem och såg frågande på henne.

Där fanns någonting hungrigt i hans blick, såg hon, och samtidigt någonting nästan hundlikt vädjande.

Och trots att hon bara var sexton år – och oskuld så sent som för arton dagar sedan – så läste hon under denna korta sekund i dessa glansiga ögon varningen om den balansakt som gömmer sig i den kroppsliga kärleken. Erfor – trots att hon ännu inte var riktigt vaken – en glasklar insikt om vilka avgrunder som lurade under de mest försynta beröringar och ögonkast.

Så snart någonting gick fel. Och hur lätt det kunde gå fel.

Hon tvekade en sekund. Såg efter att han åtminstone stängt dörren ordentligt. Nickade och lät honom tränga in i henne bakifrån.

Det gjorde ont, var inte alls som vanligt. Hon hade inte varit beredd, det sved och han var betydligt mer hårdhänt än han brukade vara. Verkade bara vara inriktad på sitt eget behov, och efter någon minut sprutade han hennes rygg full utan att hon ens varit i närheten av en orgasm.

Utan att hon fått ett uns av njutning.

Han mumlade förlåt och återvände till sovrummet. Nej, det var inte alls som vanligt, och för första gången kände hon hur ett våldsamt äckel sköt upp inuti henne.

Skulle väl säga åt henne att han varit på muggen bara, tänkte hon. Om hon nu råkat vakna, hennes mor. Fy fan.

Hon kom ur sängen. Stapplade ut till toaletten och kräktes tills hon kände sig alldeles tom inombords. Duschade och duschade och duschade.

His dark secret love, does thy life destroy, tänkte hon. Nej, det här går inte längre. Inte om jag inte får tala med någon.

4

– Kan ni säga mig vad det här är för någonting?

Den unge expediten log nervöst och fingrade över mustaschen. Van Veeteren torkade av disken med kavajärmen och placerade föremålet mitt på den skinande blanka ytan. Ynglingen böjde sig först framåt, men när han blev varse vad det var frågan om rätade han på ryggen och spädde på leendet.

– Naturligtvis. En olivkärna.

Van Veeteren höjde ett ögonbryn.

– Verkligen? Är ni alldeles säker på det?

– Naturligtvis.

Han plockade försiktigt upp kärnan mellan tumme och pekfinger och granskade den.

– Inget tvivel. En olivkärna.

– Bra, sa Van Veeteren. Då är vi överens så långt.

Han drog försiktigt upp den ihoprullade näsduken ur fickan och vecklade omständligt ut den.

– Och det här?

Av allt att döma tänkte den unge mannen ägna även detta föremål en noggrannare okulärbesiktning, men av någon anledning ångrade han sig halvvägs. Blev stående halvt framåtböjd med ett fånigt uttryck i det fräkniga ansiktet.

– Ser ut som en plomb.

– Exakt! utropade Van Veeteren, och jämkade samman olivkärnan med den lilla mörka metallklumpen så att de kom att ligga bredvid varandra på disken med bara någon centimeters mellanrum. Och får jag nu fråga, om ni har nå-

40

gon aning om vem det är ni har det stora nöjet att stå och samspråka med en skön septembereftermiddag som den här?

Expediten försökte sig på ett nytt leende men det fick inte fäste. Han flackade ett par gånger med blicken mellan skyltfönstret och dörren, som om han hoppades på att någon lite normalare kund skulle dyka upp och lätta på den spända atmosfären i butiken. Ingen sådan behagade dock anmäla sig, så han körde händerna i fickorna på sin vita rock och försökte se lite karskare ut.

– Givetvis. Ni är kommissarie Van Veeteren. Vart vill ni komma?

– Vart jag vill komma? returnerade Van Veeteren. Jo, det skall jag tala om för er. Jag vill komma till Rom och det tänker jag förbanne mig se till att göra också. Redan imorgon bitti, närmare bestämt, då jag har en avgång bokad från Sechshafen. Emellertid måste jag säga att jag hade för avsikt att anträda min resa på bästa sätt, nämligen med alla tänderna i behåll.

– Tänderna?

– Tänderna. För övrigt är det korrekt att jag heter Van Veeteren, men beträffande mitt yrke vill jag göra er uppmärksam på att jag slutade inom poliskåren för flera år sedan.

– Naturligtvis, nickade ynglingen undergivet. Men det sägs ju att ni rycker in då och då.

Rycker in? tänkte Van Veeteren och tappade koncentrationen för ett ögonblick. Sägs det att jag rycker in? Vad fan…?

Han försökte sig på en hastig summering av de fyra år som gått sedan han lämnade in sin avskedsansökan till Hiller – den som polischefen sedan på eget bevåg omvandlat till någon sorts permanent tjänstledighetsöverenskommelse som det knappast fanns täckning för i reglementet – för att utröna om det verkligen förhöll sig som den här rödfjunige unge mannen stod och påstod.

Att han ryckte in? Att han hade svårt att hålla sig borta? Tre-fyra gånger, kom han fram till. Fem-sex kanske, det berodde på hur man räknade.

Mer var det inte. En eller ett par gånger om året. Inte mycket att tala om således, och det hade aldrig varit han själv som tagit initiativet. Mer än någon enstaka gång möjligen. Oftast hade det varit Münster eller Reinhart som låtit antyda någonting över en öl på Adenaar's eller Kraus. Kommit med en liten försåtlig fråga eller bett om ett råd. Berättat att man kört fast i nånting.

Bett om hjälp, helt enkelt, ja, det var så det var. Ibland hade han avböjt, ibland hade han blivit intresserad. Men *ryckt in?* Nej, det var mycket sagt. Sannerligen en överdrift; något polisarbete i egentlig mening hade han inte hemfallit åt efter att han blivit bokhandlare, där var hans samvete lika vitt som både oskuld och arsenik.

Han blängde på expediten, som stod och trampade och verkade ha svårt att bemästra tystnaden. Van Veeteren själv hade aldrig haft svårt att bemästra tystnaden. Tvärtom, den var en gammal bundsförvant och ibland kunde den nästan kännas som ett vapen.

– Struntprat, sa han till slut. Jag arbetar med gamla böcker borta på Krantzes antikvariat. Punkt, slut. Men nu var det inte mina personliga förehavanden det gällde, utan den här olivkärnan.

– Jag förstår, sa expediten.

– Och den här plomben.

– Ja?

– Ni vidhåller att ni känner igen mig?

– Eh... javisst.

– Vidhåller ni också att ni sålde en smörgås till mig imorse?

Expediten drog ett djupt andetag som för att hämta kraft.

– Som jag gjort varje morgon under något år, ja.

– Inte varje, korrigerade Van Veeteren. Långt därifrån. Låt oss säga tre av fem, och knappast under så lång tid heller, eftersom jag brukade handla hos Semmelmann's ända fram till i januari när dom slog igen. Jag tvivlar på att jag skulle ha råkat ut för samma sak hos dom, för övrigt.

Ynglingen nickade undergivet och tvekade.

– Men vad tusan... vad gäller saken egentligen? pressade han fram medan rodnaden åter började skjuta upp ovanför skjortkragen.

– Innehållet i smörgåsen förstås, sa Van Veeteren.

– Innehållet?

– Exakt. Enligt vad ni uppgav och enligt vad jag förväntade mig sålde ni imorse till mig en lunchsmörgås med ett pålägg bestående av mozzarellaost... buffelmjölk, naturligtvis... gurka, soltorkade tomater, färsk basilika, lök, rosésallad och urkärnade grekiska oliver.

Rodnaden slog ut som en soluppgång i ansiktet på expediten.

– Jag upprepar: *urkärnade* oliver!

Med en behärskad gest gjorde Van Veeteren ynglingen uppmärksam på de små föremålen på disken. Ynglingen harklade sig och knäppte händerna framför sig.

– Jag förstår. Vi beklagar givetvis, och om det är så att...

– Det är så att, bekräftade Van Veeteren. Närmare bestämt är det så att jag nödgats beställa tid hos tandläkare Schenk på Meijkstraat. En av de dyraste i hela stan beklagligtvis, men eftersom jag reser imorgon hade jag inget val. Jag ville bara underrätta er om sakernas tillstånd, så ni inte blir förvånade när räkningen dyker upp.

– Givetvis. Min far...

– Jag tror säkert att ni kommer att kunna förklara det här på ett övertygande sätt för er far, men nu får ni ursäkta mig, jag har faktiskt inte tid att stå och dividera här längre. Ni

43

kan behålla både kärnan och plomben. Som ett minne och en liten påminnelse, jag har inte användning för någon av dem längre. Tack och farväl.

– Tack, tack, stammade ynglingen. På återseende, får vi väl hoppas?

– Jag skall ta det under övervägande, sa Van Veeteren och klev ut i solskenet.

Under återstoden av eftermiddagen satt han i det inre rummet av antikvariatet och arbetade. Besvarade elva sökningar från boklådor och bibliotek – åtta negativt, tre positivt. Förtecknade en samling kartblad som Krantze hittat i en källare i gamla stan i Prag (hur han nu lyckats genomföra en sådan resa och dessutom ta sig ner i en källare: fullbelupen av reumatism, ischias, kärlkramp och kronisk bronkit). Började märka och sortera in fyra kassar varia som kommit in från ett dödsbo samma morgon och som kostat mindre än en spottstyver.

De fåtaliga kunder som kom in lät han ströva fritt mellan hyllorna och den enda transaktionen bestod av ett halvdussin gamla kriminalromaner, som han tog ut ett ganska gott pris för av en tysk turist. Klockan kvart över fem ringde Ulrike och frågade när han skulle komma hem. Han berättade historien om olivkärnan och plomben och tyckte att hon uppskattade den lite över hövan mycket. De gjorde upp om att ses på Adenaar's vid sjutiden – eller så snart han tagit sig upp ur tandläkarstolen. Ingen av dem hade någon överdriven lust att laga mat kvällen före en resa, och förresten var det väl inte alldeles säkert att han kunde börja tugga med det nya garnityret på en gång.

– Det är inte fråga om ett garnityr, påpekade Van Veeteren. Det är en plomb.

– De brukar ha god soppa på Adenaar's, erinrade sig Ulrike Fremdli.

– Ölen brukar gå att få ner, sa Van Veeteren. Soppan vet jag ingenting om.

När de lagt på blev han sittande med händerna knäppta bakom nacken en stund. Märkte plötsligt att någonting varmt svirrade inuti honom, vad det nu kunde vara. En lågmäld, knappt märkbar känsla, men ändå?

Lycka?

Ordet sprack av sin egen präktighet, och snart hade både det ena och det andra dykt upp. Nej, inte lycka, korrigerade han. Så fan heller. Men det kunde varit värre. Och det fanns andra liv som var mer bortkastade än hans.

Sedan började han fundera över relativismen. Över om andra människors olycka i själva verket gjorde hans egen större eller mindre – över om det faktiskt var så fattigt och snålt inrättat i världen att denna relativism var den enda grunden för att bedöma gott och ont, och sedan var det någon som försökte påkalla hans uppmärksamhet...

Ett par simulerade hostningar och ett försiktigt "hallå" hördes utifrån det yttre rummet. Han övervägde hastigt om han skulle ge sig till känna eller inte. Reste sig ur stolen och erkände sin närvaro.

Sex månader senare kunde han fortfarande inte bestämma sig för om det varit ett riktigt beslut.

Mannen var i trettiårsåldern. Lång och mager och med ett ansikte som gjorde sitt bästa för att inte synas bakom lång lugg, mörkt skägg och glasögon. En lätt nervositet tycktes omge honom som en dålig kroppslukt, och Van Veeteren fick en hastig association till en misstänkt som försöker samla ihop sig inför ett avgörande förhör.

– Jaha? sa han. Kan jag hjälpa er med någonting?

– Jag hoppas det, sa mannen och sträckte fram handen. Om ni heter Van Veeteren, vill säga. Mitt namn är Gassel. Tomas Gassel.

Van Veeteren hälsade och bekräftade att han var den han var.

– Ni måste förlåta mig för att jag tar kontakt med er på det här viset. Mitt ärende är lite delikat. Har ni tid en stund?

Van Veeteren såg på klockan.

– Egentligen inte, sa han. Jag har ett tandläkarbesök om en halvtimme. Stod just i begrepp att stänga för dagen, faktiskt.

– Jag förstår. Kanske imorgon skulle passa er bättre?

Van Veeteren skakade på huvudet.

– Tyvärr inte. Jag reser bort imorgon. Vad är det ni vill?

Gassel tvekade.

– Jag behöver tala med er. Men det räcker inte med ett par minuter. Saken är den att jag hamnat i en situation som jag inte kan hantera. Inte yrkesmässigt och inte som privatperson heller.

– Vad menar ni med yrkesmässigt?

Gassel såg förvånat på honom ett ögonblick. Sedan sträckte han på halsen och flyttade undan skägget med handen. Van Veeteren fick syn på den vita prästkragen.

– Jaså, jag förstår.

– Ni får ursäkta mig. Jag glömmer bort att det inte står skrivet i klartext. Jag är pastorsadjunkt i Leimaars församling här i stan.

– Jaha? sa Van Veeteren och väntade på fortsättningen.

Gassel slätade till skägget och harklade sig.

– Saken är alltså den att jag behöver någon att tala med. Konferera, om ni så vill. Jag befinner mig i ett läge där... där min tystnadsplikt står i konflikt med vad min moraliska känsla bjuder mig att göra. Enkelt uttryckt. Det har pågått en tid och jag är rädd för att någonting mycket obehagligt kan komma att inträffa om jag inte vidtar åtgärder. Någonting mycket obehagligt och... brottsligt.

Van Veeteren trevade efter en tandpetare i bröstfickan,

46

men erinrade sig att han slutat för ett och ett halvt år sedan.

– Och varför vänder ni er till just mig? Nog har ni en kyrkoherde i Leimaar som borde ligga lite närmare till hands i ett sådant här läge?

Gassel skakade avvärjande på huvudet.

– Det kan tyckas så. Men vi är inte riktigt på samma linje i sådana här ärenden, pastor Brunner och jag. Tyvärr. Jag har naturligtvis övervägt det hela, och... nej, det går inte att hantera saken på så vis, helt enkelt. Ni måste tro mig på mitt ord.

– Och varför skulle jag kunna hantera det bättre? Såvitt jag vet har vi aldrig träffats.

– Förlåt mig, upprepade Gassel förläget och bytte fot. Jag måste ju förklara hur det kommer sig att jag känner till er. Jag vet att ni slutat inom polisen, det är just det som är förutsättningen. Jag har gett henne ett heligt löfte att inte gå till polisen med det här, om jag inte avgivit det hade jag överhuvudtaget aldrig fått reda på någonting... även om jag förstås kunde ha gissat mig till att någonting var på tok. Alldeles på tok... jag fick ert namn av syster Marianne i Groenstadt, jag vet inte om ni kommer ihåg henne. Hon har bara träffat er en gång, men mindes er mycket väl och rekommenderade mig att försöka få ett samtal med er... Marianne är en moster till mig. Min mors äldre syster.

Van Veeteren rynkade pannan. Förflyttade sig hastigt sex år tillbaka i tiden och såg plötsligt för sin inre syn det spartanska vitkalkade rummet där han suttit och talat med den gamla kvinnan under en timmes tid. Syster Marianne... den katolska barmhärtighetssystern och den nyopererade kriminalkommissarien, som tillsammans och mycket långsamt – och fyllda av djup, ömsesidig respekt – rätat ut de sista frågetecknen i fallet Leopold Verhaven. Dubbelmördaren som inte varit någon dubbelmördare. Som suttit oskyldigt dömd i fängelse i tjugofyra år, jo, nog mindes han syster Marianne.

47

Och nog mindes han sista akten i Verhavenfallet. Hur gärna han än skulle ha velat glömma.

Jag visste att det skulle komma tillbaka, tänkte han. Visste att det skulle återvända en dag.

Men på det här viset? Var det verkligen genom denna oroliga unga präst som han skulle betala skulden?

Absurt, tänkte han. Orimligt. Jag drar för många trådar. Det finns en verkande slump också, inte bara dessa förbannade mönster överallt.

– Kommer ni ihåg henne? undrade Gassel.

Van Veeteren suckade och såg på klockan.

– Jodå. Jovisst. Jag minns er moster mycket väl. En imponerande kvinna, utan tvivel. Men jag är rädd för att tiden rinner iväg. Och jag är långt ifrån övertygad om att jag kan vara till någon hjälp för er. Jag har under många år varit utsatt för en viss överskattning.

– Det tror jag inte, sa Gassel.

– Hrrm ja, muttrade Van Veeteren. Det må vara som det kan med den saken. Hursomhelst har jag inte tid idag och imorgon reser jag till Rom på tre veckor. Men om ni är villig att vänta så länge, kan jag naturligtvis lyssna på er när jag är tillbaka i Maardam. Inbilla er inte att jag kan vara till någon nytta, dock.

Gassel såg sig om utefter hyllraderna medan han tycktes fundera. Sedan ryckte han på axlarna och såg olycklig ut.

– Allright, sa han. Jag ser inget annat alternativ. När är ni tillbaka, alltså?

– Den sjunde oktober, sa Van Veeteren. Det är en lördag.

Gassel tog upp en liten anteckningsbok ur innerfickan och noterade.

– Tack för att ni lyssnat i alla fall, sa han. Jag hoppas ingenting hinner gå på tok under tiden, bara.

Sedan tog han i hand igen och lämnade antikvariatet. Van Veeteren stod kvar och såg den långa, kutiga gestalten passera förbi fönstret ut mot gränden.

Ung präst i beråd, tänkte han. Söker hjälp hos agnostisk före detta kriminalkommissarie. Outgrundliga äro Herrens vägar.

Därefter gick han ut, låste butiken och skyndade iväg mot den väntande tandläkarstolen på Meijkstraat.

5

Monica Kammerle satt utanför kuratorsexpeditionen och väntade.

Medan hon väntade funderade hon på varför hon egentligen satt där. Noga räknat fanns det väl två skäl, men de hängde inte ihop riktigt. Eller skavde en smula mot varandra i varje fall.

För det första hade hon alltså lovat den där prästen att gå till skolans kurator och tala med henne om sin situation. Han hade både tjatat på henne och vädjat till henne, och till slut hade hon gått med på det. Inte att anförtro kuratorn allting; det var förstås detta pastor Gassel hade avsett, men riktigt så långt tänkte hon inte gå. Om hon verkligen velat göra det, hade hon ju inte behövt gå den här omvägen över kyrkan, det borde han väl ha begripit. Och det var skillnad på tystnadsplikter och tystnadsplikter, det visste hon sedan gammalt.

Hela saken hade berört honom illa, det hade hon också sett. Hon hade försökt förklara att rätt mycket kunde se värre ut från utsidan än från insidan, men det hade han bara viftat bort.

– Flicka, det här kan inte fortsätta, det begriper du väl! hade han sagt när hon träffade honom den andra gången. Det du har anförtrott mig strider mot all etik och alla moralbegrepp, och det kommer att sluta illa. Du är för ung för att komma helskinnad ur någonting sådant här. Du kommer inte att klara det!

Och du är för oerfaren för att förstå, hade hon tänkt.

Till sist hade hon lovat honom att gå hit, således, men innan hon beställde tid såg hon till att uppfinna en lite anständigare anledning. Det hade inte varit särskilt svårt; hennes situation med kamraterna i skolan var tillräckligt bekymmersam för att i sig motivera ett samtal, det måste vem som helst hålla med om. Åtminstone om hon lyckades lägga orden rätt.

När hon kommit så långt hade hon också bestämt sig för att föra det hela ett steg ytterligare.

Skolbyte. Det var lika bra att ha någonting konkret att komma med. Hon ämnade förklara för den här urblekta femtiåriga kvinnan – som titulerade sig kurator, och som hon inte fått något omedelbart förtroende för när hon presenterades i aulan någon av de allra första dagarna – förklara vissa valda delar så noggrant som möjligt för henne, alltså, och få henne att förstå att ett byte av skola vore den enda rimliga lösningen för en elev med Monica Kammerles problembild.

Som det hette. Hon hade varit med förr.

Joannisgymnasiet ute i Löhr förslagsvis.

Såvitt hon kommit fram till fanns det elva olika gymnasieskolor i hela Maardam, och om det var någon där hon möjligen kunde ha en god chans till en nystart, så borde det vara Joannis. Om hon någonstans kunde dyka upp som en fullständigt okänd, som ett oskrivet blad bland nya fördomsfria kamrater, så var det här. Inga elever från Deijkstraa fortsatte någonsin ute i Löhr; under en lunchtimme hade hon kontrollerat skolkatalogerna för de senaste fyra åren inne i biblioteket, där de förvarades i stora svarta pärmar. Jo, hon skulle nog kunna övertyga kuratorn om det förnuftiga och nödvändiga i detta steg, det kände hon på sig. Hur det blev med bussbiljetter och kursval och andra praktiska och tekniska detaljer... ja, någonting skulle väl hon ha att uträtta

51

också. Om hon nu var kurator.

Hon skrattade till när hon tänkte på det och på sin egen plötsliga handlingskraft. Kanske var det prästen som hjälpt henne till den, trots allt, men någonting hade också hänt efter det där sista famntaget med Benjamin. Hänt liksom av sig självt.

Famntaget? Hon visste inte riktigt vad hon skulle kalla det, men efter att hon fått bukt med äcklet och den nästan chockartade omvärderingen av deras förhållande, hade ändå ett slags envis styrka börjat spira. Hon hade lagt märke till det redan innan hon gick och biktade sig första gången; det var förstås inte säkert att det skulle komma att hålla i sig – hon hade varit med om svackor förr och det fanns många som påstod att manodepressivitet var en sjukdom som gick i arv. Men varför inte passa på att göra någonting, om man nu för en gångs skull råkat in i en liten ström av handlingskraft?

Ja, varför inte? Hon tittade på klockan och konstaterade att kuratorn var tio minuter försenad. Eller att hennes klient drog ut på tiden. Den lilla lampan invid dörren lyste rött och envist; på sätt och vis kändes det som en liten tillfredsställelse att det fanns andra elever som hade problem också. Inte bara hon. Att det antagligen satt någon annan förvirrad och ensam tonåring därinne och inte visste vad han skulle ta sig till. Eller hon.

Eller satt kärringen bara och pratade i telefon och drack kaffe?

Monica Kammerle suckade, rätade upp sig i stolen och började tänka på Benjamin Kerran istället.

Det hade gått tio dagar och han hade inte hört av sig.

Hon kunde inte bestämma sig för om det förvånade henne eller inte. Om hennes mor träffat honom visste hon inte; i varje fall hade de inte setts hemma på Moerckstraat, det var hon rätt säker på.

Men hon hade pratat om honom, det hade hon förvisso. På ett sätt och i sådana ordalag att Monica anade att hon höll på att bli rätt så beroende av honom. Av att ha ett förhållande med honom. Och att hon nog hoppades på att det skulle bli någonting allvarligare av det.

Det rådde inte mycket tvivel om saken; hennes mor var inte den som brukade dölja vad hon tyckte och tänkte. Inte för sin dotter. Brydde sig väl aldrig om att försöka ens, även om det inte skulle ha skadat ibland.

Och nog ville hon fortsätta träffa Benjamin Kerran. Monica hade börjat se de första sviktande tecknen i hennes stabilitet, men ju mer hon fick söndagsmorgonens upplevelse på distans, desto mer övertygad började hon också bli om att det kanske skulle gå att ordna upp det på något sätt.

Att hennes mor och Benjamin Kerran kanske kunde utveckla ett alldeles normalt förhållande, och att den här första tidens skamliga triangel snart skulle kunna sjunka i glömska.

Varför inte? tänkte hon på nytt och undrade samtidigt om det var så här det kändes när man inte såg problemen bara för att man var lite manisk.

Hur hon egentligen skulle bete sig när hon träffade Benjamin Kerran nästa gång, ja, det hade hon inte alls klart för sig.

Och ingen lust att fundera över. Det fick väl ge sig, som det hette. Och hur skulle han bete sig?

Hon märkte att stolen började ge henne träsmak i baken och att hon var trött på att sitta här.

Visa grönt nån gång då, lampjävel! tänkte hon irriterat, och som genom ett telepatiskt under gjorde den plötsligt det.

– Hoppsan, viskade Monica Kammerle tyst för sig själv. Kom på fötter och steg in genom dörren.

Det gick lättare än hon föreställt sig.

Betydligt lättare. Kuratorn lyssnade till hennes redogörelse för skolsituationen och till hennes förslag om en lösning. Nickade uppmuntrande och lovade att ta kontakt med Joannis redan på eftermiddagen och höra efter om det fanns plats. Om Monica tittade in vid samma tid nästa dag kunde hon få besked.

Nästan som om hon velat bli av med mig, slog det henne när hon var tillbaka i klassrummet, men hon sköt undan tanken.

Och när hon följande morgon återigen satt i den samtalsvänliga, gröna soffan, förklarade kuratorn att det var ordnat. Monica kunde i princip besöka Joannisgymnasiet redan på fredagen, det fanns en biologiklass med bara tjugotre elever, och om det var så att hon trodde att hon skulle trivas i den, så var det bara att flytta över.

Hon fick ett namn på en annan kurator som skulle hjälpa henne till rätta, sedan kunde hon använda helgen till att smälta intrycken och bestämma sig.

Så enkelt, tänkte Monica Kammerle. Fast kanske var det inte svårare, bara man beslutade sig för att ta itu med saker och ting.

Och om Benjamin Kerran hade hon inte nämnt ett ord.

Samma kväll, torsdagen den 21 september, såg hon säkrare tecken på att hennes mamma var på väg nedåt. När hon kom hem från skolan låg hon i sängen och halvsov. Monica väckte henne och berättade att hon funderade på att byta skola, att hon skulle åka ut till Löhr nästa dag, men modern bara nickade och muttrade att det nog var bra.

Hon hade fått en släng av halsont, påstod hon, och hon hade missat dagens kurs. Det var förresten en skitkurs, så det spelade inte så stor roll.

Hon hade inte handlat; om Monica ville ha någon mat

kunde hon väl gå till affären eller titta i frysen. Själv hade hon ingen matlust.

Det fanns inga pengar i hushållskassan, inte mer än tre ynka gulden, så Monica gjorde en omelett och en smörgås. När hon ätit färdigt och diskat ringde telefonen. Hon väntade på att hennes mor skulle svara, men tydligen hade hon dragit ur jacket i sitt sovrum. Monica skyndade in i vardagsrummet och tog samtalet.

Det var Benjamin.

Han satt i sin bil alldeles utanför på gatan med en mobiltelefon, förklarade han. Frågade om hon hade någonting emot att träffa honom och prata en stund. Det vore kanske bra om de redde ut ett och annat, menade han.

Hon tvekade några ögonblick. Räknade hastigt baklänges, och kom fram till att det gått elva dagar sedan han smög ut ur hennes sovrum.

Sedan sa hon ja.

Under förutsättning att det inte tog för lång tid, la hon till. Hon hade en del att pyssla med.

Benjamin Kerran accepterade detta och fem minuter senare satt hon bredvid honom i hans bil. Han hade samma skjorta på sig som den där första kvällen i soffan, noterade hon.

6

– Jag har haft en del att stå i, sa han. Det är därför jag inte hört av mig, du får ursäkta.

Hon undrade hur många gånger han egentligen bett om ursäkt eller förlåtelse under den korta tid hon varit bekant med honom. På något vis verkade det vara hans naturliga öppningsreplik varje gång man träffades: be om ursäkt, dra ett streck över allt gammalt och starta på nytt. Friskt och förutsättningslöst.

Men kanske inte så lyckat i det långa loppet.

– Jag också, sa hon. Det är mycket med skolan. Håller på att byta, tror jag.

– Byta vad då?

– Skola.

– Jaså.

Han lät inte särskilt intresserad. Kanske hade hans röst också den egenskapen att den avslöjade honom. Hon hade ju varit så förtjust i den i början, men det kanske framförallt berodde på att han ville att hon skulle vara det. Att han använde sig av den som en sorts redskap.

Han strök henne försiktigt med baksidan av handen längs underarmen innan han startade bilen. Hon försökte värdera denna lätta beröring också – bestämma vad hon egentligen kände inför den – men det gick inte. Det var för ytligt och obetydligt.

– Vart vill du åka?

Hon ryckte på axlarna. Påpekade att det var han som velat prata, inte hon. För hennes del spelade det ingen roll var de gjorde det.

– Har du ätit?

Hon erkände att det bara blivit en omelett och en smörgås, eftersom hennes mor var lite sjuk.

– Sjuk? sa han och började köra ner mot Zwille. Det har hon inte sagt nånting om.

– Började idag. När talade du senast med henne?

– Igår. Vi talade i telefon igår.

– Men du har inte träffat henne på ett tag?

– Inte på en vecka. Jag har haft det lite körigt, det sa jag ju.

Det var inte mer än en strimma av irritation i hans röst, men hon registrerade den. En mild påminnelse om... ja, vad då? undrade hon. Om att det inte var ens skuld när två felade? Inte ens när den ena var trettinio och den andra sexton.

– Men mig har du tid att träffa?

Han svängde upp över Fjärde septemberbron, vred på huvudet och betraktade henne så länge att hon var på vippen att uppmana honom att hålla ögonen på vägen istället. Sedan harklade han sig, tryckte ner sidofönstret och tände en cigarrett. Hon hade aldrig sett honom röka förr och aldrig märkt att han luktade eller smakade tobak.

– Röker du?

Han skrattade till.

– Har slutat. Fast jag brukar köpa ett paket när det blir lite för stressigt på jobbet. Vill du ha?

Han höll fram paketet. Hon skakade på huvudet.

– Det viktiga är att ha kontroll över det. Jag kan sluta när jag vill.

– Gör det då, sa hon. Sluta nu, jag mår illa av rök i bilar.

– Förlåt, sa han igen och kastade ut cigarretten genom fönstret. Det visste jag inte. Är du förbannad på mig?

– Varför frågar du det?

– Därför att jag tycker du verkar avvisande. Ganska uppenbart avvisande. Får jag bjuda dig på middag i alla fall?

Hon tyckte det var konstigt att han ville bjuda henne på mat om han nu ansåg att hon var avvisande och förbannad, och visste inte vad hon skulle svara. Plötsligt började hon känna sig taskig; om hon nu inte ville prata med honom överhuvudtaget, kunde hon ju ha sagt det i telefonen istället. Vägrat följa med honom i bilen, det hade varit mer renhårigt. Det här var en halvmesyr, som hennes mamma brukade kalla det. En typisk, eländig halvmesyr.

Och hur det än var hade han väl inte gjort sig förtjänt av att bli behandlad på det här barnsliga viset? De var ju två i det, som sagt.

Hade varit två.

– Okej, sa hon. Vi kan väl käka någonstans.

Han nickade.

– Jag vill inte verka avvisande, det är bara det att jag tror vi måste sluta med det här vi hållit på med, började hon förklara. Jag kände att det var fel efter förra gången, och det vore rena katastrofen om mamma fick reda på det.

– Vi kan väl resonera om det, sa han. Vad säger du om Czerpinskis kvarn?

Hon hade hört talas om restaurangen vid Maar ute i Bossingen, men aldrig varit där. Såvitt hon visste – och som namnet angav – var det en gammal ombyggd och restaurerad kvarn. Ett rätt så elegant ställe antagligen. Vita dukar och sådär. Hon betraktade hastigt sina kläder – ett par mörka manchesterjeans och en vinröd batiktunika – och bestämde sig för att de nog dög, trots allt. Tonåringar var väl ändå bara tonåringar.

– Gärna för mig, sa hon. Bara vi inte sitter för länge, jag borde vara hemma före tio.

– Du behöver inte oroa dig, försäkrade han.

Under ett kort ögonblick, medan de satt och väntade på maten, flög en vansinnig tanke genom huvudet på henne.

Hon skulle resa sig upp och lämna deras lite avskilda bord inne i hörnet. Kliva ut mitt på golvet och påkalla uppmärksamheten från de övriga gästerna, som satt spridda utefter väggarna i det låga, långsmala rummet med grova ekbord och öppna bjälklag.

Ni tror kanske att vi som sitter vid det här bordet är en far och hans dotter, skulle hon säga. Ni inbillar er säkert att det är en snäll pappa som bjuder sin flicka på god mat för att hon fyller år eller nånting. Så är det inte alls. Den här mannen är min älskare och han är min mammas älskare också, bara så ni vet. Tack för ordet, nu kan ni fortsätta äta.

Bara för att få se reaktionen, alltså. Både hans och de andra gästernas på denna sofistikerade restaurang – som inte alls hade några vita dukar, men där klassen ändå framgick av andra subtila detaljer såsom bestickens tyngd, det tjocka hamrade papperet i menyerna, de stärkta linneservetterna och de ännu mer stärkta uppassarna.

Vi brukar köra oralt också, kunde hon lägga till. Med munnarna, om ni förstår. Bara så ni vet, som sagt.

– Vad sitter du och tänker på? undrade han.

Hon märkte att kinderna hettade en smula och försökte kyla ner dem med lite cocacola.

– Nu kommer maten, sa hon.

– Plågar det dig? frågade han. Det här mellan dig och mig.

Hon funderade en stund.

– Kanske inte plågar, sa hon. Men det får vara slut nu. Jag trodde du hade fattat det.

Hon märkte hur han stelnade till. Blev sittande orörlig ett par sekunder innan han lugnt och stilla lade ifrån sig besticken på tallriken.

– Jag hade för mig att vi hade ansvar bägge två, påminde

han. Hade för mig att det var du som sa så.

Hon svarade inte och såg inte på honom.

– Om jag accepterar dig som en riktig kvinna – och det var väl så du ville ha det? – så måste du också försöka uppföra dig som en riktig kvinna. Och acceptera att jag är en man. Förstår du vad jag talar om?

Riktig kvinna? tänkte hon. Nej, jag förstår inte vad du talar om.

Men hon sa ingenting.

– Jag har alldeles klart för mig att det inte var särskilt bra för dig den sista gången, fortsatte han. Men sådant händer, man får inte ge upp bara för att det inte blir samma starka upplevelse varje gång. Man måste lära sig att glömma det och gå vidare.

– Jag tror inte jag riktigt begriper vad du pratar om, sa hon. Du tycker vi ska fortsätta, alltså?

Han nickade.

– Naturligtvis. Varför skulle vi inte göra det?

– Därför att jag inte vill, till exempel.

Han log och lade sin hand över hennes.

– Hur kan du veta om du vill fortsätta eller inte, om vi inte provar?

Hon tänkte efter. Försökte hitta ord som på något sätt kunde sticka hål på hans envisa självsäkerhet.

– Det var inte bara den där sista gången, sa hon. Det är alltihop, liksom. Jag klarar det inte. Jag tycker om dig, men inte som min älskare. Jag fixar det bara inte... det gick bra för en kort tid, men det kan inte få hålla på längre nu. Du är mer än dubbelt så gammal som jag och du har ihop det med min mor.

Han tog inte bort handen. Satt tyst några sekunder och såg fundersam ut, bara. Flyttade blicken mellan olika delar av hennes ansikte. Mun, hårfäste, ögon.

– Är du säker på det här?

60

– Så säker jag kan bli.

– Allright, sa han och lutade sig tillbaka. Det är kanske bäst som du säger. Ska vi betala och åka härifrån?

Hon nickade, ursäktade sig och gick på toaletten.

Regnet kom medan de körde tillbaka in mot Maardams centrum. Istället för att ta till höger vid Richterstadion fortsatte han rakt fram förbi Pixnerbryggeriet och Keymerkyrkan.

– Hur är det med din mamma? frågade han.

– Hon är sjuk idag, det berättade jag ju. Varför kör vi den här vägen? Tänker du inte skjutsa mig hem?

– Jag menar inte hur hon mår just idag. Jag menar överhuvudtaget.

Hon ryckte på axlarna.

– Sådär. Du känner ju till hennes problem. Varför åker vi häråt?

– Tänkte visa dig var jag bor, bara. Det har du väl ingenting emot?

Hon såg på klockan och tvekade. Den var en kvart över nio. Hon satt tyst några ögonblick och stirrade ut i regnet.

– Jag vill vara hemma före tio.

Han klappade henne på underarmen.

– Oroa dig inte. Kunde vi inte prata litegrann om hur du känner i alla fall? Det är inte bra att avbryta förbindelser hur som helst. Tro mig, man måste se till att sårytorna läks också.

– Jag tycker jag har pratat färdigt om det.

Hon kände sig smått förbannad nu. Han flyttade tillbaka handen till ratten.

– Pratat färdigt? Vad menar du?

– Vad jag säger. Jag har talat ut om det så det räcker.

– Jag förstår inte. Med vem då?

Hon kunde höra den där tonen i hans röst igen. Den som hon lagt märke till när hon satte sig i bilen. Som ett stråk av

61

en krydda som inte hörde dit. Någonting beskt och lite bittert. Ordet "farligt" dök upp i huvudet på henne för första gången.

– Med en präst.

– En präst?

– Ja.

– Varför har du talat med en präst?

– Därför att jag behövde någon att berätta för, förstås.

– Jag visste inte att du hade präster i bekantskapskretsen.

– Det har jag inte heller. Han var på besök i skolan och talade om vad de har för program för ungdomar i kyrkan. Jag tog kontakt med honom efteråt.

– Vilken kyrka?

Hon försökte hastigt överväga om hon ville avslöja namnet eller inte, och bestämde sig för att hon ville det. Lika bra, tänkte hon, så att han inte fick för sig att hon satt och hittade på alltihop. Plötsligt kändes det som ett slags försäkran också; att det ändå fanns en utomstående människa som kände till alltsammans. Även om det bara var en präst med tystnadsplikt.

Varför i hela friden hon skulle behöva en sådan försäkran hann hon inte reflektera över.

– Vilken kyrka? upprepade han.

– Den ute i Leimaar. Pastor Gassel. Jag har träffat honom två gånger, det ingår i deras arbetsuppgifter att lyssna på folk och hålla tyst om det. Som ett slags bikt, fast dom inte är katoliker.

Han nickade vagt och kliade sig på halsen.

– Men du har inte berättat för din mamma i alla fall?

– Naturligtvis inte.

Han svängde till vänster bakom universitetet in på Geldenerstraat och parkerade inne i en av gränderna som ledde upp till Keymerkyrkogården. Regnet hade tilltagit och det syntes inte till en människa på den mörklagda gatstumpen.

Han stängde av motorn och tog ut nyckeln, men gjorde inga anstalter för att kliva ur. Satt kvar och trummade med fingrarna på ratten.

– Och vad tror du skulle hända om hon fick reda på det? Om någon talade om för henne vad vi haft för oss?

– Vad menar du? Hon ska inte få reda på nånting.

– Givetvis inte. Men hur tror du hon skulle ta det? Hypotetiskt, alltså.

– Jag förstår inte varför du undrar det. Det är väl rätt självklart att hon skulle få en chock, vi har ju talat om det här tidigare.

Han trummade vidare en stund.

– Så du tycker inte det är någon bra idé att jag säger det åt henne, då?

Monica stirrade på honom från sidan.

– Varför skulle du…?

– Därför att jag har ett visst behov av ärlighet, jag också. Större än både du och hon, tydligen.

På bråkdelen av en sekund gick det upp för henne. Och lika plötsligt visste hon vad det skulle kunna innebära. Det var inte han eller hon, de skyldiga, som skulle bli de värst drabbade om allt kom upp i ljuset, utan hennes mor. Inget tvivel om saken. Ett dubbelsvek av den här naturen – från hennes älskare och hennes enda dotter – med hennes bräckliga natur och hennes labila situation… nej, vad som helst, insåg Monica motvilligt, vad som helst, men inte det. Och i det tillstånd hon för tillfället verkade vara på väg in i, dessutom…

En minnesbild av moderns glåmiga ansikte i sängen från nu i eftermiddags dök upp, och hon kände tårarna bränna till bakom ögonen. Hon svalde och försökte samla sig.

– Du får inte göra det, sa hon. Hör du det! Du får absolut inte göra det!

Han drog ett djupt andetag och släppte ratten.

– Nej, sa han. Jag vet. Men kan vi inte gå upp en stund och resonera om det, åtminstone?

Hon kastade en förvirrad blick ut genom den våta sidorutan mot den mörka husfasaden.

– Är det här du bor?

– Javisst. Ska vi gå in?

Hon tittade på klockan igen, men insåg att det inte längre spelade så stor roll hur mycket den var. Om hon kom hem klockan tio eller elva eller ännu senare. Hon öppnade dörren och klev ut på trottoaren.

Han skyndade runt bilen, lade armen om hennes axlar och förde henne skyndsamt genom regnet och in i porten tio meter längre upp mot kyrkogården. Huset var ett gammalt stenhus med fyra eller fem våningar, hann hon lägga märke till, och tydligen löpte det runt hela kvarteret. Genom portalen kom de in på en innergård med cykelställ, soprum och bänkar att sitta på under ett stort träd som hon trodde var en alm. Alltihop påminde en smula om Palitzerlaan och hon kände ett litet sting av saknad i bröstet.

– Vilket fint hus, sa hon.

– Jugend, sa han. Byggt för ganska precis hundra år sedan. Ja, det är fint.

Våningen var också fin. Lindrigt talat. Fyra rum och kök, om hon räknade rätt, breda golvtiljor av ljust, ådrat trä och en öppen spis i stora rummet. Tunga mörka möbler, men rejält utspridda – och välfyllda bokhyllor utefter nästan varenda vägg. Två stora låga soffor och mjuka mattor. Hon försökte jämföra med Moerckstraat och fick någonting nytt i bröstet.

Han måste vara rik, slog det henne. Vad skall han med sådana som oss till?

– Vad var det för namn som stod på dörren? frågade hon. Det var inte ditt.

64

– Vad säger du? ropade han utifrån köket.

– Det stod inte Kerran på dörren.

Han återvände till stora rummet.

– Jaså det… nej, jag hade en inneboende i våras. En student. Han ville absolut ha sitt namn där, så att folk skulle hitta rätt. Jag har glömt att ta bort det, bara. Vill du ha nånting att dricka?

Hon skakade på huvudet.

– Kan vi inte prata igenom det här nu, så får vi det gjort?

Hon satte sig i en av sofforna och han sjönk ner bredvid henne efter att ha stått och tvekat ett ögonblick.

– Jag hade inte tänkt att vi enbart skulle ägna oss åt prat.

Innan hon hann svara hade han stigit upp igen. Gick tillbaka ut i köket och återkom med ett ensamt stearinljus i en stake. Han släckte taklampan med strömbrytaren invid dörren, tände ljuset med en cigarrettändare och ställde det på bordet. Satte sig på nytt intill henne. Hon började förstå vad som skulle komma.

Jag vill inte, tänkte hon. Inte en gång till.

– Det skulle väl inte vara så bra om din mamma fick reda på om oss? sa han.

– Nej…

– Kan du inte vara lite snäll mot mig bara en gång till, så lovar jag att inte säga ett knyst.

Hon hade inte kunnat föreställa sig att det gick att foga samman blöt vädjan och iskallt hot på ett så raffinerat sätt, men det gjorde det tydligen. Hon försökte svälja, men var så torr i munnen att det stannade vid en tom kramprörelse. Han fattade tag om hennes axlar och tryckte henne närmare intill sig.

– Jag vill inte, sa hon.

Det gick några sekunder där allt som hördes var hans lugna jämna andetag och regnet som trummade mot fönsterblecken. När han sedan började tala igen, trodde hon under

65

ett förvirrat ögonblick att det var någon annan. Att det inte var han.

– Jag ger fullständigt fan i om du vill eller inte, din förbannade horunge, sa han. Nu är du så god och knullar med mig, annars kommer jag att se till att din satans mamma hamnar på hospitalet för resten av sitt liv.

Han yttrade det i nästan normal samtalston och först trodde hon att hon hört fel. Sedan förstod hon att han menat precis vad han sagt. Med ena armen höll han henne fast runt rygg och skuldror, med den andra klämde han åt om hennes sköte. För första gången begrep hon också hur stark han var och hur oändligt lite hon hade att sätta emot om han ville tvinga på henne sin vilja.

– Har du förstått, din fitta? Ta av dig kläderna!

Det svartnade för ögonen på henne; hon hade alltid trott att just detta var sådant som bara hände i dåliga böcker och gamla flicktidningar, men nu upplevde hon det. Det blev verkligen svart. Stearinljusets lilla låga fladdrade till och försvann lika plötsligt som om någon blåst ut den, och det dröjde par sekunder innan den tändes igen.

Hjälp, tänkte hon. Gud. Mamma...

Han drog henne hårdare intill sig och började kyssa henne. Bände upp hennes käkar och körde tungan så långt in i munnen på henne att hon nästan tappade andan.

Sedan släppte han henne.

– Eller vill du ha det lite mjukare, kanske?

Hon flämtade och försökte få fatt i en vettig tanke. En enda.

– Ja, sa hon. Ja tack.

Tanken kom. Långsamt som en tjuv om natten. Jag måste döda honom, sa den.

På något vis. Döda.

– Ta av dig tunikan, sa han.

Hon gjorde så.

66

– Och behån.

Hon lutade sig framåt i soffan och knäppte upp hyskorna med händerna bakom ryggen. Men han brydde sig inte om hennes bröst. Steg upp istället och placerade sig bakom henne. Flyttade undan hennes hår och lade händerna på hennes bara axlar. Hon märkte att hon stelnade till.

– Du spänner dig, sa han och trevade med fingrarna utefter nyckelbenens skarpa kanter; flyttade dem närmare in mot halsen. Mina fingertoppar är som små seismografer. Jag känner nästan dina tankar... My sick rose. My sick, sick rose...

– Jag behöver kissa, sa hon. Var finns toaletten?

– Kissa?

– Ja.

– Jag följer med dig, sa han.

Hon reste sig. Han höll kvar fingrarna på hennes axlar och gick efter henne ut i hallen, som om det varit fråga om någon sorts idiotisk Följa-John-lek.

Måste döda honom, sjöng det inom henne. Måste hitta ett sätt...

– Som seismografer, upprepade han.

London, augusti 1998

7

Först var de två.

Båda i trettiårsåldern. Båda glada och lite onyktra efter bio på Leicester Square och ett restaurangbesök på tu man hand. Bodde uppe i Camden Town också, bägge två; den här puben låg precis halvvägs från Oxford Street, det var inte första gången de slank in här på hemväg.

Själv hade han varit på teater på gamla Garrick – en av dessa obegripligt tunna och intetsägande West End-succéer som gick för fulla hus turistsäsong efter turistsäsong. Tack och lov hade den innehållit en paus, han hade smitit ut under den och hunnit med tre pubar på väg mot sitt hotell vid Regent's Park. Den här var den fjärde.

The Green Stallion. Klockan hade passerat elva, men tydligen var det här ett av de ställen som inte längre anammade den gamla utskänkningsregeln. Han hade just fått in en ny Lauder's och en ny pint, när de kom in och frågade om stolarna vid hans bord var lediga. Det var fullt och stökigt både runt den långa bardisken och vid borden. Några andra stolar än just de hos honom fanns inte att uppbringa, såvitt han kunde se. Det var som det var. Han slog ut med handen och log.

Kvinnorna log tillbaka och satte sig. Tände varsin cigarrett och presenterade sig. Beth och Svetlana. Uppenbart pratsugna.

Svetlana var ryska men född i Luton. Föräldrarna hade på krokiga vägar tagit sig ut ur det gamla Sovjetsamhället under det tidiga sextitalets töväder, och det var naturligtvis en förbannad gåta varför de givit sitt förstfödda västbarn samma namn som Stalins dotter. A fucking mystery!

Berättade Beth och skrattade med fyrtiåtta felfria tänder.

Beth is just another London bitch who knows nothing about nothing, förklarade Svetlana. Who are you, please?

Han berättade inte vem han var. Av något dunkelt intuitivt skäl uppgav han istället ett annat namn och en annan nationalitet.

Behöll sitt yrke dock. Det imponerade lite på dem bägge två, det såg han, och med ens visste han att han ville ha dem.

Eller en av dem. Kvittade vilken, det gjorde det sannerligen, men för första gången på lång, lång tid kände han att han måste få ligga med en kvinna.

Oklart vad det berodde på. Kanske var det den främmande, men ändå välbekanta staden. Ett slags återseende; han hade varit här ett dussintal gånger tidigare, men när han räknade efter kom han fram till att det måste vara sex år sedan sist. Sex år...

Kanske var det den varma sommarkvällen, kanske var det alkoholen. Han var behagligt berusad, och när han skålade med de bägge kvinnorna gav han sig tid att titta ordentligt in i alla fyra ögonen. Ingenstans kunde han skönja ett uns av motstånd. Tvärtom. In vino veritas, tänkte han och drack.

Eller kanske var det bara tiden. Det hade behövts tre år och nu var de till ända. Det behövde inte vara märkvärdigare än så. Man måste lära sig att vänta, hade hans mor brukat säga. Har du bara förmågan att ge dig till tåls, kommer du att få allt du vill ha, min pojke. Ingen kvinna skall någonsin neka dig någonting, aldrig någonsin, kom ihåg det.

Inte ens din mor.

Han märkte att han satt och funderade över just dessa ord

72

medan Beth och Svetlana tillfälligtvis lämnat honom för att gå och pudra näsorna.

Ingen kvinna skall någonsin…

Det blev Beth.

Antagligen gjorde de upp om honom under det föregivna toalettbesöket, för rätt snart efter att de återkommit till bordet visade det sig att Svetlana måste tänka på att komma hem. Några minuter över tolv lämnade hon dem och önskade dem en fortsatt trevlig kväll. Med otvetydigt menande blickar och slaviska kindpussar.

De pratade en halvtimme till. Därefter tog de en taxi upp till Beths lilla lägenhet på Camden Town Road. Det var visserligen närmare till hans hotell, men ett hem var ändå ett hem och hon hade en flaska vitt vin i kylen och en kyckling som bara behövde värmas.

Någon gång strax efter klockan två ville hon plötsligt inte.

Han själv var alldeles naken, och hon hade bara trosorna kvar, när hon utan förvarning sade stopp. De halvlåg i hennes trånga soffa med vinet nästan urdrucket och kycklingrester på bordet, och hon hade smekt hans hårda lem en stund.

I can do it for you, sa hon.

Men hon ville faktiskt inte ligga med honom ikväll. En annan gång kanske, om han var kvar i stan?

För det fungerade liksom inte just nu. Kunde han förstå det?

Han sa att han kunde det. Tog bort hennes hand och satt kvar en stund medan de drack det sista av vinet. Sedan kavade han sig upp och ställde sig bakom henne med händerna på hennes axlar. Flyttade undan hennes rödfärgade hår, och började varligt stryka med fingrarna över den mjuka, nakna huden och nyckelbenens skarpa kanter.

Frågade om han fick massera henne lite.

Hon nickade obestämt och rätade upp sig.

Han arbetade försiktigt med händerna under några minuter och fick hennes axlar att sjunka och slappna av. Hon sa att hon tyckte om det. Han svarade att det gjorde han också. Att han kunde känna att hon var en sensuell och varm kvinna.

Sedan kände han hur blodpelaren steg upp inuti honom, och sedan ströp han henne.

Uppskattningsvis var det över på en och en halv minut. Han drog av henne de röda trosorna och lade henne på rygg på golvet. Särade på hennes ben och placerade henne i en position där blygden låg öppen och aningslöst inbjudande. Hennes döda blygd.

Onanerade och torkade av sig på trosorna.

Han var tillbaka på sitt hotellrum en timme senare. Gick till sängs och sov till klockan tolv följande dag.

Planet från Heathrow lyfte tidtabellsenligt samma kväll, och när han såg mångmiljonstaden krympa ihop till rena obetydligheten nedanför kabinfönstret, tänkte han att de aldrig någonsin skulle komma att hitta Beth Lindleys mördare.

Aldrig någonsin.

Han tänkte också att han måste vara försiktig när det gällde kvinnor i fortsättningen. Kanske hålla sig borta från dem helt och hållet, det vore förstås det säkraste – men om det ändå kom dithän, så vore det välbetänkt med en smula förutseende.

Högst välbetänkt. Han beställde en whisky av flygvärdinnan och märkte att han satt och log.

Maardam, september – oktober 2000

8

På tre dygn gick hon inte ut.

Tre nätter och tre dagar. Exakt sjuttitvå och en halv timme tillbringade hon i sitt rum med ynka små avbrott för att gå på toaletten. Eller till köket för att dricka vatten och äta något. En smörgås. En kopp yoghurt. En bit bröd bara, det fanns inte mycket hemma – och det var en gåta hur all denna tid, dessa oändliga timmar och dessa enstaka, groteskt förlängda minuter tog sig igenom hennes medvetande utan att göra henne galen.

Eller också blev hon galen. Efteråt – redan när hon kom ut på den regnvåta gatan klockan kvart i tolv på söndagskvällen – kändes det som om dessa inlåsta dygn aldrig hade funnits.

Som om de kommit och gått och aldrig rört vid henne.

Hon i sitt rum, modern i sitt. Tre små rum och kök. Moerckstraat. Regnväder och regnväder och ingen mat i kylskåpet. En manodepressiv kvinna och hennes galna dotter som just mördat deras gemensamme älskare.

Undra på att det inte var några minnesvärda dagar.

Jag är sjuk, hade hennes mor deklarerat när de stött på varandra på fredagens eftermiddag. Hostat lite för att markera.

Som om Monica inte vetat. Som om hon vore en lättlurad idiot till råga på allt.

Jag också, hade hon svarat.

Och rädd, hade hon kunnat tillägga om hennes mor sett

77

ut att vilja lyssna. Eller om hon varit en annan sorts mor.

Och galen. Och förtvivlad. Och vettskrämd.

Nej, det hade hon kanske inte kunnat säga. Inte kunnat berätta ens i den bästa av familjer.

Jag går och lägger mig, hade hennes mor sagt. Gör det du också. Det är nåt som går.

På rygg i sängen, således. Blicken i taket eller ögonen stängda, det kvittade vilket. Bilderna kom. Samma bilder, samma film. Om och om igen i en aldrig sinande ström, tills hon ville gräva fingrarna djupt ner i ögonhålorna och slita ut dessa äckliga projektorer med rötterna och få ett slut på allting en gång för alla och falla ner i mörkret och tystnaden och evig barmhärtig vila och glömska... dessa bilder.

Benjamin Kerran.

Som står där i badrummet och betraktar henne.

Står där bara, medan hon själv sitter ihopkrupen och kissar och försöker pressa ur sig ytterligare några droppar och frenetiskt letar efter en plan i sitt huvud. Fåfängt och förtvivlat förkastar hon alla möjligheter innan de ens hinner komma upp till ytan i hennes kaotiskt flimrande medvetande. Han gräver med handen under byxlinningen och ser på henne med glansiga ögon och ett allt skevare leende, och plötsligt släpper han ut sin styva lem genom gylfen, i någon sorts perverterad triumf nästan, och beordrar henne att suga honom medan hon fortfarande sitter på toalettstolen. Det hetsar upp honom, säger han. Nej, inte beordrar, Benjamin Kerran beordrar inte, situationen kräver det inte. Är inte sådan. Istället använder han sig av samma märkliga blandning av hot och vädjan som tidigare, det räcker. Du vill väl inte att din mamma skall få veta om oss? säger han. Blott detta enkla. Bara den här gången... ska vi inte tillåta oss en god avslutning också, när det började så bra?

Och hon gör honom till viljes. Håller på att kväljas för att han stöter långt bak mot svalget, men ännu mer kväljs hon

78

när hon tänker på hur det skulle vara att bita av honom ollonet. Bara hugga till med tänderna så mycket hon orkar, skulle det rädda henne? undrar hon. Är det nog för att ta död på en karl, att bita av honom kuken? Och räcker det med ett kraftigt hugg?

Hon vet inte och hon gör det aldrig. Det behövs inte, för i samma stund får hon syn på saxen där den ligger på en hylla snett bakom hans rygg; det behövs ingen planläggning längre, ingen alls, bara ett lugnt och beräknande inväntande av det rätta ögonblicket. Blott detta.

Och hon ser i minnets tjatiga biograf hur hon spolar och reser sig. Ser sig själv både utifrån och inifrån; dessa tre dagar gamla bilder, men ändå äldre än själva livet, tycks det henne... tvingar honom ut ur sin mun, alltså, men greppar honom med händerna istället, runkar honom varsamt och samtidigt hårt, just så som han lärt henne att göra under den korta och förtrollade tid de känt varandra och manövrerar sig långsamt bakom hans rygg. Håller hans styva kuk med vänster hand, med armen runt hans kropp, möter hans gröna ögon i spegeln, sträcker sig utanför hans synfält efter saxen, greppar den ljudlöst och stöter den med en enda fruktansvärd rörelse rakt in i veka livet på honom. Utan en tanke i sitt huvud.

Ser hans blick i samma spegel, hur den först vidgas och uttrycker oförställd förvåning under bråkdelen av en sekund. Sedan smärta. Sedan ingenting.

Känner hur hans manlighet krymper i hennes hand lika hastigt som när luften försvinner ur en ballong.

Ser – och känner – honom rasa ihop utan ett ljud, inte mer än ett väsande, som en luftström ur en likadan ballong, fast större. Han faller som en klubbad oxe, som ett skjutet djur, där på det blågröna klinkergolvet med små knottror och falska fossiler och äkta värmeslingor, och strax ovanför hans högra höftben sticker de blanka öglorna på saxen ut

79

som ett magiskt, mytologiskt tecken. Skänklarna har trängt in i honom helt och hållet, tio centimeter åtminstone, och redan medan hon ännu står och stirrar på kroppen och på sitt eget ansikte i spegeln undrar hon om han är död. Redan död? Är det så enkelt? Tar det inte längre tid? Är det blott detta?

Och hon ser – i minnets oresonliga biograf – hur hon lämnar badrummet, rusar därifrån, ut ur lägenheten. Hur hon slår igen dörren efter sig med en väldig smäll som ekar i trapphuset och hänger kvar ända tills hon är ute på gården med cykelställen och sophuset och almen och bänken, ty det är ljudfilm i minnets repriserande biograf. Också ett annat ljud hänger kvar och hon vet inte om det är på riktigt eller om det bara är en illusion – en hallucination eller en svart hägring – detta att just som hon smäckte igen dörren, just då eller halvsekunden dessförinnan, har hon hört honom ropa hennes namn.

Monica!

Är det möjligt? Har hon verkligen hört detta?

Ser också hur hon springer i regnet. Irrande hit och dit på de mörka gatorna som tycks gunga och svänga och förgrena sig i alldeles nya och hittills okända väderstreck, så att hon tappar greppet om var hon är och om vägen hem. Säkert en timma driver hon omkring på detta vis, kanske vill hon inte alls hem för övrigt; stannar vid tre eller fyra tillfällen invid husväggar för att kräkas; det lyckas en gång, inte de andra, och när hon kommer in i köket på Moerckstraat visar klockan, den gamla outslitliga mässingspendylen som hon och hennes pappa köpte på en auktion när hon bara var fem år, kvart över elva och hennes mor sitter i stora rummet framför en blåtonad polisserie på teven och säger inte ens hej.

Inte ens hej säger hon och inte frågar hon var hennes dotter varit.

Och dottern talar inte om att hon just varit och dödat deras gemensamme älskare. Hon bara står där i dörröppningen till stora rummet, som alldeles säkert är ett av de minsta stora rummen i hela stan, och stirrar på moderns okammade nacke och de snabba, kantiga bilderna på rutan en stund. Sedan går hon in på sitt rum och stannar där i tre dygn.

Tre nätter och tre dagar.

Sjuttitvå och en halv timme.

Sedan går hon ut.

Caféet hette Duisart's och höll öppet fram till tre, tydligen.

Låg i en av gränderna mellan Armastenplejn och Langgraacht; hon hade aldrig sett det tidigare, men så var det heller inte hennes hemmakvarter. Ljuset var smutsgult; lokalen såg en smula sjaskig ut, men hon hittade ett hörn där hon inte syntes och inte behövde se några av de andra utspridda gästerna som hukade över runda små plastbord med kaffe, drinkar och cigarretter. Män, nästan bara män. I åldrar mellan trettifem och hundra. En och en eller i par. En äldre, berusad kvinna med en fläckig hund i ett hörn.

Hon beställde kaffe och ett glas konjak; servitören med hästsvans och näsring och en blomma tatuerad på kinden såg ut att överväga hennes ungdom ett ögonblick; ryckte sedan på axlarna och kom bärande med koppen och glaset på en bricka efter mindre än en minut.

Hon smuttade på kaffet och på den starka drycken i glaset. Var inte van vid alkohol, långt därifrån, men en röst inuti henne talade om att hon behövde det nu. Någonting starkt. Någonting obönhörligt.

Behövde tänka klart, helt enkelt. Behövde hjälp för att kunna tänka klart.

Behövde stänga av minnets unkna filmvisning och komma fram till någonting. Just så. Just nu. Hon svepte glaset och vinkade på servitören efter ett till.

Jag har dödat en människa, börjar hon.

En man som var min mors älskare. Och min älskare.

Som förtjänade att dö. Förtjänade inte att leva.

Vidare.

Varför? Varför förtjänade han att dö?

För att han utnyttjat dem. Henne själv och hennes mor och deras oerhörda bräcklighet.

Min skuld är lätt, fortsätter hon. Fjärilslätt. Jag kommer att kunna bära den och ingen annan behöver veta om den. Ingen känner till vad jag gjort, ingen vet om Benjamin Kerran och mig, allt finns och har funnits endast mellan honom och mig, och nu finns det endast kvar förborgat i mitt huvud. Det värker och skaver och gör mig tokig men det finns ändå bara där. Och det kommer att gå över... min mor anar ingenting och skall ingenting få ana, skulle någon annan ha kunskaper om vår förbindelse med Benjamin Kerran, så har det ändå ingenting med hans död att göra... min mor, jag menar, min mor kommer inte att sättas i samband med hans död, det finns ingen anledning, han har säkert hållit henne lika hemlig som han hållit mig och när man hittar honom kommer ingen att ana... de har säkert bara träffats fem eller sex gånger allt som allt... nej, det finns inga spår som leder vare sig till min mor eller till mig. Man kommer att söka efter en gärningsman förstås, eller kanske en gärningskvinna, men man kommer aldrig att börja leta i närheten av en trång liten lägenhet på Moerckstraat med en takhöjd så låg att till och med ett husdjur skulle gå omkring och huka därinne, det finns inget skäl att leta efter någonting på en sådan plats. Och inget skäl att frukta, inget skäl att vara rädd längre, inget skäl att...

Servitören kom med hennes nya glas och hon avbröt tankarna. Klippte av dem tvärt som när man biter av en för lång sytråd. Betalade och väntade tills han avlägsnat sig. Tömde glaset i den halvdruckna kaffekoppen, som hon sett sin mor göra och som hon mindes att hennes pappa brukade göra, och provsmakade brygden. Fyllde på med en sked socker, rörde om och provade på nytt. Betydligt bättre; smakade gott nästan, och värmande. Hon hade aldrig rökt – inte mer än ett par fnittriga bloss på några pinsamma danstillställningar långt nere i femman eller sexan – men nu önskade hon plötsligt att hon haft en cigarrett att suga på också, medan hon satt på detta dystra café denna regniga natt.

Istället kom rösten tillbaka. Tanken på rösten. Dök upp i hennes huvud som en sur uppstötning bara, Benjamin Kerrans rop inifrån badrummet alldeles innan hon smäller igen dörren och rusar nerför trapporna.

Monica!

Var det möjligt? Var det inte bara inbillning? Ett hallucinatoriskt rop från andra sidan graven?

Eller kunde det vara så att hon faktiskt hört honom? Att han faktiskt ropat där inifrån det varma klinkergolvet med saxen instucken tio centimeter i veka livet, snoppen som en patetisk liten trasa och byxorna nerkavade runt anklarna?

Att han inte dött?

Att han levde, trots allt?

Åtminstone då, levde just då, i det ögonblick då hon lämnade honom och rusade ut i natten som en vettskrämd galning och med förståndet krossat som en isskorpa under verklighetens tunga stövel?

Var kommer orden ifrån? undrade hon plötsligt. *Verklighetens tunga stövel?* Någonting hon läst antagligen, ensamma flickor läste mest böcker i hela världen, hade en lärarinna berättat för församlade föräldrar en gång nere i fjärde klass, vad nu ett sådant avslöjande kunde ha för pedagogiskt värde; men det var förstås inte särskilt väsentligt att fundera över detta just nu, att sitta och försöka härleda sina tvivelaktiga tankars tvivelaktiga ursprung… viktigare att skärpa dem, rikta dem mot fokus och bringa lite klarhet. Bestämma vad hon skulle göra. Var hon full? Redan berusad efter bara ett och ett halvt glas? Inte omöjligt, hon hade inte fått i sig mycket att äta under dessa tre dygn, närmast ingenting, och alkoholen drabbade med större kraft om man var tom inombords, det visste till och med hon. Till och med Monica Kammerle kände till detta – men det var en annan sak hon inte kände till, och det var närmare bestämt precis detta som var det viktigaste i världen för henne att veta just nu.

Var han död?

Hade Benjamin Kerran verkligen dött däruppe i badrummet? Hade hon gjort slut på honom genom att köra saxen i veka livet på honom, eller hade hon bara sårat honom?

Helvete, tänkte hon och tömde i sig koppen. Jävla helvetes helvete, jag vet ju inte. Jag är en så förbannat misslyckad idiot att jag inte ens vet om jag har dödat honom eller inte! Idiot, Monica Kammerle, du är bara en stackars idiot, som snart är lika galen som din mor och ni kommer att sluta på hospitalet bägge två, det är inget annat än en tidsfråga innan ni ligger där under era gula filtar och håller varandra sällskap i den svaga lukten av vissnade nejlikor och dåligt tvättade kroppar...

Nästan som en bekräftelse på detta sista konstaterande brast i samma ögonblick två män vid ett annat bord ut i skratt.

Ett rått, rosslande gapskratt som ur en gammal skräckfilm, ackompanjerat av svordomar, nävdunk i bordet och stamp i golvet. Hon böjde sig framåt och såg på dem tvärs igenom en ynklig spaljé, där det borde ha växt någon rankig blomma men inte gjorde det och aldrig skulle komma att göra det. Såg hur den ena karln grävde i sitt högra öra med skaftet på en tesked och hur den andre fick en hostattack, som definitivt satte punkt för det roliga.

Hon tittade på klockan och reste sig. Fem minuter över ett. Dags att bege sig hemåt, utan tvivel. Inget ställe för unga flickor att fördriva nätterna på, Duisart's, sannerligen inte.

Dags att ta reda på hur det verkligen förhöll sig också.

Krypa ner i sängen hemma på Moerckstraat och planera, noga räknat. Ligga där under täcket och fundera ut hur hon skulle bära sig åt. Noga räknat.

Jag är tjatig, tänkte hon när hon var ute i gränden igen. Mina tankar tjatar i mig. Jag är full, för somliga går det fort utför. Jag är en full mörderska fast jag bara är sexton år.

Mår illa, dessutom, jävla skit...

Nattluften och vandringen i det kalla regnet fick henne att nyktra till, och när hon återkom till Moerckstraat hade rädslan på nytt börjat skruva sig inom henne.

Hennes mor satt framför teven, där en ny blåtonad polisserie rullade med nedskruvat ljud. Klockan var halv två. En lukt av någonting orent sipprade ut från köket, men det var säkert bara soppåsen.

– Vad tittar du på? frågade hon.

– Jag vet inte, svarade modern.

– Ska du inte gå och lägga dig?

– Vaknade just, sa modern.

– Jaså. Jag går och lägger mig nu.

– Mm.

– Godnatt.

– Mm.

Hon gick ut på toaletten. Borstade tänderna. Kände att hon luktade svett, men vem fan brydde sig? Tittade en stund på medicinburkarna, men lät bli att kontrollräkna.

Vad hade det tjänat till?

När jag är död får jag träffa pappa, tänkte hon.

9

Efter mörker kommer ljus, efter styrka kommer svaghet.

Detta hade hon läst någon annanstans, så kanske var det inte förvånande att det dröjde ytterligare några dagar efter söndagens djärva och nattliga cafébesök, innan hon vågade sig ut igen.

En gång, en enda, tog sig hennes mor ner till affären på hörnet och handlade, men Monica höll sig inne. Hon i sitt rum, modern i sitt, det var som det var. Tid förflöt och den tycktes återigen liksom inte röra vid dem. När modern, med uppbringande av all den patetiska pliktskyldighet hon var i stånd till, ville veta varför dottern inte var i skolan, skyllde Monica på influensa och det räckte som förklaring.

Hon läste och glömde vad hon läst. Skrev och kastade vad hon skrivit, och inte förrän på onsdagskvällen hade hon ackumulerat så mycket kraft och energi att hon vågade sig bort till biblioteket på Ruidsenallé.

Vågade sig dit med en plan. Den var enkel och hon hade umgåtts med den ända sedan den kommit till henne under en av nattens sömnlösa timmar.

Om Benjamin Kerran hittats död i badrummet för snart en vecka sedan – det var detta hon hade resonerat sig fram till – så måste det stå om det i tidningarna. Allt annat vore orimligt.

Det var bara att kontrollera, således. Hon beställde in både Neuwe Blatt och Telegraaf för de senaste sex dagarna, satte sig vid ett ledigt bord och började bläddra. Lugnt och metodiskt, lämnade inget åt slumpen. Sida för sida, tidning för tidning. Det fick ta den tid det tog, och det tog tjugo minuter.

Det stod inte en rad.

Inte ett ord om någon saxmördad karl i universitetskvarteren. Ingen dödsannons. Ingenting.

Ergo? tänkte hon, medan hon glodde genom det akvariefärgade fönsterglaset ut mot torget och lyssnade till blodet i sina dunkande tinningar. Vad betyder det? Vad hade hänt?

Svaret var givet. Eller alternativen snarare.

Antingen hade han klarat sig. Saxen hade inte träffat något vitalt organ. Han hade svimmat av smärtan bara, kvicknat till och dragit ut vapnet. Åkt till sjukhuset och blivit omplåstrad. Eller klarat av det själv.

Eller också – det andra alternativet – så låg han helt enkelt död på badrumsgolvet, precis som hon lämnat honom, och väntade på att bli upptäckt.

En hel vecka snart. Var det rimligt? Var det möjligt? Hur tidigt började man lukta? När skulle grannarna börja ana oråd? Kolleger på hans arbete?

Hon sköt undan tidningshögen och lät tankarna vandra mellan de båda möjligheterna. Försökte väga dem och finna ut vilken av dem som var den sannolikaste.

Om han klarat sig, om han levde, tänkte hon medan hon försökte ignorera den kalla och märkligt långsamma rysning som arbetade sig upp längs ryggraden på henne, borde han då inte ha hört av sig? Borde hon inte ha fått veta?

Hon drog ett par djupa andetag och försökte tänka klart. Visst verkade det fruktansvärt konstigt att han inte gjort någon sorts motdrag, åtminstone? Det kunde inte ha undgått honom att hon faktiskt försökt döda honom. Även om han skulle ha förlorat minnet under de kritiska sekunderna, så måste ju saxen bära vittnesbörd om vad som hänt. Den kunde inte ha hamnat där av sig själv; hon – den lömska sexton-

87

åriga Monica Kammerle – hade haft för avsikt att göra slut på honom, det gick inte att missförstå.

Mordförsök. Hon funderade på hur långt straff en sådan brottsrubricering kunde medföra.

Några år? Alldeles säkert. Men naturligtvis inte lika många som om hon verkligen lyckats i sitt uppsåt.

I självförsvar visserligen; kanske hette det dråp, förresten. Dråpförsök? Lät inte så farligt. Och hade man inte rätt att försvara sig mot sexuellt tvång, för övrigt? Kanske kunde hon åberopa våldtäktsförsök och nödvärn eller nånting?

Hon ryckte till och märkte att hon börjat tappa bort själva förutsättningarna. Att hon faktiskt älskat med honom av egen fri vilja flera gånger, och att det knappast tjänade någonting till att sitta och spekulera i eventuella påföljder.

Dessutom är han död! bestämde hon plötsligt och bet ihop käkarna. Han kan inte vara i livet och låta bli att ge sig till känna! Omöjligt. Han ligger däruppe i badrummet och ruttnar, gamla stenhus är gediget byggda, det kan ta månader innan lukten sipprar igenom. Veckor åtminstone. Jugend, var det så han sagt?

Fast det var förstås inte liklukten som var den springande punkten, insåg hon. Man måste ju börja undra på hans arbete – inom stadsförvaltningen eller vad det nu var – och förr eller senare skulle man ana oråd på allvar. Hade förmodligen redan börjat göra det; arbetskamrater och goda vänner... släktingar också, om han nu hade några närstående, hon visste inte... man måste förstås begripa att någonting var på tok, det var inte alla som var lika isolerade som en viss mor och en viss dotter i en liten kyffig lägenhet borta på Moerckstraat.

Hon reste sig från bordet och bar tillbaka tidningshögen till utlåningsdisken. Död, slog hon återigen fast. Jag har mördat Benjamin Kerran, det är bara en tidsfråga innan man upptäcker kroppen och hela Maardam kan läsa om det.

Men just som hon skulle tacka den bastanta bibliotekskvinnan för hjälpen drog hans rop genom huvudet på henne igen.

Monica!

Hon kände hur hon vacklade till och skyndade sig ut genom entrén. I'm a sick rose, tänkte hon. A sick, sick rose.

Thy dark secret love does my life destroy.

Det dröjde till en eftermiddag fyra dagar senare innan hon lämnade hemmet nästa gång. Fyra dagar. Tunga som bly och tomma som vakuum.

Redan i hörnet av Falckstraat och Zwille höll hon på att springa rakt i armarna på sin engelsklärarinna, fröken Kluivert, och bara ett par minuter senare såg hon en klunga klasskamrater komma sneddande över Grote torg. Flickor med armarna om varandras axlar och tillgjorda skratt, det var lördag och ledig dag.

Hon bemästrade båda incidenterna, klarade dem med knapp och andfådd nöd, men bestämde sig för att skjuta upp den planerade åtgärden till kvällen och mörkret. Förstod att ljuset, septembers bleka sol, inte var hennes bundsförvant i det här.

Inte för att någon skulle ha brytt sig särskilt mycket, eller lagt två strån i kors och undrat varför hon varit borta från skolan i över en vecka. Förvisso inte.

Men hon hade inte lust att träffa någon. Helt enkelt; det var hennes skäl som gällde, inte deras. Hon ville inte tala med någon eller möta någons blick. Dessa människor hade ingenting med henne att göra, hade aldrig haft och hade det ännu mindre numera. Allt var som det alltid hade varit, tänkte hon, men hennes liv hade fått en sorts tydlighet det inte haft tidigare. En genomskinlighet.

När hon åter kom hem fann hon sin mor pratande i telefon. För ett ögonblick fick hon för sig att det kunde vara Benjamin och hjärtat slog en hästspark i bröstet på henne.

Sedan hörde hon att det var moster Barbara och att det bara rörde sig om det obligatoriska kontrollsamtalet; det som brukade komma var tredje eller var fjärde vecka, säkert som ett julkort på posten – och som innehöll lika mycket omtanke och systerlig kärlek som det fanns blod i en iskristall. För att använda en uppfattning som hennes pappa uttryckt vid något tillfälle. Sin djupt kända uppfattning.

Hennes mor höll masken efter förmåga och samtalet tog slut inom en minut.

– Har du träffat den där Benjamin nånting mer? slank det ur Monicas mun. Hon hade inte planerat att säga det, men det kändes som om orden plötsligt begåvats med en alldeles egen och okontrollerbar vilja. Hon visste ju att modern inte varit utanför dörren på en vecka.

– Benjamin? svarade hennes mor, som om hon nästan glömt bort vem det var. Nej, jag tror inte det är någon idé.

– Har han hört av sig på sistone?

En rätt onödig fråga även denna. Hon hade knappast varit på längre avstånd från sin mor än tio meter den senaste tiden.

– Nej.

– Nej, jag bara undrade.

– Jaså.

Hon gick in på sitt rum. Lade sig på sängen och började invänta skymningen. Stirrade upp i taket. Tänkte ett ögonblick på pastor Gassel, men sköt undan honom som hon gjort flera gånger tidigare. Något alldeles orubbligt förtroende hade hon aldrig fått för honom, och detta var för mycket. Alldeles för mycket. Tog fram Blake istället och slog upp en dikt på måfå.

> Cruelty has a Human Heart
> And Jealousy a Human Face
> Terror, the Human Form Divine
> And Secrecy, the Human Dress

90

Hon läste dessa rader om och om igen tills hon var säker på att hon kunde dem utantill. Låg sedan med slutna ögon och mumlade dem och föll så småningom i sömn under filten.

Det fanns ingen Benjamin Kerran i telefonkatalogens Maardamsdel. Ingen med namnet Kerran överhuvudtaget.

Hemligt nummer, således, men om nu inte saker och ting varit som de var, kunde hon förstås ha frågat sin mor.

Ingenting i hennes rum heller, för övrigt; hon passade på tillfället att se sig om medan modern tog ett bad och ett glas vin. Ingenting i adressboken. Inget nedklottrat nummer på någon lös lapp eller i marginalen på någon tidning, platser som hennes mor gärna använde för att skriva upp viktiga saker.

Så idén om att ringa honom fick falla. Ingenting att göra åt, tänkte hon. Struntsamma, kanske skulle hon ändå inte ha vågat.

Och nummerupplysningen hade inget gångbart nummer till någon Kerran, ingen abonnent med det namnet... nej, det gick naturligtvis inte att lämna ut uppgifter om så kallade spärrade nummer, vad trodde hon egentligen folk valde att skydda sina privatliv för?

Monica Kammerle suckade. Åter till plan A, således. Ett litet återbesök för att se om det gick att utröna något.

Om det kanske lyste i hans fönster.

Eller i springan under dörren.

Eller om postboxen nere i entrén verkade proppfull. Det borde finnas gott om tecken att tolka, utan att hon skulle behöva gå så långt som att trycka näsan mot nyckelhålet och sniffa efter liklukt. Om hon inte blev säker, måste det ändå ge en vink.

En tydlig vink, förhoppningsvis visshet. Plan A.

Hon lämnade Moerckstraat vid niotiden. Till sin förvåning märkte hon att kvällen var ganska varm. Femton grader eller däromkring. Såvitt hon mindes hade det inte regnat under hela dagen, och vinden som mojnat till en ljum viskning var sydlig och vänligt stämd, trots att det snart var oktober. Hon tog vägen över kanalkvarteren och Keymer Plejn, det innebar visserligen en liten omväg, men hon kände att det gjorde henne gott att gå. Valde också att gå runt kyrkogården istället för tvärs över den, och när hon kom in i rätt gränd och såg den dystra gamla universitetsbyggnaden i fonden var klockan redan några minuter över halv tio.

Hon stannade på den motsatta trottoaren, alldeles framför någon sorts zoologisk affär som låg nere i källarplanet. Stannade där och började spana upp mot den mörka fasaden. Fem våningar, precis som hon mindes; den första ett gott stycke över marknivå, så att inga obehöriga fönstertittare behövde göra sig besvär.

Fast Benjamin Kerran bodde inte på första våningen, och plötsligt insåg hon att hon inte hade klart för sig om det var på fjärde eller femte.

Fast nog var det på femte? tänkte hon. Högst upp, visst var det så? I alla händelser hade han fönster både inåt gården och ut mot gatan, det var hon säker på.

Men vilka? Vilka fönster? Huset sträckte sig längs hela gränden, ända från universitet bort till stenmuren som omgärdade kyrkogården, och hon räknade till inte mindre än arton fönster däruppe under det utstickande takskägget. Om hon inte tog alldeles fel borde de aktuella ligga en smula till vänster från porten räknat och från den position hon stod i.

Hur många då?

Åtminstone fyra, trodde hon, och med hjälp av något slags dunkelt, intuitivt orienteringssinne valde hon ut de fyra mest sannolika. Det var mörkt i två av dem, lyste i två;

ett varmt, gult och lite dämpat sken. Inget kallt teveljus från blåtonade polisserier i de här kvarteren, inte. I fönstren till höger om de fyra utvalda fanns också lampor tända, medan det åt andra hållet var släckt ända fram till kyrkogårdshörnet.

Bristfälligheten och osäkerhetsfaktorn i dessa observationer och kalkyler slog henne ungefär samtidigt som hon insåg att detta med ljusa eller mörka fönster inte var mycket att gå efter i vilket fall som helst.

Om Benjamin Kerran var hemma och levde, vore det rätt naturligt om han tänt en lampa här och var så här pass sent på kvällen.

Men om han var hemma och låg död i badrummet, var det väl minst lika naturligt att han inte orkat kravla sig upp och släcka det ljus som hon själv måste ha lämnat tänt för nio dagar sedan? De hade visserligen suttit med bara ett stearinljus i stora rummet, det mindes hon, men i badrummet och hallen hade allt varit upplyst i högsta grad.

Hon lyckönskade sig själv till dessa briljanta slutsatser. Repade nytt mod, gick tvärs över gatan och kände på porten.

Den var öppen. Hon tvekade ett kort ögonblick, sedan sköt hon upp den och tog sig in på gården. Stannade och såg sig om.

En mörkhårig yngre kvinna kom just bärande med en korg tvättkläder. Det luktade matlagning från ett öppet fönster på nedre botten till höger om henne. Den gamla smideslyktan i hörnet vid cykelstället var tänd, liksom de små gula lamporna över de olika uppgångarna. Kvinnan försvann in genom en av dem, men det var inte Benjamin Kerrans dörr. Monica drog in ett stort sjok luft i näsborrarna och konstaterade att det inte alls hängde någon hotfull stank av ruttnande kroppar över gården. Bara den där matlagningslukten, som sagt. Någonting med svamp och vitlök, alldeles bestämt, och hon kände med ens att hon var hungrig mitt i alltihop. Hade inte ätit ett lagat mål på över en vecka, så det var kanske inte så konstigt. Inte konstigt alls.

Hon vred på huvudet och lät blicken svepa över fasaderna från det här hållet också, från insidan, men brydde sig inte om några nya fönsterspekulationer. Det verkade som om folk var hemma både här och var, i två tredjedelar av lägenheterna, om hon nu skulle göra ett överslag. En del fönster stod till och med öppna en sådan här ljum kväll, och varför skulle de inte göra det? Ett och annat teve- eller radioljud hördes, liksom ett och annat samtal, dämpade av de tjocka väggarna och den tjocka atmosfären av... av civiliserad borgerlighet. Hon märkte att intrycken sammantaget skapade en otvetydig prägel av hemtrevnad – utestängande hemtrevnad – och att hon började få en klump i halsen.

Får inte börja gråta nu, tänkte hon och i samma stund insåg hon att hon inte mindes namnet på dörren.

För där hade ju stått någonting annat. Inte alls Kerran... utan namnet på en inneboende som hade flyttat ut och som hon inte kom ihåg så mycket som en bokstav av. Hur hade hon kunnat förbise denna omständighet? Ända tills nu?

Var hon ens säker på att kunna hitta fram till rätt dörr, med andra ord? Och hur var det förresten med dörrarna härnere på gården, de som ledde upp i de olika trapphusen? Inte stod väl de öppna så här sent på kvällen så att vem som helst kunde bereda sig tillträde?

Helvete också, tänkte hon. Jag måste ha glömt att jag bara är en idiot. Vad gör jag här? Vad var det för korkad impuls som fick mig att återvända till brottsplatsen? Stå här som en fårskalle på gården och inte kunna uträtta ett skvatt för att bringa klarhet i likets vidare öden!

Hon ruskade på huvudet och gick fram och kände på den aktuella dörren; den mindes hon i alla fall.

Låst. Precis som varje människa med något mer än en valnöt till hjärna kunnat räkna ut. Lika bra att ge upp, tänkte hon. Lika bra att gå hem och fortsätta stirra upp i taket och invänta sammanbrottet, de sociala myndigheterna och den yttersta dagen… satan också!

Hon skulle just vända på klacken för att göra verklighet av detta beslut, men såg i samma ögonblick hur ljuset tändes därinne bakom de vattrade små glasrutorna i dörrens överdel.

Hon hann aldrig fundera. Aldrig fatta något beslut. En tunnhårig, medelålders man i träningsoverall och joggingskor kom ut. Nickade åt henne, sprang ut på gården och var försvunnen i portvalvet inom tre sekunder.

Hon fångade upp dörren innan den gick i lås, nästan utan att vara medveten om det, och så var hon innanför. Blev stående ett kort ögonblick och kände hur något slags virvel steg upp i kroppen på henne. Bet sig i tungan och knöt händerna. Såg sig om.

Nu, tänkte hon. Gud ger mig en chans.

På väggen omedelbart till vänster, före halvtrappan upp till hissen, hängde en inglasad tavla med hyresgästernas namn, våning för våning, och när hon studerade den vaknade plötsligt minnet till liv. Hon kände igen namnet på studenten. Femte våningen också, precis som hon trott. Högst upp.

Kanske skulle hon, under något andra förhållanden och med något klarare huvud, ha reflekterat över att det inte stod hans namn här heller, utan bara den utflyttade hyresgästens – funderat en sekund över om det inte var någonting lite egendomligt med att man inte satte ut sitt rätta namn på så självklara platser.

Men det gjorde hon inte. Ifrågasatte ingenting. Virveln var för stark, Monica Kammerle gav sig så här långt kommen inte tid att reflektera över någonting. Glömde även bort att kontrollera hur det var med postboxarna, vilka

95

hängde i en lång, blekgrön rad på väggen mittemot namn-tavlan.

Klev in i hissen bara, det var en upplyst och inbjudande gammal trähiss med en utfällbar sits klädd med rött sam-metstyg. Hon mindes den. Drog för det skramlande gallret och tryckte på knappen.

Hisskorgen, som förmodligen hängt med ända se-dan...1905, var det så han sagt?... satte sig i rörelse och bör-jade långsamt gnisslande ta henne uppåt i huset – och me-dan hon stod där och gungade och såg våningsplan efter vå-ningsplan passera, kom hon på sig med att sniffa efter luk-ten.

Den sötaktiga lukten från hennes älskares ruttnande kropp.

Hon kände den aldrig. Inte ens när hon klivit ur hissen och stod framför hans dörr hängde där någon misstänkt odör i luften.

Och inte sipprade det ut något ljus under dörren. Fast det kunde det inte ha gjort under några förhållanden, insåg hon, eftersom det inte fanns så mycket som en millimeters springa i nederkanten. Tvärtom, dörren såg lika mörk och tät och gedigen ut som resten av huset, och nyckelhålet var inte av den sorten som det gick att kika in genom. Förvisso inte.

Monica Kammerle svalde och blev stående med armarna hängande utefter sidorna. Kände att virveln stannat av och att hon hade nära till gråten igen, och ungefär samtidigt blev hon medveten om att det hördes steg nere i trappan.

Hon hade inte uppfattat att någon dörr öppnats och gått igen, men kanske hade någon kommit in genom porten me-dan hon själv fortfarande befann sig i den slamriga hissen.

Någon som var på väg uppåt, således. Hon såg sig om och funderade hastigt på vad hon skulle göra. Det fanns ytterli-gare en dörr på det våningsplan där hon befann sig, lite längre in i en kort korridor. Uppåt löpte fyra trappsteg fram till en bastant dörr av järn eller stål. In till vindskontoren gissningsvis. Den såg lika låst ut som ett kassaskåp i Schweiz.

Hon lyssnade. Stegen fortsatte.

Närmade sig.

Du står vid dörren till den lägenhet där du mördat din älskare, talade en inre röst om för henne. Någon är på väg hitåt och kommer att upptäcka dig inom tio sekunder...

Såvida inte Någon bara tänker sig upp till fjärde våningen.

Hon tryckte sig intill väggen invid dörren och höll andan.

Stegen gjorde en kort paus på våningsplanet under henne, en manlig hostning hördes – och sedan det lätta skramlet av en nyckelknippa som lyfts ur en jackficka.

Därefter fortsatte stegen uppåt.

Hon fattade inget beslut nu heller. Det fanns inte tid.

Handlade bara.

Fattade om dörrhandtaget. Tryckte ner det.

Det var öppet. Hon steg in och stängde dörren bakom sig.

10

Söndagen den 8 oktober flög en vilsekommen svala in genom Van Veeterens sovrumsfönster.

Det var på morgonen några minuter efter klockan halv sex, och den olyckliga fågeln var sannolikt en av ganska få företeelser i världen överhuvudtaget, som kunde ha fått honom att vakna. Planet från Rom hade varit över fyra timmar försenat och de hade kommit i säng någon gång runt tre.

Två och en halv timmes sömn, således, och hur Ulrike ändå lyckades sova vidare trots det envetna flaxandet var en gåta... en obegriplighet, som han i efterhand hänförde till den inneboende tryggheten i hennes kvinnliga, varma väsen.

Eller någonting dylikt biologiskt.

En som definitivt inte anfäktades av några trötthetssymptom med anledning av den oväntade gästen var Stravinsky.

Stravinsky var en katt och på sätt och vis Ulrike Fremdlis mest påtagliga bidrag till deras gemensamma hem. Denna företeelse var, i sin tur, inte mer än fem månader gammal vid det här laget; den borde ha koncipierats långt tidigare förvisso, men hans idiotiska tvehågsenhet hade sånär fått hela projektet att stjälpa... tack och lov att hon varit stark nog att rå på honom, brukade han tänka. Tack och lov.

De hade känt varandra i fem år. Van Veeteren visste att han under återstoden av sitt liv aldrig skulle vilja ha någon annan kvinna. Romveckorna hade givit honom mycket, bland annat denna kunskap.

Stravinsky för sin del var åtta år på det nionde. Han hade

fått sitt namn på grund av sin för katter ovanliga faiblesse för Våroffer; i övrigt brydde han sig inte ett skvatt om musik, vare sig klassisk eller modern, men just inför detta verk blev han alltid som förstenad, lade sig på vaksamt helspänn från första takten till den sista, ruvande på något esoteriskt mysterium, som antagligen bara fanns i hans egen (och möjligen kompositörens?) föreställningsvärld.

Till det yttre var Stravinsky svartvit och tecknad ungefär som en Gruyderfelderko. Kastrerad sedan tvåårsåldern och ett ganska fridsamt väsen på det hela taget. Åtminstone för det mesta. När han som vanligt satt uppkrupen på fönsterbrädet denna tidiga höstmorgontimme – och till sin oförställda häpnad fick se en måltid komma inflaxande i rummet – betydde det dock föga att han var både steril och lite halvmätt.

Whiskas och Kitteners i all ära, men ett levande byte var ändå ett levande byte. Det tog inte mer än tre-fyra språng, inte mer än fem-sex sekunder, förrän han satt tänderna i det.

När Van Veeteren kommit på benen med hjärtat dunkande som en pistong i bröstet var det redan för sent. Stravinsky hade vid det laget släppt svalan, som kanade omkring på golvet och fäktade febrilt med två brutna vingar. Katten satt spänt och iakttog dess fåfänga flyktförsök, medan Van Veeteren under en förvirrad sekund undrade a) vad i helvete som hade hänt, b) vad i helvete han skulle göra.

När sekunden var till ända, fräste han åt katten – med det omedelbara resultatet att han hyperventilerade och höll på att dråsa i golvet. Stravinsky högg på nytt tänderna i bytet, rusade ut med det till stora rummet och tog betäckning under soffan.

Van Veeteren blundade, återvann sig och rusade efter. Svor högt och meningslöst och dunkade några gånger på sittdynorna, men fick endast ett dovt morrande och ett par hjärtskärande ynkliga pip till svar. Han irrade vidare ut i köket, fick fatt i en mattpiska i städskåpet och började fåfängt raka med den under soffan. Stravinsky höll ställningarna en stund, sprintade sedan fram med fågeln i gapet och klättrade upp till en position högst uppe på bokhyllan.

Van Veeteren rätade på ryggen och gav sig tid att tänka efter ett ögonblick. Betraktade katten däruppe under taket. Ånyo hade den släppt bytet ifrån sig. Satt och tittade på det med något som nästan liknade vetenskapligt intresse. Studerade det allvarligt, med samma neutralt intetsägande uttryck i sitt triangulära kattansikte som vanligt. Van Veeteren kunde inte låta bli att undra vad tusan som rörde sig i djurets huvud. I Stravinskys huvud, vill säga; i svalan rörde sig ingenting alls längre, som det verkade.

Han lät tanketråden löpa vidare, medan han kramade om mattpiskeskaftet och funderade på vad han skulle göra.

Vad var det, närmare bestämt, i kattens programmerade instinkter, som talade om för den att släppa ifrån sig sitt infångade byte på det här viset?

Det var omöjligt att inte reflektera och förvånas över det. Gång på gång släppa offret fritt, således – en högst illusorisk frihet, låt vara – bara för att kunna sitta på bekvämt avstånd och lugnt och stilla iaktta dess dödskamp. Vad tjänade ett sådant beteende för syften? Vilka krafter låg bakom denna ondskefulla lek? Egentligen. Rovdjuret och dess byte.

Biologiska eller kulinariska? Sak samma kanske, fast när det gällde mänskliga preferenser, erinrade han sig, ansågs det ju vara av vikt att det kött man skulle äta var så ostressat som möjligt. Han hade läst någonstans att fläsket och skinkan blev som allra mest välsmakande, om man lyckades invagga grisen i falsk trygghet ända fram till dödsögonblicket. Nackskott i sömnen, kanske?

Tyckte katter – kattdjur överhuvudtaget – bättre om kött som var fyllt av dessa dödsskräckens beska vätskor? Kunde det vara så?

100

Jo, antagligen. Så infernaliskt banalt. Och ur offrets synvinkel, vilken meningslös grymhet: utdragen och förlängd dödskamp bara för att tillfredsställa bödelns smaklökar?

Gud i himlen, tänkte han. Du måste vara en elak djävul.

Han ruskade på huvudet åt de vidlyftiga spekulationerna. Höjde mattpiskan och rappade till över bokhyllan. Stravinsky tog svalan i käften igen och hoppade ner. Rusade ut i hallen med Van Veeteren i hälarna. Framför skohyllan blev katten stående ett ögonblick och tvekade. Tycktes överväga valet av nästa säkra tillflyktsort, där han slapp bli jagad av den här vettvillingen – som han bodde hos sedan en tid, och som ända fram till nu förefallit honom som en balanserad och förnuftig varelse. Någotsånär i varje fall, man kunde aldrig så noga veta när det gällde människor.

Van Veeteren utnyttjade den korta betänketiden till att öppna dörren ut till trapphuset, och Stravinsky utnyttjade den nya flyktmöjligheten. Som en pil stack han iväg nerför trappan med den numera säkert stendöda svalan som en yvig men välvaxad mustasch mellan käftarna.

Van Veeteren insåg att kattskrället måste ut på gården också. Följde spritt språngande naken efter, hoppandes på att inga grannar kommit på benen denna okristligt tidiga morgontimme (i synnerhet inte gamla fru Grambowska; en naken konfrontation i trapphuset skulle för alltid ha ruinerat deras goda relation, det förstod han, och hon hade tagit hand om både Stravinsky och krukväxterna under Romveckorna) – och lyckades efter visst besvär mota ut katten genom bakdörren. Ställde den på glänt med hjälp av den vanliga sopkvasten, och när han åter klev in i lägenheten kände han sig lika klarvaken som om han råkat ta ett dopp i åttagradigt havsvatten och överlevt.

Han såg på klockan i köket. Den var sjutton minuter i sex på morgonen. Han nöp sig i armen. Det gjorde ont, han hade inte drömt.

I väntan på att något slags trötthet skulle infinna sig efter den surrealistiska morgonaktiviteten gick han först och kontrollerade att Ulrike verkligen förmått sova sig igenom hela tumultet.

Det hade hon förvisso. Låg fridfullt snusande på sida med den obligatoriska kudden mellan knäna och ett svagt och oåtkomligt leende på läpparna. Han blev stående ett par ögonblick och betraktade henne. Kunde inte heller denna märkliga morgon förstå vilken välvillig högre makt det var som fört henne i hans väg. Eller honom i hennes. Om han hade någonting att tacka den gud för som han inte trodde på, så var det Ulrike Fremdli. Inget tvivel om saken.

Som inte bara fört deras vägar samman, alltså, utan fått henne ända hit. Till att dela hem och säng och liv med honom. Ingenting, det visste han med säkerhet, ingenting som han åstadkommit under sin irrande vandring på jorden, hade gjort honom förtjänt av henne, men långsamt hade han ändå börjat acceptera faktum – och lika långsamt lära sig en sorts ödmjukhet, som väl inte alltid kröp upp på ytan i hans dagliga gärning, men som ändå fanns där, allt djupare rotad inom honom, som en... som en långsamt växande svulst av tacksamhet och sinnesfrid.

Eller hur fan man nu skulle beskriva det en morgon som den här? I mörka stunder – när han återföll i sin gamla svaghet att betrakta livet som en ekvation och inte mycket mer – kunde det hända att han såg Ulrike som ett slags ersättning för Erich, hans son som gått i graven för två år sedan, och som lämnat ett sår efter sig som naturligtvis skulle blöda i honom livet ut.

Men sådana balansräkningar existerade inte. En död son kunde inte kompenseras, han visste det nu... hade förstås alltid vetat det... lika lite som att goda gärningar, vilka som helst, på något vis kunde väga upp det onda. Det var inte för inte som Schopenhauer varit hans husgud en period i ungdomen, och mer än tretti år inom poliskåren hade knappast förmått vederlägga dessa grundläggande pessimistiska maximer om villkoren. Tvärtom.

Och det goda, hade han börjat tänka på senare år, hade väl också rätt till ett egenvärde. Ett betydligt större erkännande än den gängse panten när det gällde köpslagan om territorium med ondskan. De mörka makterna. Hur kunde man annars tillmäta ett barns skratt eller en kärleksfull kvinnas ögon det rätta värdet?

Om det måste vägas och jämföras. Balanseras.

Han sköt igen sovrumsdörren och återvände ut till köket. Satte på tevatten och sjönk ner vid bordet med den ackumulerade tidningshögen framför sig. Allgemejne för tjugo dagar bakåt i tiden.

Lika bra att börja beta av den, tänkte han. Borde kunna hålla honom lite lagom sysselsatt till dess tröttheten återvände, om inte annat. Han justerade traven och började kronologiskt bakifrån. Klockan var elva minuter i sex. Det krafsade på dörren, men så fan han tänkte försonas med kattkräket redan.

En timme och tre tekoppar senare hade sömnbristen hunnit ikapp honom. Han hade också fallit till föga och släppt in Stravinsky; katten hade jamat förebrående och återvänt till samma fönsterbräde, antagligen i from förväntan på nästa delikatess denna undrens dag, då stekta sparvar flög omkring lite hur som helst, uppenbarligen.

Eller också har han glömt alltihop, tänkte Van Veeteren. Katters minne är kort. Avundsvärt kort. Var han gjort av fågeln – eller resterna av den – verkade skrivet i stjärnorna.

Tidningarna var som dom var. Han läste på sin höjd två eller tre artiklar till slut, men bläddrade pliktskyldigast igenom alltihop och ögnade över varenda sida. Schackspalterna klippte han ut och lade på hög och mot slutet av den femtonde Allgemejnen kände han att grusigheten bakom ögonen inte gick att bekämpa mycket längre. Fanns väl heller ingen anledning, för övrigt. Han vek ihop tidningen, lade den överst i bunten av de genomgångna alstren och kastade en blick på förstasidan av den som låg överst bland de ännu olästa.

Sedan hoppade hans hjärta över ett slag.

Prästen glodde på honom.

Glodde. Det gick knappast att uttrycka det på annat sätt. De lite utstående ögonen under den långa sidkammade luggen. En glimt av någonting förebrående och på samma gång aggressivt i blicken. Det mörka skägget var en aning mer välansat på fotografiet än han mindes det från antikvariatet. Lite kortare också antagligen, eftersom prästkragen syntes tydligt.

Han skakade på huvudet och stirrade på rubriken.

Präst föll framför tåg

Texten var bara drygt tio rader och det fanns ingen fortsättning längre in i tidningen.

Den 29-årige prästen Tomas Gassel förolyckades sent i förrgår kväll, då han av okänd anledning föll ner på spåret framför ett inkommande lokaltåg på Maardams centralstation. Inga vittnen finns till händelsen, perrongen där olyckan inträffade var vid tillfället tom och föraren till det aktuella tåget har ännu inte kunnat höras, då han chockades svårt och omedelbart fördes till Nya Rumfordsjukhuset. Polisen har dock inga misstankar om att något brott skulle ligga bakom det inträffade. Tomas Gassel var verksam som pastorsadjunkt i Leimaars församling och en särskild mässa till hans minne kommer att hållas instundande söndag.

Van Veeteren stirrade på bilden igen. Tröttheten var som bortblåst.

Helvete, tänkte han. Vad var det för en svart söndag, detta?

Det var inte lätt att väcka Ulrike, men det gick.

– Vad är klockan? muttrade hon utan att öppna ögonen.

– Hm ja, sa Van Veeteren. Sju lite drygt... halvåtta snart, faktiskt. Det har hänt en del.

– Hänt? Vi har ju inte sovit mer än fyra timmar.

– Jag vet. Du har en enastående förmåga att inte vakna, vad som än pågår i världen. Stravinsky tog en svala.

– Aj då. Fast sånt händer.

Hon vände på sig och placerade en kudde över huvudet.

– Härinne, sa Van Veeteren.

Det gick en stund utan att hon sa något och han började befara att hon somnat igen.

– Finns väl inga svalor härinne, konstaterade hon till slut.

– Det kom in en.

– Kom in?

– Genom fönstret. Stravinsky tog den, visst är det underligt att dom ska behöva plåga sina offer så förbannat. Det finns en grymhet i den där fredliga slöfocken som är rent obegriplig. Man undrar ju...

– Vad gjorde du? avbröt Ulrike utan att ta bort kudden.

– Jag lyckades jaga ut honom så småningom. Det var ett jävla kattrakande, han låg både under soffan och uppe på bokhyllan.

– Usch, sa Ulrike. Men fågelstackarn är borta från lägenheten nu i alla fall?

– Ja, sa Van Veeteren. Sen är det det här med prästen.

Det blev tyst i tre sekunder.

– Prästen?

– Ja, jag tror jag berättade om honom. Han kom in på

antikvariatet dagen innan vi reste och ville ha hjälp med nånting. Och nu är han död.

– Död?

– Lika död som svalan, fast det gick lite snabbare i hans fall. Ramlade under tåget. Jag tycker man kunde begära lite lugnare morgnar när man kommer hem mitt i natten... katter och präster och fan och hans mormor. Jag undrar vad han ville.

Ulrike lyfte bort kudden och såg på honom.

– Vem?

– Prästen förstås. Nog är det ganska egendomligt att han går och trillar framför tåget bara någon vecka efter att han sökt upp mig?

Ulrike fortsatte att betrakta honom med en rynka mellan sina vackert välvda ögonbryn. Sträckte på sig och drog täcket upp under hakan. Det gick ytterligare fem tysta sekunder.

– Varför tittar du sådär på mig? frågade han.

– Ärligt talat, sa hon.

– Ärligt talat vad då?

Hon flyttade blicken till Stravinsky, som sjunkit ihop till en tungt sovande hög på fönsterbrädet.

– En tanke bara. Det kan inte vara så att du legat och drömt ihop det här? Det låter lite bisarrt, om du ursäktar att jag säger det.

– Vad i helvete? utbrast Van Veeteren. Det står ju i tidningen, vill du att jag ska gå och hämta den?

Hon tvekade ett ögonblick.

– Inte nu. Jag tycker vi sover en stund till i alla händelser... så kan vi prata igenom det när vi vaknar igen. Kom och lägg dig och håll om mig.

Van Veeteren hade ett flertal goda invändningar på tungan, men efter en viss inre kamp gav han upp och gjorde som hon sagt.

11

Natten till måndagen drömde han om ett tåg som rusade fram genom världen och körde ihjäl hela horder av svartvitfläckiga katter – och tidigt på tisdagsmorgonen vaknade han kallsvettig efter att ha jagats genom en öde och mörklagd stad av en skäggprydd, galen präst med en jättelik död svala i munnen och en mattpiska i handen.

Tydligare kunde det knappast bli, och när Ulrike försvunnit iväg till jobbet vid halvniotiden ringde han upp Maardamskriminalen.

Efter de obligatoriska felkopplingarna fick han Münster på tråden.

– Den där prästen, sa han.

– Vilken präst? sa Münster.

– Han som dog. Som ramlade framför tåget.

– Jaså han, sa Münster. Det vet jag inget om. Det var Moreno som skötte det.

– Moreno?

– Ja. Varför frågar kommissarien?

Helvete också, tänkte Van Veeteren. Det har gått fyra år och han fortsätter att kalla mig det där ordet. Det kommer att stå *kommissarie* på min gravsten.

– Ursäkta, sa Münster, som hade tolkat tystnaden i luren. Har svårt att vänja mig tydligen.

– Föralldel, sa Van Veeteren. Kan du koppla mig till Moreno?

– Kan alltid försöka, sa Münster. Men jag tror inte det var

nåt. Inga misstankar om nånting, alltså. Jag antar att du inte vill berätta varför du ringer?

– Alldeles riktigt, sa Van Veeteren. Släpp fram mig till Moreno nu.

Kriminalinspektör Ewa Moreno var inte på sitt rum, men så småningom fick han fatt i henne i en mobiltelefon i en bil mellan Linzhuisen och Weill. Det stämde att hon varit inkopplad på fallet med den förolyckade prästen – och det stämde, som Münster hade påpekat, att det inte fanns några misstankar om någonting oegentligt.

Mer än att Gassel möjligen kunde ha gjort det av egen fri vilja, vill säga. Tågföraren hade hörts, men inte lagt märke till någonting annat än att en gestalt plötsligt trillade ut alldeles framför loket. Det hade naturligtvis varit en traumatisk upplevelse för honom, varje lokförares mardröm, men Moreno hade inte fått ur honom någonting mer än just detta, trots att hon talat med honom i två timmar, förklarade hon. Eller försökt tala.

Van Veeteren funderade ett slag. Sedan frågade han om hon eventuellt hade tid för ett glas öl på Adenaar's framemot kvällen, och det hade hon.

Vad var han ute efter? undrade hon.

Det ville han inte gå in på nu, förklarade han, men lovade att berätta det i samband med ölen.

Hon var en kvart försenad och när hon dök upp slogs han omedelbart av hur vacker hon var. Snyggaste polisinspektören i världen, tänkte han. Verkade bli bättre och bättre med åren dessutom; han undrade vad det var som höll henne kvar inom kåren och hur gammal hon egentligen var. Inte mer än trettifem i alla händelser. Det hade gått ett helt år sedan han såg henne sist, faktiskt – i samband med den bedrövliga historien med intendent deBries – och då hade läget varit så dystert att till och med kvinnlig skönhet fått stryka på foten.

– Jag blev lite sen, sa hon. Hoppas kommissarien inte väntat för länge.

– För i helvete, sa han. Säg du, annars får jag ett epileptiskt anfall.

Hon skrattade.

– Sorry, sa hon. Det tar lite tid.

– Fyra år, påpekade Van Veeteren. Ska det vara så förbannat svårt att lära sig?

– Vi är lite tröga inom kåren, sa Moreno. Som bekant.

– Hm, sa Van Veeteren och vinkade efter servitören. Ja, ni är väl det.

– Gassel var det, sa Moreno efter att de beställt. Vad är det fråga om? Måste erkänna att jag blev lite nyfiken.

Van Veeteren kliade sig avledande i huvudet och plockade fram sin cigarrettmaskin.

– Jag vet inte riktigt, tillstod han. Började ana en liten uggla, men det har säkert bara att göra med min höga ålder och tilltagande förvirring.

– Ska vi slå vad? sa Moreno.

Van Veeteren fyllde på tobak och satt tyst ett ögonblick.

– Han sökte upp mig, sa han sedan. Det är det som är ugglan.

– Sökte upp? sa Moreno. Sökte Gassel upp dig?

– Ja.

– Varför då?

– Det vet jag inte. Hann aldrig prata med honom, tyvärr. Jag hade en tandläkartid att passa och nästa dag reste jag till Rom med Ulrike. Du har visst aldrig träffat henne, men det är min bättre hälft, alltså… hrrm, betydligt bättre faktiskt. Nåväl, det här var för tre veckor sedan lite drygt, vi gjorde upp om ett möte när jag kommit tillbaka, men nu är han död, således. Kan naturligtvis vara en ren slump, men visst tusan undrar man.

Moreno svarade inte, men anlade ett tankeveck i pannan.

– Fick en liten vink om hans ärende dock, fortsatte Van Veeteren. Han ville avbörda sig någonting.

– Avbörda sig?

– Ja. På något vis. Ett eller annat han fått höra inom ramen för sin tystnadsplikt och som han inte kunde hantera, tydligen… en biktfader som ville bikta sig, för att uttrycka det en smula tillspetsat.

– Bikt? sa Moreno. Han var inte inom katolska kyrkan.

Van Veeteren tände sin cigarrett.

– Nej, bekräftade han. Men man tillämpar en sorts modifierad variant i de flesta andra samfund, efter vad jag har hört. Man har väl börjat upptäcka att våra samveten blir lite för tunga att bära ibland.

Moreno log hastigt.

– Framkom det ingenting mer?

Van Veeteren skakade dystert på huvudet.

– Inte som jag kan erinra mig. Mer än att han gjorde ett ganska nervöst intryck, det är det som oroar mig. Hade det inte varit för den där förbannade olivkärnan, hade jag naturligtvis tagit mig tid och lyssnat på honom.

– Olivkärnan? sa Moreno. Nu talar komm… nu talar du i gåtor igen.

– Jag bet sönder en plomb på en olivkärna, förklarade Van Veeteren och grimaserade. Samma dag som vi skulle åka till Rom… eller dagen före, rättare sagt. Det var därför jag var tvungen att gå till tandläkaren. Har tämligen fina gaddar annars.

– Tvivlar jag inte en sekund på, sa Moreno och fördjupade tankerynkan en smula.

Servitören kom med ölen, de skålade och satt tysta en stund.

– Skulle det vara någonting brottsligt i botten, alltså? Är det det du menar?

Van Veeteren drog ett bloss och kisade genom röken.

– Vet inte, sa han. Omöjligt att säga, men han hade plockat ut mig att anförtro sig åt just därför att jag var den jag var. Före detta kommissarie. *Före detta*, var vänlig notera det, du också. Det var ingen tillfällighet, om jag minns rätt undslapp det honom att han lovat att inte vända sig till polisen, det var det som var poängen. Och vad fan skulle det handla om, om det nu inte var brottsligt?

Moreno ryckte på axlarna.

– Vem vet? sa hon. Vad tror du, då? Din intuition är ju inget okänt begrepp precis.

– Bah, muttrade Van Veeteren och drack en klunk. Jag tror inte så mycket som en hönsfjärt. Det kanske har blivit inne i den kriminella världen att bikta sig, vad vet jag? Men har inte inspektören nånting att bidra med? Jag förmodar att ni måste ha gjort någon sorts utredning i alla fall?

Moreno suckade och såg lätt bekymrad ut.

– Inte var det mycket, sa hon. Vi har i och för sig inte avskrivit ärendet än, det är ju inte mer än en vecka sedan, men inte har det framkommit något som... ja, som skulle tyda på att det ligger onda krafter bakom, så att säga.

– Vilka har du talat med?

– Hans far, sa Moreno. Pensionerad egen företagare uppe i Saaren. Tog det väldigt hårt. Ende sonen, hustrun dog för ett år sedan. En kollega ute i Leimaar också, ja, och så en del folk på stationen, förstås. Ingen har haft någonting att komma med, inte som rör själva händelsen i varje fall. Gassel bodde ensam. Inte många vänner. Det är möjligt att han var deprimerad, men det lär inte finnas skäl att dra igång någonting större utifrån vad vi vet. Vi har helt enkelt inga tecken som pekar på någonting oegentligt.

– Och inga konstigheter?

Moreno väntade med svaret medan hon tänkte efter.

– Jag förstår vad du menar, sa hon. Nej, jag är visserligen inte lika lyhörd som en viss före detta kommissarie brukade vara, men jag har inte märkt någonting. Inte ett skvatt. Det hade ju varit en annan sak om det funnits vittnen, någon som sett eller iakttagit någonting, men, nej, ingenting har framkommit, helt enkelt... det var regnigt och blåsigt den där kvällen, och ganska mörkt på perrongen där det hände. Inga människor som väntade för att kliva på heller, det var slutstation för tåget.

– Jag förstår, sa Van Veeteren. Och lokföraren såg ingenting?

– Nej. Råkade titta ner på manöverbordet just i den sekund det hände... ja, han säger så i alla fall. Märkte bara att det virvlade till.

– Virvlade till?

– Ja, han uttryckte det så.

– Och det har inte blivit klarlagt vad Gassel gjorde där? Om han skulle möta någon, eller så.

– Nej.

– Vet ni vad han hade för sig tidigare under kvällen? Innan han damp ner på spåret, alltså.

Moreno skakade på huvudet.

– Nej. Han hade konfirmandundervisning fram till klockan sex, tydligen. Ute i Leimaar. Sedan åkte han antagligen hem. Bodde på Maagerweg inne i stan. Bör ha varit hemma någon gång runt halv sju, men det är bara en gissning. Klockan 22.46 hamnade han framför tåget, vad han hade för sig timmarna dessförinnan har vi ingen aning om.

– Hade han köpt någon biljett?

– Nej. Inte inne på stationen i varje fall. Och han hade ingen på sig.

– Så ni vet inte vad han var ute i för ärende överhuvudtaget? Mer än möjligen att slänga sig framför ett tåg, vill säga?

112

– Nej. Som sagt.

Van Veeteren tittade ut genom fönstret och suckade.

– Ni har inte ansträngt er över hövan för att ta reda på det heller?

– Nej, erkände Moreno. Förmodligen var han hemma på kvällen, men vem vet? Vi har en del andra saker att ägna oss åt dessutom.

– Verkligen? sa Van Veeteren. Tja, jag antar att vi inte kommer mycket längre än så här. Tack för att du ställde upp och lyssnade på mina floskler i alla fall. Får jag ställa en personlig fråga innan vi skiljs åt?

– Varsågod, sa Moreno.

– Du är förmodligen den vackraste snut jag sett. Jag är gammal nog för att våga säga det. Har du inte gift dig än?

Han såg hur hon rodnade, och hur hon gav sig tid att låta det gå över.

– Tack, sa hon. Nej, inte än. Jag håller mig ung genom att inte göra det.

– Hur gammal är du egentligen?

– Gammal nog för att ha vett att tacka för en komplimang, sa inspektör Moreno.

Kyrkoherden i Leimaars församling hette Franz Brunner och han tog emot i prästgården. Det var den äldsta byggnaden i hela stadsdelen, påstod han, en låg vacker träbyggnad från tidigt 1800-tal med flygelbyggnader inklädda med murgröna, vildvin och klängrosor som glödde i den plötsliga höstsolen.

Van Veeteren undrade lite försynt om inte åtminstone kyrkan borde vara av något äldre datum, men Brunner förklarade att den brunnit ner till grunden i slutet av artonhundratalet och att den nya invigts först 1908.

Leimaar hörde också till de delar av Maardam som bebyggts sent, det visste Van Veeteren. Först efter andra

113

världskriget, i tre eller fyra etapper: 50-, 60- och 80-tal. Så gott som uteslutande hyresfastigheter av ganska ordinärt utseende – men läget uppe på åsen med milsvid utsikt över slättlandskapet ut mot havet gjorde att området betraktades som ett av de attraktivare i staden. Han erinrade sig att han en gång suttit och förhört en kvinna på hennes inglasade balkong högst upp i ett av husen, och att han då gjort en minnesanteckning om Leimaar som ett gångbart alternativ till boende på ålderns höst.

Dock ej prästgården. Och ålderns höst var det väl ännu inte fråga om, även om han passerat sexti med marginal och det var i början av oktober?

– Det gällde pastor Gassel, som jag sa, inledde han.

Kyrkoherden anlade en min av from, professionell sorg och hällde upp kaffe.

– Gassel, ja, sa han. Det var en tråkig historia.

Van Veeteren väntade för att ge honom en möjlighet att utveckla denna plattityd, men kyrkoherden visade ingen håg att gripa tillfället. Istället grep han en kaka och började tugga eftertänksamt.

Såvitt Van Veeteren kunde bedöma var han i femtiårsåldern, kanske femtifem till och med, men det fanns knappast en rynka i hans bleka ansikte och det askblonda håret låg sidobenat som på en konfirmand. Händerna, vilka nätt och jämnt stack fram ur den prästerligt svarta kavajen, var släta som oblatdeg, och Van Veeteren hänförde honom preliminärt till den föga avundsvärda kategori människor som lyckats bli gamla utan att åldras. Som levt så försiktigt och i sådan noggrann respekt för moral och dygderegler att tiden inte lyckats sätta några spår i dem.

Han funderade också på om han någon gång stött på fenomenet utanför de religiösa skrankorna. Antagligen inte, bestämde han, det hängde förstås ihop som Sodom och Gomorra.

114

– Hur länge hade han arbetat i er församling? frågade han när hans värd svalt kakan och börjat kasta blickar efter en ny.

– Inte så länge, förklarade Brunner och drog tillbaka kakhanden. Ett år lite drygt. Det var hans första tjänst efter prästexamen, han studerade en del annat innan han hittade fram till teologin.

Han fick det att låta som en mild, men fullt berättigad, tillrättavisning.

– Jag förstår, sa Van Veeteren. Hade ni god kontakt med honom?

– Naturligtvis. Vi är bara tre anställda präster och måste dela bördorna rättvist.

– Bördorna? passade Van Veeteren på och en matt glöd drog över kyrkoherdens vetebrödskinder.

– Jag skämtar, förtydligade han. Jo, vi arbetar tillsammans varje dag... eller arbetade... jag själv, pastor Hartlew och pastor Gassel. Det är mycket socialt arbete vi ägnar oss åt... som alla nog inte riktigt inser. Hartlew har varit hos mig sedan 1992 och Gassel kom förra året, när stiftet äntligen gick med på att nyinrätta en tjänst i församlingen. Vi svarar för över fyrtitusen själar, skall ni veta, det är den högsta siffran i hela Maardam.

Tungt jobb, tänkte Van Veeteren, men avstod från att uttrycka sin beundran.

– Hurdan var han? frågade han istället.

– Vad menar ni? sa kyrkoherden.

– När jag frågar hurdan han var, betyder det att jag vill veta hurdan han var, preciserade Van Veeteren och smakade på kaffet. Som väntat och som vanligt var det lankigt. Dom bygger hela sin verksamhet på kaffesörplande, tänkte han. Ändå kan dom aldrig lära sig att brygga det ordentligt.

– Jag vet inte riktigt vad ni är ute efter, returnerade Brunner. Det var så att han hade sökt upp er, alltså?

115

– Ja, sa Van Veeteren. Hade han några problem med sin tjänst?

– Problem? Jag tror inte jag förstår vad ni...?

– Jag fick det intrycket. Att han råkat ut för någonting i samband med sitt arbete.

Kyrkoherden slog ut med händerna.

– Vad skulle det ha varit?

– Det är det jag frågar er om. Kan ni göra om det där?

– Va? Vad skall jag göra om?

– Slå ut med händerna en gång till. Om ni ursäktar att jag säger det, så såg ni ut som en skådespelare som tvingats ta om en scen för tjugonde gången. Ta inte illa upp.

Kyrkoherde Brunner öppnade munnen i två sekunder. Sedan stängde han den. Van Veeteren tog en kaka och gratulerade sig själv till en ganska hyfsad spelöppning.

– Vad är det ni vill egentligen? sa Brunner när han hämtat sig. Ni har väl knappast någon auktorisation längre, förresten? Nog är det så att ni slutat inom polisen?

– Korrekt, tillstod Van Veeteren. Varför frågar ni? Har ni något att dölja?

– Naturligtvis inte. Jag tycker ni uppträder en smula framfusigt, bara. Varför skulle jag ha något att dölja?

– Herrens vägar äro outgrundliga, svarade Van Veeteren. Men för mig är det ändå ganska uppenbart att ni inte tycker om det här samtalet. Skulle ni be mig gissa, vill jag nog påstå att ni inte stod i något vidare gott förhållande till pastor Gassel. Stämmer det?

Brunner fick problem med ansiktsfärgen igen.

– Vi respekterade varandra, sa han. Ni måste... ni måste förstå att församlingstjänst i mångt och mycket är ett arbete som allt annat arbete. Som kyrkoherde är jag naturligtvis i chefsställning med allt vad det innebär av ansvar och plikter...

– Ni hade olika uppfattning i trosfrågor?

116

Kyrkoherden funderade ett ögonblick.

– På någon punkt, ja.

– På någon avgörande punkt?

Brunner reste sig och började långsamt vanka av och an i rummet.

– Varför envisas ni om det här? frågade han efter en halv minuts tystnad. Är det så viktigt för er?

– Jag vet inte ännu, sa Van Veeteren. Kanske, kanske inte. Saken är ju den att pastor Gassel kom till mig för att få bikta sig, praktiskt taget. Man kan tycka att det hade varit naturligare om han vänt sig till sin egen kyrkoherde. Eller till någon inom kyrkans revir åtminstone. För egen del är jag en avhoppad agnostisk kriminalkommissarie.

Brunner stannade upp.

– Vad ville han? frågade han.

Nästan omedelbart tycktes det gå upp för honom att han knappast var berättigad att ställa en sådan fråga, och han satte sig på nytt i karmstolen och suckade.

– Jag fick aldrig reda på vad han ville, förklarade Van Veeteren, men jag hade hoppats att ni skulle kunna ge mig lite hjälp på traven.

– Jag förstår. Låt mig tänka efter en stund.

Brunner knäppte händerna framför sig i knät och slöt ögonen. Van Veeteren antog att han på detta enkla sätt skaffade sig sanktion från högre ort, och undrade hastigt om inte detta var en av bevekelsegrunderna i all religionsutövning. Behovet att avsvära sig ansvaret.

Oviljan att bära bördan.

– Allright, sa Brunner prosaiskt och öppnade ögonen. Ja, vi hade en del meningsskiljaktigheter, pastor Gassel och jag. Såtillvida har ni prickat rätt.

Van Veeteren tittade upp i taket och tackade tyst för lovgivningen.

– Vilka då? frågade han.

– Pastor Gassel var homosexuell.

– Jaha? sa Van Veeteren.

Det blev tyst ett ögonblick.

– Man kan ha olika syn på homosexualitet, konstaterade Brunner.

– Verkligen? sa Van Veeteren.

– Själv företräder jag en liberal uppfattning med biologisk-kristen grundsyn.

– Utveckla, bad Van Veeteren.

– Ingen skall dömas för att han... eller hon... har en avvikande sexualitet.

– Håller jag med om.

– Men vederbörande måste göra det bästa av situationen. Att erkänna sin homosexualitet är förstås ett avgörande och nödvändigt steg, där var pastor Gassel och jag helt överens. Däremot hade vi skilda meningar rörande nästa steg.

– Som är? undrade Van Veeteren.

– Att bekämpa det förstås, deklarerade kyrkoherden och rätade på ryggen. Det finns natur och det finns onatur, inom kyrkan måste vi be för och hjälpa dem som funnit onaturens väg. Det har alltid varit en självklarhet och ett rättesnöre för mig. Man kan kanske ha förståelse för de individer som inte förmår... som inte orkar bekämpa sin sjukdom alla gånger, men när en präst inte ens inser vikten av att strida överhuvudtaget, ja, då är han ute på fel vägar. Hans egen sjukdom, till yttermera visso... ja, ni kanske förstår våra olika ståndpunkter nu?

Van Veeteren nickade.

– Jag tror det. Lade ni märke till någonting ovanligt i pastor Gassels uppträdande tiden närmast före hans död?

Kyrkoherden skakade långsamt på huvudet.

– Nej. Jag tror inte det. Inte som jag kan erinra mig på rak arm.

– Var han deprimerad?

118

– Inte som jag vet.

– Och ni känner inte till om det inträffade någon speciell händelse nu under hösten eller sensommaren som kan ha varit traumatisk för honom?

– Traumatisk? Nej, det har jag ingen aning om. Men vi hade heller inte den relationen att han anförtrodde sig, eftersom... ja, för det här som vi just talat om.

– Jag förstår, sa Van Veeteren. Jag antar att ni inte kan uttala er om suicidbenägenhet och sådana frågor?

– Vad gäller trosståndpunkten är vi inte lika rigida som de katolska, sa Brunner och harklade sig. Naturligtvis är det aldrig rätt att ta sitt liv, men det ankommer inte på oss att döma en förtvivlad människa som tar till en desperat utväg...

– Om vi lämnar salighetsaspekten därhän för ett ögonblick, föreslog Van Veeteren. Bedömer ni det som möjligt eller uteslutet att Gassel kan ha begått självmord?

Kyrkoherden trutade med munnen och såg skarpsinnig ut.

– Kan jag inte bedöma, sa han till slut. Jag tror det förstås inte, och vet ingenting som pekar på det. Men jag kan likväl inte utesluta det helt och hållet.

– Känner ni till om han hade någon fast förbindelse? Bodde han tillsammans med en partner, eller så?

Kyrkoherden rodnade igen.

– Partner? Nej, verkligen inte... jag har absolut ingen aning om... om de här sakerna.

– Jag förstår. Var den bekant i församlingen, den här avvikelsen, som ni kallade den?

– Att han var homosexuell?

– Ja.

– Förhoppningsvis inte. Det borde ha kommit till min kännedom i så fall, och vi hade åtminstone nått fram till den kompromissen att han inte skulle skylta med det. I synnerhet i konfirmandundervisningen är det ju en utomordentligt känslig sak, och här är det förstås kyrkoherden som måste bära det yttersta ansvaret. Ni förstår kanske att det inte varit något lätt år för mig, det här?

Nej, tänkte Van Veeteren. Din stackare, du lyckas vigga stiftet på en ny tjänst och så besätter man den med en bög. Måste kännas lite förargligt, onekligen.

Men knappast så förargligt att kyrkoherden valt att skicka Gassel vidare till Skymningslandet genom att knuffa honom framför tåget, väl? Därtill verkade hans ansikte alltför slätt och oskuldsfullt.

– Så det var på grund av de här små meningsskiljaktigheterna som han inte ville gå och bikta sig hos er? Håller ni det för en rimlig slutsats?

Brunner tänkte efter.

– Jo, sa han. Det är nog just så det förhöll sig, tyvärr. Och jag tror inte han skulle ha vänt sig till pastor Hartlew heller. Bikten är som bekant inget sakrament hos oss, men möjligheten att lätta sitt hjärta finns förstås. Och få det sagda förseglat. Fast jag förstår inte varför han kom till just er.

– Inte jag heller, konstaterade Van Veeteren, som inte såg någon poäng i att introducera Gassels katolska moster. Delar pastor Hartlew er uppfattning i synen på de homosexuella?

– Det är jag övertygad om.

– Vad var det ni kallade den?

– Vilken då?

– Er uppfattning. Liberal-biologisk på kristen…?

Kyrkoherde Brunner funderade i fem sekunder.

– Det kommer jag inte ihåg, erkände han sedan med en trött axelryckning.

– Även om han inte hade lust att tala med sin kyrkoherde, är väl steget rätt långt till dig? menade Ulrike Fremdli lite senare samma dag. Om du har några homosexuella sidor, så

120

har du lyckats dölja dem ganska väl för mig, åtminstone. Fast det var kanske inte från den aspekten han närmade sig?

– Antagligen inte, sa Van Veeteren. Nej, jag föredrar fruntimmer, rätt och slätt. Fast skämt åsido är det ju ett förbannat märkligt sammanträffande, det går liksom inte att komma runt det. Gassel kommer in till mig och ber om hjälp och ett par veckor senare ligger han under tåget. Om han nu verkligen ville ta livet av sig, kunde han väl ha väntat några dygn så att han fått avbörda sig vad det nu var han ville? Eller struntat i att blanda in mig? Och inte fan går man och bara trillar ner från en perrong?

– Han var inte berusad?

– Inte en halv öl i blodet ens, säger Moreno.

– Och du fick inga indikationer på vad det var frågan om? När han var hos dig, alltså.

– Jag minns inte, sa Van Veeteren. Det är det som är så förbannat, att jag inte kommer ihåg. Jag tror han nämnde nånting om en kvinna… som hade anförtrott sig åt honom, skulle jag tro. Och att han lovat att hålla tyst och framförallt att inte vända sig till polisen. Jag fick uppfattningen att han var rädd för att någonting skulle kunna hända, men det kan vara en efterhandskonstruktion… jo, jag har för mig att han sa så, faktiskt. Någonting skulle inträffa, om inte åtgärder vidtogs… fan också!

Ulrike lyfte upp Stravinsky i soffan och började klia honom under hakan.

– Men det var inte han själv som var i fara?

– Inte som jag uppfattade det. Man skulle förstås kunna ta reda på om han antecknade vilka som kom och biktade sig för honom, men herregud, jag har ju slutat på krim, är det inte så?

– Jo, sa Ulrike. Såvitt jag vet.

– Hm, sa Van Veeteren. Satan också, jag undrar om jag kommer att kunna lägga undan det här.

Hon släppte ner Stravinsky på golvet och lutade sig intill honom i soffan. Satt tyst några sekunder och strök tankfullt med fingrarna över de ytligt liggande ådrorna på hans handrygg.

– Vad har du för alternativ?

Van Veeteren suckade.

– Ett par namn till exempel, sa han. Bekanta till honom. Och så en olustig känsla av att om jag inte fortsätter att peta i det här, så kommer det inte att hända särskilt mycket. Det är inte bra att gå omkring med en död präst på sitt samvete... nåja, vi får väl se om andan faller på.

– Det gör den nog, sa Ulrike Fremdli. Om jag känner dig rätt.

– Nu förstår jag inte vad du menar, sa Van Veeteren.

Maardam, november 2000

12

Söndagen den 5 november 2000 var den dag då en nysning höll på att lägga Egon Trauts äktenskap i ruiner.

Åtminstone föresvävade honom denna dystra möjlighet under några långa kvällstimmar, och det är ändå en viss skillnad mellan träda och ruiner.

Egon Traut var egen företagare. Innehade en firma som tillverkade och sålde upphängningsanordningar för glasögon till optikerbutiker och glasögonhus. Tillverkningen ägde rum uppe i Chadow, där han också bodde i en spatiös, haciendainspirerad villa tillsammans med hustru och fem barn, varav två visserligen var utflugna ur boet (åtminstone för det mesta), två var tvillingar i tonåren (vilket sannerligen sätter sina spår), och den femte (en sladdgosse vid namn Arnold) led av Hörndlis syndrom och var autistisk.

Företaget å sin sida hette GROTTENAU, ett anagram på hans eget namn, och hade under slutet av åtti- och hela nittitalet långsamt men säkert lagt under sig marknadsandelar, till att börja med i Chadow, sedan i den omkringliggande regionen och så småningom i hela landet – i en sådan utsträckning att man vid ingången till det nya millenniet behärskade uppemot sexti procent av hela kakan. I optikerkretsar var F/B GROTTENAU om inte ett begrepp, så åtminstone ett namn man förknippade med kunnande, kvalitet och pricksäkra leveranser.

Sedan 1996 hade Egon Traut fyra anställda. Tre av dem sysslade med tillverkningen ute i Chadows nya industriområde, en skötte kontorssidan. Den sistnämnda hette Betty Klingerweijk, var på dagen tio år yngre än han själv, och ägde ett par bröst som han ibland kunde ligga vaken om nätterna och inte få ur huvudet.

När han låg i sitt äktenskapliga sovrum, vill säga. Då och då hände det att han istället låg i samma säng som sagda bröst, och vid dessa (tyvärr alltför sporadiskt återkommande) tillfällen behövde han förstås inte alls bry sig om att få dem ur huvudet. Tvärtom. Att få in dem i huvudet (genom munnen) var något som han gärna lade ner både engagemang och energi på. Betty Klingerweijk hade varit hans älskarinna i något mer än tre års tid vid det här laget, och det var hon som nös så olycksdigert den här regniga novembersöndagen.

Det skedde på motorvägen mellan Linzhuisen och Maardam, de var på hemväg från en tredagars försäljningsresa i de sydligare provinserna, och Traut hade just ringt upp sin hustru på mobiltelefonen för att be henne om vissa uppgifter.

– Vad var det? sa hustrun.
– Vilket då? sa Egon Traut.
– Det där som hördes. Det lät som om någon nös.
– Eh… jag hörde ingenting.
– Du har väl ingen med dig i bilen?
– Nej. Varför skulle jag ha det?
– Det kan man ju fråga sig. Det lät som en kvinna som nös i alla fall.
– Så märkligt. Det kanske var nån på linjen.
– På linjen? Det var det dummaste. I själva verket är jag ganska säker på att jag hörde rätt. Du har en annan kvinna bredvid dig i bilen, eller hur?
– Jag svär, sa Egon Traut.
– Det känner jag till, sa hustrun. Men nu är det vad jag

inte känner till som intresserar mig. Vad heter hon? Är det någon jag känner eller har du bara plockat upp henne?

Egon Traut försökte hitta ett motdrag, men det dök inte upp något vettigt i hans för dagen en smula grumsiga hjärna.

– Det är väl inte den där vulgära slampan fröken Klingerweijk, bara? ropade hustrun med hög röst i luren, så att det skulle höras ordentligt. Traut kastade en hastig blick på sin medpassagerare och såg att budskapet nått fram.

Helvete också, tänkte han. Död åt mobiltelefonens skapare.

– Jag försäkrar dig, försäkrade han. Jag är lika ensam i bilen som en... som en sill i en kyrka.

– Sill i en kyrka? Vad yrar du om? Finns väl inga sillar i en kyrka. Är du inte nykter ens?

– Klart jag är nykter. Du vet att jag alltid tar det försiktigt när jag är ute i affärer... och om det fanns en sill i kyrkan, skulle den känna sig rätt ensam, eller hur? Kan jag få komma till sak nu, eller tänker du fortsätta ösa beskyllningar över mig?

Det var en ganska skicklig turnering och det blev tyst i luren ett par sekunder. Men det var ingen god tystnad, han hörde hur tydligt som helst att hon inte trodde honom. Och ur ögonvrån såg han hur Betty Klingerweijk blängde på honom och verkade ha god lust att nysa en gång till. Bara på pin kiv.

– Vilken sak? sa hustrun.

– Din galna syster naturligtvis. Vad var det för adress, dom har ju flyttat, sa du? Jag är framme i Maardam om fem minuter.

Det var tillräckligt för att förskjuta fokus i samtalet, åtminstone temporärt. Svägerskan var ju själva anledningen till att han ringt upp, och det var rätt oundvikligt att det satte honom i lite bättre dager. Hans hustru hade tjatat och tjatat om att han måste titta in och se efter hur det stod till med henne, när han nu ändå hade vägarna förbi Maardam. Systern hade inte svarat i telefon på över en månad, det måste ha hänt henne någonting.

Klart som korvspad och blod är tjockare än vatten.

De hade ordat ganska omständligt om det hela på torsdagsmorgonen innan han for iväg, men han hade inte givit sin hustru något riktigt bindande löfte. Inte om han erinrade sig rätt i varje fall. Så att han nu ringde och erbjöd sig måste rimligen ses som en god och medmänsklig gärning. Han var beredd att göra sig omaket att åka förbi galna svägerskans lägenhet och kontrollera läget, var inte det ett gott bevis på hur högt han värderade sin hustru och deras samliv, kanske?

Han uttalade inte detta explicit, men vågade ändå tolka hustruns lågmälda hummande – medan hon letade i adressboken antagligen – som ett visst erkännande. Hon fortsatte åtminstone inte att älta den förbannade nysningen.

– Moerckstraat, sa hon till slut. Moerckstraat 16, vete fasen var det ligger, men du får väl fråga dig fram. Och se till att vidta åtgärder om hon inte öppnar.

Åtgärder? tänkte Egon Traut. Vad då för satans åtgärder?

Det tog över en halvtimme att hitta fram till Moerckstraat, som låg i ett ovanligt trist sjuttitalsområde på norra sidan om Maar, och Betty Klingerweijk hann bli ordentligt sur över fördröjningen.

– Du lovade att vi skulle vara hemma före tio, påpekade hon. Det hinner vi aldrig nu.

– Lovade och lovade, sa Egon Traut. Det är väl fint om vi får vara tillsammans lite längre.

– Tss, sa Betty Klingerweijk, och han visste inte riktigt hur han skulle tolka det.

Han stängde av motorn och klev ut i regnet. Fällde upp kavajkragen och sprang tio meter uppför en liten asfaltsramp. Det var ungefär så långt som Egon Traut orkade springa – i synnerhet om det var uppförsbacke – och han stannade och pustade ut under en utskjutande loftgång som löpte längs hela husraden. Hittade namnet Kammerle på en nedklottrad glastavla och räknade ut att lägenheten måste vara belägen på andra våningen.

Hittade ingen hiss, så han tog trappan.

Det kammerleska kyffet låg inåt gården... för det var något av ett kyffe. Egon Traut hade svårt att begripa att människor valde att bo på det här viset. Inhumant på nåt sätt. Genom ett smalt fönster, antagligen ett köksdito, kunde han se rakt in i lägenheten – eller skulle ha kunnat se, snarare, för den händelse ljuset varit tänt.

Men det var det alltså inte. Nu såg han bara sin egen spegelbild, som gott och väl fyllde upp hela rutan, åtminstone på bredden.

Han ringde på. Det hördes inget surrande eller plingande, så han antog att klockan var trasig. Bultade ett par gånger med knytnävarna på dörren istället och väntade. Ingen reaktion. Prövade med att knacka några gånger på fönstret också, men inget liv förmärktes där inifrån.

Fan också, tänkte han. Ingen är hemma, det är hur uppenbart som helst. Vad ska jag göra nu då?

Åtgärder, hade Barbara orerat om. Åtgärder!

Han såg sig om och funderade. De flesta av hyresgästerna verkade vara hemma i sina lägenheter denna trista novemberkväll. Det var tänt i nästan vartenda fönster. Kanske kunde han fråga någon granne? Eller försöka få tag på någon sorts portvakt, det måste väl finnas sådana på ett sådant här ställe också?

Och Betty satt i bilen och blev surare för varje minut som gick.

Och Barbara hade hört henne nysa i mobilen. Fan och hans mormor, tänkte Egon Traut. Jag skulle vilja sitta med en öl i solen långt borta någonstans.

Han lyfte blicken upp mot den blygrå himlen och bestämde sig för att just den här stunden, just de här timmarna av sitt liv, kunde han lika gärna ha varit utan.

Och han insåg lite förvånat att det inte var någon alldeles ny tanke.

När han sänkte blicken märkte han att en dörr lite längre bort utefter loftgången hade öppnats, och att ett kvinnohuvud stack ut och iakttog honom. En liten mörk invandrarkvinna. Kurdiska eller iranska, gissade han, men han var inte vidare bevandrad i främmande kulturer så det kunde lika gärna vara fråga om något annat land.

– Du söker Kammerle? frågade kvinnan och brytningen var inte alls särskilt kraftig. Hon har nog bott här några år, tänkte Egon Traut.

– Ja. De tycks inte vara hemma.

– Det är någonting som är inte bra med dem därinne.

– Inte bra? Vad menar ni?

Hon öppnade dörren, svepte den mönstrade duken tätare om huvud och axlar och kom ut till honom. Hon var liten och tung och rörde sig otympligt, men hennes ögon var stora och uttrycksfulla. Det var inte svårt att läsa hennes genuina oro i dem.

– Jag bekymrar mig för dem, sa hon. Någonting är inte rätt, jag har inte sett mamman eller flickan, inte någon av dem på den hela månaden.

– De kanske har rest bort någonstans. Eller flyttat?

– Inte flyttat, det kan inte vara så. Det märker man när någon flyttar och jag finns hemma hela dagarna. De hade tvätt i maskinerna också.

– Tvätt? undrade Egon Traut, som var föga insatt i hur dylika processer gick till.

– Ja. En månad sedan. Fru Kammerle lämnade två maskiner fulla med tvättade kläder utan att ta hand om. Jag har

130

hängt och torkat, vi har dem i kassar inne hos oss, men någonting måste ha hänt. Varför skulle man bara lämna fina kläder på sådant vis?

Egon Traut hade inget svar på detta och började gräva i fickorna efter en cigarrett.

– Vem är ni förresten?

– Ursäkta, sa han. Jag glömde bort att presentera mig... Egon Traut. Han sträckte fram handen, och kvinnan fattade den i ett varmt och fast grepp. Jag är gift med en syster till Martina Kammerle. Vi har också börjat undra, eftersom hon inte svarat i telefon på... ja, som ni säger, på en hel månad.

Hon släppte hans hand och ruskade bekymrat på huvudet.

– Jag heter Violeta Paraskevi, sa hon. Jag känner inte alls er släkting, vi brukar bara hälsa som man gör i landet. Men vi träffas aldrig, inte min flicka och hennes flicka heller, det är tråkigt och jag är så orolig att någonting måste hända dem.

Egon Traut funderade.

– Ni vet inte om det finns någon som har nyckel? frågade han. En portvakt eller någonting sådant?

Violeta Paraskevi nickade energiskt.

– Herr Klimkowski, förklarade hon. Han är hyresvärden, jag har hans telefonnummer. Jag har sagt åt honom en tidigare gång, men han bara säger att vi ska inte lägga oss i och vänta lite mera. Jag säger han har fel, men han lyssnar inte gärna på liten tjock kvinna från annat land med huvudduk och massa konstigheter. Han är en av dessa, du vet, som tycker inte om oss. Som tycker vi skall åka hem och bli förföljda och dödade istället för att bo här och ha det bra...

– Jaså ja, sa Egon Traut. Nåja, om ni ger mig numret, så ringer jag upp honom.

– Bra. Kom in och ring från mig.

Egon Traut klappade på kavajfickan, men insåg att han

131

lämnat mobilen kvar hos Betty i bilen och följde efter kvinnan.

Det tog ytterligare en halvtimme innan herr Klimkowski uppenbarade sig på Moerckstraat. Han var en liten undersätsig karl i sextiårsåldern, som haltade lätt på höger ben, och han lät ingen sväva i tvivelsmål om vad han tyckte om att behöva rycka ut på meningslösa uppdrag en regnig söndagskväll i november.

Betty Klingerweijk var inte på mycket bättre humör, hon – trots att Egon Traut varit borta på pizzerian i hörnet och köpt både öl och chips och pizza åt henne.

Kvinnor, tänkte han, efter att ha suttit i bilen och försökt underhålla henne med lite trevligt småprat i mer än en kvart. Jag förstår mig inte på er. Tamejfan inte.

– Satans spring, sa Klimkowski. Folk tror att man är nån jävla präst med jouröppet dygnet runt.

– Ursäkta så mycket, sa Egon Traut. Det tror jag inte alls, jag försäkrar. Det är bara så att vi råkar befinna oss på genomresa och vi är lite oroliga för min svägerska. Jag skall givetvis ersätta er för allt besvär.

– Hmpff, sa Klimkowski och skramlade med nyckelknippan. Behåll era pengar, ni. Nu ska vi se... 16 D, Kammerle, var det så?

Traut nickade och de tog sig uppför trappan igen, där Violeta Paraskevi tog emot dem och pekade ut den rätta dörren med sydländskt eftertryck och för alla eventualiteters skull.

– Jag vet, muttrade Klimkowski. Stå inte i vägen nu.

Han fick nyckeln i låset och öppnade.

– Ni får skriva på ett papper också, förklarade han och vände sig till Traut. Det måste vara en släkting eller polisen för att jag ska ha rätt att öppna. Jag vill inte få nån skit i onödan.

– Självfallet, sa Egon Traut. Nå, låt oss gå in och se efter,
då.

Det tog dem mindre än en halv minut att hitta kroppen,
och det var framförallt lukten som vägledde dem. Martina
Kammerles ruttnande lekamen låg förpackad i två svarta
sopsäckar under hennes egen säng; den ena säcken påträdd
uppifrån, den andra nerifrån. När Klimkowski drog fram
kroppen och avtäckte den övre delen, insåg Egon Traut att
det sista man bör ägna sig åt strax innan man står i begrepp
att upptäcka ett lik, är att dricka öl och äta pizza.

När han kräkts färdigt, insåg han också – med ett svagt
glimmande stänk av tacksamhet mitt i mörkret – att den där
nysningen i mobiltelefonen nog inte skulle få riktigt så stor
betydelse för hans äktenskap som han hade fruktat under
några timmar.

Så inget ont som inte har något gott med sig, tänkte han
med ett flyktigt stråk av skuldmedvetenhet.

13

Det blev kriminalinspektörerna Jung och Rooth som fick ta hand om de första timmarna på Moerckstraat 16, och ingen av dem kom senare att skriva om dem i sina dagböcker.

Skulle inte ha gjort det ens om de haft några. Det var för deprimerande, helt enkelt. För dystert och för makabert. De vankade omkring i den trånga lägenheten, försökte observera och anteckna väsentligheter, inte vara i vägen för brottsplatsfolket – samt andas med vidöppna munnar för att slippa lukten.

– Jävla skit, sa Rooth. Jag står nästan inte ut med sånt här.

– Du har betalt för att stå ut, sa Jung.

Först några minuter efter halv tio anlände kommissarie Reinhart till platsen, i lagom tid för att få en preliminär bedömning av läget från läkarteamet och en ännu preliminärare från teknikerna.

Martina Kammerle – om det nu verkligen var hon som legat i soppåsarna under sängen (det fanns förstås ingen anledning att misstänka att det var någon annan, men Egon Traut hade på grund av kroppens upplösta tillstånd och sin egen tillfälliga opasslighet ännu inte förmått göra någon säker identifikation) – hade av allt att döma dött för ganska länge sedan. Åtminstone tre veckor, som det såg ut, men för en precisare bedömning var man tvungen att analysera lite mer data, såsom vävnadsprover, blodstatus, dygnsmedeltemperatur i lägenheten med mera liknande.

Dödsorsaken var heller inte möjlig att fastställa på detta

tidiga stadium, men eftersom kvinnan förmodligen inte dött en naturlig död i två plastsäckar under sin säng, drog i varje fall Jung slutsatsen att hon, som det hette, bragts om livet av en eller flera okända personer.

Och ingenting tydde på att någon varit inne i lägenheten på tre-fyra veckor åtminstone. Huruvida Martina Kammerle lyckats skrapa åt sig några hudfragment under naglarna eller rentav rispat mördaren i blod – vilket, med en rätt stor portion tur, skulle kunna möjliggöra DNA-analys – återstod också att se efter att vederbörliga arbetsinsatser gjorts på Rättskemiska och Rättsmedicinska. Några direkta, iögonenfallande, ledtrådar hade i alla händelser inte tillvaratagits, men lägenheten skulle naturligtvis hållas avspärrad så länge det ansågs nödvändigt – så att höga herrar kriminalpoliser fritt kunde ströva omkring och leta efter både det ena och det andra. Om man nu någon gång kom så långt att man trodde sig ha någonting att leta efter.

Ungefär med den andemeningen uttryckte sig inspektör le Houde, som var chef för teknikergruppen – och som hämtats från en cupmatch på Richterstadion tio minuter före pausvilan och två minuter före hemmalagets kvittering: ett mål, som enligt alla sansade bedömare varit rena drömmen, exekverat av en nyinköpt dansk, och som le Houde kunde höra ovationerna efter just som han klev in i patrullbilen.

– Jaja, vi får vänta och se, sa Reinhart. Synd att du missade matchen. Personligen skiter jag i fotboll, men vi vann med 5-2, hörde jag. Det var visst ingen dum tillställning.

– Håll käften, sa le Houde.

Reinhart inspekterade kroppen, det aktuella rummet och lägenheten under fem minuter. Sedan bestämde han sig för att återvända till polishuset i sällskap med Egon Traut, men beordrade Jung och Rooth att stanna kvar och börja med grannintervjuerna.

135

– Klockan är kvart i tio, påpekade Rooth.

– Kör fram till tolv, sa Reinhart. Finns ändå ingen som går och lägger sig efter den här palavern. Jag skickar lite förstärkning om jag hittar någon.

– Allright, sa Rooth. Vi sticker ner till pizzerian först, bara. Den ligger alldeles på hörnet. Man ska inte arbeta på tom mage, då tappar man i effektivitet.

Reinhart blängde på honom och försvann iväg med Traut. Jung förklarade att han under rådande omständigheter inte var särskilt hungrig, och begav sig istället bort till grannlägenheten för ett lite fylligare samtal med den jugoslaviska invandrarkvinnan, som han redan bytt några ord med.

Och som åtminstone verkade ha ett litet hum om vem offret egentligen var.

Fast bara ett hum, som sagt. Om den här kvinnan Kammerle legat död i en månad eller mer, kunde det väl inte vara så alldeles välbeställt med grannsämjan.

Tänkte inspektör Jung och letade fram papper och penna.

– Vad är det som har hänt? frågade Münster och slog sig ner mittemot Reinhart.

Reinhart grimaserade och lade upp fötterna i bokhyllan.

– Bra att du kom, sa han. Mord. Det gäller en kvinna som antagligen heter Martina Kammerle. Borta på Moerckstraat. Hon är strypt och har legat död under sin säng i en månad, uppskattningsvis.

– Under? sa Münster.

– Under, sa Reinhart. Gärningsmannen hade täckt in henne med två sopsäckar så hon inte behövde frysa. Omtänksam kille. Det är för jävligt. Som vanligt.

– Som vanligt, upprepade Münster. Blev hon våldtagen också?

– Möjligt, sa Reinhart. Fast hon hade en del kläder på sig, så hon kanske slapp det i alla fall. Trosor och ett linne… res-

136

terna av dem, kanske jag skulle säga. Det sker vissa kemiska processer med en kropp som ligger i rumstemperatur en månad, men det behöver jag kanske inte påminna dig om?

– Nej tack, sa intendent Münster och suckade. Det behövs inte. Vem är hon?

Reinhart rätade upp sig i stolen och började kratsa ur pipan.

– Vet inte, sa han. Men vi har en typ härinne som kanske vet. Heter Traut, det var han som hittade henne. Släkting av nåt slag. Egen företagare också... inte min typ riktigt, om man ska vara ärlig, fast vad tjänar det till att vara ärlig?

– Har du hört honom?

– Inte än. Tänkte vi skulle vara två, det var därför jag ringde efter dig.

Münster nickade.

– Jag förstår. Nånting annat innan vi sätter igång?

– Inte som jag känner till så här långt, sa Reinhart. Ska vi ta oss an honom då. Jag tror han väntat tillräckligt nu.

– Klockan är elva, sa Münster. Hög tid om vi ska hinna med skönhetssömnen i natt.

– Jo, sa Reinhart och reste sig. Allt har sin tid. Vänta, jag måste få med mig tobaken också, lite underhållning måste man ändå tillåta sig.

– Jävla trist område, det här, konstaterade Rooth en stund senare. Tur att man inte behöver bo här.

Jung, som för sin del växt upp mindre än trehundra meter från Moerckstraat, hade ingen kommentar till detta. Istället föreslog han att de skulle låta sig nöja för kvällen och sammanfatta intrycken nere i bilen. Rooth hade ingenting att invända; de tog farväl av le Houde och hans tappra mannar och önskade dem en givande natt.

Le Houde var så trött att han inte ens orkade svära åt dem, och när Rooth bjöd honom på en halv chokladkaka, vände han dem bara ryggen.

– Fint med väluppfostrade kolleger, sa Rooth och stoppade chokladen i sin egen mun. Nå, vad har du fått fram, då? Hittat nån strypare?

– Jag tror inte det, erkände Jung. Har inte hunnit med mer än två lägenheter heller.

– Tre för min del, sa Rooth. Dom verkar inte ha så mycket koll på varandra i det här området. Men fru Paraskevi måste väl ha haft en del att säga?

Jung ryckte på axlarna.

– Egentligen inte, sa han. Hon var ju med när dom gick in, och hon påstår att hon känt på sig nånting rätt länge. Hon är sjukpensionär och går ensam hemma hela dagarna. Lägger väl märke till ett och annat, antagligen. Hennes man är serb förresten, hon själv kroat. Han finns någonstans nere på Balkan, tror hon, men hon har inte hört ifrån honom på fem år.

– Kul, sa Rooth.

– Ja. De har en dotter också. Såg sin pappa sista gången när hon var åtta år, nu är hon sexton. Martina Kammerle hade också en dotter, berättade Paraskevi. Ungefär lika gammal som hennes egen, man undrar ju var fan hon håller hus någonstans? Har inte synts till på en månad, hon heller, tydligen.

– Kan det inte vara hon som har gjort det? föreslog Rooth. Strypt morsan och stuckit?

Jung gjorde en grimas.

– Låter lite magstarkt, men inte vet jag. Det måste väl finnas fler inblandade. Släkt och vänner och sådär. Och ovänner. Fru Paraskevi säger att fru Kammerle nog hade en herrbekant en period i augusti-september. Hon såg honom aldrig, men hon hörde dem prata.

– En herrbekant? sa Rooth. Det fanns ingen lite stadigare förbindelse, så att säga?

– Ingen aning, sa Jung. Inte som det framkommit hittills i varje fall. Har inte dina samtal gett nåt?

– Lite halsbränna på sin höjd, konstaterade Rooth uppgivet. Måste lära mig att inte dricka kaffe så här sent. Nej, det är ingen som verkar veta ett skvatt, faktiskt. Ingen av dom jag snackat med var säkra på vad hon hette ens. Liket, menar jag. Ändå har dom bott här i... ja, hur länge var det nu? Två år?

– Ett och ett halvt, tror jag, sa Jung.

– Fast den här Traut får väl klargöra ett och annat. Verkar rätt meningslöst att springa runt och besvära folk när vi inte har en aning om bakgrunden. Vi vet ju för tusan inte mer än hennes namn än så länge. Inte mycket mer i alla fall.

– Stämmer, sa Jung. Vad ska vi göra, då?

– Åka hem och sova, sa Rooth efter att han funderat i en tiondels sekund. Vi lär få springa i dom här kvarteren hela dagen imorgon, så vi hinner säkert uppleva det tillräckligt.

Inspektör Jung märkte att han för en gångs skull var på samma linje som sin kollega, och efter att ha tömt sina blåsor på kaffe och te och mera kaffe – samt ett ynka litet glas plommonbrännvin som fru Paraskevi insisterat på – i ett väl skyddat hörn av gården, återvände de till bilen.

– Ursäkta att ni fått vänta, sa Reinhart. Men som ni säkert förstår har vi en del att ta itu med med anledning av det här.

– Det gör ingenting, försäkrade Egon Traut tillmötesgående. Jag har ringt frugan och sagt att jag kommer hem imorgon istället.

Han klappade på kavajens bröstficka där översta delen av en mobiltelefon stack upp. Münster och Reinhart satte sig mittemot honom vid bordet och Reinhart tände pipan.

– Hon är rätt uppriven, frugan, fortsatte Traut utan anmodan. Får man ju förstå också. Dom stod inte varann speciellt nära, men en syster är ju ändå en syster.

– Finns det fler syskon? undrade Münster.

– Fanns, sa Traut. En bror. Han dog... tog livet av sig, om man skall vara ärlig.

– Finns all anledning att vara ärlig i det här läget, poängterade Reinhart. Er svägerska har blivit brutalt mördad, det råder inget tvivel om saken, och vi måste få fast gärningsmannen.

– Naturligtvis, självfallet, skyndade sig Egon Traut att bedyra. Allt jag kan göra för att hjälpa er på traven...

Han avslutade inte meningen. Vände istället handflatorna upp mot taket i en gest som antagligen avsåg att illustrera hans rena hjärta. Münster betraktade honom med en känsla av mild avsmak. Förmodligen var Traut jämngammal med honom själv, runt fyrtifem, men han såg tung och plufsig ut. Åren hade tärt på honom, men det var knappast år av slit och arbete, diagnostiserade Münster. Snarare av vällevnad. Stillasittande. Gräddiga såser och stadiga groggar. Och ett minimum av rörelse. Det råttfärgade håret var uttunnat och livlöst och kammat på ett märkligt sätt nerifrån öronen och uppåt, av allt att döma i ett fåfängt och patetiskt försök att dölja en rätt så väl utvecklad flint.

Nåja, sansade sig Münster, det är inte utsidan det kommer an på.

– Ni bor alltså uppe i Chadow, sa Reinhart. Vad hade ni för ärende här i Maardam?

Traut harklade sig och satte igång att redogöra.

– På genomresa bara, började han. I affärer, jag brukar göra en liten tripp ner till Groenstadt och Bissenshof och däromkring vid den här tiden varje år. Ett par-tre dagar ungefär, det är viktigt med den personliga kundkontakten, det har jag aldrig gjort avkall på. Det finns dom som menar att...

– Vad är det ni sysslar med? avbröt Münster.

– Optikställningar, förklarade Traut med ett professionellt

140

halvleende. Säljer till glasögonkedjor och optikerbutiker över hela landet. Firman heter GROTTENAU, den går rätt bra, om jag får säga det själv... Nåväl, jag tog bilen som vanligt, och på hemväg hade jag lovat frugan att titta efter hur det stod till med hennes syster. Hon var lite orolig eftersom hon inte fått kontakt med henne på över en månad. Jag ställde upp naturligtvis, blod är trots allt tjockare än vatten, och när jag insåg att det inte var någon hemma därborta på Moerckstraat idag heller, började jag ana oråd...

– Varför då? sköt Reinhart in. Dom kunde ju ha varit på bio eller vad som helst.

– Visserligen, sa Traut och fiskade upp en cigarrett. Visserligen. Men om hon nu inte svarat i telefon på så länge och inte var hemma ikväll, så tänkte jag... ja, jag tyckte att det var lika så gott att klara ut hur det förhöll sig. Gå till botten med saken när jag ändå var på plats. Tja, och resten vet ni ju.

Han tände cigarretten och lutade sig tillbaka.

– Berätta om Martina Kammerle, sa Reinhart.

Traut drog ett djupt halsbloss, hostade och såg bekymrad ut.

– Ja, vad ska man säga? sa han. Vi hade inte mycket kontakt, som sagt. Ingen alls egentligen. Tror inte jag träffade henne mer än fyra-fem gånger allt som allt, och jag har ändå varit gift med hennes syster i tjugotre år... tiden går, det är ett som är säkert. Hon var konstig, Martina. Sjuk faktiskt, det är nog lika bra att ni har det klart för er.

– Sjuk på vilket sätt? frågade Münster.

– Psyket, sa Traut och gjorde en vag gest mot sitt eget huvud, som för att klargöra var någonstans på kroppen psyket var beläget. Manodepressiv som det heter. Har strulat i hela sitt liv. Suttit på hem ett par gånger, fast det är rätt länge sen...

– Men hon hade en dotter? sa Münster. Som bodde hos henne... eller hur?

141

– Javisst, nickade Traut. Mar... Monica.

– Monica Kammerle?

– Ja.

– Hur gammal?

Traut slog ut med händerna.

– Vet inte faktiskt. I tonåren nånstans. Femton-sexton, om jag skulle gissa.

– Ni hade ingen kontakt med henne heller?

– Ingen som helst.

– Och vem är pappa till Monica?

Traut lade pannan i veck och funderade.

– Minns faktiskt inte vad han hette. Mer än Kammerle förstås. Jo, dom var gifta, Martina och han, men han dog. Fyra-fem år sedan, skulle jag tro, men åren går fort. Bilolycka, han somnade bakom ratten, åtminstone var det vad som sas. Jag träffade honom bara en gång som hastigast... jo, han hette Klaus förstås, jag kommer ihåg det nu. Tror nog det har gått utför med Martina sedan hon blev ensam, för övrigt... har inte kunnat sköta ett riktigt arbete och så vidare, det är i varje fall vad frugan påstår. Nej, det var inget muntert liv precis, men att hon skulle sluta på det här viset är väl ändå... ja, lite för mycket?

Han vandrade ett par vändor med blicken mellan Reinhart och Münster, som om han väntade sig att de skulle upplysa honom om hur allt egentligen hängde ihop.

– Vet ni om hon hade någon anställning för tillfället? frågade Münster.

– No idea, som dom säger i Frankrike, sa Traut. Jag tror det är bäst om ni talar med frugan om det här. Det har tagit henne hårt, men hon vill naturligtvis hjälpa till så mycket hon kan. Vad är det för vettvilling som gör nånting sådant här? Man läser ju om det och ser på teve, men inte tror man...

– Vi kommer att tala med er hustru inom de närmaste da-

142

garna, avbröt Reinhart. Kanske redan imorgon. Känner ni till om det finns några andra personer som kan ha upplysningar att komma med? Som kände Martina Kammerle eller vet lite mer om henne?

Traut ruskade på huvudet.

– Eller hennes dotter?

– Nej. Nej, jag beklagar. Det är som jag sa, att släktbanden har varit som dom varit. Det var sex år mellan systrarna också, och Martina var aldrig lätt att ha att göra med, ni måste ha det klart för er.

– Hur vet ni det om ni aldrig hade någon kontakt med henne? undrade Münster.

Traut såg ut att överlägga med sig själv för ett ögonblick.

– Frugan har berättat, sa han. Brukar ringa henne, trots att hon nästan alltid bara får skit tillbaka... fick skit, ska man kanske säga. Vi lånade ut pengar till henne ett par gånger dessutom. Där kom det inte ens skit tillbaka. Inte en gulden. Rätt dålig investering, måste jag säga...

– När var det här? frågade Reinhart. Som ni lånade ut pengar, alltså.

– Länge sedan, sa Traut. Innan hon gifte sig, tjugo år eller så... hon hade just varit på något hem och vi lånade henne pengar till en lägenhet. Inte mycket att bråka om förstås, och det gjorde vi aldrig heller.

– Hm, sa Reinhart och såg på klockan. Det börjar bli lite sent. Ni har ett hotellrum för natten och fortsätter upp till Chadow i morgon bitti. Har jag förstått det rätt?

– Exakt, sa Traut. Palace på Rejmer Plejn. Om det är nånting annat finns jag där fram till elva i morgon förmiddag.

– Utmärkt, sa Reinhart. Jag tror vi nöjer oss med det här så länge. Jag antar att det inte är någon idé att fråga er om vad ni tror. Vem som kan ha mördat er svägerska, alltså?

– Nej, sa Egon Traut och visade handflatorna igen. Hur fan skulle jag veta det?

143

– Två frågor, sa Reinhart när Egon Traut lämnat dem ensamma. Kan du svara på dom, så kanske vi kan komma någonstans.

– Bara två? sa Münster. Jag har hundra. Och ändå har det inte börjat än.

– Nej, sa Reinhart. Det har väl inte det. Men jag kan ändå inte låta bli att undra över dottern. Var fan är hon? En femton-sextonårig flicka kan väl inte bara försvinna? Märkte du att Traut nästan inte kom ihåg hennes namn?

Münster reste sig och krängde på sig kavajen.

– Jo, sa han. Jag noterade det. Men även om man är en smula bortglömd är det svårt att gå upp i rök. Tror du att hon ligger i nån annan sopsäck nån annanstans? Eller tror du att hon strypt morsan efter ett gräl om månadspengen?

Reinhart fnös men svarade inte.

– Vilken var din andra fråga? påminde Münster. Du sa att du hade två.

– Traut, sa Reinhart. Har en känsla av att han döljer nånting, men jag kan inte begripa vad.

Münster nickade.

– Fick samma intryck, faktiskt. Nåja, vi har väl inte sett honom för sista gången, förmodar jag. Ska vi säga godnatt nu? Det är över midnatt.

– Godnatt, bekräftade kriminalkommissarie Reinhart. Men du ska vara här klockan nio imorgon bitti. Klar i huvudet som en schackdator.

– Har alltid tyckt att måndagsmorgnar har ett visst skimmer, förklarade Münster. Särskilt den här årstiden. Var det halv tio du sa?

14

Ewa Moreno tog ett tidigt flyg och var framme i Chadow redan klockan åtta.

Staden låg insvept i industrirök, havsdimma och en seg gryning som harmonierade rätt väl med hennes eget inre landskap. November, måndagsmorgon och täppta bihålor. Hon åt en hastig frukost i terminalens lugubra cafeteria, eftersom hon inte fått något på planet, och tog en taxi till Pelikaanallé, där Barbara Traut bodde.

Tre barn hade just skickats iväg till olika skolor, och fru Traut bad att få ta en dusch innan de började samtala. Hon hade knappt sovit en blund under natten, förklarade hon, och de hade ju ändå förmiddagen till sitt förfogande.

Moreno strök 11-planet från de fromma förhoppningarnas agenda och försäkrade att det inte var någon brådska. Slog sig ner vid det halvt avdukade köksbordet med ännu en kopp te och den lokala morgontidningen, som hette Kurijr. Bläddrade förstrött och funderade, liksom hon gjort på planet, över beröringspunkterna mellan Barbara Traut och henne själv.

Eller punkten, rättare sagt. Med tanke på det lilla hon sett av fru Traut hoppades hon att det inte fanns mer än en.

Att förlora en syster.

För egen del hade inspektör Moreno visserligen inte förlorat någon syster – inte i den chockartade mening som hennes värdinna gjort det åtminstone. Men det var över tre år sedan hon fick något livstecken från Maud, och det fanns

145

nog skäl att räkna henne som ute ur leken i vilket fall som helst. Goda skäl.

Nej, inte goda. Fruktansvärda skäl. Rotlöshet. Droger. Konstant pengabrist och ty åtföljande prostitution – samt någon sorts skeva och bristfälliga familjerelationer, som antagligen låg i botten av alltihop och som hon helst inte ville tänka på – alla dessa tröstlösa faktorer som verkade vara generationslegio på något vis, och som obönhörligt dragit ner Maud i det sena 1900-talets kalla och människoätande träsk. Det var som det var. Kanske höll hon sig fortfarande vid något slags liv i någon av de storstäder där det fortfarande behövdes byten i rovdriften på trasiga människor utan skyddsnät. I ett samhällsmaskineri som ingen längre skötte eller brydde sig om att hälla olja i.

Som hon sett det formulerat någonstans.

Eller också är hon död, tänkte Ewa Moreno. Försvunnen på det anonyma och oidentifierade vis som människor, unga människor, faktiskt raderades ut från det nya Europas etnografiska karta. Offren, den postmoderna tidens offer.

Utan att lämna någonting efter sig.

Livsavtryck beständiga som fotspår i vattnet.

Ja, nog är Maud förlorad alltid, konstaterade hon med samma nyktra bitterhet som vanligt. Död eller levande död. Det var ingenting hon kunde göra någonting åt; fortsättningen på den roliga och levnadsglada tolv-trettonåring hon haft till lillasyster, när hon själv flyttade hemifrån, existerade helt enkelt inte. Ewa Moreno hade insett det för flera år sedan – att hon tänkte på det nu hade säkert bara att göra med den här parallellen. Det som råkade stå på dagordningen just idag. Barbara Traut och Martina Kammerle.

Och med novembermorgonens glåmiga glanslöshet. Hon mindes något Van Veeteren sagt en gång för några år sedan.

Vi måste tyvärr vara medvetna om, hade han påstått, att för många människor tar livet slut långt innan de dör.

Det var bara att ännu en gång böja sig för *kommissariens* mörka visdom. Och nog fanns det en del som talade för att Barbara Trauts syster också hörde till denna kategori. Till dessa som inte haft mycket till liv innan hon blev av med det och förpassades över gränsen.

Åtminstone om man skulle tro de knapphändiga uppgifter som hittills kommit fram.

Fast varför någon skulle behöva hjälpa henne på traven i så utstuderat hög grad var förstås en annan fråga. Mörda henne. Vilken anledning kunde någon ha haft att röja Martina Kammerle ur vägen?

Och vad hade hänt med dottern?

Bra frågor, tänkte inspektör Moreno och smuttade på det ljumma teet. Hopplöst bra.

Och det var förstås för att få svar på dem som hon satt och hängde här i familjen Trauts överdekorerade kök och väntade på att duschandet skulle ta slut.

– Martina och jag kom aldrig riktigt överens, deklarerade Barbara Traut och snöt sig. Det är lika bra att erkänna det, även om det känns förfärligt en sådan här stund.

Hon var en tung kvinna med ett visst uttryck av självrättfärdigt missnöje, som bodde både i hennes ansikte och hennes röst. Som om tillvaron inte riktigt förmått uppfylla hennes förväntningar på den. Duschandet hade tagit sin tid och Moreno förstod att hon inte tillhörde de lättsminkade. Någonstans runt fyrtifem, av allt att döma. Blek och lite formlös, och med ett mångfärgat hår som såg ut att behöva allt stöd i världen. Hon satte på mer te och kaffe, plockade fram kex och muffins och en tredjedels rillenkaka ur skafferiet alltmedan hon andades tungt och kedjerökte.

– Vi har förstått att det inte var så bra, sa Moreno. Men det är viktigt att vi får en bild av hennes liv och allmänna omständigheter till att börja med, och ni är den som ligger närmast till hands. Vi har inte fått tag på någon som har stått henne nära i Maardam än.

– Nej, sa Barbara Traut och blinkade bort tårarna som hotade att tränga upp. Hon var nog rätt ensam.

– Men hon var gift tidigare?

– Med Klaus, ja. Han var ett stort stöd för henne, det är ett som är säkert, men han dog. Sedan dess, det var 1996, ja, det har inte varit lätt för henne. Men herregud, ni har väl fått fatt i Monica?

Moreno skakade på huvudet.

– Tyvärr inte. Har ni någon uppfattning om var hon kan tänkas hålla till?

– Jag? Nej, jag vet ingenting. Vi umgicks ju inte, har inte sett flickan efter Klaus begravning. Då var hon tolv. Riktigt söt, stackars barn.

– Klaus Kammerle omkom i en bilolycka, var det så?

– Ja. Körde av vägen och rakt in i ett träd. Mellan Oostwerdingen och Ulming någonstans, det blev inte mycket kvar av honom... dom säger att han somnade bakom ratten.

– Säger? sa Moreno. Tvivlar ni på det?

– Nej då, nej då, försäkrade Barbara Traut ivrigt. Inte alls. Det var på natten också, han var på hemväg från en kurs av något slag. Det var säkert så enkelt som att han somnade.

Moreno drack en klunk te och bytte spår.

– Om vi inriktar oss på er syster, sa hon. Hur stod det till med henne egentligen? Hade hon svårigheter?

Barbara Traut rökte och hostade.

– Svårigheter? Jo, det kan man nog påstå. Ingen stabilitet. Hon svängde hit och dit som en vindflöjel, det var det som var problemet och det började redan i skolan... blev aldrig någon ordning på henne. Manodepressiv, känner ni till vad som menas med det?

Moreno nickade och antecknade.

– Innan hon träffade Klaus var hon inlagd några gånger.

Det finns ju mediciner, men hon skötte det aldrig. Struntade i att ta sina tabletter när hon tyckte att hon mådde bra, och det fungerade naturligtvis inte. När hon var hög satte hon igång det ena vansinniga projektet efter det andra och betedde sig så att ingen stod ut med henne. Sedan sjönk hon ihop och fick ångest och skulle ta livet av sig. Det är så det sett ut. Hela tiden. Hon skar sig i handlederna ett par gånger också, men det var mest rop på hjälp och för att bli omhändertagen.

– Men det blev bättre när hon träffade Klaus?

– Ja. Då fanns det åtminstone någon i närheten som kunde ta emot smällarna och se till att hon fungerade någotsånär. Jag vet inte, men jag tror hon blev gravid första gången de var tillsammans. I varje fall berättade hon det för mig vid samma tillfälle... att hon var med barn och att de skulle gifta sig. Det var 1984. Tror hon hade gjort ett par aborter dessförinnan, förresten. Eller en åtminstone...

– Men ni började inte umgås med dem då heller? När hon hade familj, så att säga.

Barbara Traut gjorde en paus och rörde ner socker i kaffet.

– Dom var här en gång, sa hon. Stannade och åt lunch i en och en halv timme. Monica var tre eller fyra. Det är allt, är jag rädd. Hon var inte lätt att ha att göra med, min syster. Han hade det nog inte så roligt alla gånger, Klaus.

– Hurdan var han?

– Lugn. Trygg som en parkeringsplats, som jag uppfattade honom. Kanske hade det klarat sig ändå, om han bara fått fortsätta...

Hennes röst darrade till och hon snöt sig igen.

– Jävla skit, sa hon. Jag kan inte fatta att någon velat mörda henne. Vad är det för idiot som har gjort det? Vet ni nånting?

– Inte än, sa Moreno. Kroppen har ju legat rätt så länge i lägenheten, det gör det lite mer komplicerat.

– Var det ingen där och frågade efter henne? snörvlade Barbara Traut, som nu lät tårarna flöda fritt en stund. Var det ingen som undrade var hon var på hela den här tiden?

– Vi vet inte, sa Moreno.

– Monica då? Var är hon? Ni menar väl inte att hon också är död och att ingen brytt sig om henne heller?

Moreno kände plötsligt hur den storvuxna kvinnans bitterhet började smitta av sig på henne själv.

Var det möjligt? tänkte hon. Att en mor och en dotter kunde försvinna och att ingen frågade efter dem på en hel månad? Mitt ibland människor mitt i en stad?

Och det här skulle kallas civilisation?

Hon tittade ner i sitt anteckningsblock och försökte koncentrera sig.

– Känner ni till någonting om hennes bekantskapskrets? frågade hon. Några namn på personer som hon umgicks med?

– Nej. Jag vet ingenting om sådana saker.

– Ni brukade ju ändå ringa till henne då och då. Var det inte så?

– Jovisst. Jag hörde av mig åtminstone en gång i månaden. För att få veta hur hon hade det och så. Men jag fick nästan aldrig reda på någonting. Och hon ringde aldrig upp mig. Aldrig, förstår ni det? Sedan Klaus dog har jag inte fått ett enda telefonsamtal från min lillasyster.

– Jag förstår, sa Moreno. Har ni ändå någon uppfattning om hon hade några vänner? Ni pratade ju trots allt med henne.

Barbara Traut drog ner mungiporna ytterligare och tänkte efter.

– Jag tror inte hon hade några, sa hon. Nej, hon gjorde sig rätt ensam. Förr i världen drog hon ofta in nya människor i sitt liv när hon var manisk, men jag tror hon slutade med det… det är visst en vanlig utveckling.

– Brukade ni tala med hennes dotter också?

150

– Aldrig. Om hon svarade, lämnade hon alltid över luren så fort hon hörde att det var jag. Om Martina inte var hemma, talade hon om det och lade på med en gång. Det vore synd att säga att man kände sig uppskattad, faktiskt.

– Och om er syster träffade någon ny man, så var det inte sådant hon berättade för er?

– Skulle aldrig ha fallit henne in.

– Nu under hösten, till exempel?

– Nej. Inte ett ord. Har inte hört henne nämna någon karl sedan Klaus dog. Men dom fanns nog. Det var till och med en som svarade en gång.

– Som svarade i telefonen när ni ringde?

– Ja.

– När var det?

Barbara Traut ryckte på axlarna.

– Minns inte. Förra sommaren, skulle jag tro.

– Bara vid ett tillfälle?

– Ja.

– Och han sa inte vad han hette?

– Nej.

Moreno vände blad i blocket. Fru Traut tände en ny cigarrett.

– Hon hade inget fast arbete, er syster?

– Jag tror hon var sjukskriven. Långtids- eller halvtids- eller nånting. Nej, hon har nog inte varit kapabel att sköta ett jobb sedan Klaus försvann.

– Men tidigare arbetade hon?

– Till och ifrån. Mest ifrån. Var hotellreceptionist ett tag. Städade på ett sjukhus... var visst på ett kontor en period också. Hon hade ingen utbildning, gick aldrig ut gymnasiet ens. Det passade henne inte med ordnade former, liksom.

– Vet ni om hon hade någon läkare... någon terapeut eller psykolog som hon träffade regelbundet?

– Har ingen aning, förklarade Barbara Traut och kliade sig

151

på underarmen, där hon hade någon sorts utslag. Skulle inte tro det. Martina hade svårt att klara av det som var regelbundet. Tyckte alltid att alla svek henne, fast det snarare var tvärtom.

– Jag tror jag förstår, sa Moreno. Förlåt om jag envisas, men kan ni verkligen inte komma på något enda namn, när det gäller er systers umgänge? Det måste väl finnas någon. Om ni tänker efter lite?

Barbara Traut tog uppmaningen ad notam och satt tyst en halv minut.

– Nej, sa hon sedan. Så ta mej tusan om jag kan komma på en enda människa.

En dryg timme efter att inspektör Moreno lämnat den trautska villan i Chadow höll hon på att bli överkörd.

En blek sol hade börjat bryta igenom molntäcket, dimmorna hade lyft och hon beslutade sig för en promenad tillbaka till flygplatsen. Den låg visserligen några kilometer utanför staden, men hon hade gott och väl två timmar att fördriva.

Den sista av kilometrarna gick utefter en hårt trafikerad motorled med endast en smal remsa för cyklister och gående, och det var här det hände. En motorcyklist kom plötsligt ingirande framför en stor långtradare, och Moreno undvek med en hårsmån att bli träffad genom att hoppa ner i diket.

Den enda påvisbara följden av incidenten var att hon blev våt om fötterna, men hon fick också en stark erinran om livets inneboende bräcklighet, och när hon vek in på den betydligt vandringsvänligare vägen ut till den lilla flyghamnen, kände hon att hon längtade efter Mikael Bau.

En stark och häftig längtan efter att han skulle slå sina armar om henne och hålla henne hårt, och hon lovade sig själv att ta kontakt med honom så snart hon kom hem på kvällen.

152

Känslan av utsatthet och svaghet hade naturligtvis att göra både med bihålorna och samtalet med Barbara Traut, det förstod hon också.

Och med den mördade Martina Kammerle, vars liv och död alltjämt föreföll besynnerligt lättviktiga på något vis. Det gick inte att skaka av sig just det intrycket... som om den stackars kvinnans brutala slut bara varit en sorts grotesk överdrivet utropstecken efter ett alldeles innehållslöst och intetsägande påstående.

När Moreno gick på gymnasiet – och således var ungefär jämngammal med den mördade kvinnans försvunna dotter – hade hon haft två deviser textade på en lapp ovanför sin säng:

> Du måste själv skapa tyngden i Ditt liv

> Det är bättre att ångra det Du gjort,
> än det Du aldrig gjorde

Den andra sentensen var Nietzsches, det visste hon; var den första härstammade ifrån var hon inte säker på, men det kvittade. Just nu, just medan hon gick här i det nästan vita solskenet på väg ut till Chadows lilla flygplats, kände hon att orden fortfarande hade en brännande aktualitet.

Så brännande, i själva verket, att hon inte vågade vänta till kvällen med att ringa upp Mikael Bau. Hon gjorde det så snart hon kommit in i terminalbyggnaden istället.

Han var förstås inte hemma, men hon talade in ett meddelande: att hon längtade efter honom, och att han skulle laga någonting gott att äta eftersom hon hade för avsikt att komma på middag till honom.

Vid niotiden eller däromkring.

När hon stängt av telefonen kände hon sig äntligen en smula levande.

153

15

Det dröjde till klockan halv sju på måndagskvällen innan det gick att mobilisera någonting som kunde kallas en genomgång i fallet Martina Kammerle.

Men – som Reinhart också konstaterade – mördaren hade ju haft ganska gott om tid att gömma sig, så det kanske inte var så bråttom som vissa stressbenägna nyhetsnissar tycktes tro. Spaningsledningen hade skickat ut ett pressmeddelande vid den ordinarie mediabriefingen klockan tre, men förklarat att någon regelrätt presskonferens inte var aktuell förrän tidigast på tisdagens eftermiddag.

En ung och uppenbart obalanserad reporter från Telegraaf hade med anledning av detta kallat Reinhart för sekretessbög, och Reinhart hade frågat om han kommit in på journalistutbildningen i kvotgruppen för sparrisar utan knopp.

Relationen mellan Maardamskriminalens chef och fjärde statsmakten var som den var.

Förutom Reinhart, Moreno och Münster närvarade även Jung, Rooth och Krause vid genomgången – den sistnämnde nybliven kriminalinspektör, för övrigt – så det fanns i varje fall ingenting att anmärka på när det gällde bemanningen så här i inledningsskedet.

Frånsett detta såg det dock inte särskilt ljust ut, det betonade Reinhart redan från början.

– Om det inte dyker upp en ångerfull gärningsman eller ett stjärnvittne de närmaste dagarna, får vi nog inrikta oss på en seg historia. Människor som kan ligga döda en månad utan att bli upptäckta brukar inte ha levt i rampljuset heller. Är det någon som har avvikande mening i det här?

Det var det ingen som hade. Reinhart plockade fram pipa och tobak, och överlät åt Münster att sammanfatta vad som framkommit under dagen när det gällde det område som lite oegentligt brukade benämnas "det tekniska".

– En månad tycks stämma rätt så bra, började Münster. Meusse gissar på det i alla fall, och vi vet alla vad en gissning från Meusse brukar vara värd... eller hur? Dödsorsaken är klar. Strypning. Långvarigt och hårt tryck mot struphuvudet. Bara händerna, sannolikt bakifrån, sannolikt av någon som är ganska stark. Ingen våldtäkt, inget spår av någon sorts kamp. Inga konstigheter alls, kan man väl säga.

Han gjorde en paus och såg sig om.

– Fortsätt, sa Reinhart.

– Brottsplatsen torde vara identisk med fyndplatsen. Någon har varit på besök hos Martina Kammerle för fyra-fem veckor sedan. Har dödat henne och draperat henne i sopsäckarna... det finns flera stycken i städskåpet, för övrigt, han kan ha tagit dem därifrån... ja, och så har han skjutit in henne under sängen, och gått därifrån. Dörren går att låsa utan nyckel. Finns inga tecken på att någonting försvunnit från lägenheten eller att den genomsökts, men det vet vi förstås inte med säkerhet. Ingen alkohol i offrets blod, inga efterlämnade odiskade tallrikar eller glas. Om det framkommer att hon förvarat juveler för en miljon i hemmet, får vi naturligtvis inrikta oss på rånmordsteorin, men ingenting tyder än så länge på någonting sådant.

– Finns det nånting som tyder på nånting alls? undrade Rooth, men fick inget svar.

– Fingeravtryck? frågade Krause.

– Nix, sa Münster. Det tycks som om gärningsmannen torkat rent efter sig. Finns nästan inga avtryck i lägenheten

155

överhuvudtaget... ja, Mulder säger att någon antagligen gått igenom den med en trasa i flera timmar. Fanns en del på porslin och böcker och sånt, men de flesta är från offret själv... att resten är från dottern är förstås ingen djärv gissning.

– Noggrann typ, sa Reinhart. Ingenting att hoppas på, alltså?

– Antagligen inte, sa Münster.

– Vi har inga lösa kändisar? frågade Jung. Som brukar tycka om att strypa kvinnor då och då.

Münster skakade på huvudet.

– Har börjat titta på det, sa han. Men jag tror inte det. Inte i närheten av Maardam i varje fall.

Reinhart hade fått fyr i pipan och blåste ut ett rökmoln över församlingen.

– En debuterande galning med andra ord, sa han. Nånting mer?

– Inget väsentligt, sa Münster. Var och en kan väl läsa rapporterna på egen hand?

– Jo, sa Reinhart. Det blir hemläxa tills imorgon. Vet inte hur länge vi får sitta med en sådan här bemanning på det här, men tills vidare är det lika bra om alla försöker hålla sig insatta i allting. Det är inte särskilt mycket än och tre ögon ser mer än ett.

– Utan tvivel, sa Rooth. Och kaffe utan tårta är bättre än inget kaffe alls. Får vi nånting, eller...?

Reinhart ignorerade även denna fråga.

– Grannarna? sa han istället. Jung och Rooth, tack.

Jung förklarade att de tillsammans med konstaplarna Klempje, Dillinger och Joensuu knackat dörr under sex timmar borta på Moerckstraat, och att resultatet var beklämmande magert. Ingen – inte en enda kotte av de 92 namngivna personer de varit i kontakt med – hade vetat ett skvatt om Martina Kammerle.

156

Exakt lika många hade haft någonting att säga om hennes dotter Monica.

– Det är inte utan att man blir en smula betänksam, sa Jung. Och beklämd. Violeta Paraskevi, som alltså bor vägg i vägg med Kammerle, är den enda som lagt märke till att någonting möjligen var galet. *Möjligen*, notera det. Det var ju också tack vare henne som den här Traut bestämde sig för att kalla på portvakten.

– Och han då? undrade Münster. Hade inte portvakten nånting att säga?

– Icke ett fjun, sa Rooth. Så länge man betalar hyran och inte gör åverkan är man precis lika välkänd som en gatsten i hans ögon. Och lika mycket värd. Trevlig prick, synd att vi inte har någon straffsats för fähundskap. Men var håller dottern hus? Tala om det istället! Grannarna kan vi lämna därhän, även om Dillinger och Joensuu får gå en kompletteringsrunda imorgon.

– Dottern, ja, sa Reinhart. Det är för jävligt, helt enkelt.

– Jaså? sa Münster. Vad menar kommissarien med det?

Men Reinhart hade ingen lust att utveckla utan delegerade även detta spörsmål.

– Inspektör Krause, sa han. Varsågod!

– Hm, ja, tack, sa Krause och lutade sig framåt på armbågarna. Beträffande Monica Kammerle tycks det vara så att hon inte varit i skolan sedan den 21 september... om vi är riktigt underrättade, vill säga, och det är vi nog i det här fallet. Hon går i första ring på Bungegymnasiet, men ingen har reagerat på att hon varit frånvarande. Jag har talat med rektor, med en lärare och med ett par kamrater, och det råder en del oklarheter.

– Oklarheter? sa Moreno. Vad då för oklarheter?

– Tydligen har man haft för sig att flickan bytt skola, men hon finns inte inskriven på något av de andra gymnasierna i stan. Det finns en kurator, som borde veta lite mer om det

157

här, men hon var på begravning nere i Groenstadt idag. Vi kommer att tala med henne imorgon.

– Så du menar att dottern varit försvunnen lika länge som modern legat död? undrade Moreno.

– Det verkar så, nickade Krause. I princip.

– Det är ju för bedrövligt, sa Rooth.

– Som jag också påpekade, konstaterade Reinhart. Om dom inte märker att en elev saknas under en och en halv månad, ja, då måste man ju fråga sig vad fan dom håller på med.

– Exakt, sa Krause. Rektorn verkade rätt skärrad, faktiskt.

– Undra på det, sa Münster. Det här kunde man kanske nämna med ett par ord på presskonferensen?

– När jag skolkade på gymnasiet brukade jag åka dit efter en timme, erinrade sig Rooth. Varenda förbannade gång.

Det blev tyst några sekunder. Reinhart bläddrade i sina papper och bolmade ut rök.

– Det är som det är, muttrade han sedan. Och vad det än är, så inte är det klokt. Men det är kanske ingen nyhet... världen är ett dårhus och har varit det så länge jag kan minnas. Münster, fick du tag på någon läkare?

Münster nickade vagt bekräftande.

– Efter vissa besvär, erkände han. Martina Kammerle hade alltså en manodepressiv läggning och i perioder har hon varit inlagd för vård. Första gången var hon bara arton år och hade försökt ta livet av sig. Hon har medicinerat hela tiden sedan dess, men doktor Klimke, som jag talade med, antydde att hon nog brukade slarva lite. Det är rätt vanligt tydligen, när patienterna känner sig uppåt. Litium och Calvonal heter de vanligaste preparaten. Martina Kammerle har stått på bägge sorterna, de är till för att jämna ut kasten i det manodepressiva psyket, så att säga... Klimke jobbar på Gemejnte och kom i kontakt med fru Kammerle för fyra år sedan i samband med att hennes make omkom... det var

158

alltså den här bilolyckan, det känner väl alla till?

Han såg sig om runt bordet.

– Jo, sa Rooth. Var hon sjukskriven nu också?

– Klimke trodde det, vi får kolla upp det också imorgon. Han visste egentligen inte så mycket om henne. Hade ringt in recept till apoteket åt henne några gånger bara, när hon hört av sig, men han har inte träffat henne på tre år, påstår han.

– Fin psykvård, sa Rooth.

– Glimrande, sa Reinhart. Men knappast någon nyhet, det heller. Det är billigare med medicin än med terapi. Summan av det här är i varje fall att Martina Kammerle inte haft något fast jobb, inget jobb alls faktiskt, under de sista fem åren. Hon hade inget umgänge, inte som vi känner till åtminstone, och förutom dottern är hennes syster uppe i Chadow den enda släktingen... vill inspektör Moreno vara så vänlig och sprida lite ljus i detta kompakta mörker och berätta någonting substantiellt från besöket i Chadow!

Moreno gjorde som hon blivit ombedd, utan att känna att någonting blev särskilt mycket ljusare. Fick en hastig impuls att ta med incidenten med motorcykeln också – för att höja den efterfrågade substantialitetsgraden åtminstone – men höll inne med det.

– Syskonkärlek så det dundrar om det med andra ord, kommenterade Reinhart när hon var klar. Finns det överhuvudtaget någon enda människa som har någonting att säga om Martina Kammerle? Gick hon inte nån sorts kurs, förresten?

Krause harklade sig och tog ordet igen.

– Gick och gick, sa han. Hon började på en form av arbetsmarknadsanpassning i augusti och fick bidrag för det. Hon var med på tre eller fyra träffar... fast han som är ansvarig minns inte att han pratade med henne en enda gång. Det gick mest ut på att titta på videorullar och fylla i anlagstester, tydligen... men han lovade att fixa fram deltagarlistan, så vi kanske kan kontrollera om hon knöt några kontakter där.

– Bra, sa Reinhart. Inte så stor chans, skulle jag tro, men det är väl sådant här vi har att hoppas på. Att det dyker upp någon som kan berätta lite om henne…. man får vara tacksam för det lilla.

– Allt som är mer än ingenting är ändå nånting, sa Rooth.

– Säger du det? sa Reinhart. Ja, vi kör ut hennes bild i tidningarna imorgon hursomhelst. Med uppmaning till folk att höra av sig. I synnerhet om dom sett henne i sällskap med någon man.

– Man? sa Rooth. Varför då?

– Det är väl rätt uppenbart, sa Reinhart och började se irriterad ut. Det bör ha varit en man som dödade henne, och grannkvinnan Paraskevi antydde ju nånting… mycket vagt, det ska gudarna veta, men ändå. Nånting om att det kan ha funnits en karl med i bilden. I slutet av augusti och däromkring.

– Men hon såg honom aldrig? frågade Krause.

– Tydligen inte, suckade Reinhart och rätade på ryggen. Tyvärr. Tja, för att sammanfatta så är det ju en särdeles anonym historia, det här, det håller väl alla med om? Vi vet så fruktansvärt lite att vi nästan borde skämmas… om det låg för oss att skämmas alltså, och det gör det kanske inte. Är det någon som har någonting att tillägga innan vi går över till arbetsfördelningen?

Rooth reste sig.

– Tror jag borde gå och och hämta lite fika innan vi fortsätter, sa han. För blodsockret och så. Fast jag undrar över en sak också.

– Vad då? sa Jung.

– Jo, om hon nu var så satans ensam, Martina Kammerle, så är det ju konstigt att någon ens brydde sig om att ta livet av henne. Eller hur? Om hon inte betydde ett skit?

160

Reinhart nickade obestämt, men sa ingenting.

– Det ligger nånting i det, erkände Münster. Den som hade motiv att döda henne måste ju ändå ha känt henne en smula. Med tanke på metoden åtminstone. Man brukar inte strypa i hastigt mod precis. Inte jag i alla fall.

– Inte jag heller, sa Reinhart. Nåja, vi tar väl fem minuters paus då, så inte inspektör Rooth svälter ihjäl.

Efter att tisdagens riktlinjer dragits upp bad Münster inspektör Moreno att följa med in på hans rum en kort stund.

– Du sa inte mycket, påpekade han när de slagit sig ner.

– Jag vet, sa Moreno. Du får ursäkta, men det känns lite deprimerande med den här Martina Kammerle.

– Tycker jag också, sa Münster

– Om man lever så att det inte märks, varför ska då någon bry sig om att döda en? Jag håller med Rooth. Verkar nästan som lite oförtjänt uppmärksamhet att gå och bli mördad.

– Jo, sa Münster. Jag tänkte också på det. Men det kan ju finnas inre ljus och sådant som vi inte får upp ögonen för. Livskvalitéer som vi inte ser. Vi rotar ju bara i efterbörden, så att säga.

– Tror du? Att det fanns ljus, alltså?

Münster ryckte på axlarna.

– Jag tror ingenting. Det här med dottern är rätt förbryllande i alla fall.

– Onekligen, sa Moreno. Jag undrar om hon faktiskt kan ligga bakom det. Visserligen tycks ju gärningsmannen ha varit en stark karl, men man vet aldrig. Hon kan ha lejt nån, till exempel... eller hur?

Münster suckade och såg dyster ut.

– En intern uppgörelse mellan en psykiskt sjuk kvinna och hennes dotter? sa han.

– Nånting i den stilen. Vad tror du?

– Varför inte? Flickan måste ju vara inblandad på något

sätt eftersom hon har försvunnit... usch, det är ingen rolig historia, det här.

– Rolig? sa Moreno och drog upp munnen till ett clownleende. När hade vi en rolig historia senast? Måste ha undgått mig.

Münster satt tyst och betraktade henne en stund.

– Hur mår du? sa han sedan. Om man törs fråga.

Moreno skrattade till.

– Ingen fara, försäkrade hon. Det verkar vara så svårt att vara människa bara. Och så meningslöst. Jag har börjat fundera på allvar i dom banorna, är jag rädd... titta på deBries, till exempel. Det är inte mer än ett år sedan han dog, men det är som om vi redan har glömt bort honom... ja, jag vet att han var ett svin på sätt och vis, men ändå?

– Jo, sa Münster. Du har rätt, är jag rädd.

– Och Heinemann kämpar med sin prostatacancer. Är det någon som haft kontakt med honom sedan han slutade... jag menar ordentlig kontakt? Han var ändå snut i fyrti år.

Münster svarade inte.

– Så det är väl vad du och jag har att se fram emot också, vad det lider, fortsatte Moreno. Det är det jag menar... att vi är så utbytbara. Den stora glömskan drabbar oss alla. Om man inte råkar bli mördad som Martina Kammerle, förstås... eller skjuten i tjänsten. Då får man lite uppmärksamhet. Tillfälligtvis åtminstone.

– En jävligt inverterad uppmärksamhet, sa Münster och såg över axeln på henne ut genom fönstret. Tror jag föredrar att somna in lite stillsamt i så fall. Varför gifter du dig inte och skaffar barn? Det ger ett slags fördjupning åtminstone.

Det kunde inte hjälpas att hans gamla förälskelse i henne sköt upp i honom när han sa det – och det kunde inte hjälpas att han var tvungen att fortsätta stirra ut över staden när hon såg på honom.

– Tack för tipset, sa Moreno. Jag är nog på väg åt det hållet, faktiskt. Det kanske är en nödlösning, men hellre en sådan än ingen alls.

– Bra, sa Münster. Jag håller också på och stabiliserar mig. Vi ska ha en till.

– Ett barn?

– Barn, ja. Vad trodde du? En hamster?

Moreno skrattade. På allvar äntligen.

– Det gläder mig, sa hon och såg på klockan. Nej, jag har visst en middag som väntar på mig. Vi kan väl filosofera vidare imorgon.

– Alla gånger, sa Münster. Fast imorgon är djupare än kamelens själ.

– Va? sa Moreno. Vad betyder det?

– Ingen aning, sa Münster. Måste ha läst det någonstans.

16

– Monica Kammerle, sa kriminalinspektör Krause. Vad har ni att säga om henne?

Kurator Stroop försökte etablera något slags samförståndsleende innan hon svarade. Det såg tvehågset ut. Hon lyfte på sina smala ögonbryn och betraktade honom som man betraktar en gammal, men inte heltigenom pålitlig, bundsförvant. Krause klickade två gånger med kulspetspennan och tittade ut genom fönstret. Konstaterade att det regnade.

– Ja, vad ska man säga? började kuratorn försiktigt. Vi är så underbemannade att vi helt enkelt inte hinner med. Det går över niohundra elever på skolan.

– Minus en, påminde Krause. Ni hade kontakt med Monica Kammerle i början av terminen, det kanske ni minns i alla fall? Vad ville hon?

– Jag har inte rätt att tala om sådana saker med vem som helst…, förklarade Stroop långsamt medan hon snurrade en ring med en stor grön sten i runt lillfingret.

– Trams, sa Krause.

– Trams?

– Hennes mor är mördad och flickan har varit försvunnen i åtminstone sex veckor. Om ni inte klämmer fram med vad ni vet, kommer jag att lämna in en anmälan mot er i eftermiddag. Hur arbetsamt ni än har det, är ni ändå skyldig att hålla reda på eleverna i skolan.

Kuratorn blev röd långt upp i sitt blonderade hårfäste. Hon trevade nervöst mellan pappershögarna på skrivbordet

och drack någonting ur en porslinsmugg med blå blommor
på.

– Förlåt mig, sa hon. Det… det är förstås extraordinärt i
det här fallet. Ja, hon var hos mig en gång. Hon ville byta
skola, helt enkelt.

– Helt enkelt?

– Ja. Hon berättade lite om sin situation för mig och före-
slog själv att hon skulle få börja på en annan gymnasieskola.

– Varför ville hon byta?

– Situationen i klassen. Hon ansåg sig mobbad.

– Var hon inte det då?

Kuratorn ryckte på axlarna.

– Jag träffade henne bara en gång. Hon uttryckte sig som
så i alla händelser, men jag har inte alltid tid att fördjupa
mig i varje enskilt ärende. Flickor i den här åldern är känsliga
och det gäller att gå varsamt fram med dem. Terminen hade
ju bara nätt och jämnt börjat också.

– Vad gjorde ni? undrade Krause.

Kuratorn slog ner blicken och knäppte händerna.

– Jo, jag bedömde ändå att hennes situation kunde moti-
vera ett skolbyte. I synnerhet som hon tänkt igenom det och
själv kom med ett konkret förslag. Jag kontaktade Joannis-
gymnasiet ute i Löhr och gjorde upp om ett besök… Moni-
ca skulle åka dit och känna efter hur hon tyckte det verkade.

– Och?

– Ja, sedan åkte hon dit, och eftersom hon inte återkom
tog vi för givet att hon bestämt sig. Det var redan ordnat
med mottagande klass och allting…

– Ni antog att hon flyttat till Joannisskolan?

– Ja.

– Och ni kontrollerade förstås saken i vederbörlig ord-
ning?

– Nja, det… det kom saker och ting emellan… ni måste
förstå vilken arbetssituation vi har, och…

– Nej, avbröt Krause. Det förstår jag inte alls. Kontrollerade ni om hon åkte dit överhuvudtaget?

– Ja... nej, jag minns inte riktigt hur vi gjorde...

– Minns? sa Krause. Ni måste väl veta om ni ringde och hörde efter eller inte?

Kuratorn drack ytterligare ur sin mugg och fingrade på den gröna stenen.

– Det kan ha kommit bort i hanteringen. Jag hade en praktikant under den här perioden också... jag förutsatte givetvis att det gått enligt ritningarna.

– Vad menar ni? Vilka ritningar?

– Som vi gjort upp. Det var ju sagt att hon kunde börja omedelbart därute om hon ville... och när hon inte dök upp här igen, så... ja, vi förutsatte naturligtvis att allt avlöpt väl.

Krause gjorde en paus och antecknade.

– Vet ni om hon ens åkte till skolan i Löhr?

– Ja, det skulle hon göra. Det var en fredag...

– Skulle? sa Krause. Har ni talat med er kollega efter att ni skickade dit henne?

– Ja...

– När då?

– Jag... jag ringde henne nu i morse, och... nej, det är alltså oklart om hon dök upp den där fredagen. De håller på och undersöker...

– Oklart? sa Krause. Jag tycker det är glasklart. Monica Kammerle satte aldrig sin fot i Joannisgymnasiet. Hon har varit försvunnen sedan torsdagen den 21 september, och jag tycker det är minst sagt märkligt att man inte reagerat på den skola där hon är inskriven. Det har gått över en och en halv månad.

Kuratorn gjorde en ansats för att säga något, men gav upp. Krause slog igen sitt block och stoppade pennan i bröstfickan.

– Jag ber att få återkomma till er, sa han. Har ni någonting att tillägga som kan kasta ljus över flickans försvinnande?

Någonting alls, men inga fler undanflykter, tack.

Kuratorn skakade på huvudet och flackade med blicken.

– Förlåt, viskade hon. Min... min personliga situation har varit pressande. Igår var jag på min brors begravning... det är ingen ursäkt, men...

Hennes röst bröts och Krause kände plötsligt att han skämdes. Han reste sig.

– Jag gör bara mitt jobb, sa han, och när han stängt dörren bakom sig undrade han varför han klämt ur sig just en sådan idiotisk replik.

Fast något måste man ju säga till sitt försvar.

Ewa Moreno träffade de bägge flickorna som avtalat var på Bungegymnasiets cafeteria, men efter visst övervägande beslöt de att söka upp något neutralare mark för samtalet.

Valet föll på Café Lamprecht, som låg bara ett stenkast bort, och som så här dags på förmiddagen erbjöd gott om enskilda vrår utan öron.

Båda flickorna var svartklädda, båda rökte frenetiskt och båda beställde kaffedrinkar som kallades Black & Brown. Det som skilde de unga damerna åt var framförallt deras namn: Betty Schaafens respektive Edwina Boekman. Moreno försökte erinra sig hur hon själv sett ut när hon var sexton på det sjuttonde, men inga riktigt tydliga bilder dök upp. Hon hade dock svårt att tro att hon någonsin gått igenom den här fasen i sitt liv.

Men osvuret var kanske bäst.

– Som jag sa gäller det er klasskamrat Monica Kammerle, började hon. Vi vill gärna ha lite uppgifter om henne.

– Varför då? undrade Betty Schaafens.

– Vad då för uppgifter? kompletterade Edwina Boekman.

– Jag kan tyvärr inte gå in på det, förklarade Moreno vänligt. Ni får lov att acceptera det. Kanske kan jag återkomma och berätta mer lite senare.

Flickorna drog var sitt bloss och bytte ett ögonkast med varandra.

– Okej, sa Betty Schaafens.

– Allright, sa Edwina Boekman. Fast hon har slutat i klassen.

– Jag känner till det, sa Moreno. Men ni gick i samma klass innan ni började i gymnasiet också, eller hur?

– Tre år, intygade Edwina. Deijkstraaskolan.

– Fyra för min del, sa Betty. Vad är det ni vill veta?

– Bara lite allmänt. Hur hon är och hur hon har det i klassen. Kamratförhållanden och sådana saker.

– Vi umgås inte med henne, sa Edwina. Har aldrig gjort, hon tycker inte om oss, det har hon aldrig gjort någon hemlighet av.

– Jaså, sa Moreno. Hur kommer det sig?

Edwina Boekman ryckte på axlarna. Betty Schaafens blåste ut rök och grimaserade lätt.

– Hon är märkvärdig av sig, förklarade hon. Förmer, liksom. Ska alltid göra saker som ingen annan gör. Det är ingen som saknar henne faktiskt.

– Har hon några vänner i klassen? Som känner henne lite bättre än ni tycks göra?

Flickorna skakade på sina svarta huvuden.

– Nej. Monica har inga kompisar. Vill liksom inte ha några. Det var så i den förra klassen och det är likadant nu. Eller var, om hon nu verkligen har flyttat...

– Jag förstår, sa Moreno. Har ni träffat henne sedan hon bytte skola?

– Nej, sa Edwina. Har inte sett röken av henne.

– Precis, sa Betty. Inte röken.

– Men hon måste väl ha haft några kamrater i er gamla klass? försökte Moreno. Någon brukar man alltid ha, jag skulle behöva prata med någon som är lite bekant med henne i varje fall.

168

Edwina Boekman och Betty Schaafens satt tysta och fun-
derade en stund. Bytte några osäkra blickar och fimpade sina
cigarretter.

– Jag kommer inte på nån, sa Betty. Gör du?

Edwina ruskade på huvudet.

– Nej. Hon var för sig själv. Vissa vill vara det och Monica
var en sån... hon var väl ihop lite med Federica Mannen,
men Federica flyttade i nian.

Moreno antecknade namnet och försökte få reda på vart
flickan flyttat, men det kunde varken Edwina Boekman eller
Betty Schaafens erinra sig.

– Varför bytte Monica skola? frågade hon istället.

– Tja, sa Betty Schaafens. Hon trivdes väl inte. Varför frå-
gar ni inte henne själv?

Moreno svarade inte.

– Har ni träffat hennes mor någon gång?

Av deras lama reaktion att döma hade nyheten om Marti-
na Kammerles död ännu inte nått fram till dem. De åstad-
kom nya huvudskakningar och Edwina Boekman förklarade
att de aldrig sett en glimt av några föräldrar till Monica
Kammerle. Men de hade hört talas om att hennes morsa
skulle vara ganska bäng. Helt bäng till och med. Inte ens på
föräldramötena inför en skolresa i nian hade hon varit
med... fast det var kanske inte så konstigt förresten, mindes
Betty Schaafens, för Monica hade ju aldrig åkt med på den
där resan.

– Vart reste ni? undrade Moreno.

Flickorna förklarade med en mun att de hade varit en
vecka i London och att det varit skithäftigt, helt enkelt.
Hela klassen hade varit med, utom Monica och en superfet
pojke som hette Dimitri.

– Superfet, intygade Betty Schaafens och tände en ny ci-
garrett.

Moreno greps av en plötslig lust att rycka cigarretten ur

hennes övermålade mun, mosa den i askkoppen – cigarretten alltså, inte munnen – och be såväl henne som hennes väninnan att dra åt helsike. Eller gå ut och jogga åtminstone.

Eller äta ett äpple. Nej, tänkte hon. Om jag verkligen gått igenom den här perioden, måste jag ha förträngt den.

Med all rätt i så fall. Vissa saker måste man få begrava.

– Vad är det som har hänt? undrade Edwina Boekman. Har hon råkat ut för nånting?

– Jag kan inte gå in på det, förklarade Moreno på nytt. Men om ni skulle träffa någon som sett Monica den senaste tiden, vill jag att ni ringer till mig. Fråga gärna bland klasskamraterna när ni får tid.

Hon plockade upp två kort och gav dem var sitt. Flickorna tog emot dem, och fick med ens ett lite allvarligare, renare, uttryck i sina sminkade ansikten.

Som om ett barn tittade ut, tänkte Moreno. Hon gissade att det var den kursiverade titeln på kortet som åstadkommit förändringen. *Kriminalinspektör.*

– Javisst, sa Betty Schaafens. Vi… vi ska höra efter. Är det… jag menar, är det allvarligt? Vad är det som…?

– Jag kan inte berätta det för er, förklarade Moreno för tredje gången. Tack för samtalet, jag kanske hör av mig till er om några dagar.

– Precis, sa Edwina Boekman.

Inspektör Moreno reste sig och lämnade Café Lamprecht. Ingen av flickorna gjorde någon min av att återvända till skolan, och när hon kom ut på gatan kunde Moreno genom det smutsiga fönstret skymta deras svarta huvuden i nära samspråk över bordet. Insvepta i nya fräscha rökmoln från nytända cigarretter.

Dom kommer att ha celluliter och hängbröst före tjugo, tänkte hon och drog ett djupt andetag. Det är inte mer än rätt, det heller.

– Jag vet vad som är värst med det här förbannade jobbet, sa Rooth.

– Verkligen? sa Jung. Låt höra.

– Det här med liv och död, sa Rooth. Det är så tungt att man liksom inte orkar hantera det. Antingen måste man vara så fruktansvärt allvarlig och djup och dyster hela tiden... och det klarar inte mitt ynka huvud av riktigt...

– Det vet jag, sa Jung. Eller också?

– Avbryt mig inte, sa Rooth. Eller också måste man skjuta det ifrån sig och hålla det på avstånd. Bli cynisk eller vad man nu vill kalla det... och det klarar inte mitt stora blödande hjärta i längden. Förstår du vad jag pratar om?

Jung funderade en stund.

– Javisst, sa han. Det är precis som du säger för en gångs skull. Man kastar från det ena till det andra. Stirra döden i vitögat eller ta honom med en klackspark... det är vad det handlar om.

Rooth kliade sig i huvudet.

– Jävligt bra sagt, sa han. Vitögat eller klacksparken! Så ska jag kalla mina schizofrena memoarer. Undra på att man åldras i förtid. Tänk om man bara kunde få sköta kaniner eller nåt istället.

– Det kommer i nästa liv, tröstade Jung. Ska vi gå in och börja, då?

– Vi ska väl det, sa Rooth. Han satte nyckeln i låset och vred om. Mördarens namn var det!

De klev in i Martina Kammerles lägenhet. Det rådde visserligen en sorts grå dager därinne, men Jung inledde ändå genom att gå runt och tända varenda lampa han kunde hitta.

Rooth placerade smörgåspaketet och de två mineralvattenflaskorna på köksbordet och såg sig omkring.

– Intressant uppdrag, det här, sa han. Faktiskt.

Det var Rooth själv som föreslagit åtgärden, så Jung brydde sig inte om att kommentera. Dessutom var han böjd att instämma, för om det nu var så att den person som för en dryg månad sedan satt händerna runt Martina Kammerles hals och klämt till – om den personen var det minsta bekant med sitt offer, det var det som var Rooths poäng – så borde ju sannolikheten för att hon skrivit upp hans namn någonstans vara rätt stor.

Om inte med blod på väggen under sängen där hon hittats, så på något annat ställe. I en adressbok. Ett kollegieblock. På ett löst papper... varsomhelst. Det fanns ju tecken på att gärningsmannen gått igenom lägenheten för att rensa bort spår, men det hade väl rört sig om fingeravtryck i första hand och allting hade han väl inte hunnit gå igenom?

Och ingenting tydde på att vare sig Martina Kammerle eller hennes försvunna dotter haft någon särskilt stor bekantskapskrets. Tvärtom. Om de till exempel hittade femti namngivna personer – hade Rooth hävdat – så var det rackarns så stor chans att en av dem var den där typen de letade efter. Mördaren.

Ärligt talat var det hela förstås en rutinåtgärd, som man genomförde i elva av tio utredningar, men förhoppningsvis kunde den ha större genomslag den här gången än vad som var brukligt. Därom hade man varit överens i spaningsledningen.

Så det var bara för inspektörerna Rooth och Jung att sätta igång. Klockan var tio på förmiddagen och de hade lovat Reinhart en rapport vid femtiden.

Eller Reinhart hade krävt en, om man skulle vara petig.

– Jag tar morsans rum, du tar dotterns, instruerade Rooth. Till att börja med. Så ses vi i köket om två timmar över en macka.

– Två timmar? undrade Jung. Kan du verkligen klara dig utan mat så länge?

– Karaktär, replikerade Rooth. Allt är en fråga om karak-

172

tär och själsstyrka. Jag skall förklara det lite närmare för dig en annan gång.

– Det ser jag fram emot, sa Jung och sköt upp dörren till Monica Kammerles tonårsrum.

17

Bilden av den mördade Martina Kammerle fanns med i de tre viktigaste tidningarna i Maardam på tisdagen – såväl Telegraaf, som Allgemejne, som Neuwe Blatt – och med anledning av polisens vädjan om tips och hjälp hade fram till klockan fyra tre personer hört av sig till växeln och vidarebefordrats till kommissarie Reinhart personligen.

Den första var en socialassistent vid namn Elena Piirinen. Hon uppgav att hon till och ifrån – mestadels ifrån – varit i kontakt med Martina Kammerle fram till för ungefär ett år sedan, då hon bytt arbete och fått mer administrativa uppgifter. Hennes insatser för Martina Kammerle hade till övervägande del varit inriktade på ekonomiska frågor; Elena Piirinen hade hjälpt henne att söka olika bidrag, och även – en eller ett par gånger – sett till att hon fått regelrätt socialhjälp. Någon vidare insyn i sin klients privatliv hade hon dock aldrig haft, hävdade hon bestämt, men visst var det förfärligt att hon blivit mördad.

Det höll Reinhart med om och undrade om fru Piirinen hade några mer konkreta tips att komma med.

Det hade hon inte, försäkrade hon. Hon hade bestämt sig för att höra av sig eftersom hon tyckte att det var hennes medborgerliga plikt, helt enkelt. Ingenting annat. Reinhart tackade henne för denna lovvärda samhällsanda, och bad att få återkomma om det visade sig bli nödvändigt under utredningens gång.

Nummer två var en viss fru Dorffkluster, som hade bott

granne med familjen Kammerle på Palitzerlaan i Deijkstraa under fem år, och som tyvärr hade ännu mindre än Elena Piirinen att presentera. Fru Dorffkluster var 87 år gammal, och mindes tydligt att det funnits två små ouppfostrade pojkar i grannfamiljen, liksom att Martina Kammerle själv varit en mycket framgångsrik programledare på televisionen och gärna spelade golf och red arabiska fullblod på lediga stunder.

För ett av de där frågeprogrammen som alla tittade på och som bytte namn fortare än en katt kliade sig... eller en gris. Qviss... nånting?

Reinhart tackade även denna hjälpsamma medborgarinna och funderade ett par ögonblick över sin egen mor, som gått ur tiden just vid 87 års ålder. Det var sex år sedan vid det här laget, och han mindes hur hon, då han besökt henne på sjukhuset under de sista månaderna, alltid trott att han var hennes far istället för hennes son.

Vilket onekligen gjort deras samtal en smula bisarra. Utan att för den skull vara ointressanta.

Kanske är det så man skall ha det mot slutet, tänkte han. Rättighet att befolka sin tillvaro med de människor man behöver ha omkring sig och samtala med. Så att allt hinner klaras ut innan det är dags att ta steget över till andra sidan.

För det var ju oftast omgivningen som tog på sig det tyngsta lidandet när minnesfunktionerna började dansa, konstaterade Reinhart och tände pipan. Visst var det så? Visst fan var morsan galen, men dåligt mådde hon ingalunda.

Även den tredje personen som denna dag hörde av sig med uppgifter om Martina Kammerle var en kvinna. Hon hette Irene Vargas, var i fyrtiårsåldern, om han bedömde hennes röst rätt, och han förstod omedelbart att hon hade saker att berätta som motiverade ett samtal öga mot öga istället för via den dimensionsfattiga telefonen. Eftersom han själv hade sjutton järn i elden, fick han fatt i Münster och gjorde upp om ett möte mellan fröken Vargas och intendenten på dennes tjänsterum en timme senare. Irene Vargas bodde på Gerckstraat, på tio minuters promenadavstånd från polishuset, och behövde bara klara av ett par ärenden först.

Enklare kunde det knappast bli.

– Varsågod och sitt, sa Münster och tecknade mot besöksfåtöljen.

Irene Vargas tackade och slog sig ner. Tittade sig lite bekymrat runt om i rummet, som om hon ville försäkra sig om att hon inte var inlåst. Överhuvudtaget tyckte Münster att hon bar en aura av oro omkring sig. Hon var en tunn kvinna i hans egen ålder ungefär, med blek hy, blekt hår och bleka kläder. Han gissade att hon drogs med någon sorts kronisk sjukdom – fibromyalgi eller en lindrig form av reumatism, kanske – men det kunde mycket väl bero på att han läst en artikel om dolt lidande i en av Synns tidningar häromkvällen.

Hursomhelst var det inte i egenskap av patient hon kommit.

– Ni ringde till oss, började han. Kommissarie Reinhart, som ni talade med, är tyvärr upptagen på annat håll. Men det går säkert bra ändå, mitt namn är Münster.

Irene Vargas mötte hans blick och nickade obeslutsamt.

– Vill ni ha någonting att dricka? Jag kan ordna te eller kaffe, eller...

– Nej tack, det behövs inte.

Münster harklade sig.

– Nå, om jag förstått det rätt, har ni alltså uppgifter om Martina Kammerle, som hittades död i sitt hem häromdagen?

– Ja, sa Irene Vargas. Jag kände henne lite.

– Vi är tacksamma för allt ni har att berätta, betonade Münster. Vi har haft svårt att hitta bekanta till henne.

Irene Vargas knäppte händerna i knät och sänkte blicken.

– Martina var en ganska ensam människa.

– Vi har kommit underfund med det.

– Hon kände inte många. Inte mig heller egentligen. Vi träffades på sjukhuset för tre-fyra år sedan. Gick i en liten terapigrupp tillsammans, men vi har inte haft så mycket att göra med varandra sedan dess… det är inte så att vi är väninnor, som det heter.

– Men ni brukade träffas ibland?

– Aldrig planerat. Bara om vi råkade stöta på varandra på stan. Jag har aldrig varit hemma hos henne… fast hon drack te hos mig en gång, då, för tre år sedan.

– Ringde ni till varandra?

– Rätt så sällan numera. Det var oftare när vi lärde känna varandra, då talades vi vid ett par gånger i månaden åtminstone.

– När pratade ni med henne senast?

– Det var i augusti. Det var därför jag ringde till er, det andra kan inte ha någon större betydelse. Inte det här heller kanske, men…

– I vilket sammanhang träffade ni Martina Kammerle i augusti?

Irene Vargas svalde och placerade varligt ett par slingor av sitt tunna hår bakom öronen.

– Det var på stan, bara. Vi sprang ihop, ja, jag menar faktiskt att vi sprang ihop. En kväll i mitten av augusti var det, den femtonde eller sextonde, skulle jag tro. Jag var på väg till Rialtobiografen tillsammans med en väninna och vi var lite sena. Vi rundade ett hörn borta på Rejmer Plejn och då krockade jag med Martina… hon kom från andra hållet.

Münster nickade uppmuntrande.

– Fortsätt, bad han.

Irene Vargas ryckte på axlarna.

– Ja, det var inte så mycket mer än det här, men polismannen jag talade med i telefon tyckte tydligen att det var viktigt...

– Utan tvivel, sa Münster. Vad hände sedan? Stannade ni och pratade en stund?

– Egentligen inte, förklarade Irene Vargas med ett lite skamset leende, som om hon gjort sig skyldig till en försummelse. Det var bara ett par minuter tills filmen skulle börja, och... ja, om jag skall vara ärlig så hade jag ingen större lust heller. Martina verkade lite hög, jag såg det på henne, och hon kunde bli rätt tjatig...

– Hög? sa Münster.

– Jag menar manisk förstås. Ingenting med droger eller så... ni känner väl till att hon var manodepressiv?

– Jadå, försäkrade Münster. Det känner vi till. Ni hade alltså en väninna med er. Hur var det med Martina Kammerle? Var hon ensam eller hade hon också sällskap?

– Det var en karl med henne, sa Irene Vargas.

Hennes sätt att uttala ordet "karl" gav Münster en aning om att det var en företeelse hon brottats ganska länge med för att försöka få grepp om. Sannolikt utan framgång.

– En karl? sa han. Kände ni igen honom?

– Nej.

– Men ni talade lite med dem?

– Inte med honom. Vi kommenterade bara att vi krockat, Martina och jag. Skrattade lite och sa att det var fånigt. Vi fortsatte efter tio-femton sekunder, min väninna och jag, jag är ledsen om ni fick intrycket att jag skulle ha någonting viktigt att berätta. Jag försökte förklara det för den här kommissarien också, men han...

– Bekymra er inte för det, sa Münster vänligt. Man kan aldrig veta vad som är betydelsefullt och vad som inte är det så här tidigt i en utredning. Men om vi inriktar oss på den

178

här mannen... bedömde ni det som... som om de var ett par, alltså? Martina Kammerle och han.

– Jag tror det, svarade Irene Vargas efter en sekunds tvekan. Men det är bara vad jag fick för mig. Det kan lika gärna ha varit en bekant, bara.

– Och hon presenterade honom inte?

– Nej.

– Ni råkar inte veta om hon hade något förhållande vid den här tiden?

Irene Vargas ryckte på axlarna igen.

– Ingen aning. Hade inte talat med henne på ett halvår nästan.

– Känner ni till någonting om andra män i hennes liv? Efter den här tragiska olyckan med hennes make, vill säga.

– Nej... jo, hon sa att hon varit ihop med någon vid något tillfälle, men vi pratade aldrig om det. Jag tror inte hon hade några fasta förbindelser.

– Men lösa?

– En och annan, ja, det är möjligt. Jag vet förresten att hon raggade upp en karl bara för en natt en gång. Vi var på restaurang tillsammans, och då gjorde hon det. Det var rätt pinsamt, faktiskt.

– När var det här?

– Tre år sedan kanske... ja, det var medan vi fortfarande gick i den där gruppen.

– Jag förstår, sa Münster. Men om vi återgår till kollisionen i augusti, ni blev alltså inte presenterad för den här mannen?

– Nej, sa Irene Vargas. Vi rusade vidare bara, som sagt.

– Och ni hade inte sett honom tidigare.

– Nej.

– Hur såg han ut?

Hon funderade ett ögonblick.

– Jag minns inte riktigt, sa hon. Rätt så lång, rätt så kraf-

179

tig, har jag för mig. Men ändå ganska ordinär på samma gång. Det var ingenting man lade märke till i alla fall... nej, jag kan inte beskriva honom.

– Försök, uppmanade Münster.

– Lite mellanmörk, sådär. Mellan fyrti och femti, kanske...

– Skägg? Glasögon?

– Nej. Jo, kanske skägg, förresten...

– Skulle ni känna igen honom om ni fick se honom igen? Irene Vargas sög in läpparna och satt tyst en stund.

– Det är möjligt, sa hon. Men jag skulle inte tro det... han var nog ganska alldaglig.

– Och ni hade inte träffat honom tidigare i något sammanhang?

– Jag tror inte det. Nej.

– Höll de om varandra? Gick armkrok eller så?

– Det minns jag inte... nej, jag tror inte det.

– Och Martina Kammerle gjorde ingen kommentar om honom?

– Nej, det är jag säker på att hon inte gjorde.

– Har ni talat med er väninna om det här?

– Nej. Min väninna är i Australien för tillfället. Kommer inte tillbaka förrän i mars. Hon är konstnär.

– Jag förstår, upprepade Münster, samtidigt som han undrade vad där fanns att förstå.

Han lutade sig tillbaka i skrivbordsstolen och stängde av bandspelaren, som han satt igång innan Irene Vargas kom in i rummet.

– Jaha ja, sa han. Jag tror vi nöjer oss med det här så länge. Tack för att ni ville komma och hjälpa oss på traven, fröken Vargas. Om ni erinrar er någonting mer, kan ni väl kontakta oss igen. Det är möjligt att vi hör av oss till er också.

– Tack, sa Irene Vargas. Det var så lite.

Ja, tänkte Münster, när hon lämnat honom. Mycket var det sannerligen inte.

Martina Kammerle hade promenerat på stan i sällskap med en man i mitten av augusti.

Det var det hela. Och vad värre var: detta var i stort sett summan av allt de hade fått fram så här långt överhuvudtaget.

Intendent Münster suckade. Steg upp och gick och ställde sig vid fönstret. Blev stående där. Som han hade för vana när ingenting föll på plats i en utredning. Kanske försökte han skapa ett slags illusion av att ha överblick genom att titta ut över staden, han hade tänkt på det förr. Hursomhelst såg det grått ut därute. Klockan var inte mer än halv fyra, men mörkret var redan på väg. Regnet hängde också i luften, noterade han – men ämnade väl invänta det rätta ögonblicket då folk slutade sina arbeten och skulle hemåt, fick man förmoda. Det var som det brukade.

Han återgick till skrivbordet och började vända papper. Såg på klockan. Det var en timme kvar till samlingen.

Det var ett okänt antal timmar kvar tills de hittade Martina Kammerles mördare.

Reinhart nickade sammanbitet.

– Så dom erkänner att dom betett sig som åsnor i alla fall? sa han. Alltid något.

– Dom uttrycker sig inte riktigt på det viset, modulerade Krause. Men visst, i princip så erkänner dom. Kuratorn får bära hundhuvudet, det var hon som arrangerade det här skolbytet. Man undrar ju...

Han tystnade och bläddrade i sitt block.

– Vad då? sa Rooth. Vad undrar man ju?

Krause försökte blänga på honom, men tycktes inse att han var för ung för att blänga.

– Om det bara är en slump att hon försvann just då, utvecklade han istället. Eller om det hänger ihop, så att säga...

181

att Monica Kammerle försvann för att hon bytte skola. Naturligtvis har det att göra med mamman, men varför lämnade hon Bungegymnasiet precis i samma veva?

Ingen hade någon omedelbar kommentar till detta. Frågeställningen var antagligen ny för samtliga, åtminstone var den det för inspektör Moreno. Medan hon funderade gick hon runt med blicken och kunde konstatera att styrkorna fortfarande var intakta: Reinhart, Münster, Jung, Rooth, Krause och hon själv. Samlingen ägde rum inne hos Reinhart, och man var just klar med rapporteringen vad gällde utflykterna i skolans värld. Hennes egen och Krauses.

– Slump, avgjorde Reinhart och knäppte händerna bakom nacken. Även om jag är skeptisk till själva begreppet, så tror jag att det här bara är frågan om två saker som råkar sammanfalla i tiden… men rätta mig för tusan om jag har fel. Det är ju rätt oturligt för den här stackars kuratorn också, vi ska inte glömma bort det. Under normala omständigheter hade dom väl upptäckt att flickan var försvunnen lite tidigare?

– Jo, sa Krause. Det hade dom antagligen. Jag tror likadant som kommissarien, för övrigt. Och jag tror inte heller hon passade på tillfället att försvinna, bara för att hon fick chansen… hon var nog inte den typen. Men visst är det spekulationer.

– Det värsta är väl att vi fortfarande inte har en aning om vad som hänt med henne, konstaterade Münster. Var tusan håller flickan hus?

– Du menar att du tror att hon lever? sa Moreno förvånat.

Münster tänkte efter en sekund.

– Inte tror, sa han. Hoppas.

Reinhart grävde fram ett papper ur drivan på skrivbordet.

– Låt mig bara meddela det här, sa han, innan vi ger ordet till Rooth och Jung. Vi håller på och tröskar igenom gamla fall som liknar det vi just nu brottas med. Jag har tagit hjälp av intendent Klemmerer på Span… både uppklarade och ouppklarade fall, således. Renodlade strypare är trots allt inte så vanliga. I hela landet har vi inte mer än femton stycken de sista tio åren, jag tyckte det räckte med det tidsmåttet. Tolv är uppklarade, tre ännu olösta, jag har just fått hundratjugo sidor data om alla de här fallen av Klemmerer... ska försöka titta igenom det tills imorgon. Vi kan inte vara säkra på att Martina Kammerle är gärningsmannens första offer, det är det som grundtanken. Hon kan vara nummer två eller fem eller vad fan som helst. Ni får gärna ha synpunkter på den här infallsvinkeln redan nu, men vi återkommer i ärendet imorgon när jag gallrat lite.

– Sa du tolv-tre? undrade Rooth.

– Ja, sa Reinhart. Det är möjligt att en del av fallen inte alls liknar vårt nuvarande, så siffrorna krymper sannolikt en del. Det här är förstås bara en chansning, men när vi nu har så fruktansvärt lite fakta att arbeta med, är det desto större anledning att kasta ut krokar. Eller hur?

– Utan tvekan, sa Rooth. Dom uppklarade måste ju vara lätta att kontrollera, hursomhelst. Det är ju bara att plocka in stryparna och klämma alibin ur dom...

– Kanske inte riktigt så enkelt, påpekade Jung. Vi vet ju inte när hon dog.

– I och för sig riktigt, sa Reinhart. Fast om dom är dömda för mord, kan man ju nära en svag förhoppning om att dom fortfarande sitter bakom lås och bom. I alla händelser är det nog som Rooth säger. Dom ouppklarade är dom intressantaste... men vi tar upp det igen imorgon, som sagt. Tala om vad ni gjort hela dagen på Moerckstraat istället!

– Men nöje, sa Rooth och öppnade sin portfölj. Hrrm. Kamrat Jung och undertecknad har alltså i vårt anletes svett dammsugit mordlägenheten på namn. Som ni förstår krävde det både tålamod och förslagenhet, men för att göra en lång historia kort: här har ni resultatet!

Han tog upp en bunt kopior och delade ut dem.

– Fyrtisex namn, samtliga handskrivna i original av mor eller dotter Kammerle. Vi har listat dom i bokstavsordning. Bokstäverna inom parentes efter respektive namn indikerar fyndplats. K är lika med kök. M betyder moderns sovrum... eller mordrummet, om ni föredrar det. D är dotterns rum och S stora rummet. Vi har redigerat bort en hel del skolboksnamn och offentliga personer såsom Winston Churchill, Sokrates och Whitney Houston. Det kan också nämnas att mer än hälften av namnen kommer från en liten adressbok i offrets nattygsbord. Hrrm, har ni några frågor?

– Det är snudd på imponerande, sa Moreno och tittade på papperet hon just fått i handen. Har vi tur, så har vi alltså mördarens namn bland dom här. Fast vi egentligen inte vet nånting.

– Precis, sa Rooth. En på fyrtisex. Sämre odds har vi väl haft.

– Utan tvekan, sa Reinhart. Nåja, ta med er listorna hem och begrunda dem. Vi måste naturligtvis gå igenom vartenda ett av de här namnen så småningom, men vi börjar inte ikväll. Är det nånting mer att ta ställning till innan vi drar ner rullgardinen?

– En sak, möjligen, sa Jung. Borde vi inte ha flickans bild i tidningen också? Och teve. Det finns väl ingen anledning att ligga lågt med hennes försvinnande längre?

– Redan åtgärdat, förklarade Reinhart. Kommer imorgon, kanske redan ikväll förresten... på de sena nyhetssändningarna.

– Känner på mig att vi har ringat in den jäveln snart, sa Rooth. Idag har vi varit effektiva som en jordbävning.

– Är det någon annan som har någon intelligent reflektion? frågade Reinhart och såg sig omkring. Om inte, varsågoda och försvinn. Vi ses under en kall stjärna imorgon bitti... och ha förtröstan, förr eller senare löser vi det här också.

Senare, tänkte Münster. Det slår jag vad om.

184

18

Efter den korta genomgången i Reinharts rum på tisdags-eftermiddagen åkte inspektör Rooth ner till träningslokalen i polishusets källare.

Han lyfte skrot och trampade motionscykel i knappa tjugo minuter. Duschade och bastade i fyrti. Eftersvettades, vilade och klädde på sig i drygt en timme.

När han kom ut på Wejmarstraat var klockan ändå inte mer än halv åtta och det var gott om tid. Bordet på Kraus var beställt till halv nio, och eftersom det av någon outgrundlig anledning inte regnade, gick han en lång, vederkvickande promenad fram och tillbaka längs Wejmargraacht. Ända bort till koloniområdet som gränsade till Richterstadion.

När han nu ändå tagit motionsdjävulen till sitt bröst.

Medan han gick där försökte han föreställa sig hur kvällen skulle komma att gestalta sig. Han hade inga svårigheter att framkalla Jasmina Teuwers ansikte för sitt inre öga. Inga svårigheter alls. Hennes höga kindben. Hennes långa hals och blonda hår. Hennes blågröna ögon som var så klara att han fått tunghäfta första gången han kastade en blick in i dem. Hennes leende som var en soluppgång över havet.

Che bella donna! tänkte Rooth, för det var på kursen i italienska de hade träffats. Detta var naturligtvis ingen tillfällighet – redan i somras hade han ringt till sin gode vän Maarten Hoeght, som arbetade som studieledare på kvälls-universitetet, och frågat vilka nybörjarkurser som hade den bästa könsfördelningen. Franska och italienska, hade Hoeght förklarat utan en sekunds tvekan, och eftersom Rooth läst franska med rätt dålig framgång redan på gymnasiet, hade han valt italienskan.

Italiano! Dantes och Boccaccios språk. Och Corleones. En kväll i veckan. Torsdagar mellan åtta och tio; redan vid första sammankomsten hade han förstått att det var ett genidrag. Tjugotvå kvinnor, tre män; en av de andra karlarna var en ortodox präst i sextiårsåldern, den andre var låghalt men hade trots detta hoppat av redan efter andra lektionen.

Gefundenes fressen, hade polyglotten Rooth tänkt och det tänkte han fortfarande två månader senare.

Som den rutinerade, om än något sargade, kurtisan han var, hade han gått varsamt tillväga. Hade druckit svaga drinkar och konverserat belevat på tu man hand med tre olika kvinnor under tre olika torsdagskvällar, men till slut hade naturen och ödet haft sin gång och valet hade fallit på Jasmina Teuwers.

Det var efter den senaste lektionen i förra veckan som han äntligen vågat fråga – i all rättframhet – om hon möjligen kunde tänka sig att äta middag med honom – i all enkelhet. När hon efter en oerhört kort tvekan (som snarare inte var någon tvekan alls, utan bara ett naturligt hjärtklappningstillstånd, bedömde Rooth) svarade ja, hade han känt sig precis som den där tafatt rodnande femtonåringen på skoldansen igen.

Otroligt, tänkte Rooth. Kärlekens vingar bär genom eld och vatten. Han undrade vad någonting sådant kunde tänkas heta på italienska. Kanske kunde de diskutera frågan över desserten?

Amore... acqua... fue...?

Han kom en kvart för tidigt till Kraus, men bordet var ledigt, så han slog sig ner och väntade.

186

Medan han satt där erinrade han sig den där lilla distinktionen han och Jung pratat under förmiddagen. Den mellan vitögat och klacksparken.

Hur var det egentligen? tänkte han. För hans egen del, alltså. Hade han lust att se sitt eget liv i vitögat? Vågade han?

Han beställde en öl och funderade.

Fyrtitvå år gammal. Ogift och oförlovad. Kriminalinspektör med utsikter att avancera till intendent om tre-fyra år, sådär.

Vad fan spelade det för roll? Inspektör eller intendent?

Ett par hundra gulden extra i månaden. Vad skulle han med det till? Skaffa ett större akvarium?

Det kommer inte att hända så mycket mer i mitt liv, tänkte han i en sekund av bister klarsyn. Om jag inte blir skjuten i tjänsten, vill säga. Det är förstås alltid ett gångbart alternativ.

Och det har egentligen inte hänt så mycket heller, lade han till. Inget som har lämnat spår i varje fall. Varför har jag inte fru och barn och sammanhang som Münster och Reinhart?

Till och med Jung verkade ju ha sitt på det torra, sedan han flyttat ihop med Maureen.

Varför var det bara inspektör Rooth som jagade kvinnor utan framgång år efter år?

Å andra sidan, tänkte han filosofiskt och drack en klunk öl, å andra sidan är det ju inte hundraprocentigt säkert att det är så mycket att stå efter. Titta bara på mina stackars systrar!

Rooths systrar var fyra till antalet. De var allihop yngre än han, och hade allihop haft så bråttom att skaffa karl och hus och ungar att man kunde få för sig att det varit fråga om någon sorts tävling. Vid den senaste julmiddagen hemma hos de sjuttiåriga föräldrarna ute i Penderdixte hade skaran av syskonbarn – om han mindes och räknade rätt – uppgått till nio stycken. Åtminstone två av systrarna hade varit gravida. Det var rent isländskt, hade hans far kommenterat med en menande blick på Rooths mor, som kommit från Reykjavik någon gång strax efter kriget. Eller om han hämtat henne där, det fanns en del oklarheter i historieskrivningen.

Så hur det än blir, tänkte Rooth lakoniskt, utan släktingar kommer jag aldrig att stå. Fast nog föredrar jag kvinnor före nätverk.

Och så seglade bilden av Jasmina Teuwers upp i hans medvetande igen, och han glömde alldeles bort det där med vitögat och klacksparken.

Men klockan var redan fem minuter över halv. Varför kom hon inte?

En kvart senare hade hon fortfarande inte dykt upp och han hade skickat tillbaka servitrisen två gånger med oförrättat ärende.

Vad tusan hade hänt? Rooth började nästan tycka att det kändes pinsamt att sitta där ensam vid bordet. Runtomkring honom var folk djupt inne i varmrätter och vinflaskor och glada samspråk; det var bara vid det här hörnbordet, dukat för två, som det satt en ensam, medelålders kriminalinspektör med sprickande förhoppningar och flyende hårfäste.

Satan också, tänkte han. Jag väntar fem minuter till, sedan ringer jag upp henne.

I själva verket höll han ut i tio, och när han sedan diskret plockade upp mobiltelefonen ur portföljen, insåg han att han inte hade hennes nummer.

– Sacramento diabolo basta, mumlade Rooth tyst för sig själv. Madre mia, vad tusan skall jag göra? Det måste ha hänt henne nånting. Hon har säkert blivit överkörd av en spårvagn på vägen hit. Eller blivit rånad. Eller haffad av polisen.

Det sistnämnda föreföll honom vid närmare eftertanke inte särskilt troligt, och plötsligt mindes han att han gett henne sitt telefonnummer. Så var det; han hade inte fått hennes, men hon hade fått hans. Av någon anledning.

Om någonting skulle mankera? tänkte han och började slå sitt hemnummer för att lyssna av svararen.

Det fanns bara ett meddelande och det var hennes. Intalat klockan 18.21. Medan han satt i bastun ungefär.

Hon var fruktansvärt ledsen, sa hon. Men hon hade fått förhinder. En kollega hade blivit hastigt sjuk och hon hade blivit tvungen att jobba över. Skulle inte vara hemma förrän vid elvatiden, antagligen, men hon lämnade sitt nummer så han kunde ringa.

Rooth stängde av mobilen och stirrade på den en stund.

Ledsen, hade hon sagt. Fruktansvärt ledsen.

Och hon hade lämnat sitt nummer och bett honom ringa.

Hm, tänkte han. Kanske inte så dåliga tecken ändå? Man måste kunna ge sig till tåls också.

Han vinkade på servitrisen. Beställde en öl till. En sallad och en stor köttbit.

Det var inte det att han kände sig arbetssugen, men att sitta och dricka kaffe och konjak utan att ha annat att fästa ögonen på än porslinet och sina egna händer kändes lite otillfredsställande.

Det var därför han plockade upp namnlistan ur portföljen.

Det var därför han började studera dessa 46 namn lite närmare.

Det var därför han plötsligt reagerade inför ett av dem.

Bara för att han liksom satt och småtittade på papperet med just en sådan där typisk klacksparksinställning, alltså. Hjärnan avstängd, men ändå receptiv på det där förbannat märkliga sättet som han mindes att han pratat med Van

189

Veeteren om vid något tillfälle.

Det stod ett D i parentesen efter namnet. D som i dotter. Det var Jung som hittat det, således. Han kom ihåg det nu. I Monica Kammerles lilla kollegieblock närmare bestämt, det hade inte sagt honom ett skvatt när han skrev ner det bland de andra namnen, men nu ringde en klocka. Visst var det så han hetat? Visst var det...?

Han såg på klockan. Fem över tio. Bara barnet. Han letade fram sin adressbok och slog numret till Ewa Moreno.

– Godkväll, sa Rooth. Det är din favoritkollega.

– Jag hör det, sa Moreno.

– Du hade väl inte gått och lagt dig?

– Klockan tio? Vad tror du om mig?

– Allt möjligt, sa Rooth. Men strunt i det. Har du tittat på listan?

– Vilken lista?

– Vilken lista! Herregud, här arbetar och sliter man i sitt anletes svett och sammanställer en pedagogisk förteckning, och så har ens systrar och bröder i kåren inte ens...

– Jaså den, sa Moreno. Nej, jag har inte haft tid än. Varför frågar du?

– Jo, hrrm, sa Rooth. Det står ett namn på den som jag plötsligt tyckte att jag kände igen.

– Plötsligt?

– Ja, jag tänkte inte på det medan vi höll på och plitade ner alla namn, Jung och jag, men nu sitter jag på Kraus med listan i handen, och då dyker det upp...

– Va? sa Moreno.

Han hejdade sig och det blev tyst i luren några sekunder.

– Sitter du på Kraus och arbetar?

– Inte direkt, men det var en tjej jag skulle käka middag med som inte kom, och då, ja... men skit i det. Tänker du ta fram ditt papper eller inte?

– Okej, sa Moreno. Vänta ett ögonblick.

Rooth väntade och drack ur den sista konjaksskvätten.

– Nummer elva, sa han när Moreno var tillbaka. Tomas Gassel. Säger det dig nånting?

Moreno svarade inte och för ett ögonblick fick han för sig att det blivit något fel på linjen.

– Hallå? Är du kvar?

– Javisst, sa Moreno. Visst är jag kvar. Jag blev så förvånad, bara... jovisst, det stämmer precis som du säger. Tomas Gassel måste vara den där prästen... han som ramlade framför tåget. Kan väl knappast finnas mer än en som heter så. Vad tusan har han med det här att göra?

– Exakt vad jag frågar mig också, sa Rooth. Hur gick det med utredningen, det var väl du som hade hand om den?

– Ligger nere, sa Moreno. Kommer att stängas snart, antar jag. Finns ingenting som tyder på något brott.

– Förrän nu, sa Rooth.

– Vad menar du med det?

– Förrän nu, upprepade Rooth.

– Okej då, sa Moreno.

Sedan funderade hon en stund igen.

– Jo, det fanns kanske lite mer även tidigare, sa hon. Angående Gassel. Ärligt talat... ja, ärligt talat tror jag att det här förändrar läget en hel del. Det kan förstås vara ett rent sammanträffande också, men jag känner på mig att det inte är det. Det skulle vara alldeles för... osannolikt.

– Verkligen? sa Rooth. Vill du vara vänlig och tala ur skägget, kvinna. Vad fan är det du säger?

Men Moreno hade tydligen ingen lust att upplysa honom mer på den punkten.

– Gassel? mumlade hon istället. Vad tusan betyder det här? Nåja, vi får titta närmare på det imorgon, och så måste jag förstås ta kontakt med *kommissarien* igen.

– *Kommissarien*? undrade Rooth. Menar du...?

– Ja, sa Moreno. Jag menar honom. Jag skall förklara imorgon. Tack för att du ringde, nu kommer jag inte att sova en blund på hela natten.

Rooth tänkte efter.

– Vill du att jag ska komma över? sa han sedan, men Ewa Moreno bara skrattade och lade på luren.

Han stoppade undan sin mobil, och såg sig om i den nästan fullsatta, stillsamt larmande lokalen.

Såg på klockan.

Såg att den ändå inte var mer än kvart över tio, och bestämde sig för att avrunda med en mörk öl.

Sedan skulle han gå hem och ringa till Jasmina Teuwers.

Kommissarien? tänkte han när han fått in glaset. Vad tusan hade han med det här att göra?

Wallburg, juni 1999

19

Kristine Kortsmaa var irriterad.

Det borde ha varit en bra kväll... nåja, det *var* förstås en bra kväll, men det var den där förbannade karln. A pain in the ass, som Birthe brukade säga. Så fort hon var uppe på dansgolvet var han där och trängde sig på henne. Hur hon än ignorerade honom och försökte manövrera sig undan, såg han till att komma nära henne. Vilket naturligtvis inte var särskilt svårt; det var ingen pardans, folk gungade och skuttade och rörde sig som de ville, bandet hette Zimmermans och körde nästan bara gamla Dylanlåtar. Publiken var glad, svettig och minst sagt nöjd, och Kristine Kortsmaa hade alltid gillat Dylan, trots att hennes pappa var ett år yngre än gurun själv.

Hon tyckte om att dansa också. Att röra sig fritt och skönt ohämmat i takt med musiken, eller i vilken takt man ville för all del... ja, det skulle ha varit en alldeles perfekt tillställning, det här, om hon bara fått vara i fred för den där typen.

Typen... det var en bra benämning på honom, tänkte hon. Nästan snaggad var han, stora öron och sned näsa – bra mycket äldre än hon själv dessutom, säkert uppemot fyrti, kunde han inte se att hon inte var intresserad? Lila skjorta. Lila! Två gånger hade han bjudit upp på riktigt, två gånger hade hon skakat på huvudet och vänt sig åt ett annat håll. Och när hon satt vid bordet och tog en paus och bara lyssnade på musiken – eller pratade lite med Claude och Birthe

195

eller Sissel – då kunde hon se hur han slog sina lovar och spanade in henne.

Hon hade gått hit med Claude och Birthe. Sissel och Maarten och ett par av deras bekanta hade anslutit och de hade lyckats komma över ett bord rätt så långt fram. Hade ätit mexikanska smårätter och druckit ett par flaskor vin innan Zimmermans drog igång, det hade varit god stämning från början och det hade hållit i sig. Kristine hade all anledning att unna sig en liten berusning och en kväll med dans och bra musik, all anledning – efter sju sorger och åtta bedrövelser var hon äntligen klar med sin utbildning till fysioterapeut. Äntligen. Hon hade hämtat ut licensen och diplomet föregående dag och idag hade hon ägnat över fem timmar åt att fylla i papper och söka arbeten. Åtta stycken; hon var rätt säker på att ha ett jobb från och med mitten av augusti, det var ont om bra och utbildade fysioterapeuter... men nu, nu och sju veckor framåt, var det sommar. Bara sommar och sommar och sommar. Och ledighet – hon hade pengar nog för att överleva ett par månader och ingen Ditmar; han verkade äntligen ha förstått att det var slut på deras förhållande. Äntligen, det också.

Så det fanns ingenting ouppklarat som låg och skavde heller, tänkte hon. Inget gammalt smolk som fördunklade hennes framtid. Ingenting alls.

Bara den där karln. Typen. Hon undrade om han var drogad, det var någonting med hans blick. Han såg så där frånvarande och samtidigt koncentrerad ut, som de brukade göra, pundarna; ungefär som om de körde på en helt annan frekvens än alla andra människor.

Vilket de väl också gjorde, noga taget. Hon dansade bort ifrån honom och anslöt sig till Birthe, Claude och de andra. Sissel och Maarten verkade ha parat ihop sig ordentligt och hade inte ögon för mycket annat, men det fanns fortfarande en liten grupp på golvet som dansade solidariskt utan bind-

196

ningar. Claude gav henne ett uppskattande ögonkast och hon undrade om han inte var en smula tänd på henne. Eller om han bara var full, det hände att han blev i flirtigaste laget när han var lite packad, i varje fall enligt Birthes sätt att se.

Men vad fan? tänkte hon och höll kvar honom med blicken, medan hon gjorde några mjuka höftrörelser, precis så oskyldiga och så talande att de bara betydde det som redan råkade finnas i betraktarens öga. Åtminstone var det just den balansen hon avsåg.

I'll Be Your Baby Tonight tog slut. Applåderna, ropen och visslingarna lämnade inget tvivel om uppskattningen; medlemmarna i bandet tackade och bugade, och sångaren förklarade att det skulle bli någonting en smula softare. Tre av musikerna lämnade också scenen, bara sångaren och sologitarristen stannade kvar tillsammans med en av körtjejerna.

Tomorrow Night från albumet *Good As I Been to You*, annonserade sångaren. Jävlar, tänkte Kristine. Nu blir det pardans. Sissel och Maarten stod redan och gungade. Birthe höll armarna om Claude och det såg likadant ut över hela golvet. Gitarristen slog an första ackordet och Typen tornade upp sig framför henne med ny glöd i blicken. Hon såg sig hastigt om och fick syn på räddningen.

Han stod och lutade sig mot en av pelarna med en öl i handen. Såg trevlig ut. Normal, åtminstone. Svarta jeans och kortärmad vit skjorta. Lite solbränd. Lite för gammal, kanske, men vad fan, som sagt. Hon var framme hos honom på en sekund.

– Snälla, dansa med mig.

– Uhu? sa mannen och såg förvånad ut.

– Jag menar, får jag lov? Det är en karl som hänger efter mig.

Hon tecknade bakåt över axeln och mannen nickade. Uppfattade omedelbart situationen. Ställde ifrån sig ölglaset på ett bord och skrattade.

– Allright. I'll be your bodyguard tonight.

Kristine Kortsmaa kände plötsligt att hon inte var ett dugg irriterad längre.

Hon förstod hur pass berusad hon var när han måste hjälpa henne att få nyckeln i låset.

– Herregud, sa hon. Men jag hade faktiskt anledning att fira lite.

– Jaså, sa han och höll upp dörren åt henne. Vad då för någonting?

– Min examen. Blev färdig med min fysioterapeututbildning idag. Eller igår, rättare sagt. Slut på pluggandet, ja, herregud... vill du komma in då? Jag brukar faktiskt inte släpa hem karlar, men vi kan väl prata en stund. Om du vill, alltså...

Han såg på klockan.

– Jag vet inte. Konferensprogrammet är rätt digert. Måste vara på benen nio i morgon bitti.

– En liten stund bara?

– Allright, sa han. En kvart.

En halvtimme senare dansade de igen. Eller kanske kunde det inte kallas dans. De stod och vaggade, snarare; hon barfota, han i strumplästen. Dylan igen, nu på hennes nya CD. Mörkt i rummet, men bara ett mjukt sommarmörker – för balkongdörren stod öppen och släppte in en tung doft av blommande jasmin och kaprifol. Hon kunde känna hans upphetsning mot sin mage och slöt ögonen.

Det skulle hon inte ha gjort. Slutit ögonen.

Rummet gungade till och illamåendet kom som på beställning.

– Ursäkta, fick hon fram. Jag mår inte riktigt bra.

Hon sköt honom ifrån sig och skyndade ut på toaletten.

Det tog en stund, och när hon återvände till stora rummet fick hon inte syn på honom. Har han gått? tänkte hon och klev ut på balkongen. Skönt i så fall.

Hon kände sig klarare i huvudet efter att ha kräkts, tvättat sig och borstat tänderna. Insåg till sin förfäran att hon dragit med sig en vilt främmande karl hem. Trevlig visserligen, och belevad på nåt vis, men det fanns faktiskt gränser, som Birthe brukade framhålla. Kristine hade inte älskat med någon enda man efter Ditmar; det var tre månader sedan vid det här laget och frågan stod naturligtvis högt på prioriterings-listan för sommaren. Men det var inte tänkt att det skulle bli ett sådant här one-night-stand. En konferens-nisse som hon raggat upp på Dorrit's! Så fan heller.

Hon lutade sig med händerna mot räcket och drog in sommarnattens värme i näsborrarna. Ljuvligt, tänkte hon. Hela sommaren ledig och sedan fast arbete i augusti! Du har klarat dig bra i livet, Kristine Kortsmaa. Riktigt bra.

Då hörde hon honom röra sig inne i lägenheten. Hon drog ännu ett djupt andetag och gick in till honom.

– Jag är ledsen…, började hon.

– Varför då?

Han låg i soffan i rummets mörkaste hörn, det var därför hon inte upptäckt honom. Plötsligt rörde han sig, bara en liten aning, men det glimtade till av blank hud och hon förstod att han var naken.

– Jag tror vi avbryter här, sa hon. Det var dumt av mig att be dig komma in. Förlåt mig om jag gav dig förhoppningar, men sätt på dig kläderna, är du snäll.

Han svarade inte och rörde sig inte.

– Tyvärr, sa hon. Jag blev lite full, det var därför jag tappa-de omdömet. Det var inte meningen att det skulle bli såhär.

Hon hittade hans kläder på en av stolarna.

– Här. Sätt på dig nu. Vill du ha en kopp kaffe innan du går?

Han satte sig upp.

– Det är inte kaffe jag vill ha.

Han lät inte sårad eller arg. Den lilla strimma av hotfullhet som hon omedelbart uppfattade låg inte i rösten, utan i orden.

– Vad menar du?

– Jag menar att jag inte vill ha kaffe så här dags, förklarade han och reste sig utan att bry sig om kläderna. Tog två steg närmare henne och lade händerna på hennes axlar. Stod kvar ett ögonblick som i obeslutsamhet, och hon undrade om hon skulle behöva markera sitt nej ännu tydligare. Kände sig både korkad och skuldmedveten för sitt uppträdande; det var hon som tagit initiativet på Dorrit's, det var hon som velat fortsätta dansa med honom – och inte bara för att skydda sig mot Typen, det hade hon försäkrat honom flera gånger – och det var hon som bjudit in honom efter promenaden hem genom stan.

Så det var inte särskilt märkligt om han var en smula besviken.

– Jag är ledsen, upprepade hon.

– Det var synd, sa han. Får jag massera dina axlar en stund, bara? Jag tror du behöver det.

Hon tvekade, men innan hon hunnit svara ja eller nej, var han bakom henne. Flyttade undan hennes hår och började treva med fingrarna utefter hennes nakna skuldror. Masserade inte, dock. Följde bara nyckelbenens skarpa kanter in mot halsen i en mycket lätt beröring. Hon märkte att han darrade.

Märkte att hon själv höll andan.

– Mina fingertoppar…, sa han, mina fingertoppar är som små seismografer. De registrerar allt du känner i din kropp, dina tankar också, visst är det egendomligt?

Hon bestämde sig för att det fick vara nog nu, men det var för sent.

Alldeles för sent för Kristine Kortsmaa.

Maardam, november 2000

20

Van Veeteren lyfte upp papperskassarna på disken och började plocka ur böckerna.

Sammanlagt fyrti stycken, hade professor Baertenow förklarat. Mer orkade han inte bära nuförtiden. Varia, kunde man väl säga, men mest romaner på främmande språk.

Synd att behöva göra sig av med, hade han lagt till, fast på Krantzes antikvariat visste han åtminstone att de var i goda händer. Att de *kom* i goda händer, rättare sagt. Förr eller senare. Nej, han hade inte velat ta betalt den här gången heller. Pengar hade han ingen användning för längre.

Van Veeteren studerade titlarna en efter en, och förvånades ännu en gång över språkbredden. Ryska, tjeckiska. Ungerska, finska. En diktsamling på baskiska. Norska, danska och svenska.

En imponerande figur, denne Baertenow, inte tu tvivel om saken. Gammal filolog således, pensionerad sedan några år och med den goda vanan att komma in med ett par kassar några gånger om året. Det sas att han talade femtifem levande språk. Plus ett okänt antal döda.

Håller på att göra mig av med, brukade han förklara. Man måste rensa lite i väntan på döden.

Van Veeteren brukade betala med ett glas portvin eller två och ett samtal, men idag hade professorn inte haft tid. Planerade att flytta till en något mindre och något bekvämare lägenhet, hade det framkommit; det fanns inte plats för alla böcker, helt enkelt... det var som det var, livet har en tid för att samla in och en tid för att dela ut. *Kui oikk in vahe hauakivil kahe aastaarvu vahel*, som esterna sa.

Exakt, hade Van Veeteren instämt.

Det var dock inga estniska titlar som plötsligt fångade hans uppmärksamhet, och som fick honom att känna ett ögonblicks yrsel. Eller svindel, rentav.

Determinantan.

De hette faktiskt så. Hans ögon bedrog honom inte. Två stycken böcker dessutom. Han stod med en i varje hand och stirrade på dem. Den ena var vit med ett kvinnoansikte på framsidan och hade undertiteln *Eva* – den andra blekt röd med några egendomliga konfigurationer i ett koordinatsystem.

Författarens namn: Leon Rappaport. Språk: svenska.

Rappaport lät inte särskilt svenskt. Judiskt snarare. Van Veeteren bläddrade försiktigt och letade fram copyrightåren. 1962 respektive 1978. Den tidigare boken var författad på polska, tydligen. Hette *Determinanta* i original. Den senare, den med kvinnoansiktet, verkade vara skriven på svenska.

Han ruskade på huvudet. Besynnerligt, tänkte han. Skulle han nu bli tvungen att lära sig polska och svenska också? För att komma till botten med saker och ting. Här hade han gått omkring ett halvt liv med ett begrepp som han trodde att han själv uppfunnit, och så stod han plötsligt med två böcker som handlade om det. Eller som hette det, åtminstone.

Determinantan.

Besynnerligt minst sagt. Han funderade en stund. Stoppade sedan ner bägge volymerna i sin portfölj och tog fram cigarrettmaskinen. Dags för dagens första bloss, utan tvivel. Här behövdes eftertanke och distans...

Innan han hunnit tända cigarretten ringde Moreno.

Och han blev sittande med den otänd under hela samtalet också.

– Kom in, sa Van Veeteren en och en halv timme senare. Vi drar oss tillbaka till pentryt, så får vi vara ifred.

Han drog ner rullgardinen för dörrens glasruta och låste. Moreno hängde av sig jackan på en stol.

– Berätta, bad han. Jag hade på känn att den där förbannade prästen inte skulle lämna mig i fred hur länge som helst. Det tycks ha varit en riktig föraning, således?

– Jo, bekräftade Moreno och slog sig ner på den ena av de två grekiska repstolarna inne i det trånga pentryt. Det kan man nog säga. Som jag sa, så upptäckte vi alltså hans namn när vi letade igenom den där lägenheten igår... Martina Kammerles lägenhet på Moerckstraat. Hon hittades mördad i söndags kväll, hade legat en månad drygt, jag vet inte om kommissarien har läst...

– Stopp och belägg! varnade Van Veeteren.

– Ursäkta, sa Moreno. Slip of the tongue. Nå, jag vet inte om du läst om det, alltså?

Van Veeteren nickade.

– Jo, erkände han. Jag plöjer fortfarande igenom en del tidningar. Allgemejne hade en ganska utförlig redogörelse idag, faktiskt. Strypt kvinna... försvunnen flicka också, var det inte så?

– Stämmer, sa Moreno. Fast den här kopplingen till prästen upptäckte vi inte förrän igår, så det har inte stått nånting om honom i tidningarna. Vi vet egentligen inte mer än vad jag sa i telefon... det kan ju vara ett blindspår, men det verkar ärligt talat lite osannolikt. Eller vad tror du?

Van Veeteren öppnade ett skåp och grävde fram två koppar.

– Blindspår? sa han. I helvete heller. Du vill väl ha kaffe?

Moreno nickade, han satte på en vattenkokare och började gräva i ett annat skåp.

– Om vi skulle ta det en smula kronologiskt? föreslog han och placerade ett fat med kanelkex på bordet. Kunde vara en poäng, såvitt jag vet är det fortfarande så att orsak kommer före verkan i de flesta sammanhang. Det börjar alltså med...?

– Hm, sa Moreno. Ja, om vi tittar på de kort vi för närvarande har på handen, så börjar det väl faktiskt med att pastor Gassel söker upp dig...

Hon såg sig omkring och gjorde en tvekande åtbörd med händerna.

– ... här, om jag förstått det rätt?

Van Veeteren nickade och strödde kaffepulver i muggarna.

– Någon gång i mitten av september?

– Den femtonde om jag minns rätt.

– Den femtonde? I så fall är det drygt två veckor senare som han hittas död under ett tåg på Maardams centralstation. Ungefär samtidigt, eller något senare kanske, mördas en viss Martina Kammerle i sin lägenhet borta på Moerckstraat. Hennes sextonåriga dotter Monica försvinner i samma veva och är fortfarande försvunnen. Martina Kammerles kropp blir liggande i över en månad innan den hittas, och i ett kollegieblock i dotterns rum står namnet Tomas Gassel antecknat... ja, det är det hela i ett nötskal, kan man nog säga.

– Ingenting mer? undrade Van Veeteren efter att ha funderat ett ögonblick. Stod det något annat än namnet i det där blocket... telefonnummer eller adress, till exempel?

– Nej. Hon hade skrivit det längst ner på en sida, bara. Stod alldeles för sig självt.

Van Veeteren nickade och hällde vatten i kopparna.

– Inget särskilt vanligt namn.

– Nej.

– Men inte alldeles ovanligt heller.

– Nej.

– Kan det råda något tvivel om att det är han?

– Inget tvivel alls. Krause har kollat. Finns en till i distriktet som heter så, men han är bara fyra år. Bor i Linzhuisen dessutom och har ingen koppling till Kammerles.

– Mhm, muttrade Van Veeteren. Så det hänger alltså ihop?

– Det gör det, bekräftade Moreno. Åtminstone så här långt. Det är naturligtvis möjligt att Monica Kammerle har något slags normal koppling till pastor Gassel... som inte behöver ha att göra med vare sig hans död eller hennes försvinnande, men, ja, det får väl visa sig när vi löpt linan ut i så fall. Vi måste givetvis utgå ifrån att det finns ett starkare samband...

– Givetvis, sa Van Veeteren.

– Sedan kan man förstås spekulera i hur sambandet är beskaffat.

– Spekulera kan man alltid, instämde Van Veeteren och hällde mjölk i kaffet. Hur länge är det sedan du fick allt det här klart för dig?

Moreno drack en klunk och log ett urskuldande leende.

– Syns det på mig? frågade hon. Gör det verkligen det? Att jag knappast sovit en blund bara för att jag legat och funderat över det här? Rooth upptäckte det igår kväll, och hade vänligheten att ringa mig med en gång.

– Syns inte ett spår, försäkrade Van Veeteren. Du är den daggigaste violen i hela antikvariatet, jag försäkrar dig. Nå, i vilken riktning går dina tankar, då?

Moreno hostade bort ett leende.

– Det är ju rätt självklart, sa hon. Någon har dödat Martina Kammerle av någon anledning. Samme någon har röjt pastor Gassel ur vägen... kanske för att han kände till denna anledning. Eventuellt har Monica Kammerle rönt samma öde. Fast vi inte har hittat henne än... om vi nu skall nöja oss med den enklaste ekvationen, alltså.

– Finns inget skäl att krångla till det, sa Van Veeteren. Det

207

gör det av sig självt i så fall, och andragradsekvationer har aldrig varit min starka sida... men om inte en viss antikvariatsbokhandlare avvisat en viss präst för att han skulle gå till tandläkaren, så hade inte Maardamskriminalen suttit med näbben i brevlådan. Det är förstås dit du vill komma.

– Jag vill inte komma någonstans, bedyrade Moreno, men det skall erkännas att det ligger någonting i det. Faktum är att jag har en liten förfrågan också.

– Förfrågan? sa Van Veeteren och höjde ögonbrynen.

– Man skulle nästan kunna kalla det en anmodan. Från Reinhart. Att du inställer dig.

Van Veeteren spillde kaffe på bordet.

– Inställer...?

– Ja, det är ganska naturligt, om man tänker på det, utvecklade Moreno. Vi måste givetvis ta reda på så mycket som möjligt om mötet mellan dig och den här prästen...

– Ni tänker förhöra mig?

– Ha ett samtal, sa Moreno. Inte förhöra. Skall vi ta det nu eller senare?

– Det var det jävligaste. Fast när du säger det, så...

Han tittade på klockan.

– Nu, sa han.

– Ett förbehåll bara, förklarade Van Veeteren när de klev ur bilen nere i polishusets garage. Om vi stöter ihop med Hiller, vänder jag på klacken och försvinner. Då får ni hämta mig med piketen på Klagenburg istället.

– Naturligtvis, sa Moreno och tryckte på hissknappen.

Någon polischef dök dock inte upp och två minuter senare satt *kommissarien* inne i Reinharts inrökta tjänsterum tillsammans med denne och intendent Münster.

– Roligt att se dig här, sa Reinhart och log skevt. Du ser fanimej yngre ut för varje gång jag ser dig.

– Naturlig skönhet går inte att dölja i längden, svarade

Van Veeteren. Hur har ni det?

– Som vi förtjänar antagligen, sa Reinhart. Eller vad säger Münster?

– Vi har det tyvärr som Reinhart förtjänar det, preciserade Münster. Därav misären. Hur är det i bokbranschen?

– Finns fortfarande en och annan läskunnig medborgare, sa Van Veeteren. Men dom är i utdöende, det ska gudarna veta. Nå, nog med skitprat. Det var en jävla historia det här med prästen... och det andra. Är sambandet mer säkerställt än vad Moreno antydde?

Reinhart kliade sig i nacken och grimaserade.

– Jag vet inte riktigt, sa han. Krause och Jung håller på med det, Gassels bohag har tyvärr redan magasinerats och lägenheten är uthyrd. Men som jag ser det är det ändå bara en tidsfråga innan vi är hundraprocentigt säkra... det hänger ihop, räkna inte med någonting annat. Vad jag nu är mest intresserad av är dock om det går att klämma ur dig några fler detaljer om det där mötet du hade med prästen?

– Jo, jag förstår det, sa Van Veeteren och plockade fram sin cigarrettmaskin. Men jag tror jag redan har erinrat mig allt som går att erinra sig. Jag talade ju med Moreno om det här för en månad sen. På eget bevåg, jag vill betona det.

– Jag känner till det, sa Reinhart. Vi har inte för avsikt att häkta dig riktigt ännu. Har du någonting emot att jag försöker rekapitulera och att du sedan säger stopp när jag trampar fel?

– Låt tungan löpa, sa Van Veeteren. Bara jag får röka i lugn och ro.

Reinhart lutade sig tillbaka, drog ett djupt andetag och satte igång.

– Pastor Gassel kommer in till dig på Krantzes' och ber om ett samtal. Datum: den 15 september... stämmer det?

– Ja.

– Du avvisar honom, men får ändå reda på att han vill

avbörda sig någonting... berätta om någonting han fått reda
på inom ramarna för sin tystnadsplikt. Han nämner ordet
"hon".

Van Veeteren nickade och började rulla en cigarrett.

– Ett rimligt antagande... i ljuset av vad som senare har
hänt... är att det syftar på Monica Kammerle. Eller möjligen
på hennes mor, fast det är betydligt mindre troligt, eftersom
det var i flickans rum vi hittade hans namn och det stod
skrivet med hennes handstil. "Hon" måste i alla händelser ha
berättat om ett eller annat missförhållande för den här präs-
ten. Centralt i detta missförhållande finns en okänd person,
sannolikt en man, som så småningom ser till att röja alla in-
blandade ur vägen. Gassel. Martina Kammerle. Monica
Kammerle. Den sistnämnda har vi inte hittat än, men det är
nog tyvärr en tidsfråga. Ja, det skulle kunna vara ungefär så
scenariot ser ut den här gången... ett av de tänkbara i varje
fall.

Van Veeteren tände sin cigarrett.

– Javisst, sa han. Det hänger ihop, precis som du sa. Finns
väl bara ett frågetecken, såvitt jag kan se.

– Gör det? sa Reinhart.

– Jag vet vad komm... vad du menar, sköt Münster in. Du
avser den lilla detaljen om vem det är som har gjort det.
Gärningsmannen. Eller hur?

– Jo, sa Van Veeteren. Det är nån jävel som ligger bakom
det här.

Reinhart började arbeta med pipa och tobak.

– Tanken har slagit mig, muttrade han. Faktiskt. Det är
otroligt hur avdankade kommissarier kan slå huvudet på
spiken i vissa fall. Nå, vad fick du för indikationer om en
sådan här gärningsman vid det där samtalet, då?

Van Veeteren betraktade taket i fem sekunder.

– Inga alls, sa han. Det var för övrigt knappast något sam-
tal. Han var inne hos mig i två minuter på sin höjd.

– Du är säker? Ingenting du glömt?

Van Veeteren fnös.

– Klart som fan jag är säker. Vad tror du egentligen? Om det finns en plats i världen där jag känner mig hemma, så är det mitt eget huvud.

– Gratulerar, sa Reinhart. Ursäkta min påträngande stil, det vore rätt kul att få förhöra dig på riktigt någon gång, men jag antar att det aldrig blir aktuellt?

– Jag går den smala vägen, förklarade Van Veeteren buttert. Om du hört talas om den.

Reinhart tände pipan och drog ut munnen i något som möjligen – i bästa fall – kunde tolkas som ett leende.

– Nåja, sa han. Om vi skall återgå till dagordningen, vill jag bara upplysa om att jag ägnat fyra timmar av morgonen åt att studera gamla stryparfall. Det är inspirerande läsning, skall ni veta... fast kanske får jag rikta in mig på järnvägsknuffare nu också?

– Låter intressant, sa Münster. Och ännu intressantare att höra om du hittade nånting.

– Trägen vinner, sa Reinhart. Jo, jag tror faktiskt det. Om vi accepterar tioårsgränsen, som jag föreslog igår, ja, då finns det faktiskt bara två ouppklarade fall i hela landet som liknar det här... jag talar nu om stryparhistorierna. Skulle jag tvingas göra en lite stramare bedömning – ett.

– Du menar att han skulle ha varit i farten tidigare? frågade Van Veeteren.

– Jo, sa Reinhart och grimaserade igen. Jag tror det är det jag menar. Jävligt hypotetiskt, förstås, men ju mer det regnar, desto skönare med teori. Det finns alltså ett fall uppe i Wallburg från förra sommaren, där det skulle kunna röra sig om samma typ. 26-årig kvinna strypt i sin lägenhet. Bakifrån, det lär vara svårare bakifrån, har det sagts mig. Bara händerna. Inga spår och ingen misstänkt. Jag väntar på ett samtal därifrån, men jag tänker be Meusse att titta på det i alla händelser och komma med en kvalificerad gissning.

– Meusse vet inte vad en okvalificerad gissning är, påpeka-
de Münster.

– Just därför, sa Reinhart.

Van Veeteren reste sig och gick fram till fönstret.

– Strypare tillhör inte mina favoriter, sa han och blickade
ut över Wejmargraacht och den grådisiga Wollerimsparken.
Det är nånting extra olustigt med mördare som inte ens be-
höver något vapen.

– Miljömördare? föreslog Münster. Inga främmande till-
satser. Sunt och naturligt.

– Fy fan, sa Reinhart. Om jag fick sådana där associatio-
ner skulle jag söka hjälp.

– Jag säger inte att jag är skyldig till det, påpekade Van Vee-
teren och vickade på vinglaset. Jag säger bara att om... *om*
jag hade givit mig tid att lyssna på honom, så hade kanske
två människor, eller tre förresten, varit i livet nu, istället för
att... ja, det är alltså bara det jag säger. Ingenting annat.

– Jag förstår det, sa Ulrike Fremdli. Du har förklarat det
tre gånger nu.

– Har jag? sa Van Veeteren och betraktade sitt glas med
oförställd förvåning. Måste tyda på att jag håller på att bli
gaggig, eller hur? Gott vin, det här, var har du fått tag på
det?

– Stormarknaden ute i Löhr, sa Ulrike Fremdli. Dessutom
är det kaliforniskt.

– Kaliforniskt?

– Ja.

– Ur led är tiden, muttrade Van Veeteren. Kunde ha svu-
rit på att det var åtminstone Saint Emilion.

– Jag tror inte alls det har med gaggighet att göra, fortsat-
te Ulrike efter en stund, och såg på honom över kanten på
sina läsglasögon. Du har en polissjäl längst därinne, och det

är den som styr när det dyker upp någonting sådant här. Det är som du brukar säga också – att det som håller oss vakna om nätterna, det måste vi ta itu med. Oavsett vad det är. Och det vi drömmer om mer än två gånger.

– Brukar jag säga det? sa Van Veeteren. Låter riktigt begåvat.

Ulrike skrattade och strök honom över kinden.

– Jag tycker så jävla mycket om dig, vet du det? Min mogne och allvarlige älskare.

– Hrrm. Reinhart påstod att jag såg mycket yngre ut. Hursomhelst har du väl rätt. Och jag har rätt. Det går omkring en person i den här stan som med rätt stor sannolikhet har dödat tre människor, kanske fler ändå. Med bara händerna. Jag tycker inte om det. Jag skulle önska att jag kunde låta bli att tänka på det, men det är som det är… snutsjäl, var det så du sa?

– Polissjäl, korrigerade Ulrike. Går väl att kalla det samvete också, om man skall vara petig… eller plikt. Tänker du ge dig i kast med det på allvar?

Van Veeteren drack ur glaset och suckade.

– Tror inte det, sa han. Om dom bad mig, kanske. Fast det vågar dom antagligen inte… nåja, vi får väl se. Förresten, när vi ändå har det här på tapeten… jag har ju berättat hela historien för dig, men det är en aspekt jag börjat undra mer och mer över.

– Vilken då?

– Jo, vad det är som ligger i botten på alltihop. Själva knuten. Vad var det prästen ville berätta och vad var det som fick gärningsmannen att begå tre mord… om vi nu räknar med att flickan också är död?

Ulrike Fremdli tog av sig glasögonen och stirrade upp i taket.

– Jag förstår, sa hon. Ja, det måste ju har varit någonting galet redan då, förstås. Nej, jag har ingen aning. Har du?

Van Veeteren skakade på huvudet och satt tyst en stund.

– Apropå sammanträffanden förresten, sa han sedan. Vet du vad jag fick in på antikvariatet idag?

Han reste sig och gick och hämtade böckerna från portföljen i arbetsrummet. Räckte över dem till Ulrike.

– Deter... determinantan? sa hon förvånat. Det är det där du talat om som jag aldrig begripit mig på. Vad är det egentligen?

Van Veeteren funderade ett ögonblick.

– Det är kanske just så man bäst kan beskriva det, sa han. Som det där lilla mönstret som styr, fast vi aldrig begriper att det gör det. Som vi inte har namn på än... Jag söker frågan vars svar är livet, så att säga.

– Rappaport? sa Ulrike och studerade omslagen, ett vitt och ett rödtonat. Har du läst dom?

– Nej, sa Van Veeteren. Kan inte läsa svenska, tyvärr.

214

21

– Inspektör Baasteuwel från Wallburg. Är det kommissarie Reinhart jag talar med?

– Förvisso. Vad sa du att du hette? Baas-...?

– ... -teuwel. Jag ringer angående det där stryparfallet förra sommaren som ni undrade över. Jag hade hand om det. Kammade noll, tyvärr, men det händer ju i dom bästa familjer.

– Dom säger det, sa Reinhart.

– Jag känner förresten en vacker snut vid namn Moreno hos er... träffade henne ute i Lejnice förra sommaren. Kyss henne från mig om ni inte slarvat bort henne.

Reinhart funderade.

– Baasteuwel? sa han. Jag tror vi har råkats. Är du liten och ful och röker som en borstbindare?

– Stämmer, sa Baasteuwel. Tvåhundratio i IQ och alla damers gunstling också. Var sågs vi?

– Wernerhaven, om jag inte tar fel, sa Reinhart. Fem-sex år sedan. Konferens om nyordningar inom polisväsendet eller nåt annat skit jag inte minns.

– Aha, sa Baasteuwel. Jo, jag minns också inte det där. Men det här förbannade Kristine Kortsmaafallet, det kommer jag ihåg. Tråkig historia. Ägnade rätt mycket tid åt det faktiskt... förra juni, som sagt, men det ledde ingen vart. Vilket irriterar mig en del, ärligt talat.

– Jag har läst om det, sa Reinhart. Ingen misstänkt ens, var det så?

– Inte i närheten. Damen hittades alltså död i sin lägenhet. Naken, strypt. Klart som korvspad. Hade varit ute och käkat och dansat med några goda vänner på ett ställe här i stan. Hittade en karl och tog med honom hem. Istället för att gå i säng med henne, ströp han henne. Inga tecken på att de haft samlag ens... det jäkliga är att det fanns en hel hög med vittnen som sett dom dansa på den där krogen. Vi hade till och med en fantombild och jobbade med, men det hjälpte alltså inte. Irriterande, som sagt.

– Hur såg han ut? frågade Reinhart.

– Ganska lång, ganska kraftig, enligt samstämmiga uppgifter. Drygt fyrti trodde dom flesta. Hårfärgen varierade från mellanblont till kolsvart och vissa menade att han hade en smula skägg... ja, det var naturligtvis inte lätt att åstadkomma en bra fantombild, men jag kan faxa över den vi ändå körde med. Om du nu tror det tjänar nånting till.

– Skicka den, sa Reinhart. Fast jag behåller den nog för egen del för säkerhets skull. Dumt att låta manskapet få förutfattade meningar. Nå, tittade du bakåt också? På gamla historier som liknade den här, alltså?

– Jodå, suckade Baasteuwel. Klart som fan jag gjorde. Rotade igenom ett par dussin trevliga kvinnolik... kul sysselsättning men inga spår, tyvärr. Bara nitlotter där också. Den här flickan Kortsmaa hade tagit examen samma vecka det hände, förresten. Fysioterapeut, treårig utbildning, hon var ute och firade lite av den anledningen. Fin present han gav henne, onekligen.

– Onekligen, sa Reinhart.

– Men det skulle verkligen tillfredsställa min svarta snutsjäl om vi kunde ta honom den här gången, det ska du veta. Om det nu är fråga om samma en, vill säga?

– Det är i varje fall inte omöjligt att det är det, sa Reinhart. Och vi ska göra vad vi kan. Har du nånting mera?

– Jag tror inte det, erkände Baasteuwel. Om du nu har

läst materialet som du påstår… jo, ett par tusen bortkastade arbetstimmar har jag skrapat ihop förstås, ska jag faxa över dom också?

– Behövs inte, sa Reinhart. Vi har redan fullt i det skåpet. Men om vi kommer fram till nåt som börjar likna nånting, kunde vi kanske träffas en stund?

– Ingenting kunde vara mig kärare, försäkrade Baasteuwel. Och glöm inte att kyssa den där inspektören från mig.

– Om jag törs, sa Reinhart och lade på.

Efter tio sekunder ringde Baasteuwel upp igen.

– Glömde fråga en sak, sa han. Har du några nyare jämförelsefall? Jag menar om han kan ha varit i farten någon gång mellan Kristine Kortsmaa och det här ni sitter med nu?

– Ser inte ut så, sa Reinhart. Ingenting dokumenterat i alla fall.

– Rätt långt tidsintervall, konstaterade Baasteuwel. Mer än ett år. Fast man vet ju aldrig hur såna där jävlar är funtade… inte förrän man träffar dom åtminstone.

– Jag har bestämt mig för att träffa den här, sa Reinhart. Jag hör av mig när jag fått korn på honom.

– God jakt, önskade inspektör Baasteuwel.

Under torsdagen samtalade Ewa Moreno med sammanlagt sju personer som Rooth fiskat fram ur Martina Kammerles lilla skamfilade adressbok, och det var en ganska deprimerande sysselsättning.

Alla sju förklarade att de kände till vad som hade hänt genom tidningar och teve. Alla sju erkände motvilligt att de vetat vem Martina Kammerle var. Alla sju förnekade att de på minsta sätt stått den mördade kvinnan nära eller träffat henne någon gång efter hennes makes död för fyra och ett halvt år sedan.

Två av de sju var arbetskamrater från en av de korta perioder då Martina Kammerle innehaft något slags anställning. Två var kvinnor hon träffat på sjukhus, den ena på Gemejnte, den andra ute på Majorna. En var en man som hon haft ett kort förhållande med för arton år sedan, en var en före detta terapeut, som hon besökt tre gånger, och den sjunde var en gammal skolkamrat, som var rullstolsbunden sedan tjugo år tillbaka och som inte sett Martina Kammerle sedan de gick ut sjätte klass, påstod han.

Deprimerande, som sagt, tänkte Moreno när hon kröp in i bilen efter det sista besöket hos klasskamraten ute i Dikken. Vad tusan hade Martina Kammerle haft för användning av sin adressbok? Varför alla dessa namn som måste ha varit totalt utan relevans i hennes tillvaro? Som om hon fyllt i dem för att det skulle se illa ut annars.

Vilket oerhört billigt liv hon måste ha levat, tänkte Moreno.

Billigt? Var kom det ordet ifrån? Ett liv kunde väl inte vara billigt?

Och hon erinrade sig på nytt de där gamla väggdeviserna.
Bättre ångra vad du gjort. Tyngden i ditt liv.

Hur hade Martina Kammerles och hennes dotters liv egentligen sett ut? Fanns där någon tyngd, trots att de verkade ha levt nästan inmurade i sin egen ensamhet? Fanns där någon sorts ljus som hon ännu inte lyckats upptäcka?

Förmätna frågor kanske. Men berättigade, utan tvivel. De sju människor Moreno talat med idag hade inte haft ett dugg att meddela om den mördade kvinnans liv, och när hon tänkte på de två svartsminkade tonåringarna hon suttit och irriterat sig på på Café Lamprecht häromdagen, förstod hon att... ja, vad var det hon förstod?

Sådan moder, sådan dotter, kanske?

Ewa Moreno suckade uppgivet och stannade för rött ljus i korsningen Zwille-Armastenstraat. Klockan var halv sex och rusningstrafiken ut till förorter och villastäder pågick för fulla muggar. Regnet hade upphört och ersatts av en rätt kraftig vind utifrån kusten.

Ljus? tänkte Ewa Moreno. Mening? I den här gråa staden den här årstiden? Förmätet, som sagt. Hon ruskade på huvudet och återvände till utredningen.

Efterlysningarna i teve och i tidningarna hade heller inte givit något resultat. Inte ett dugg. Några elever från Bungegymnasiet hade ringt och sagt att de visste vem Monica Kammerle var men att de inte sett henne på länge. En flicka från Oostwerdingen hade berättat att hon varit kamrat med henne när de var i tioårsåldern – och en notorisk, neurotisk tipsare vid namn Ralf Napoleon Doggers hade rapporterat att han iakttagit såväl mor som dotter under mystiska förehavanden på en kyrkogård i Loewingen så sent som för tre dagar sedan.

De hade inte levt i rampljuset direkt, Martina och Monica Kammerle. Så mycket kunde man i varje fall fastslå efter en dryg veckas utredande, konstaterade Moreno.

Fast man måste komma ihåg, reserverade hon sig omedelbart, att många liv såg värre ut från utsidan än från insidan. Det hade elva år i polisyrket lärt henne. Men ändå, vad var det som fick alla dessa misshandlade, missbrukade, utslitna kvinnor att stå ut? Det måste väl finnas någonting? Någonting att hänga fast vid. Någon sorts tröst eller fungerande livslögn, för annars... ja, vad då, som sagt?

Annars återstod väl inte mycket annat än Hamlets monolog, helt enkelt.

Hellre bära våra vanda bördor, än fly till dem vi inte känner.

Den gamla vanliga biologiska segheten, med andra ord. Hon ruskade på huvudet av olust och bromsade in vid ett nytt rött ljus, nu på Palitzerlaan.

Å andra sidan fanns det förstås motsatser. Det fanns liv som såg ganska drägliga och normala ut när man tittade på dem utifrån, men som kunde innehålla avgrunder av mörker. Rent obegripliga avgrunder.

Det är kanske en sådan mördare vi letar efter, slog det henne. En till synes normal människa som fungerar alldeles utmärkt nittinio dagar av hundra, men som sedan, när någonting brister... eller väller upp... kan begå de mest hårresande handlingar? Jo, när hon tänkte efter förstod hon att det verkade rätt troligt.

Eller möjligt i varje fall. Det kunde vara en sådan människa som låg bakom de här dåden, men i och för sig – det kunde lika gärna se ut på något annat sätt. Det var riskabelt att spekulera för mycket, det visste hon, men vad tusan skulle man annars använda denna energiska hjärna till? Vad?

Och varför drog hon så lättvindigt dessa jämförelser mellan Martina Kammerle och sitt eget liv? Vad tjänade det till? Det fanns en tendens hos henne, en allt tydligare tendens för varje nytt fall faktiskt, att hela tiden sätta sig själv i relation till dessa stackars människor som det alltid handlade om. Offren och deras skeva livsomständigheter.

Ville hon kontrastera? Se sitt eget ljus mot deras mörker? Var det så enkelt? Att det kunde ha varit värre?

Jo, så hade det kanske varit i början, kom hon fram till. Och det var väl ganska naturligt när man tänkte efter. Ställföreträdande lidande och det ena med det andra. Men inte numera. Numera kändes det snarare som om hon letade efter något slags gemensam kärna. En punkt där hon kunde identifiera sig med allihop: med lidandet och misären och det svarta. *Förstå* eländet. Krypa under skalet på det. Visst var det så?

Varför? tänkte Ewa Moreno. Varför gör jag detta? Är det för att jag saknar tyngden i mitt eget liv? I denna gråa stad i denna gråa tid.

När hon klev ur bilen hemma på Falckstraat visste hon att det var snudd på en retorisk fråga.

Jung satt vid datorn.

Det var en sysselsättning han inte gärna hemföll åt, men nu hade Maureen fått en ny apparat att använda i hemmet för sitt arbete – och när den ändå stod här på deras gemensamma skrivbord i sovrummet, kunde han ju lika gärna passa på och se vad den egentligen dög till. Stor, gul och strömlinjeformad var den. Betingande ett värde av över femtusen gulden, om han förstått saken rätt, och med en minneskapacitet som vida översteg en hel poliskårs.

Så nog borde den gå att använda i rättvisans tjänst.

Det var så han tänkt när han slog sig ner framför monstret en halvtimme tidigare, och det var så han tänkte nu också. Plus att han lite motvilligt nog måste ge tekniken ett halvt erkännande. Visst tusan var det praktiskt!

Klockan hade hunnit bli halv elva och han var ensam i lägenheten. Maureen var på en tvådagarskurs med sitt arbete och Sophie sov över hos en pojkvän som hette Franek och som alltmer började framstå som hennes tillkommande.

Lägenheten var nästan lika ny som datorn. Nyanskaffad i varje fall, och det var med en känsla av ödmjuk förundran som Jung börjat begripa att den faktiskt utgjorde hans hem. Hans och Maureens nya hem. Och Sophies förstås – som snart skulle fylla tjugo, som läste första året på universitetet och som nog skulle lyfta på egna vingar snart. Vilken dag som helst, om han tolkade tecknen rätt.

Fyra rum och kök på Holderweg. Femte våningen med utsikt över den sydligaste delen av Megsje Bojs och Willemsgraacht. Nyrenoverat med tre och en halv meter i tak och värmeslingor i golvet ute i badrummet. Öppen spis.

När han tänkte på det, och det gjorde han nästan hela tiden, tänkte han att han var lycklig. Att han fått det så oförtjänt bra i sitt liv, att han borde skaffa sig en gud och tacka honom på sina bara knän. Allt detta och Maureen därtill!

Samt en superdator för hemmabruk om andan skulle falla

på, således. Som nu. Som just den här novemberkvällen när han satt ensam i mörkret med regnet rappande mot fönsterrutorna och Lou Reed väsande lite svagt på CD:n i bakgrunden.

Benjamin Kerran. Det var det som var öppningsdraget. Det enda namn han hade kvar att undersöka. Det enda återstående av alla de fyrtisex till och med.

Och som hade gäckat dem en smula. För det fanns ingen Benjamin Kerran i Maardam, hade det visat sig under eftermiddagen. Ingen i hela distriktet. Inte ens – om det nu var riktigt som Rooth påstått alldeles innan de skildes åt för dagen borta på polishuset – i hela förbannade landet!

Det hade tagit en stund för Jung att leta sig ut på nätet. Och ytterligare en stund innan han förstod hur han skulle bära sig åt för att söka. På det första programmet blev det inget napp överhuvudtaget. Ett antal dåliga träffar bara, där efternamnet – oftast annorlunda stavat – stämde, men inte förnamnet. Men så, när han så småningom lyckats skifta till ett större program, dök det plötsligt upp.

Benjamin Kerran

Ha! tänkte Jung. Ingen skall komma och påstå att jag inte begriper mig på datorer.

Han lutade sig närmare och började läsa. Med stigande förvåning; hastigt stigande, för det rörde sig bara om några rader.

Benjamin Kerran var ingen levande människa. Ingen död heller, för den delen. Det rörde sig om en litterär figur. Fiktiv. Tydligen.

Skapad av en engelsk författare vid namn Henry Moll, enligt vad det stod på skärmen. Jung hade aldrig hört talas om honom, men när han klickade vidare fick han reda på att denne Moll skrivit ett antal mindre kända reseskildringar i början av 1900-talet. Samt en serie ännu mindre kända deckare... ja, det stod faktiskt så: "ännu mindre kända".

Och det var alltså i en av dessa figuren Benjamin Kerran förekom.

I en bok med den bisarra titeln *Strangler's Honeymoon*, närmare bestämt. Utgiven första (och enda antagligen) gången i London 1932 på ett förlag som hette Thurnton & Radice. I boken var Benjamin Kerran, såvitt Jung förstod i varje fall, ett slags huvudperson – en seriemördare (mycket tidig, således), som smög omkring i storstadens mindre upplysta kvarter och ströp prostituerade kvinnor i parti och minut, allt i enlighet med de instruktioner han fick genom röster som talade till honom inuti hans huvud och utifrån någon sorts perverterat gudomligt uppdrag.

Jung stirrade på skärmen.

Vad i hela friden betydde detta? Han läste texten en gång till.

Kunde det vara någonting annat än en ren slump?

Han gick ut i stora rummet och stängde av CD:n. Kunde Martina Kammerle ha läst *Strangler's Honeymoon*?

Det verkade orimligt. Det hade inte funnits många böcker i lägenheten på Moerckstraat, men de som funnits hade stått i Monica Kammerles bokhylla. Flickan hade tydligen läst en del.

Men en obskyr kriminalroman från tjugotalet? Henry Moll?

Knappast troligt, tänkte Jung och gick och satte sig vid skärmen igen. Och om hon nu ändå gjort det, varför skulle hon i så fall ha skrivit upp namnet på denne litteräre mördare i sitt spiralblock?

Nej, sambandet var för orimligt, bestämde han. Det var en ren slump. En slump och ett sammanträffande i en överinformativ datavärld där nästan vad som helst kunde inträffa. Där all möjlig egendomlig kunskap lagrades och där de mest hårresande korsbefruktningar kunde äga rum.

Ett namn utan telefonnummer i en försvunnen flickas anteckningsbok och en fiktiv engelsk mördare?

Nej, tänkte Jung. De har sina begränsningar trots allt, de här apparaterna.

Han stängde av datorn och gick till sängs.

Men namnet Benjamin Kerran hängde kvar i en tråd i Jungs medvetande, och när han vaknade några timmar senare under natten, visste han omedelbart varför han drömt om de där strypta kvinnorna och de där smala myllrande gatorna i Covent Garden och Soho där han tillbringat en semestervecka med Maureen två år tidigare.

Och medan han stod ute på det varma toalettgolvet och pinkade bestämde han sig för att i varje fall berätta för Rooth vad han hackat sig fram till under kvällen.

Man kunde ju aldrig veta.

22

Efteråt – när han berättade om det för sin hustru och sina barn, eller för Gandrich och Kellernik på puben i Lochenroede – tyckte Henry Ewerts om att skylla hela saken på vinden.

Omslaget, förklarade han med ett kort och bistert leende. Om inte vinden svängt från sydväst till nordväst under natten, hade jag inte bytt riktning. Och då hade vi aldrig hittat henne.

Inte just den här dagen i varje fall. Och inte just vi.

Och när lyssnarna (i synnerhet Kellernik, som aldrig trodde på någonting annat än in vino veritas) såg så där lagom fåraktigt undrande ut, förklarade han alltså, med ett ännu kortare och ännu bistrare leende, att det var den han rättade sig efter. Alltid. Vinden.

Motvind ut, medvind hem; så hade hans joggingturer sett ut varenda förbannade morgon under nio års tid, ända sedan de köpte det här huset ute i Behrensee efter att han sålt firman precis i rättan tid före nittiotalsdepressionen. Väderkorn som väderkorn, kunde man kanske säga.

Väst var det alltid förstås, men oftast från syd också. Hade nog varit så under elva-tolv dagar på raken, om han erinrade sig rätt – men nu hade det alltså kommit en lite kyligare nordan, och han tog av på en av de stigar som löpte i den riktningen över dynerna ut mot stranden. Thatcher hade bara behövt en liten vink för att förstå vilka villkor som gällde. Hennes receptivitet var större än de flesta människors, det hade han talat om med Kellernik och Gandrich många gånger, och om de inte riktigt höll med eller förstod vad han menade, så var det bara ett gott bevis på att han hade rätt i den här saken också. Han hade många gånger tänkt att han var skäligen trött på dem bägge två, men ville inte såra dem genom att säga upp bekantskapen.

Thatcher däremot kunde man lita på. Den här morgonen höll hon jämna steg med sin husse tills de kom över brinken och såg havet, grått och lojt hävande som alltid den här årstiden. Sedan klappade han henne på huvudet och hon stack iväg i ensamt majestät. Som vanligt och i full frihet. Henry Ewerts drog av sig den yttersta överdragströjan och hängde den på en av bänkarna. Noterade att klockan var exakt 07.10, sneddade ner mot den fastare sanden närmast vattenbrynet och ökade farten.

Han förstod tidigt att Thatcher måste ha fått upp ett kaninspår, för han såg inte röken av henne på hela vägen – men det var först framme vid vändpunkten i höjd med Egirs pir, som han började ana oråd. Hur uppslukad retrievern än kunde vara av de primära drifterna och jagandet av dessa kaniner som ändå varje gång undflydde henne, så brukade hon alltid se till att vänta in sin husse halvvägs och slå följe med honom på återvägen. Att Thatcher inte låg och flämtade med tungan ute på marken vid det lilla båtskjulet innanför Egirs – eller att hon inte tröttnat på fåfängligheterna långt dessförinnan – ja, det var en indikation, helt enkelt.

En indikation på att någonting var på tok.

Henry Ewerts saktade in och stannade. Tog sig upp ett stycke mot brinken, sjönk ner i den lösa sanden och började göra situps.

Han hade inte kommit längre än till tretti-trettifem, när han började höra hundens skall på avstånd.

Inifrån dynerna någonstans, det var svårt att avgöra exakt var ljudet kom ifrån, eftersom vinden och vågorna förvans-

226

kade förnimmelsen av det. Kanske arbetspulsen i tinningarna också. Han avbröt sig och ställde sig upp. Skallen fortsatte och det kunde knappast råda något tvivel om att det var Thatcher som stod för dem. För ett tränat öra är en hunds skall lika individuellt som en människas röst, brukade han ibland förklara för vänner och bekanta, det var en gammal och pålitlig sanning.

Han vred på huvudet och lyssnade. Fick genast en lite bättre uppfattning om positionen; någonstans snett inåt land åt sydost uppenbarligen; dova, envetna skall som heller inte tycktes flytta på sig. Hunden stod stilla och skällde för att påkalla uppmärksamhet, det kunde inte bli tydligare. Husses uppmärksamhet.

Han tog sig upp över brinken och började gå i det kuperade dynlandskapet i riktning mot ljudkällan. Tittade på klockan och kände en viss irritation över fördröjningen; han skulle inte vara hemma förrän efter åtta och för att hinna i tid till arbetet borde han sitta i bilen kvart i nio. Dusch och frukost på en halvtimme var i kortaste laget, men om nu Thatcher stod där med sitt ståndskall, var det förstås inte mycket att välja på. Det var bara att leta sig fram till henne och utröna vad i helvete som var på färde.

Efteråt – inte medan han berättade om sina upplevelser denna råkyliga morgon för familj och vänner och polismän, utan när han satt ensam vid skrivbordet om kvällen och såg ut genom fönstret och reflekterade – kunde han inte riktigt göra klart för sig om han sett hunden eller kroppen först.

Det spelade naturligtvis ingen roll vilket, men han kom på sig med att sitta och fundera över det, så kanske betydde det ändå någonting. Gudvetvad.

I alla händelser stod hunden alldeles stilla intill sitt fynd – i något slags övervakande, attackberedd ställning, som han vagt erinrade sig från träningspassen på kennelklubben för

227

flera år sedan; bakbenen böjda, brett mellan framtassarna. Det som var synligt av kvinnokroppen – bakhuvudet, skulderpartiet samt höger arm – var delvis dolt av svarta plastflagor och sand, men alltihop var ändå tydligt nog för att han skulle inse stundens allvar inom bråkdelar av en sekund.

Glasklara, evighetslånga bråkdelar.

Han tog fatt i hunden. Började automatiskt lugna den genom att trycka den intill sitt högra ben och klappa den över halsen. Önskade under ett förvirrat ögonblick att någon annan ville komma och lugna honom själv på samma vis. Därefter rätade han på sig och såg sig om efter bebyggelse.

Det stack upp ett rött spetsigt tegeltak mellan sandklitterna lite längre inåt land, och när han kommit upp på nästa gräsbevuxna brink, med Thatcher tätt intill sig, insåg han att det var Willumsens villa.

Skönt, tänkte Henry Ewerts. Skönt med någon man vet vem det är.

– Ute och springer som vanligt? hälsade Tom Willumsen och grimaserade. Blåser det inte för mycket idag? Har slagit om till nordlig också, tror jag.

– Jag vet, sa Henry Ewerts. Men vi får prata om vädret en annan gång. Thatcher har hittat en kropp härnere.

– Kropp? sa Willumsen.

– Kvinna, sa Henry Ewerts. Eller flicka, snarare. Ser för jävligt ut. Ring polisen och ge mig nånting att dricka.

Klockan var några minuter över halv åtta på morgonen, när Van Veeteren låste upp dörren till lägenheten på Moerckstraat 16. Innan han gjorde det, såg han sig om åt bägge hållen utefter loftgången, men inga nyfikna huvuden syntes till. Han klev in och drog igen dörren efter sig.

Det första intrycket var lukten. Instängt, orent; han kunde inte avgöra om där faktiskt fanns ett stråk av förruttnelsens karaktäristiska sötma också. Eller om det bara var inbillning och någon sorts perverterad förväntan.

Han tände ljuset i den trånga tamburen och fortsatte in i köket till vänster. Hittade ljusknappen här också; tände, gick fram till fönstret och drog för persiennerna.

Fanns ingen anledning att skylta med sin närvaro. Ingen alls; även om grannarnas ointresse för varandra var väldokumenterat, enligt vad Moreno och Reinhart berättat, så var det inkognito han ville vara. Ostörd och osynlig. Det var så han lagt fram sitt ärende för Moreno när han bad henne utverka en nyckel, och han hoppades innerligt att han kunde lita på hennes tystnadslöfte. Ingenting skulle vara vunnet med att hela polishuset fick vetskap om att han börjat röra på sig igen. Att bokhandlaren borta i Kupinskis gränd inte kunde hålla sig borta längre.

Längre? Skitprat, tänkte han och gick in i vardagsrummet. Det var inte alls någon fråga om tid – eller om förväntat återfall i branschen – det var bara den här förbannade prästen som spökade i hans fantasi. Gudsmannen som han hade avvisat med sådana katastrofala följder och som han drömde om på nätterna. Bara detta, ingenting annat. Var det så konstigt?

Och varför gick han och urskuldade sig, förresten? Vad tjänade det till? Han muttrade irriterat och plockade fram cigarrettmaskinen. Vänd ögonen utåt istället för inåt när du ändå är här! uppmanade han sig själv. Sluta ömka dina bevekelsegrunder!

Han betraktade rummet. Det såg trist ut. Möblemanget föreföll slumpartat ihopkommet; soffan och fåtöljerna hade ett tyg med ljus nittitalsklatsch, men ett par ordentliga vinfläckar (såvitt han kunde bedöma i varje fall, han var inte obekant med företeelsen) förtog mycket av fräschören. Dammråttor under bordet och en tapet med ett mönster som skulle ha gjort sig bättre på kalsonger. Bokhyllan längs

ena väggen med fler prydnadssaker än böcker, och den svart-
plastiga audiovisuella standardutrustningen mittemot – te-
ve, video samt en koreansk musikanläggning, av ett märke
som han trodde sig ha sett slumpas bort till vrakpris på ben-
sinstationer till och med – ja, allt detta skulle nästan ha kun-
nat ingå i lägenhetens basutrustning, på samma sätt som
persienner, linoleummatta, spis, kylskåp och diskbänk gjor-
de det.

Vad gör jag här? tänkte han och fick eld på cigarretten.
Vad letar jag efter och med vilken rätt stövlar jag omkring i
denna hopplösa tristess?

Bra frågor. Han fortsatte in i dotterns rum. Monica? tänk-
te han. Monica Kammerle, vem var du? Eller vem *är* du?
Flickan kunde ju trots allt vara i livet. Underligare saker
hade hänt.

Rummet var litet och smalt. Inte mer än fyra gånger två
och en halv meter, ungefär. En säng med rött, slitet över-
kast. Ett enkelt skrivbord med stol. En lagerbokhylla och en
lös garderob i ett hörn. Två affischer på väggarna, den ena
svartvit med två händer som sträckte sig mot varandra utan
att nå riktigt ända fram, den andra ett ansikte som han vagt
kände igen. En sångare, trodde han. Död sedan något år ef-
ter en överdos, trodde han också. En liten anslagstavla med
en almanacka, ett skolschema och ett par svartvita teckning-
ar av hästar.

Skrivbordet var fullt av de vanliga utensilierna. Kollegie-
block, pennställ. Lampa, almanacka, en röd klockradio som
hade slocknat, ett inramat porträtt av en man och en flicka i
tioårsåldern – han gissade att det var Monica själv och hen-
nes pappa, han som hade kört ihjäl sig.

Far, mor och dotter, tänkte han. Och nu var alla borta;
han hade svårt att på allvar tro att Monica var i livet, men
osvuret var förstås bäst. Han gick fram till hyllan och börja-
de titta på böckerna. Det fanns en del, flickan hade läst, up-

penbarligen. Och inte skräp heller. Han hittade såväl Camus som Hemingway som Virginia Woolf. Hur gammal var hon? Sexton? Rätt så avancerad litteratursmak, onekligen. Inte hade han själv läst Camus när han var sexton.

Och Blake!

Han drog ut boken och började bläddra i den. *Songs of Innocence and of Experience.* Med målningarna och allt; det var en vacker liten utgåva, inbunden i skinnband, måste ha kostat en del. Han undrade om det var en present, men det stod ingenting på försättsbladet, inte ens hennes eget namn. Han bläddrade till slutet av boken och läste.

> Cruelty has a Human Heart
> And Jealousy a Human Face
> Terror, the Human Form Divine
> And Secrecy, the Human Dress

Flicka lilla, tänkte han och ställde tillbaka boken. Vad fick du ut av detta?

Och vad fick han själv ut av det här besöket?

Inte ett skvatt med största sannolikhet. Han förflyttade sig in till Martina Kammerles sovrum, vilket hade samma snåla dimensioner som dotterns. Om än lite stökigare och med en omisskännlig touch av uppgivenhet. Väggarna var kala frånsett två vägglampor. Gardinupphängningen hade släppt ute i kanterna. Plastkassar på golvet och en driva dammiga veckotidningar på fönsterbrädet. En död krukväxt. Sängen var fortfarande obäddad och tog upp halva rumsytan. Han böjde sig ner och tittade under den... det var här hon legat, således. I en hel månad. Plötsligt kände han lukten alldeles distinkt i näsborrarna; han rätade på ryggen och drog ett djupt andetag.

Satan, tänkte han. Jag står inte ut med att behöva tänka på sådant här.

Han gick runt ett varv och släckte. Kontrollerade att loftgången var tom, innan han smet ut genom dörren och låste. Skyndade nerför den korta trappan och ut till bilen på gatan.

Såg på klockan. En kvart, längre än så hade han inte vistats därinne.

Jag bytte jobb i grevens tid, tänkte han.

Både inspektör le Houdes team och läkarteamet var på plats när Reinhart och Rooth anlände ut till Behrensee. Regnet som hade börjat en timme tidigare vräkte nu ner, och le Houde såg ut som om han legat och rullat i den genomdränkta sanden en god stund. Han var dock klädd i galon från topp till tå, så Reinhart antog att det inte var något att orda om.

Dessutom kunde han knappast ha gått miste om någon fotbollsmatch den här gången.

– Nå? sa han. Är det hon?

– Hur fan ska jag veta det? sa le Houde. Det är en flicka i ungefär rätt ålder och hon har blivit strypt. Det är allt jag kan säga så här långt.

– Vem var det som hittade henne? frågade Rooth.

Le Houde tecknade med handen över axeln.

– En karl som heter Ewerts. Han står därborta... ja, det var hans hund, egentligen. Grävde efter en kanin och så hittade han det här istället.

– Hur länge har hon legat? undrade Reinhart.

Le Houde ryckte på axlarna.

– Fråga inte mig. Men Meusse kom just. Han brukar ju kunna tala om stamtavlan på en koskit.

Reinhart nickade och de gick bort till fyndplatsen. Man hade spänt upp en baldakin av tunn plast och under den kröp en trio tekniker omkring; rättsläkare Meusse själv stod i närheten under ett paraply och rökte. Han hälsade buttert när han fick syn på Rooth och Reinhart.

232

– Godmorgon, sa Reinhart. Har du tittat på henne?

– Jovars, sa Meusse. Har ni?

– Inte än, sa Reinhart. Men vi ska. Vad har du att säga?

– Inte mycket, sa Meusse.

– Jaså, sa Rooth. Nej, det är lite dåligt väder.

Meusse svarade inte.

– Det vi undrar över är alltså om det möjligen kan våra fråga om Monica Kammerle, sa Reinhart. Dottern till den här kvinnan som...

– Jag vet, avbröt Meusse och knäppte iväg cigarrettfimpen över axeln. Jag är inte senil. Jo, det kan vara hon. Tiden stämmer, hon har legat här ett tag. Strypt också.

– Aha? sa Rooth för att ha något att säga.

Meusse blängde på honom och malde en stund med käkarna.

– Någonting annat innan vi tar oss en titt? frågade Reinhart.

Meusse tog fram en näsduk och torkade av sitt kala huvud.

– Skulle vara att hon saknar underben, då, sa han.

– Va? sa Reinhart.

– Benen är avkapade vid knät. Bägge två, men det lär väl inte ens ni kunna undgå att upptäcka.

– Avkapade? sa Rooth. Varför då?

– Fråga inte mig, sa Meusse. Fråga han som gjorde det... nej, nu får herrarna ursäkta mig.

Han gick bort till baldakinen, hukade och började dela ut order. Rooth tittade på Reinhart.

– Ska vi...? sa han.

– Vi är väl så illa tvungna, sa Reinhart. Det är ju det som är bonusen i vårt jobb liksom. Kapade ben, fy fan.

– Han kanske gjorde det efter att han dödade henne, sa Rooth. Låt oss hoppas det.

När Van Veeteren klev in i antikvariatet hade han hunnit bli ordentligt våt av regnet, och själen hängde som ett steglat offerdjur inne i kroppen, tyckte han. För att motverka eländet drog han för gardinen och låste in sig. Slog upp ett dricksglas portvin och sjönk ner i öronlappsfåtöljen i det inre rummet.

Reste sig efter en minut och letade fram Blake ur hyllorna; det fanns tre olika volymer, och sedan blev han sittande hela förmiddagen. Regnet kom och gick, rappade mot trottoaren utanför och mot fönstret, men inte en enda kund kom och ryckte i handtaget.

Kanske är det bara Blake och regnet och portvinet, tänkte han när klockan blivit halv tolv och lunchfrågan började göra sig påmind, men nog anar jag en sällsynt svart kärna i allt det här.

Apropå kärna dök förstås den där ödesdigra smörgåsen upp i huvudet på honom igen. Oliven.

Och plomben.

Tandläkarbesöket och prästens skägg och Stravinsky med den döda svalan mellan käkarna. Visst var det en soppa med rätt märkliga ingredienser, det här? Kunde inte förnekas.

Och mitt i soppan simmade alltså en mördare omkring. I godan ro, som det verkade; polisen hade inte ens börjat kasta ut krokar efter honom.

Hade väl inte hittat krokburken än.

Van Veeteren kavade sig upp ur fåtöljen och hällde upp ett glas till. Mitt bildspråk skulle inte duga till en mardröm ens, tänkte han. Det här är en av dessa dagar.

Men den där idén om mördaren i full frihet var en irriterande tanke. Oerhört irriterande.

23

Han sköt undan tidningarna och lutade sig tillbaka i stolen. Såg ut genom fönstret mot de sjuka almarna i parken och det gamla observatoriet, vars blodröda tegelfasad skymtade som en fond mellan grenverken.

Orden, tänkte han. Det är först med orden vi får grepp om verkligheten.

Och bilderna. Bilden av verkligheten som är viktigare än verkligheten som sådan, eftersom det bara är bilden vi ser. Även när det gäller oss själva, och det är alltid någon annan som målar bilden åt oss. Någon annan som ser oss.

Det var inga nya slutsatser. Tvärtom. Han hade vandrat i samma fenomenologiska banor många gånger förr, men det hade aldrig känts så tydligt som nu. Handlingen i sig – handling*arna* i sig – hade nästan inte förmått röra vid honom efter att han utfört dem... dessa kvinnor och denna okända svart-rock som lagt näsan i blöt och fått vad han förtjänade; det gav honom oväntat hög tillfredsställelse att ha dödat en präst, han undrade vad det kom sig av... och när han nu läste om dessa människor i tidningarna, eller såg de återhållet upphetsade reportrarna berätta om dem i teveutsändningar-na, fick alltihop plötsligt en aura som kändes stark och levan-de. I synnerhet när det gällde flickan och mamman förstås. Det hade gått över en månad innan saker och ting kom upp i ljuset. Prästen hade varit nyhetsstoff redan dagarna efter incidenten på Centralen, men det var ju blott och bart en olyckshändelse och inte många rader hade ägnats honom.

Blott och bart en olyckshändelse.

Men dessa veckor alltså, dessa dagar och nätter, som förflöt mellan den där septembernatten och den tidiga tisdagsmorgonen, då han äntligen fick läsa om det i Allgemejne, all denna tid gav på något sätt skarpare konturer åt själva händelsen... själva verkligheten, när den till slut dök upp efter dvalan och likgiltigheten. Tydligheten kändes nästan obscent uppenbarad och blottlagd efter en så lång tystnad, den drabbade honom som ett slag i bröstet, och för ett kort ögonblick tyckte han att fotfästet försvann. En hastig svirrning över en öppen avgrund. Över en grav.

Men där fanns också en stark och besk smak av svett och blod. Av liv.

Det är detta, tänkte han. Här brinner mina eldar. Mitt liv är lika hånfullt meningslöst som allt annat liv. Det tog slut på den där förbannade grekiska ön, och döden har inte mera mening den. Bara ett slags oemotståndlig kraft.

Samma dag läste han om sig själv i sex olika tidningar, alla han fick tag i, och för varje ny rubrik och fet ingress tätnade tillvaron omkring honom. Omslöt honom och tog upp honom i någon sorts utomordentligt betydelsefullt sammanhang – en krets som gav, eller tycktes ge, all den legitimitet som borde vara varje livs självklara rättighet. Varje meningslöst liv.

Rättighet och skyldighet. Jag är bekräftad, tänkte han. För första gången i vuxen ålder ordentligt bekräftad. Man har sett mig sådan jag är. På nytt försökte han frammana sin mors trötta men oavvisliga blick i sjuksängen, men hon undslapp honom. Förlorade sig i ett sjok av senare bilder, senare kvinnor, senare nakna kroppar och ansikten och ögon som vände sig bort från honom.

Och det var detta som styrde, dessa blickar som sökte sig undan. De förtingligar min kraft, tänkte han. Min kraft och min kärlek. Vad tror dom egentligen? Jag är i min fulla rätt

236

att döda varenda en av dem, alla dessa som förr eller senare avvisar mig... att blåsa ut dessa svaga lågor i dessa kallnande, äckliga köttstycken, och ingen kommer någonsin att förstå mig, det finns en privat och unik avgrund inom varje människa och ingen annan har en sådan som jag. Ingen annan, människan är ett mycket hungrigt och mycket ensamt djur. Men vi har alla samma grundläggande rätt.

Man måste komma ihåg att vi är en tämligen ironisk guds skapelser.

Och vi måste kunna le åt det. Han märkte att han satt och gjorde just detta. Log.

Det knackade på dörren och fröken Keerenwert stack in huvudet.

– Nånting mer innan jag går hem?

Han tittade bland papperen som låg utspridda framför honom på bordet.

– Nej, det är bra. Ha en skön kväll. Vi ses imorgon.

– Det är lördag imorgon.

– Jaså. Nå, ha en skön helg, då.

– Tack detsamma, sa hon och försvann.

Han satt kvar och betraktade den stängda dörren med schemat över terminens olika kurser. Fröken Keerenwerts uppdykande hade fått honom att nyktra till. Onekligen. En hastig förflyttning av fokus från höger till vänster hjärnhalva.

Från det kvinnligt mörka och mystiska till det klara och analytiska, han kunde nästan känna det som en rent fysisk rörelse inuti huvudet när skiftningen ägde rum. Kanske var det en omsvängning av godo. Det var inte djupet som behövdes för tillfället, inte de dova, sugande sanningarna, utan den rena ytan. Distansen och perspektivet.

Tur, tänkte han. Jag har haft tur som en tokig.

Ingen tvekan om detta. Med ett minimum av planering hade han kommit ur denna triangelhistoria. Dödat tre människor i tur och ordning utan att lämna så mycket som ett spår efter sig. Åtminstone inte om han förmådde tolka tidningsuppgifterna rätt. Icke en ledtråd för polisen att nysta i. Man hade hållit på och skrivit om Martina i över en vecka; från och med idag också om Monica; det måste vara något av en slump och ett sammanträffande att man upptäckt kropparna med så kort mellanrum i tiden, tänkte han. Först en månads väntan, och så hade bägge två dykt upp inom tiotolv dagar. En kort stund försökte han spekulera över om det egentligen var till hans för- eller nackdel, detta att de nu var två stycken, men kom inte till något resultat. Antagligen kvittade det. Kanske hade det varit bäst om den där förbannade hunden aldrig fått vittring på flickan överhuvudtaget, men det kunde man förstås inte begära. Att hon skulle få ligga orörd i all evighet. Han hade haft ont om tid när han gjorde sig av med henne; företaget hade varit riskabelt, även med hans mått mätt, men i efterhand fanns det ingenting han kunde förebrå sig.

Någon koppling till den satans prästen hade han inte sett någon antydan om. Inte i någon av alla de tidningar han läst. Och varför skulle någon göra en sådan koppling?

Inga förbindelser till Kristine Kortsmaa heller förstås. Såvitt han förstod arbetade polisen efter teorin att Martina Kammerle och hennes dotter båda bragts om livet av en tillfällig herrbekant till modern, men vad som möjligen låg bakom alltihop andades man inte ett ord om. Inte så mycket som en stavelse om något motiv.

Av det enkla skälet att man ingenting visste. Att det inte fanns något motiv som någon kunde begripa. Han log hastigt igen och såg på klockan. Halvfem, dags att bege sig hemåt snart, förmodligen var det inte många kvar på institutionen, i synnerhet inte om det var fredag, som fröken Keerenwert påstått. Hon brukade vara en av de sista som lämnade sin post.

Ingen visste och ingen begrep... ja, så enkelt var det. De mörka krafter som tvingade honom att utföra dessa handlingar låg naturligtvis långt bortom polisens föreställningsförmåga, det var som det var... dessa djupt njutbara och nödvändiga dåd mot dessa kvinnor, dessa triviala djävlar i könsskepnad som först tog emot honom och sedan avvisade honom som någonting inte längre önskvärt, såsom man förskjuter ett husdjur eller kastar bort en uttjänt leksak. Som gav honom detta kvävande, växande tryck i bröstet, och en bultande blodpelare som krävde sitt utlopp om han inte skulle sprängas... nej, det var inte att begära att gemene man skulle förmå att ta till sig sådant. Sannerligen inte. Sådana grundläggande biologiska motiv under den förmenta civilisationens falska fernissa... orörda stammar i världens utkanter, kanske, nomader och jägare för tusentals år sedan, men inte nu, inte människor i denna perverterade tid. Skulle vara talibaner eller eldsländare, då.

Det hade tagit honom själv tid att komma till klarhet också, förstå varför han måste göra sig av med dessa kvinnor, men efter horan i London och horan i Wallburg hade det ändå vuxit färdigt i honom. Han hade grepp om det nu. En sorts orubblig visshet; att han måste ta kontroll över dem i samma stund som de förnedrade honom. Som de stal hans heder och som kvävningskänslorna satte in. När han inledde förhållandet med Martina Kammerle hade han vetat om det redan från början; förstått att de en dag skulle nå fram till den punkten; det var därför han vidtagit alla försiktighetsåtgärder. Falskt namn. Inget telefonnummer. Sporadiska träffar i avskildhet... att dottern plötsligt kom och bjöd ut sig hade varit en stor förtjänst så länge det varade; hade sånär fått honom ur spår också – och att hennes hugg med saxen inte träffat något inre organ var förstås ingenting annat än ett mirakel.

Ett rent mirakel och en fingervisning från den ironiske guden om att han hade makterna på sin sida. Vissa makter.

Men makterna hjälper bara den som hjälper sig själv och utan försiktighetsmått hade han aldrig kommit undan. Naturligtvis inte. Summa summarum tre besök på offentliga lokaler – två med modern, ett med dottern. Tre olika restauranger som han aldrig besökte i vanliga fall och utvalda, undanskymda bord.

Inga onödiga promenader på stan. Linser istället för glasögon, som han alltid använde annars. Klippning och av med skägget när allt var över. Diskretion, en helvetes diskretion, men ändå ett medvetet risktagande som också var en kittling. En utmaning som gjorde det hela ännu lite skönare, ännu lite mer upphetsande.

Men strängheten måste skärpas i fortsättningen, det var också en nödvändighet. Nästa gång. Plötsligt befann han sig i en situation där han dödat sex människor. Ett halvt dussin, och han förstod att det skulle bli fler. Kefalonia hade varit startpunkten, resten var ett slags följd och en oväsentlighet på sätt och vis. Ett modus vivendi som tog allt större utrymme och krävde allt större uppmärksamhet.

En nästa gång. Och en nästnästa; hade han inte vetat det efter Kortsmaa, så visste han det nu. Efter modern och dottern och prästen. Han skulle träffa kvinnor igen och han skulle älska med dem. Ligga med dem och tillfredsställa dem ända fram till den punkt då de började tveka och då det var dags att ge sig själv den största tillfredsställelsen. Lägga sina starka händer runt deras tunna halsar och klämma åt. Klämma livet ur dem och stryka med handen över deras döda men fortfarande varma sköten.

Det var så det såg ut, det fanns inga andra lösningar på livets ekvation. Hans särskilda ekvation. Men garden måste höjas. I tidningarna fanns ännu inga antydningar om ett samband mellan horan i Wallburg och de här senaste, men nästa gång, när man hittade ännu en kvinna strypt på samma djupt biologiska... jag upprepar mig, tänkte han irriterat... samma djupt biologiskt nödvändiga vis... mamma, min mor skulle ha förstått varför dessa kvinnor måste dö, hon och ingen annan; de ber ju om det, i själva verket önskar de den här utvägen innerst inne och djupast sett gör jag dem bara en tjänst... det finns en del av människan som ordlöst och utan tanke är identisk med sjunkandet och utplånandet...

Plötsligt kände han motsatsen. Ett rus av glädje och begeistring sköt upp inom honom – en varm kaskad av livslust och berusning som slog ut som en regnbåge från fotabjället ända upp till hjässan, och erektionen som följde hade en nästan elektrisk värme i sig. Fick honom att skynda ut i korridoren, in på toaletten och ta itu med det på det enda sätt som var möjligt.

Efteråt satt han kvar en god stund på toalettstolen, och känslan av att stå under ett starkt beskydd och en absolut stjärna hölls fast med oförminskad styrka.

Ingenting betyder någonting, tänkte han. Just därför betyder varje liten obetydlig detalj allt. Jag är världen och världen är manifest i mig. Nej, världen är en kvinna. En kvinnas identitet och maktcentrum är hennes kropp, världens usla navel är en kvinnas kropp och ingen får förneka någon annan världen. I synnerhet inte hon själv. Så enkelt är det, så förbannat utstuderat enkelt, och det är inte farligare att dö än att se sitt eget ansikte i spegeln.

Någon satte igång kopieringsapparaten utanför i korridoren och ljudet återförde honom till vänster hjärnhalva. Ännu var han tydligen inte ensam i huset. Och ännu en gång upplevde han den fysiska vågrörelsen inuti huvudet. Den andra verkligheten. Vänster-höger.

Han spolade. Reste sig och kände som vanligt en hastig muskelkramp där saxen trängt in i honom. En stickande smärta och en påminnelse.

241

Jag måste ligga lågt ett tag, tänkte han. Måste.

Men det var inte utan komplikationer. Någonting hade hänt med det mörka behovet efter episoden med kvinnorna Kammerle. Det låg närmare ytan nu. Hade passerat en gräns eller ett krön. Intervallerna måste bli kortare i fortsättningen, han kunde inte vara utan en kvinnas hud under sina fingertoppar hur länge som helst.

Och antagligen, insåg han när han åter satt bakom sitt arbetsbord, antagligen var det just de främmande orden och bilderna, tidningarnas oförblommerade skildring av verkligheten som satte honom i oro igen.

Oro och rörelse.

Det började skymma därute i parken, såg han. Den röda observatoriefonden hade svartnat.

Jag tyckte om flickans armhålor, tänkte han. Jag önskar att det hade varit möjligt att bevara en.

Han suckade och bestämde sig för att gå hem för dagen.

Maardam, december 2000

24

När det gällde män var Anna Kristeva periodare.

Efter ett tidigt, barnlöst och plågsamt, äktenskap – samt två eller tre s.k. allvarligare förhållanden – hade hon kommit fram till att det var den bästa lösningen.

Lösningen på ett problem som tyvärr fanns där, hur gärna hon än skulle ha önskat att det inte gjorde det. Karlar behövdes, det var som det var. En och annan. Då och då, men inte i för stora portioner och inte hela tiden.

Och framförallt: det var ingenting som borde tas riktigt på allvar. Fick inte engagera för mycket eller beröra på djupet; det var just sådant som bränt henne mellan tjugo och tretti.

Nu var hon trettifem; en fri kvinna med kontroll över sitt eget liv och en inkomst tillräcklig för att hon i varje fall aldrig skulle hamna i det läget att hon behövde en karl för sin försörjning. Inte komma i beroendeställning. Sedan drygt två år var hon delägare i den advokatbyrå där hon arbetat sedan hon tog examen, och som också bar hennes namn ända sedan tidigt 1930-tal. *Booms, Booms & Kristev.* Själva ägandet hade visserligen gått familjen ur händerna under en period – hennes farfar, Anton Kristev, hade varit en av grundarna av rörelsen tillsammans med brödraparet Booms; men Annas far, den följande generationen, hade tyvärr varit ett barn av sin tid. Befryndat sig alltför djupt med de förlorade fyrtitalisterna, och i början av sjuttitalet sålt sin andel av firman för att kunna finansiera sitt drogberoende. Det var naturligtvis med en viss tillfredsställelse som dottern ett kvartssekel senare kunde ställa saker och ting till rätta.

Även om Henrik Kristev vid det laget försvunnit ur tiden som en tunn, blå haschrök och aldrig fick uppleva återupprättandet.

Givetvis var det också en oavvislig fördel att det verkligen fanns en Kristev av kött och blod i en så välrenommerad byrå som Booms, Booms & Kristev. Att det råkade vara en kvinna, fortfarande ung, fortfarande vacker, gjorde inte saken sämre.

En Kristeva. Jacob Booms, den tredje generationen Boomsare som ockuperade den tyngsta posten – och det största rummet i lokalerna på Zuyderstraat med två äkta Van Dermenoljor och en persisk Javelematta – hade föreslagit att de skulle ändra firmanamnet med avseende på det där lilla feminina a:et, nu när ägandeförhållandena äntligen återfunnit sin grundstruktur, men Anna hade avböjt erbjudandet.

Hon visste att hon var kvinna ändå. Behövdes ingen liten extra bokstav i det vattrade glaset i dörrspegeln in till kontoret. Eller på den klassiska Garamondlogotypen som hängt med ända sedan starten.

Det enda som behövdes utifrån denna rätt uttjatade könsrollsaspekt var en karl då och då.

I kortare perioder, som sagt. Och inte för allvarligt.

– Den viktigaste skillnaden mellan män och bananer, hade väninnan Ester Peerenkaas anmärkt vid något tillfälle, åtminstone för vårt vidkommande, är att män inte växer på träd.

Det var förstås en alldeles korrekt observation. Även om man bara var ute efter att tillfredsställa ett periodiskt behov, så var det givetvis en poäng om frukten smakade gott. De män som fanns att hämta på restauranger, barer och andra tvivelaktiga plantager var visserligen lättplockade, men resultatet, själva utbytet av arrangemangen, var sällan särskilt lyckat. Det hade både Anna Kristeva och Ester Peerenkaas erfarit efter några års tvehågset brukande av denna trista åker. Eftersmaken var oftast betydligt bittrare än själva fruktens sötma; det blev nästan aldrig fråga om mer än ett enda, lätt ångestfyllt, nattligt möte heller, och riktigt så periodisk inriktning hade ingen av dem lust att hemfalla åt.

– Sjaskigt, hade Ester kommenterat. Det blir så jävla sjaskigt. Han kom efter tjugo sekunder, men låg och grät i två timmar. Vi måste hitta en annan metod.

Ester Peerenkaas var för sin del ännu mer luttrad vad gällde män än vad Anna Kristeva var. Åtminstone brukade hon hävda det, och det var svårt att inte ge henne kredit för den åsikten.

I slutet av åttitalet hade Ester träffat en egyptisk man, skön som en avgud, under en konferens i internationell ekonomi i Genève. Hon var tjugofem år, just klar med sin utbildning, nyanställd på projekt av finansministeriet; livet låg utbrett framför henne som en soluppgång. Hon förälskade sig, de gifte sig, de fick en dotter; alltihop inom ett år. Bosatte sig i Paris, där han arbetade på ambassaden. Efter ungefär tre år hittade hon sin avgud i sängen med en av de fransyska väninnorna. Skilsmässan var klar efter mindre än två månader. Ester fick vårdnaden om dottern, flyttade hem till Maardam, men eftersom fadern hade viss umgängesrätt föll hon så småningom till föga och lät honom få tillbringa en sommarmånad tillsammans med Nadal. Flickan var då fem år gammal, sedan dess hade hon aldrig sett henne. Någon ambassadsekreterare Abdul Isrami fanns inte längre kvar i Paris, och Egypten är ett stort land.

Så Anna Kristeva brukade inte protestera när väninnan mellan varven kunde förefalla lite väl cynisk i könsleksfrågor.

Men metoden, således?

Själva tillvägagångssättet när det gällde att inte gå miste om den lilla sötma som den ihåliga frukten ändå hade kvar att erbjuda? *Hur*? kort sagt. Det var Ester som kommit med förslaget.

Annonsera.

Till en början var det föga mer än ett skämt, men även skämt kan bli allvar med tiden. Det kostade ingenting att försöka, och en varm och löftesrik fredag i maj månad 1997 hade de sin första efterlysning införd på kontaktsidan i Allgemejne. Kärleksmarknaden var visserligen avsevärt större och ymnigare i Neuwe Blatt, men just därför. I den mån det fanns utrymme för sofistikation och lite klass på denna oprövade spelplan var det naturligtvis viktigt att tillförsäkra sig om sådana kvalitéer. Så mycket man nu kunde begära.

Skriftliga svar. Ålder, levnadsbeskrivning och foto. Preferenser vad gällde konst, musik och litteratur. Fanns ingen anledning att nöja sig med inbilska analfabeter och mysiga hemmakvällar. Tvärtom; intellektuell, kultiverad och stimulerande samvaro, det var detta det var frågan om.

Samt en klargörande klausul om att det inte vinkade några livslånga kontrakt i potten; de hade lagt ner en viss möda på formuleringarna, men när de väl hittat de rätta orden, brydde de sig aldrig om att ändra från den ena gången till den andra. Det stod heller ingenting om att de var två stycken i leken, men eftersom både Anna Kristeva och Ester Peerenkaas var begåvade, välutbildade och utåtriktade kvinnor i trettifemårsåldern, var det ingen som behövde känna sig förd bakom ljuset. Ingen alls.

Första försöket gav sexton svar; de tillbringade en oerhört stimulerande kväll hemma hos Anna med ost och vin, betygssättning, gallring och lottdragning – något som så småningom resulterade i fem möten (tre för Anna, två för Ester) och en på det hela taget rätt så givande sommar. Utan sär-

248

skilt mycket fadd eftersmak för någon av de inblandade, varken hannar eller honor – utom möjligen för en överdrivet possessiv läkarhustru, som aldrig gjorts riktigt införstådd med villkoren.

Så metoden fungerade. I varje fall mer tillfredsställande än många andra, och när Anna Kristeva den här fredagseftermiddagen alldeles i början av december 2000 steg in på Allgemejnes kontor på Rejmer Plejn och hämtade ut en ny omgång svar från hoppfulla pretendenter, var det femte gången.

Ett litet jubileum, således. De hade kommit överens om en hummer och en flaska Chablis hemma hos Ester för att högtidlighålla det en smula.

Tjugotre svar.

Efter den första s.k. idiotgallringen (dessa som inte förstått att man inte kan skriva för hand på en dator – eller som uppenbarligen bara var ute efter att få visa musklerna eller skägget och sedan masturbera i en kvinna) återstod fjorton. Plus ett wild card; det var Anna som myntat och infört beteckningen – på ganska goda och, som det skulle visa sig, förutseende grunder – vid deras tredje fiskafänge för ganska precis ett år sedan.

Efter nästa, lite noggrannare genomgång – efter hummern och chablisen, men före kaffet och konjaken, och med tyngdpunkt på sådana enkla men viktiga kriterier som grafologi och formuleringsförmåga – var antalet tänkbara objekt nere i fyra. Plus wild cardet.

De tog en paus. Satte på Nick Drake på CD:n och diskade upp. Ordnade en kaffebricka och förflyttade sig in till vardagsrummet och fåtöljerna. Klockan var tio och det var dags för finalomgången.

– Den här, sa Ester, vad tror du om honom? Måste säga att han tilltalar mig i betydligt högre grad än någon av de andra.

249

– Läs, uppmanade Anna. Lutade sig tillbaka och läppjade på konjaken.

Ester Peerenkaas läste.

– "Brukar sannerligen inte studera dessa spalter, men Din annons fångade min uppmärksamhet och varför inte? Jag är pilot och flackar över världen men har en bas kvar i Maardam. Två äktenskap har kostat mig min ungdom, två barn min ekonomi, men fyrti år är ingen ålder att dö i. Min första fru lärde mig läsa – Maeterlinck, Kafka och de stora ryssarna – min andra tog mig till operan. Kan fortfarande gråta när jag hör duetten ur Pärlfiskarna, men varför sitta och gråta ensam? Har ett hus på en grekisk ö, men till och med Grekland är lite charmlöst den här årstiden. Föreslår en middag och La Traviata istället, den går fram till nyår."

– Hm, sa Anna Kristeva. Jo, han har en poäng, onekligen. Om hälften är sant är han ett kap. Får jag se på fotografiet en gång till?

Ester räckte över det. En leende kraftfull man i halvfigur. Vit skjorta, öppen i halsen. Håret uttunnat och lite för tätt sittande ögon, kanske, men vad fan? Kunde knappast råda något tvivel om att han måste bli en av de två utvalda.

De hade ändrat spelets regler till att omfatta just två finalister, nämligen. Från och med andra gången. Två män, en åt dem var; det skulle i längden ha känts fel att sortera ut fler, att gardera sig. Varken Ester eller Anna hade varit tilltalad av en sådan modell; det var för fegt, helt enkelt. För tvehågset och inte tillräckligt kompromisslöst. Man måste ge sig in i spelet med lite mera kraft, ett visst romantiskt chanstagande – annars riskerade alltihop att få en sorts urvattnat drag som ingen av dem kunde tolerera. En gäspande Amor? Nej tack, vissa regler behövde man egentligen inte skriva, de fanns där ändå.

– Piloten är den ena, avgjorde Anna och räckte tillbaka fotot. Ingenting att dividera om. Har du någon nummer två?

Väninnan satt tyst en stund. Läste och studerade bilder.

– Nej, sa hon. Skulle möjligen vara den här journalisten då, men avgörandet blir ditt.

Anna tog över papperen och skummade igenom uppgifterna.

– Jag tvivlar på honom, sa hon. Kanske är det bara fördomar, men den där redaktören jag slösade två månader på i våras var sannerligen ingen Richard Burton. Även om han drack rätt ordentligt.

– Richard Burton? sa Ester och skrattade. Är det honom du är ute efter föreslår jag den där från Wahrsachsen, vad fan han nu heter. Han har i alla fall den rätta tyngden i anletsdragen.

Anna Kristeva plockade upp bilden av Angus Billmaar, 44-årig egen företagare i stålbranschen. Brast ut i skratt hon också.

– Nej, för tusan, fnissade hon. Jag menar Richard Burton innan han gick i pension. Skulle den här karln vara 44? Måste säga att jag tvivlar, han har nog kapat ett decennium. Hur i helsike kunde han klara sig till slutomgången?

Ester Peerenkaas ryckte på axlarna.

– Brist på ordentlig konkurrens, sa hon. Tyvärr. Vad har du kvar, då?

Anna betraktade de återstående två fotografierna, höll dem ett i vardera handen och vandrade värderande med blicken mellan dem några gånger. Kontrollerade deras uppgifter också, innan hon slutligen lade ifrån sig alltihop på bordet.

– Nej, sa hon. Jag får liksom inga ilningar.

– Inte jag heller, instämde Ester Peerenkaas. I och för sig har jag mens, men jag tror inte jag skulle få några under några förhållanden. Inte i den bästa av världar, vad fan gör vi?

Anna funderade ett ögonblick.

– Jag har ett förslag, sa hon.

251

– Verkligen? Låt höra.

– Det är visserligen lite emot reglerna, men vi har ju tummat på dem förr. Jag är faktiskt rätt sugen på mitt wild card.

Ester drack en klunk konjak och grimaserade.

– A plunge into the dark, sa hon. Jo, du har svårt att motstå den där lockelsen, det känner jag ju till.

– Har du någon bättre lösning? undrade Anna Kristeva.

Ester skakade på huvudet.

– Bara att vi går igenom alltihop en gång till, och jag skulle inte tro att det ger särskilt mycket. Men jag har ingen lust att lotta mig till en sådan där risk, det vill jag göra klart för dig. Det får bli din i så fall.

Anna log.

– Vi behöver inte lotta. Ta din pilot, så ger jag mig i kast med den här hemlisen.

Ester rynkade pannan och funderade.

– Inget foto, inget namn, sa hon. Ingen adress och ingen telefon. Man kan ju inte direkt påstå att han förstått villkoren. Läs en gång till, får jag höra.

Anna harklade sig och läste den korta texten på det gula kortet.

– "Såg Din efterlysning av en händelse. Om Du är den Du utger Dig för att vara, kunde det vara intressant med ett möte. Beställer ett bord på Keefer's den 8:e. Om Du dyker upp vid åttatiden, bjuder jag på en bit mat och ett samtal. Kännetecken: röd slips och Eliots The Waste Land i samma färg." Jaha, det är allt. Vad tror du?

Väninnan såg tankfull ut och fingrade på konjaksflaskan.

– Eliot? sa hon. Har du läst Eliot?

Anna tänkte efter.

– Inte mer än nån strödikt man fick i sig på gymnasiet. Men han har vacker handstil också, ja, jag menar inte T. S. Eliot. Jag gillar det… färgen på kortet är inte dum, den heller.

Ester fyllde på i glasen och nickade eftersinnande några gånger.

– Du är rationell så det förslår, sa hon. Fast jag är nästan böjd att hålla med dig. Handstil och färgsinne säger mer än en massa annat trams. När är den 8:e? Nästa fredag?

Anna räknade hastigt i huvudet.

– Stämmer, sa hon. Ska vi säga att vi har bestämt oss, då?

– Vi säger väl det, log Ester. Femte gången gillt... en pilot och en mystiker. Skål och god jakt, min sköna.

– Skål, sa Anna Kristeva. Måste erkänna att när det gäller förspelet är vi rätt så oöverträffade, du och jag.

– Vi är nog rätt så oöverträffade överhuvudtaget, konstaterade Ester Peerenkaas. Måtte gudarna stå oss bi den här gången också.

– Naturligtvis gör dom det, sa Anna Kristeva.

Och den plötsliga svirrning av rädsla som drog förbi i hennes medvetande sköljde hon bort med en klunk oöverträffad Renault.

– Tre veckor! sa Reinhart. Tre förbannade veckor sedan flickan hittades därute på stranden! Och vi har inte åstadkommit ett skit, begriper ni det? Det är skandal!

Han lutade sig fram över bordet och blängde på de övriga i tur och ordning, men ingen tycktes ha något att andraga till sitt försvar. Moreno tecknade med ett kort ögonkast mot kvinnan snett emot henne.

– Javisst, ja, sa Reinhart och gjorde en svepande rörelse med handen. Du har väl inte träffat hela hjärntrusten än... Får jag alltså presentera inspektör Sammelmerk för er. Hon kommer närmast från Saaren och fyller luckan efter intendent deBries, således. Kan vara dags, det har ju gått över ett år... från vänster till höger hursomhelst: Krause, Moreno, Jung, Rooth, Münster och undertecknad, kommissarie Reinhart... frågor?

Ingen hade någon fråga. Jung snöt sig i en pappersnäsduk.

– Välkommen, sa Rooth. Fast vi sågs ju redan igår.

Jung, Münster och Moreno instämde i välkomstönskningen genom att nicka bekräftande. Krause reste sig och tog i hand, och inspektör Sammelmerk själv försökte undvika att se generad ut. Hon var en ganska lång och kraftigt byggd kvinna i fyrtiårsåldern; hade begärt förflyttning uppifrån Saaren av personliga skäl, det var hennes andra dag vid Maardamskriminalen, denna tisdag, och det fanns förstås ingen anledning att sticka ut på det ena sättet eller det andra.

– Tack, sa hon i alla fall. Jag brukar inte vara svår att samarbeta med. Hoppas inte ni är det heller. Varsågoda och sätt igång.

– Utmärkt, konstaterade Reinhart. Nej, vi har väl våra sidor, men flera av oss bär också på rent mänskliga drag. Om du har lust att imponera lite och göra ett gott intryck har vi för övrigt ett skräddarsytt fall åt dig. Fallet Kammerle-Gassel, kan vi väl kalla det i brist på bättre. Jag hade tänkt låta inspektör Krause sköta föredragningen... det är den yngsta och mest ofördärvade hjärna vi har tillgång till. Och, som sagt, det har inte precis gått framåt de senaste veckorna. Hrrm.

Krause flyttade över till kortsidan av bordet och knäppte på overheadapparaten.

– Jaha, sa han. Tack för förtroendet. Jag har gjort en liten sammanställning av det här ärendet, jag tänkte dra igenom den och sedan får vi väl diskutera hur vi ska komma vidare...

– Kör igång, sa Rooth. Vi är på din sida.

– Inspektör Rooth är funtad på det viset, såg sig Reinhart föranlåten att påpeka för inspektör Sammelmerk, att när han inte stoppar in saker i munnen, kommer det ut saker istället. Han förstår inte bättre, gå vidare Krause!

– Ack ja, sa Rooth. Jag är förtalad och misskänd, men fortsätt för all del.

Krause lade på sin första dia, som visade fallet i kronologisk punktform.

– Det första som händer – innan det börjar hända, så att säga – är alltså att en viss pastor Gassel söker upp vår gamle kommissarie på hans antikvariat. Det är den 15 september. Pastorn har någonting att berätta, men Van Veeteren har inte tid att lyssna på honom. Drygt två veckor senare, måndagen den 2 oktober, faller – eller hoppar eller knuffas – Gassel under ett tåg på Maardams central och omkommer

255

omedelbart. Inga vittnen. Ungefär samtidigt, vi har inte de exakta tidpunkterna, mördas två kvinnor, Martina Kammerle och hennes sextonåriga dotter Monica. Båda är strypta. Mamman har sannolikt dödats i hemmet, hon upptäcks där en månad senare, elva dagar innan Monicas kropp grävs fram av en hund ute i Behrensee. När det gäller dottern har vi ingen aning om var brottsplatsen är belägen. Vi vet heller inte varför gärningsmannen huggit av henne benen.

– Benen? sa Sammelmerk.

– Från knäna och neråt, ja, bekräftade Krause. Det är helt obegripligt, men det finns trots allt en del annat som vi begriper.

– Gör det? sa Rooth, men Krause ignorerade honom.

– Det saknas tyvärr teknisk bevisning i bägge de här fallen, inga fingeravtryck, till exempel… och ingenting annat heller, men efter några dagar upptäcker vi ett samband mellan den här pastor Gassel och de mördade kvinnorna… eller med dottern i varje fall. Hon har skrivit upp hans namn i ett block i sitt rum, och via detta får vi fram att Monica Kammerle med stor sannolikhet träffat honom en eller flera gånger för att samtala om någonting. Han besökte Bungegymnasiet i början av terminen för sin kyrkas räkning, det kan ha varit då hon tog kontakt med honom. Det finns anledning att tro att skälet till Gassels besök hos Van Veeteren var just någonting som hade med Monica Kammerle att göra… det behöver förstås inte vara så här, men vi har i alla fall ingen bättre teori… om vi nu räknar med att prästens och kvinnornas död hänger ihop, vill säga.

– Jag kan komplettera med, sköt Reinhart in, att genomgången av pastorns stärbhus inte gav ett dugg. Le Houde och Kellermann blev klara med det igår, det var inte lätt att komma åt det där magasinet, tydligen. Fanns ingen anteckning om om någon Kammerle någonstans, hursomhelst.

– Han hade det väl i huvudet, sa Rooth.

– Skulle tro det, sa Reinhart. Vore kul att veta vad det var också. Och vad som försiggick därborta på Moerckstraat egentligen.

Krause harklade sig.

– Det är förstås det som är kärnpunkten i alltihop, sa han. Både mamman och dottern levde rätt isolerat, vi har inte hittat ett enda vittne som kunnat berätta lite mer om dem. Martina Kammerle hade ju sin manodepressivitet, det stod nog inte så bra till med henne... och flickan var något av en enstöring. Inga kamrater i skolan. De hade inga vänner, inget umgänge överhuvudtaget. Att ingen rapporterade Monica Kammerle som saknad eller försvunnen beror på att man hade för sig att hon bytt skola... det är förstås bedrövligt att de inte haft bättre kontroll, men så är det. I alla händelser tycks det ha figurerat en man i sammanhanget. Grannkvinnan på Moerckstraat, fru Paraskevi, säger att hon hört en mansröst i deras lägenhet vid ett eller ett par tillfällen under augusti, och ett vittne har sett Martina Kammerle tillsammans med en karl på stan. Något som skulle kunna kallas ett signalement har vi dock inte kommit i närheten av. Ja, sedan har vi alltså den här möjliga kopplingen till ett fall uppe i Wallburg för ett och ett halvt år sedan... kanske det är bäst om Reinhart tar det?

Reinhart drog fram ett papper ur en röd mapp.

– Jovisst, sa han. Visst fan är det möjligt. Kanske till och med troligt. Den 15 juni förra året mördades en kvinna vid namn Kristine Kortsmaa i Wallburg. Strypt på ungefär samma sätt som våra bägge offer. Hon tog hem en karl efter en kväll på en musikpub, av allt att döma måste det vara han som dödade henne. Jag har gått igenom fallet med inspektör Baasteuwel, som hade hand om det, men vi har alltså inte kommit längre än till att det... ska vi säga förmodligen?... förmodligen rör sig om samma en. Samma jävla galning, som vi inte vet så mycket som en lillfingernagel om.

Inga fingeravtryck, apropå det.

– Diskret typ, sa Rooth.

– Utomordentligt diskret, sa Reinhart. Det enda vi har skrapat ihop om honom är att han måste vara rätt stark i händerna, att han sannolikt är någonstans mellan tretti och femti i ålder – annars skulle Kristine Kortsmaa aldrig ha raggat upp honom, menar hennes bekanta – och att han i varje fall inte har några utmärkande fysiska särdrag som gör att folk lägger märke till honom. Han dansade ju för helvete omkring med sitt offer på det där diskot i en timme åtminstone!

– Tur, sa Rooth. Han måste ha haft en jävla tur.

– Förvisso, muttrade Reinhart. Vi skiter för övrigt i det här dravlet om gärningsmannaprofil. Åtminstone så länge. Den vi har att göra med har någon grav störning på det sexuella planet, det räcker om vi kommer ihåg det. Han har alltså inte haft samlag med sina offer, vare sig före eller efter att han dödat dem. Men både Kortsmaa och flickan Kammerle var utan trosor... hm, ja, om det är någon av er som har en sådan här gosse i bekantskapskretsen, så är jag tacksam för tips.

Ingen hade någon kommentar och Krause lade på en ny dia. Det stod två namn och två frågetecken på den.

Benjamin Kerran?
Henry Moll?

– Jung, varsågod, sa Reinhart. Det här är ditt bord.

Jung nickade och vred på sig så att han hade ögonkontakt med inspektör Sammelmerk medan han talade.

– Ja, inte vet jag, sa han. Det här kan ju vara en ren slump, och även om det är någonting mera, så är det svårt att se vad det skulle ha för betydelse i ett större sammanhang...

– Fin inledning, sa Rooth.

– Tyst, Rooth, sa Reinhart.

– Tack, kommissarien, sa Jung. Jo, vi hittade alltså det här namnet Benjamin Kerran när vi letade igenom mordlägenheten, Rooth och jag... och det var det enda av sammanlagt 46 namn vi inte kunde spåra människan bakom, om man säger. Så jag gjorde en enkel sökning på Internet och fick fram att den här Kerran är en figur i en gammal engelsk deckare. Författaren heter Henry Moll och Kerran är mördaren i boken. Den är rätt okänd, skriven på tjugotalet, men jag fick tag på ett exemplar via universitetsbiblioteket och har läst den. Inget vidare, måste jag säga, men det var kul att få läsa en kriminalroman på tjänstetid.

Reinhart började stoppa pipan.

– Tvivlar jag inte en sekund på, sa han. Nå, vad drog du för slutsatser, då?

– Inga alls, ärligt talat, sa Jung. Den här Kerran i boken är en sällsynt vidrig typ. Han är strypare, precis som vår egen gärningsman alltså, men det finns inga sexuella motiv bakom hans dåd. Religiösa snarare. Han går omkring i London och stryper utslagna kvinnor, prostituerade mest, man kan väl säga att han är en variant på Jack the Ripper. Men det är en ganska dålig bok, som sagt. Och totalt okänd, jag har pratat med ett par deckarhabituéer... Kevin A Bluum, bland annat, men ingen känner till boken. Inte Henry Moll heller.

– Vem fan är det som har lagt ut honom på nätet, då? undrade Rooth.

– Förlaget, sa Jung. Dom har petat in vartenda namn i varenda bok de givit ut sedan 1912. Fråga mig inte varför.

– Vi låter boken gå runt, sa Reinhart. Ingen skall missunnas nöjet att läsa en usel deckare på arbetstid. Du har väl kvar den?

Jung nickade.

– Och det finns ingen annan Benjamin Kerran? frågade Moreno.

– Inte såvitt vi vet, sa Jung. Det kan förstås göra det, men vi har inte hittat någon i hela Europa så här långt.

– Och ändå har ett av våra offer skrivit upp hans namn i sin anteckningsbok, konstaterade Reinhart. En litterär strypare, vad ger ni mig för det?

Münster, som suttit tyst under hela genomgången, tog ordet.

– Hon kan inte ha läst boken, sa han. Det är för osannolikt. Och det fanns alltså inga uppgifter förutom namnet? Någonting om hennes relation till honom, så att säga…?

– Ingenting, sa Jung. Hade vi haft adress eller telefonnummer hade det ju bara varit att hämta in honom.

– Jovisst, sa Münster. Naturligtvis. I alla händelser kan det finnas ett samband, jag tycker det verkar rätt troligt. Vår okände strypare har gett henne namnet på ett eller annat sätt… som nån sorts perverterat skämt, han är ju inte normal, vi måste utgå från det. Det kan till och med vara så att han kallat sig så. Eller hur?

Han såg sig om runt bordet men fick ingen respons. Varken medhåll eller mothugg.

– Jag ger mig tusan på att det ligger till så här i alla fall, sa Münster. Han kallade sig Benjamin Kerran.

– Mycket möjligt, sa Rooth.

– Vart kommer vi med det i så fall? undrade Moreno.

Münster funderade ett ögonblick.

– Ingenstans än så länge, sa han. Vi står kvar på ruta ett, men vi vet åtminstone åt vilket håll ruta två ligger.

– Lysande bildspråk hos kollegerna idag, konstaterade Reinhart med en trött suck. Stäng av respiratorn, Krause. För du har väl ingenting mer?

– Inte för tillfället, sa Krause och släckte overheadapparaten.

Reinhart reste sig.

– Jag går nu ut och röker och hämtar en kaffebricka hos

fröken Katz, förklarade han. Vi återsamlas här om tio minuter, så ska jag berätta för er om framtiden.

– O, en riktig Sibylla, sa Rooth.

– Tyst, Rooth, sa Reinhart för andra gången denna tisdagsmorgon i livet.

– Saken är alltså den att jag sålt oss till massmedia.

Det blev tyst runt bordet. Inspektör Rooth skyndade sig att svälja en halv bulle.

– Va? sa han. Vad fan menar du?

– Brott och straff, sa Reinhart.

– Dostojevskij? sa Moreno.

– Nej, för fan, inte han. Kriminalmagasinet Brott och straff på kanal fem.

– Jaså det? sa Jung. Trodde inte det tillhörde dina favoritprogram?

Reinhart morrade.

– Det gör det inte heller, men nu ämnar dom ta upp fallet Kammerle-Gassel i alla händelser. Kommer i övermorgon, mellan nio och tio, om ni är intresserade. Jag skall vara med och bli intervjuad, polischefen också... vi spelar in imorgon.

– Hiller? utbrast Münster och kunde inte låta bli att le. Vad ska Hiller där att göra?

– Han kanske har ny kostym, föreslog Jung.

– Han kanske vill lugna allmänheten, sa Rooth.

Reinhart kliade sig med pipskaftet mellan ögonbrynen.

– Det var Hiller som övertalade mig, sa han. Kanske är det inte alldeles bortkastat när allt kommer omkring. Vi har ju inte skurit några lagrar så här långt och det skadar väl egentligen inte med lite mer offentlighet och rampljus. Även om vi inte fick mycket hjälp av allmänheten i början, det ska gudarna veta.

– Hur övertalade han dig? undrade Rooth. Hiller, alltså. Hotade han att ge dig sparken?

Reinhart såg ut att överväga om han skulle spotta ut det sura äpplet eller ej.

– Värre än så, sa han slutligen. Han ville bjuda mig på middag och diskutera fallet mellan fyra ögon.

– Usch, sa Rooth.

– Exakt, sa Reinhart. Den som skrattar slår jag på käften. Hursomhelst kommer man att ägna halva programmet åt vår käre strypare. Jag har fått körschemat för hur det är upplagt nu på morgonen, och har bestämt mig för att vara liberal och svälja alla betänkligheter. Jag ville bara ni skulle veta om det, det kommer sannolikt att strömma in en del tips med anledning av det här.

– Dom tänker väl inte köra med fantombilden från Wallburg? undrade Moreno. Det skulle kunna bli lite problem i så fall.

– Jag har avstyrt det, sa Reinhart. Nej, det kommer mest att röra sig om dova speakerröster, bilder från fyndplatserna med pedagogiska kryss och en helvetes massa spekulationer. Samt en trevlig liten ingress i blodrött: "När slår Maardamsstryparen till på nytt?" Jag försökte avstyra det också förstås, men Hiller gillar det. Ger mer pengar till polisen om vi har en och annan galen mördare som går lös, påstår han...

– Utmärkt, sa Rooth. Så talar en strateg.

– Jo, sa Reinhart. Fast å andra sidan tänker han utlova i programmet att vi har honom fast inom en månad.

– Bra, sa Münster. Han får väl ta av sig kostymen och kavla upp skjortärmarna själv, kanske. Har kommissarien nånting snyggt att sätta på sig förresten? Uniform kanske?

– Växte ur den för tjugo år sedan, erkände Reinhart med en ny suck. Jag tänkte köra med blåställ och min vanliga lågmälda charm, bara. Nej, skall vi skingra oss, eller är det någon som har nånting mer vettigt att säga?

Det var det ingen som hade. Ingenting ovettigt heller.

Moreno sköt upp dörren till Irene Sammelmerks rum.

– Hej. Får jag komma in?

– Javisst, log Sammelmerk. Jag hoppades nästan att du skulle sticka in huvudet.

Moreno klev in och stängde dörren bakom sig.

– Jaså? sa hon. Varför då?

– Ja, vad tror du? sa Sammelmerk och betraktade henne med ett lite trevande uttryck i ansiktet. Hur många kvinnor finns det i det här huset?

– Inte många, sa Moreno. Men nu är vi två på den här våningen i alla fall. Det gläder mig, hoppas du kommer att trivas.

Irene Sammelmerk slog ut med händerna mot travarna av böcker och ouppackade kartonger som stod uppställda mot väggen.

– Det kommer jag alldeles säkert, sa hon. Bara jag får lite ordning. Fast jag har fått dagen på mig för att göra det beboeligt. Det är ett bra gäng, det här, eller hur?

Moreno satte sig på fönsterbrädet och funderade.

– Jo, sa hon. Jag tror det. Har nästan aldrig arbetat med några andra, så jag borde kanske inte uttala mig. Varför sökte du dig hit?

Irene Sammelmerk ryckte på axlarna.

– Ingenting dramatiskt, är jag rädd, sa hon. Om du hade hoppats på det. Min man fick jobb här i stan, helt enkelt. Dataknutte på Dixnerland. Vi har bott isär i sex månader nu, ska bli skönt att få flyt på familjelivet igen.

Moreno nickade.

– Barn?

– Tre, sa Irene Sammelmerk. Sex, nio och tolv. Regelbunden som en himlakropp. Hur är det för din del?

– Inte än, sa Moreno och kastade en blick genom fönstret ut mot gråvädret. Men jag tror det börjar bli dags.

– Jag kan rekommendera det, sa Sammelmerk. Åtminstone om man har en karl.

– Det är förstås en poäng, sa Moreno.

Irene Sammelmerk skrattade.

– Saker och ting får sin rätta vikt när det är ungar med i bilden, det går liksom inte att fuska... jäkla historia, det här förresten, med modern och dottern. Du får gärna sätta mig in i det lite mer, om du har lust. Om jag nu ska jobba med det på något vis. Fast det finns förstås andra ärenden också?

– Det gör det, bekräftade Moreno. Nej, jag måste vidare. Tänkte bara säga att jag tycker det är skitkul att det blev en kvinna som flyttar in i det här rummet... och så tänkte jag föreslå en liten middag ihop när du har tid. Så kan jag berätta om både det här fallet och allt möjligt annat.

Irene Sammelmerk såg plötsligt nästan rörd ut.

– Fan, sa hon. Ärligt talat är jag fruktansvärt tacksam för att det redan finns en kvinna i gänget. Jag har jobbat ihop med bara manliga kolleger i tio år. Man får liksom ställa in en ny våglängd varenda förbannad morgon när man ska sätta igång... ja, du vet. Och visst ska vi gå ut och äta, ge mig en vecka att få ordning på familjen först, bara.

– Självklart, sa Moreno. Du säger till när du är redo?

Irene Sammelmerk nickade. Moreno kände en hastigt uppflammande lust att ge henne en kram, men vågade inte. Tiden var nog inte riktigt mogen för kriminalpoliser som kramades, trodde hon.

Istället vinkade hon farväl lite tafatt och slank ut genom dörren. Knappt hade hon stängt den förrän intendent de-Bries dök upp i huvudet på henne.

Och det där som hon pratat med Münster om.

Hur lättvindigt vi sluter leden efter dem som inte längre finns kvar.

Och vissa människor – som Martina och Monica Kammerle, till exempel (kanske Tomas Gassel också förresten?)

264

– tog alltså upp så liten plats i livet att det nästan inte uppstod något tomrum alls när de försvann.

Förutom detta att en stor hög kriminalsnutar försökte få tag på den typ som mördat dem, vill säga.

Paradoxalt, tänkte inspektör Moreno. Jag undrar om vi någonsin hittar honom.

Benjamin Kerran? Nej, jag ställer mig längst bak på listan för den där boken.

26

Av någon anledning var torsdagarna alltid värst. Ester Peerenkaas hade tänkt på det många gånger och den här torsdagen, den 7 december i Nådens år 2000, var inget undantag. Det var som om veckans undanlagda arbetsuppgifter alltid mognat och ackumulerats färdigt just på torsdagseftermiddagarna – då de äntligen måste tas itu med för att inte bli liggande till nästa vecka. Fredagar var ändå alltid fredagar; det gick inte att lita på att det blev särskilt mycket gjort under dessa lite latare dagar – med mycket kaffedrickande, planerande och småprat om möjligheter och omöjligheter inför helgen.

Ester Peerenkaas var samvetsgrann och förstod vikten av att göra rätt för sig och därigenom vinna respekt. Yrkesrespekt, trots att hon var både kvinna och vacker. Eller i synnerhet därför. Det var genom hårt och målmedvetet arbete hon en dag skulle stiga upp till positionen som ekonomichef för hela sjukhuset – när Svendsen gick i pension om sex-sju år, förhoppningsvis – och det var därför hon satt kvar och räknade och gjorde prognoser ända fram till klockan sex den här blåsiga och råkalla eftermiddagen. Med bara två veckor kvar till julledigheten och en resa till Fuerteventura, så nog vinkade det belöningar på lite närmare håll också.

Hon handlade det lilla hon behövde på Laager's på Grote torg och kom hem till sin lägenhet på Meijkstraat klockan kvart i sju. Duschade, lagade en omelett och lyssnade av telefonsvararen, innan hon sjönk ner i soffan framför teven

266

och tänkte att nu, nu skulle hon inte röra en fena förrän det var dags att kravla över till sängen framemot elvatiden och undfå sin högst välförtjänta nattsömn.

Hon zappade en stund mellan kanalerna, men fastnade till slut för femman, där det pågick en diskussion om kvinno- och mansroller i det nya årtusendet, och där det skulle komma ett brottsmagasin klockan nio. Rätt så lagom samhällstillvänd avkoppling, tänkte hon, justerade kuddarna under svanken och smuttade försiktigt på den svaga gin & tonic som hon alltid brukade unna sig efter en lång arbetsdag.

När telefonen ringde var klockan tjugo över nio och brottsmagasinet hade pågått en stund.

Först hörde hon inte vem det var, men efter några korta förvirrade sekunder förstod hon att det var Anna. Anna Kristeva.

– Du låter konstig, sa hon.

– Jag är konstig, sa Anna. Vad gör du? Stör jag?

– Nejdå. Tittar på teve... om nån galning som stryper kvinnor och knuffar präster framför tåget. Nej, du stör inte. Vad vill du?

– Jag är sjuk, förklarade Anna. Det är förbannat, men jag orkar nästan inte stå på benen.

– Jag hör det, sa Ester. Ja, det går visst nån influensa.

– Det är den diagnosen jag har fått, sa Anna och hostade lamt. Tre-fyra dagar i sängen, man är bra efter en vecka, påstod min läkare... fast just nu har jag svårt att se ljuset i tunneln. Trettinio blankt i feber för en timme sedan... usch.

– Usch ja, instämde Ester Peerenkaas. Är det nånting jag kan hjälpa dig med... handla eller så?

– Nejdå, försäkrade Anna Kristeva, det gäller inte det praktiska. Min granne, du vet den här ingenjören som är lite förälskad i mig, han sköter allt i den vägen... men det är en annan sak.

267

– Jaså? sa Ester. Vad då?

– Mitt wild card.

– Va?

– Wild card. Han som jag ska träffa.

– Vad är det med honom?

Anna hostade ett par gånger i luren igen.

– Ja, jag kan ju inte gärna dyka upp i det här tillståndet.

– Jaha? sa Ester. Jag förstår. Och när var det du skulle träffa honom?

– Imorgon.

– Imorgon?

– Ja. Kommer du inte ihåg? Keefer's med T. S. Eliot och det där...

– Jovisst, sa Ester. Röd slips och röd Eliot. Du får ursäkta om jag är lite trög jag också idag... även om jag inte är sjuk. Jobbade över, det var en massa som inte fick bli liggande. Så då får du skjuta upp det, då?

– Hur? sa Anna Kristeva.

– Va?

– Hur ska jag bära mig åt för att skjuta upp det?

– Ja, du får väl...

Nu insåg Ester Peerenkaas problematiken.

– ... aha, jag förstår. Du har inte hans telefonnummer?

– Eller adress eller namn eller nånting... och jag tycker det vore synd att missa honom. När vi nu haft uttagning och allting. Är du med?

– Ja, sa Ester och funderade. Jag är med. Men jag inser inte riktigt hur du ska bära dig åt. Tre-fyra dagar i sängen betyder faktiskt tre-fyra dagar i sängen. Du kan helt enkelt inte stappla in på krogen i ditt tillstånd och leta efter Eliot.

– Exakt, sa Anna Kristeva och drog ett djupt, pipande andetag. Det är vad jag också kommer fram till. Det är därför jag ringer.

– Jaså?

– Jag tänkte du kanske ville hjälpa mig?

– Javisst. Hur då?

– Gå dit.

– Vart?

– Till Keefer's. Imorgon kväll. Han lär ju vara där då.

– Jaha? sa Ester Peerenkaas och satt tyst en stund. Och vad fan vill du att jag ska göra då?

– Det är upp till dig. Du kunde väl bara hälsa från mig och säga att jag tyvärr blivit sjuk. Fråga vad han heter och om han kan hitta ett nytt datum istället... det behöver inte vara så märkvärdigt.

– Jag förstår, sa Ester. Bara gå och lämna ett meddelande, ja, det är väl inte omöjligt... fast jäklar, jag har lovat Karen att gå på bio imorgon kväll.

– Vem är Karen?

– En arbetskamrat, jag har pratat om henne. Ska åka med henne till Kanarieöarna efter jul också, förresten. Ja, hur fasen gör vi nu, då?

Anna suckade.

– Du får göra som du vill, sa hon. Tycker det vore dumt att sumpa chansen, bara. Men har du inte tid, så har du inte. Hur går det med piloten?

Ester funderade medan hon glodde på teverutan; två polismän, den ene i blå kostym, den andre i skrynklig utanpåskjorta och gul scarf, satt och pratade med programledaren.

– Jag vet inte än, sa hon. Min pilot är ute och flyger, men vi har pratats vid på telefon. Ska träffa honom nästan helg.

– Låter bra, sa Anna.

– Ja, han lät belevad. Men jag har svårt att hinna med Keefer's, faktiskt. Kan du inte lösa det på nåt annat sätt?

Anna tycktes fundera. Drack någonting också, Ester kunde höra henne svälja med viss ansträngning.

269

– Kommer inte på nånting annat. Kanske lika bra att strunta i det.

Ester tänkte efter ett ögonblick.

– Jag gör det om jag får tid, sa hon. Vi har inte bestämt hur dags vi ska gå än, Karen och jag. Om jag hinner, så hinner jag. Okej? Men jag lovar ingenting.

– Allright, sa Anna Kristeva. Vi säger så. Nej fan, nu orkar jag inte prata längre, måste sova. Du kan väl höra av dig och tala om hur det gick… imorgon eller så? Förresten…

– Ja?

– Om du går dit och upptäcker att han ser för bedrövlig ut, kan du kanske bara vända i dörren?

Hon hostade igen. Ester skrattade.

– Jo, det garanterar jag, sa hon. Det måste väl finnas ett skäl när han vägrar skicka foto.

– Antagligen, sa Anna. Man vet aldrig.

Hon lade på. Ester Peerenkaas satt kvar i soffan en stund och funderade. Tog fatt i fjärrkontrollen; det var slut på stryparinslaget, nu gällde det narkotikasituationen i storstäder versus landsbygden och småstäder istället. Hon stängde av. Drack upp sin gin & tonic och kände att det kunde vara dags att gå till sängs, trots att klockan ännu inte blivit i närheten av elva.

Nej, tänkte hon. Röd slips och röd Eliot? Jag har faktiskt ingen lust.

Karen deBuijk kom in till henne på fredagens förmiddag och på några minuter drog de upp riktlinjerna för kvällen. Det var inte särskilt komplicerat.

Först en drink hemma hos Ester vid sjutiden och genomgång av bioprogrammet. Sedan en film – på Cinetec eller Plus 8 förmodligen, där det fanns sammanlagt arton salonger. Därefter en matbit och en drink någonstans, och så fick man väl se. Onödigt att krångla till det.

Hon var klar med veckans sammanställningar strax efter fyra. Lämnade sjukhusets administrationsbyggnad och tog bilen ut till Merckx för att handla lite mer organiserat för en gångs skull. Det tog en timme och sänkte henns irritationströskel rätt rejält. Men det var som det var, tänkte hon när hon åter kunde krypa in i sin Peugeot på den gigantiska parkeringsplatsen utanför köpcentret. Jag är inte gjord för stormarknader, lika bra att inse det.

Fanns det några människor som var gjorda för stormarknader?

Hon knäppte på bilradion och började köra in mot centrum. En kort väderleksrapport gav vid handen att det var två grader plus, att det regnade och skulle fortsätta att göra så under överskådlig tid, samt att det blåste ungefär tio sekundmeter västlig vind.

Hon ägnade en tanke åt Anna Kristeva och förstod att om det var influensa man var ute efter, så måste Maardam så här års vara den idealiska platsen att hitta den på.

Riktigt hur influensaidealisk staden var blev hon klar över när Karen ringde henne kvart i sju och lät som om hon tappat tre liter blod och hamnat under ett kylskåp.

– Sjuk, stönade hon. Går inte.

– Du också? sa Ester.

– Också? sa Karen.

– Asch, det var en annan väninna som klappade ihop igår, bara. Den går, den här influensan.

– Den gör det, intygade Karen och andades tungt. Kunde nästan inte ta mig uppför trapporna när jag kom från jobbet. Att det kan slå till så fort... jag är ledsen.

– Strunt i det, sa Ester. Gå och lägg dig. Vi får gå på bio en annan gång.

– Schysst, flämtade Karen och lade på luren.

Eller tappade den, lät det som.

271

Jaha? tänkte Ester Peerenkaas. Vad gör jag nu då? Ensam en fredagskväll mitt i livet?

Hon tittade på klockan och insåg plötsligt att det var gott om tid att hinna ner till Keefers restaurang.

27

Münster betraktade mannen som just slagit sig ner i besöksstolen.

Han var lång och mager. Någonstans runt trettifem, såg det ut som, och med ett smalt hästansikte där han försökte odla någon sorts rödbrunt skägg med dålig framgång. Munnen var tunn och vek och blicken bakom de ovala metallbågade glasögonen irrade oroligt.

– Ert namn? sa Münster.

– Jag skulle vilja vara anonym helst, sa mannen.

– Ert namn, upprepade Münster.

– Jag… Mattias Kramer, men jag skulle gärna se att det här… att det går att…

– Vad då? undrade Münster.

– Att det går att sköta med lite diskretion. Min situation är inte den lättaste.

– Jaså, sa Münster. Ja, om ni berättar lite om den, och om varför ni kommit hit, så får vi väl se vad vi kan göra åt saken.

Mattias Kramer rättade till glasögonen och svalde.

– Vill ni ha någonting att dricka? Kaffe kanske?

– Nej tack. Nej, det behövs inte. Skulle ni kunna lova mig att det här inte behöver komma ut? Det vore en… det vore rena katastrofen för mig om min hustru fick reda på det.

Münster lutade sig tillbaka i stolen och lät några sekunder passera.

– Jag kan inte lämna några garantier, sa han. Det förstår ni nog. Vår uppgift inom polisen är att bekämpa brott, och om ni berättar någonting för mig, som...

– Det är inget brottsligt, avbröt Kramer ivrigt. Absolut ingenting sådant... alltihop är en privat angelägenhet, men det skulle krossa mig om... ja, om det kom ut.

– Jag förstår, sa Münster. Berätta nu varför ni sitter här, jag har naturligtvis inget skäl att göra livet svårt för er.

Mattias Kramer harklade sig och tvekade ett ögonblick.

– Tomas Gassel, sa han sedan.

Det tog en sekund innan Münster erinrade sig namnet.

– Ja? sa han.

– Pastor Gassel som förolyckades i september.

– Javisst, jag känner till det.

– Jag såg om det på det här teveprogrammet igår kväll. Jag har tänkt kontakta er många gånger under hösten, men har inte vågat. Fast när jag såg bilden på honom igår och hörde vad dom sa, så förstod jag att jag måste tala med er.

– Jaha? sa Münster.

– Vi hade ett förhållande.

– Ett förhållande?

– Ja. Tomas var homosexuell, jag vet inte om ni känner till det?

Münster nickade.

– Jodå, sa han. Vi vet om det. Och ni är alltså också homosexuell?

– Bi, mumlade Mattias Kramer och slog ner blicken. Jag är bisexuell, det är mycket värre.

Münster väntade. Bläddrade fram en ren sida i anteckningsblocket och skrev upp Mattias Kramers namn. Det var knappast någon nyhet att det var svårare att vara bisexuell än homosexuell, och som hans besökare för tillfället såg ut bar han onekligen syn för sägen. Han tycktes inte känna till hur man satt rakt upp och ner på en stol, bytte ideligen ställning och fladdrade med blicken över golvet som om han tappat något och satt och försökte få syn på det.

– Jag är gift och har en liten dotter, sa han slutligen. Vi bor i Leerbach.

Münster antecknade.

– Fortsätt, bad han.

Kramer samlade ihop sig och rätade på ryggen.

– Min fru vet ingenting om det här, sa han. Jag visste det inte själv heller när vi gifte oss, det har liksom smugit sig på. Jag kan ingenting göra åt det, det är som en mörk drift bara som jag inte kan skydda mig emot.

– Jag förstår att det är svårt, sa Münster. Ni hade alltså ett förhållande i all hemlighet med pastor Gassel?

Kramer suckade.

– Ja. Vi har känt varandra något år... hade känt varandra, skulle jag förstås säga. Vi träffades några gånger, och... ja, det har räckt för mig om jag fått utlopp för det här varannan månad eller så. Eller glesare ändå, jag begär inte att ni skall förstå mig, jag berättar bara hur det är.

– Naturligtvis, sa Münster.

– När jag tänker på det, och på min familj, är det ibland så att jag skulle vilja göra slut på alltihop... på något sätt. Det enda jag kan hoppas på är att det skall gå över. Det började ju trots allt i vuxen ålder, och då finns det kanske en chans...

Han tystnade. Münster betraktade honom en stund och funderade.

– Ni behöver inte urskulda er mera, sa han. Jag begriper er problematik. Kanske ni vill förklara hur ni är inblandad i Tomas Gassels död istället? Det är väl därför ni kommit hit?

Kramer nickade några gånger och justerade glasögonen igen.

– Javisst. Ursäkta. Jag ville bara att ni skulle ha bakgrunden klar för er. Den där kvällen, alltså...

– Den 2 oktober? frågade Münster.

275

– Ja, den kvällen då han dog. Jag var på väg för att träffa honom. Min fru trodde att jag skulle på en kurs, men så var det inte. Jag kom med det där tåget till Maardam för att vara tillsammans med honom.

– Med tåget som körde över honom?

– Ja. Det var fruktansvärt. Han skulle möta mig på stationen, och istället så...

Hans röst darrade till. Han tog upp en näsduk ur fickan och snöt sig.

– Istället så hamnade han på spåret? sa Münster.

Mattias Kramer nickade och stoppade undan näsduken. Sedan sjönk han ihop och lutade huvudet i händerna några sekunder. Rätade på ryggen och drog ett djupt andetag.

– Det var så fruktansvärt, upprepade han. Jag steg av tåget: Hade suttit i en av de sista vagnarna, och när jag kom ner på perrongen och började närma mig stationsbyggnaden, förstod jag omedelbart att någonting hade inträffat. Folk skrek och sprang om varandra och knuffades... och en kvinna drog mig i ärmen och grät och berättade vad som hade hänt.

– Hur fick ni reda på att det var just Tomas Gassel som var offret?

– Det dröjde en stund. Först letade jag efter honom bland alla människor, han skulle ju komma och möta mig, och till slut... till slut såg jag honom.

– Ni såg honom?

– Ja, när de lyfte upp honom från spåret. Det som var kvar av honom. Herregud...

Mattias Kramer blinkade några gånger som en uggla i solsken, sedan lutade han på nytt huvudet i händerna och Münster såg på hans skakande axlar att han grät.

Ja, herregud, tänkte han. Stackars sate, hur har han stått ut?

Fast det kanske var det som folk med bisexuell läggning

276

hade att inrikta sig på? Att stå ut. Gällde nog inte bara den kategorin människor förresten.

Han väntade medan Kramer samlade ihop sig igen. Frågade om han ändå inte ville ha en kopp kaffe, men fick bara en huvudskakning till svar.

– Vad gjorde ni sedan?

Kramer slog ut med händerna.

– Vad skulle jag göra? Först trodde jag att jag skulle bli tokig, men så blev jag avtrubbad på något vis. Jag letade reda på ett hotell och tog in för natten. Sov inte en blund. Nästa dag åkte jag hem till Leerbach.

– Och ni funderade aldrig på att kontakta oss?

– Det är klart jag gjorde, det har jag ju förklarat. Jag har inte tänkt på annat sedan det hände. Hela den här fruktansvärda hösten.

Münster funderade.

– Hur träffades ni? frågade han. Ni och pastor Gassel, alltså.

Kramer bet ihop munnen till ett tunt streck medan han övervägde sitt svar.

– På en klubb, sa han. Här i Maardam. Det finns sådana för... för människor som oss.

Hans röst innehöll ett stråk av förtvivlad stolthet och Münster såg på honom att han trots allt kände sig lättad. Att besöket och berättandet på något sätt återskänkt honom en smula mänsklig värdighet. Det gick dock inte många sekunder förrän han erinrade sig sin belägenhet.

– Vad kommer att hända nu? frågade han sammanbitet.

– Vad menar ni? sa Münster.

– Ja... vad tänker ni göra med mig?

– Vi får se, sa Münster. Ett par frågor först. Fick ni, trots att ni var chockad alltså, någon uppfattning om hur det kan ha gått till när er vän hamnade på spåret?

Kramer skakade på huvudet.

277

– Nej. Jag har ingen aning... men jag såg vad dom antydde på det där teveprogrammet igår kväll. Det är ju förskräckligt, kan det verkligen ligga till på det viset?

– Vi är långt ifrån säkra på sambandet, betonade Münster. Det är en av flera möjligheter bara.

– Vilka är de andra?

– Inte mer än två egentligen, korrigerade Münster. Att han tog livet av sig. Eller att han ramlade.

Kramer blev ivrig.

– Han tog inte livet av sig, det skulle han aldrig göra. Han visste ju att jag satt på det där tåget, han var en omtänksam och stark människa, som aldrig... ja, han skulle aldrig göra någonting sådant, helt enkelt.

– Ni är säker på det här?

– Hundra procent, försäkrade Mattias Kramer. Jag har hela tiden förutsatt att det var en olyckshändelse... att han snubblade eller någonting sådant.

– Men igår fick ni andra indikationer?

Kramer såg förvirrad ut för ett ögonblick.

– Ja... ja, det kan man kanske säga. Men det låter så obegripligt. Varför skulle...? Vem skulle...?

– Han talade aldrig med er om att han kände sig hotad, eller så? Att någon kunde vara ute efter honom?

– Nej, nejdå... men vi talades vid mycket sällan. Bara när vi gjorde upp om att träffas.

– Nämnde han någon gång namnet Monica Kammerle?

– Nej.

– Eller Martina Kammerle?

– Nej, absolut inte. Men vi umgicks inte, ni måste förstå vad det var för slags relation vi hade.

– Jo, jag förstår nog det, sa Münster eftersinnande. Jag ställer de här frågorna för att jag vill utesluta vissa möjligheter, bara.

– Jaså, sa Mattias Kramer.

278

– Benjamin Kerran då? sa Münster.

– Va?

– Har ni hört namnet Benjamin Kerran någon gång?

– Aldrig, försäkrade Kramer.

Münster gjorde en paus och lutade sig tillbaka med armarna i kors över bröstet.

– Vad kommer att hända nu? upprepade Kramer när tystnaden blev för lång.

– Vi får se, sa Münster. Ni får åka hem igen, så hör vi kanske av oss om vi behöver fler uppgifter.

– Nej, gör inte det, protesterade Kramer och började se gråtfärdig ut igen. Ni lovade ju att vara diskret, kan jag inte få ringa upp er istället?

Münster nickade och tog fram sitt kort.

– Låt gå. Hör av er till mig mot slutet av nästa vecka. Fast jag måste be er lämna adress och telefonnummer för alla eventualiteters skull. Men oroa er inte, jag har naturligtvis ingen anledning att ställa till det för er.

Kramer suckade djupt. Fick låna papper och penna och skrev ner sina personuppgifter.

– Kan jag gå nu? undrade han när han var klar.

– Varsågod, sa Münster. Fast jag skulle vilja fråga er ett par saker som jag inte har med att göra också.

– Jaså? sa Kramer och såg förvånad ut. Vad då för någonting?

– Har ni fler älskare än en? Jag syftar på manliga älskare.

Kramer reste sig och tycktes tveka om huruvida han skulle bli förnärmad eller inte.

– Nej, sa han. Det har jag inte.

– Och ni har inte skaffat någon ny efter Tomas Gassel?

– Nej.

– Då har ni inte varit otrogen mot er fru sedan han dog?

– Det stämmer, sa Mattias Kramer. Varför frågar ni om det här?

279

Münster tänkte efter.

– Jag vet faktiskt inte, sa han. Mänskligt intresse kanske. Och en viss omtanke om er familj. Tack för att ni kom och berättade det här, herr Kramer.

Han sträckte ut handen. Mattias Kramer fattade den mellan båda sina och skakade den energiskt, innan han skyndade ut genom dörren. Münster sjönk tillbaka i stolen.

Jaha, tänkte han. Då vet vi vad prästen hade på stationen att göra.

Men vart kommer vi med det?

Han snurrade på stolen och tittade ut genom fönstret. Vädret höll i sig.

28

Dörrklockan pinglade och Van Veeteren vaknade med ett ryck.

Insåg att han måste ha slumrat till. Märkligt. I knät hade han en nyinkommen utgåva av Seneca, som han suttit och bläddrat i, och på fåtöljens armstöd – i en speciell mahognyskonad fördjupning för just detta ändamål – stod en till hälften urdrucken kaffekopp. Två delar kaffe, en del Gingerboom's, om han mindes rätt. Kanske var det därför han somnat?

Han kom på fötter och tittade på klockan. Den var halv tolv, han kunde knappast ha sovit mer än tio minuter. På sin höjd. Han gick ut i butiken; en kvinna var på väg med en barnvagn in genom dörren, först när hon vände sig emot honom, såg han vem det var.

Marlene Frey.

– Hej, sa hon. Bra att du var inne. Jag behöver din hjälp.

– Jaså? sa Van Veeteren, gläntade på regnskyddet och kikade ner i barnvagnen. Dobidobido, hur mår Andrea idag, då?

– Hon sover, förklarade Marlene Frey. Men jag tänkte be dig passa henne en stund. Ska på anställningsintervju och jag tror inte det ger så gott intryck om jag kommer dragande med en bebis. Christa lämnade återbud för en kvart sedan, den maran.

– Christa?

– Barnflickan. Du är mitt enda hopp.

281

– Jag? sa Van Veeteren. Här?

– Nu, sa Marlene Frey. Jag har fem minuter på mig.

– Men? sa Van Veeteren.

– Jag är tillbaka om trekvart. Hon har ätit och just somnat, du behöver inte vara orolig. En timme som allra högst, du kan ta av henne filten förresten, det finns torra blöjor i korgen under vagnen om det skulle vara så att... Hej då så länge!

– Hej, sa Van Veeteren och Marlene Frey försvann ut på Kupinskis gränd.

Han betraktade vagnen och betraktade Seneca som han fortfarande höll i handen. Lade undan Seneca. Lyfte försiktigt bort regnskyddet från vagnen, fällde ner suffletten och drog filten till fotändan av insatsen. Andrea rörde inte en min, sov som en stock bara, med nappen i ena mungipan och en salivbubbla i den andra.

Gode gud, tänkte han. Måtte hon inte vakna. Hon kan ju få men för livet.

Försiktigt manövrerade han in vagnen ett stycke längre in bland hyllorna. Insåg att passagen till det inre rummet (vilket ju utgjorde en utmärkt sovplats, som sagt) var för trång, men den skyddade vrån med kartblad och kriminallitteratur fick duga. Om det kom in någon kund och frågade efter deckare kunde han alltid be honom dra åt helvete. Eller återkomma på måndag.

Han hämtade sin kaffekopp och Seneca. Slog sig ner på den låga trappstegen en halv meter från barnvagnen och tittade på klockan. Det hade gått fyra minuter sedan Marlene Frey försvann. Vad hade hon sagt?

Trekvart? En timme? Han märkte att han hade hjärtklappning.

Lugn i stormen, tänkte han stoiskt. Vad är det med mig? Det är ju bara fråga om ett litet barn.

Tio minuter senare hade han läst om sidan 37 i de lucilianska breven fyra gånger, Andrea hade dragit två djupa suckar, men i övrigt var läget oförändrat.

Dörrklockan pinglade. Han svor tyst för sig själv och bestämde sig för att inte röja sin närvaro i butiken. Varför hade han inte låst och dragit ner gardinen? Och hade folk verkligen inte bättre saker för sig än att ränna i antikvariat en regnig lördag som den här? Om dom nödvändigtvis måste läsa kunde dom väl kosta på sig nya böcker istället för gamla?

– Hallå?

Det tog ett halvt ögonblick för honom att identifiera rösten.

Inspektör Moreno.

Han överlade hastigt med sig själv. Kanske inte så dumt med en kvinna? tänkte han. Om det skulle bli kritiskt på något sätt. Ewa Moreno hade visserligen inga barn för egen del ännu, men hon var väl ändå en biologisk varelse?

I högsta grad biologisk, slog det honom.

– Ja.

Hennes mörka huvud stack fram runt hörnet med biografier och varia.

– Kommissarien?

Han brydde sig inte om att korrigera henne.

– Javisst. Godmorgon inspektörn, men jag tror vi får tala lite tystare. Det är en som ligger och sover här.

Moreno kom fram och kikade ner i vagnen. Andrea drog en ny djup suck och släppte ut nappen.

– Ojdå, jag visste inte… vem är det här?

– Andrea, förklarade Van Veeteren.

– Aha?

– Min sondotter. Arton månader. En riktig skatt.

Moreno log, men blev strax allvarlig.

– Sondotter? Hur… jag menar…

283

– Hm, sa Van Veeteren. Vi flyttar ut en bit, så vi inte väcker henne. Jag kanske inte har berättat?

De tog sig ut i rummet mot gatan.

– Nej, sa Moreno. Du har inte berättat:

Van Veeteren plockade fram cigarrettmaskinen, men ångrade sig. Det var säkert inte nyttigt för Andrea att få i sig en massa tobaksrök i så unga år.

– Jo, det är Erichs dotter, sa han. Han lämnade ett spår efter sig i världen innan han dog, trots allt. Hann aldrig få se sin dotter dock, men det är hon som ligger därinne. Jag är barnvakt, hennes mor kommer snart och hämtar henne…

Moreno satte sig på den låga disken.

– Gode gud, sa hon. Jag hade ingen aning. Ingen annan heller, tror jag. Det måste kännas… ja, hur känns det egentligen?

Van Veeteren dröjde en stund med svaret.

– Det är en tröst, sa han. Visst fan är det en tröst. Livet är så förbannat underligt, man märker liksom inte vad som är viktigt och mindre viktigt förrän långt efteråt. Har man otur är det för sent när man inser det, fast…

Han gjorde en paus, men Moreno nickade bara och väntade på fortsättningen.

– Naturligtvis är det inte bara ens egen tillvaro som skall gå ihop. Det gör den ändå aldrig, man får nöja sig med en viss balans… nej, det är större perspektiv som gäller och den där lilla krabaten i vagnen ingår i någonting som är fan så mycket större än vad en gammal antikvariatsbokhandlare kan drömma om… hm, jag börjar bli gaggig.

Ewa Moreno såg på honom och han önskade plötsligt att han varit tjugofem år yngre. Sedan erinrade han sig Ulrike och insåg att det inte gjorde så mycket att vara över sexti heller.

– Jag blir rörd, sa Ewa Moreno. Förlåt att jag säger det, men det blir jag.

284

– Ähum, sa Van Veeteren. Det klär dig. Men jag inbillar mig att du hade ett annat ärende också. På jakt efter lektyr till lördagskvällen, kanske?

Moreno skrattade.

– Inte riktigt, sa hon. Men jag kan väl ordna den detaljen på samma gång, när jag ändå är här. Nej, det är den där gamla vanliga historien faktiskt. Fallet Kammerle-Gassel, som vi kallar det fast det låter som ett motorcykelfabrikat... eller en sjukdom. Hursomhelst tänkte jag att du kanske fortfarande var intresserad?

– Det är jag, betygade Van Veeteren. I högsta grad.

– Du såg inte på teve i förrgår kväll?

– Teve? sa Van Veeteren och höjde ögonbrynen. Nej, varför skulle jag göra det?

– Det finns folk som gör det, förklarade Moreno.

– Jag är inte så mycket för folknöjen. Tror våran apparat är trasig förresten, Ulrike sa nånting om det häromdagen... vad var det frågan om, alltså?

– Ett brottsmagasin. Dom tog upp det här fallet. Hiller var med, Reinhart också...

– Reinhart?

– Ja.

– Ur led är tiden, sa Van Veeteren.

Moreno drog på munnen.

– Säkert, sa hon. Det är den oftast. I alla händelser var tanken att lite uppmärksamhet skulle kunna hjälpa upp utredningen en smula. Det har gått rätt trögt, som du kanske vet...

– Jag har anat det, sa Van Veeteren. Ni har inte börjat få korn på någon gärningsman?

– Nej, erkände Moreno och ryckte på axlarna. Det vore mycket sagt. Men igår kom det ett par reaktioner på programmet, du var ju lite involverad i den där historien med prästen...

Van Veeteren placerade en tankfull hand under hakan och rynkade pannan.

– ... ja, vi har fått klarlagt vad han hade på centralen att göra, till exempel. Han skulle möta en älskare som kom med tåget. Du minns att Gassel var homosexuell?

– Det var jag som tog reda på det åt er, påpekade Van Veeteren blygsamt.

– Javisst ja. Jo, den här älskaren dök upp igår i alla fall och avlade fullständig bekännelse... ja, att han var med på tåget och varför, alltså.

– Verkligen? sa Van Veeteren och funderade ett ögonblick. Och vart leder det?

– Inte så långt, är jag rädd, sa Moreno. Men det är ju en liten pusselbit ändå. Han hade heller ingenting att bidra med om pastor Gassel. De kände nästan inte varandra, hävdar han. Brukade träffas och idka umgänge några gånger om året bara. Ja, vissa har det ordnat på det viset, tydligen.

– Tydligen, instämde Van Veeteren. Var det nånting mer än det här som flöt upp i folknöjets kölvatten?

– Litegrann, konstaterade Moreno. Men inte mycket. Ett vittne som påstår sig ha sett en man springa över spåren på centralen den där kvällen. Mycket vaket att hålla inne med uppgiften i två och en halv månad naturligtvis...

– Är han trovärdig?

– Hon, korrigerade Moreno, det är en hon. En ung kvinna. Jo, både Reinhart och Krause säger det, jag har inte förhört henne personligen. Den här manspersonen skall ha lämnat stationsområdet springande norrut, åt Zwillehållet alltså, det går ju bra att ta sig ut den vägen också. Vittnet kom just ut från stationsbyggnaden och såg bara ryggtavlan på honom. På tjugo meters håll som närmast.

– I mörker? sa Van Veeteren.

– Halvmörker åtminstone. Det finns ju en viss belysning där, trots allt. Nej, det här är förstås inte mycket värt, men om det är någon som tvivlat på att Gassel verkligen blev mördad, så är det dags att sluta tvivla nu.

Van Veeteren betraktade sin cigarrettmaskin och kliade sig under hakan.

– Jag har aldrig tvivlat, sa han. Nåja, det är ju alltid något. Måste tala med Ulrike om den där tevereparationen, tydligen. Tänker Reinhart uppträda några fler gånger?

– Jag tror inte det, sa Moreno. Uppriktigt sagt. Men det kom ett intressant tips till.

– Jaha?

– En kypare ute på Czerpinskis kvarn. Han säger att han serverat mat åt Monica Kammerle och en äldre man någon gång i början av september.

– *Monica* Kammerle?

– Ja. Dottern, inte mamman. Med äldre man menar han att vederbörande var betydligt äldre än flickan. Runt fyrti kanske, han utgick ifrån att det rörde sig om en far och en dotter.

– Signalement?

– Tyvärr. Inget han kan erinra sig. Han är en smula osäker på om det verkligen var Monica Kammerle också, han var olyckligtvis bortrest när tidningarna skrev om det förra gången.

– Typiskt, sa Van Veeteren.

– Ja, sa Moreno. Mycket typiskt. Det här är i alla fall senaste nytt i fallet. Man kan ju knappast kalla det ett genombrott, men vi jobbar förstås vidare så gott det går. Förr eller senare dyker det nog upp nånting.

– Låt oss hoppas det, sa Van Veeteren. Om inte annat ett nytt offer.

Moreno satt tyst en stund och begrundade denna möjlighet, medan hon vandrade med blicken över raderna med böcker.

– Tror du det? sa hon.

– Ja, sa Van Veeteren. Om jag skall vara ärlig så tror jag faktiskt att det gör det. Åtminstone om det hänger ihop med det där fallet i Wallburg. Jag spelade badminton med Münster i förra veckan och han påstod att det fanns en möjlighet... att det kunde röra sig om samma gärningsman.

– Jo, erkände Moreno. Det lutar nog åt det. Men om inte annat, så borde det här teveprogrammet ha fått kvinnorna lite på sin vakt.

– Låt oss hoppas det också, sa Van Veeteren.

Ewa Moreno reste sig.

– Tror jag struntar i litteraturen idag, sa hon och log urskuldande. Men jag kan väl få ta en titt på Andrea innan jag rusar vidare?

– Självfallet, sa Van Veeteren.

De smög in mellan hyllorna igen. Ewa Moreno böjde sig ner över vagnen, medan Van Veeteren blev stående bakom henne och kände hur någon sorts diffus stolthet började bubbla upp inom honom.

– Hon är söt, sa Moreno och rätade på ryggen. Otroligt söt.

Van Veeteren harklade sig.

– Klart som fan hon är söt. Det är ju mitt barnbarn.

När inspektör Moreno lämnat honom, slog han sig ner på trappstegen och tittade själv ner i vagnen.

Sedan såg han på klockan. Det hade gått femti minuter sedan Marlene stack iväg på sin intervju.

Börjar bli ont om tid, tänkte han och knuffade till vagnen. Vore ju synd för stackars Andrea om hon skulle behöva tillbringa en hel timme med farfar, utan att ens få se honom.

Han knuffade en gång till, lite mer bestämt.

29

Natten till den 9 december drömde Anna Kristeva att hon skulle dö.

Eller att hon redan hade dött. Bland de kaotiska, feberheta bilderna som sköljt över henne hade också funnits sådana som föreställde själva begravningsakten, det mindes hon tydligt när hon vaknade vid åttatiden på morgonen, genomsvettig och insnärjd i unkna lakan. Hon öppnade ögonen, stirrade upp i taket och märkte att rummet snurrade. För en kort sekund fick hon för sig att hon inte drömt, utan att det varit verklighet. Att hon faktiskt var död. Sedan blundade hon igen och kom ihåg att hon var sjuk. Innan hon somnade för gott vid elvatiden föregående kväll hade hon fått ner febern till 38,1. Lägre hade det inte gått, undra på om det kom obehagliga drömmar.

Hon låg kvar en stund i sängen innan hon vågade prova om benen bar henne. De gjorde det med nöd och näppe, visade det sig; hon blev tvungen att hålla sig i väggarna för att kunna ta sig ut till badrummet, och när hon kissat färdigt satt hon kvar på toalettstolen och vilade i fem minuter, utan att få en redig tanke i huvudet.

Mer än de där dödsbilderna från drömmen. Hur hon låg naken på golvet i sovrummet och inte kunde andas längre. Hur hon vred sig och kastade konvulsiviskt fram och tillbaka och försökte gripa efter någonting; ett illusoriskt och undflyende föremål, som uppenbarligen inte fanns. Mitt i tomma luften, någonting som bara hon såg och förstod betydelsen av, ingen annan. Vad det nu kunde ha varit.

Sedan låg hon i en vit kista i Keymerkyrkan medan vänner och bekanta och släktingar sakta passerade förbi och betraktade henne med sorgsna, ibland tårfyllda, ögon. Hennes mor. Didrik, hennes bror. Jacob Booms. Leonard, hennes före detta man och hans nya hustru som hon aldrig kunde komma ihåg namnet på. Och Ester Peerenkaas, som i motsats till de andra inte verkade ta det så allvarligt. Hon log uppmuntrande mot henne istället, blinkade konspiratoriskt med ena ögat och hade av någon outgrundlig anledning satt på sig en röd slips runt halsen.

Där tog drömbilderna abrupt slut. Anna Kristeva erinrade sig torsdagskvällens samtal med väninnan, spolade och lyckades resa sig upp. Höll sig i handfatet och betraktade klentroget sin bild i spegeln, innan hon beslutsamt blaskade ett par nävar kallt vatten i ansiktet. Nästan omedelbart fick hon huvudvärk och började frysa som en hund.

Ut i köket. Aspirin, juice, C-vitamin och en skvätt Kanjang; det var knappt det gick att få ner det, halsen hade klibbat ihop under natten, men till slut lyckades det. Hon stapplade tillbaka in i sovrummet och dråsade ner i sängen. Virade in sig i alla lakan och täcken och kuddar hon fick fatt i och somnade om.

Måste ringa till Ester om jag vaknar någon mer gång, hann hon tänka.

Klockan var drygt halv elva när detta inträffade, och hon mindes inte om hon hade drömt någonting nytt.

Men hon mindes att hon skulle ringa till väninnan, och eftersom hon inte var fullt lika febrig och kallsvettig som vid dagens första uppvaknande, fick hon fatt i telefonen och slog numret med en gång.

Ester var inte hemma. Hon funderade hastigt på om hon skulle lämna ett meddelande på svararen, men lät det vara.

Kom inte på något att säga och hon kunde ju alltid försöka lite senare istället.

Nöjd med dessa insatser och beslut drack hon ur vattenglaset – som hon måste ha ställt på nattygsbordet redan föregående kväll, det smakade ganska jolmigt – vände på kudden och somnade om.

Nästa gång hon prövade att ringa till Ester utan framgång hade klockan hunnit bli kvart över tre. Hon hade duschat och klätt på sig; inte mer än en T-shirt och ett par säckiga joggingbyxor visserligen, men alltid något. Hon lämnade inget meddelande nu heller; ringde istället upp sin tjänstvillige granne och berättade att hon råkat ut för influensan. Frågade om han möjligen kunde tänka sig att gå ner till kvartersbutiken och köpa två liter juice åt henne. Och om han hade några aspirin på lager, hennes egna började ta slut.

Ingenjör Dorff effektuerade hennes önskemål inom en halvtimme. Han verkade allvarligt bekymrad och såg lika blygt förälskad ut som vanligt när han kom med leveransen, och frågade om det verkligen inte var någonting annat han kunde göra för henne.

Det var det inte, försäkrade Anna. Hon hade allt hon behövde nu, och för övrigt var det bara sängliggande och vila som tarvades.

Dorff förklarade att han skulle vara hemma hela kvällen, det var bara att ringa, om det ändå skulle vara någonting. Hon tackade honom och motade vänligt ut honom genom dörren. Ville ju inte smitta honom med sina baciller, förklarade hon, och inför ett sådant argument kunde han förstås inte dröja sig kvar längre.

För variationens skull parkerade hon sig i soffan och försökte läsa, men intrigen och eländesskildringen i Diza Murklands senaste kriminalroman, som hastigt klättrat upp

291

till första plats på bestsellerlistan den senaste månaden, tog ganska snart musten ur henne och hon somnade på nytt.

Det var först framemot niotiden på kvällen som hon lämnade ett meddelande på Ester Peerenkaas telefonsvarare, och det var först nu hon började känna en viss oro.

Vad tusan hade hon för sig? Varför var hon aldrig hemma och svarade i telefon?

Det fanns givetvis gott om alldeles naturliga svar på dessa frågor. Att hon var ute och handlade, till exempel. På besök hos någon bekant. På bio (fast det hade hon ju varit under gårdagen, tydligen?) eller ute och roade sig på det ena eller andra viset. Det var ju lördag, trots allt. Fanns ingen anledning att sitta hemma och slösa bort sin ungdom. Om man nu inte var sjuk och eländig, vill säga.

Och det var just eländig Anna Kristeva kände sig. När hon tagit sin kvällsdusch och fått i sig så mycket vätska att det borde ha räckt åt en kamel inför en ökensafari, hade hon fortfarande feber och kraftlösheten låg som en gammal hopplös svepning över henne.

Skit också, tänkte hon. Jag måste be Dorff köpa ännu mera juice imorgon.

Nåja, det skulle han inte ha någonting emot.

Söndagen började lite bättre, men inte mycket. Istället för att anlita Dorff tog hon sig för egen maskin ner till servicebutiken på hörnet, men när hon kom upp igen kände hon sig präktigt svimfärdig. Återvände till sängen, där hon först vilade en timme, sedan läste söndagstidningen i två. Drack ytterligare juice och vatten, fick så småningom ner en halv smörgås och en banan och kontrollerade tempen.

Trettiåtta blankt, det var som förgjort.

På eftermiddagen ringde hon dels till sin mor och beklagade sig, dels till Ester Peerenkaas och fick inget svar.

Hon lämnade inget nytt meddelande, men den obefogade och lite märkliga oron högg tag i henne på nytt. Bara för ett ögonblick, men den fanns där och hon undrade vad den kom sig av.

Under kvällstimmarna inträdde trots allt en gradvis förbättring i tillståndet. Hon läste Murkland och såg på teve och låg i soffan och lyssnade på musik. Bachs cellosviter, som hon fått i trettifemårspresent av sin familj och som passade ovanligt bra en sådan här dag. Hon ringde ytterligare en gång till Ester och förklarade för svararen att hon för tusan skulle se till att höra av sig så fort hon satte foten innanför dörren. Vad höll hon på med? Här låg en stackars medsyster i förtappelsen sjuk och olycklig, kunde hon inte visa lite rudimentärt medlidande åtminstone? En smula mänskligt intresse?

Hon log matt för sig själv. Lade på luren och såg att klockan var några minuter i nio. Bestämde sig för att försöka se den där kanadensiska filmen på teve i alla fall, var det bara skräp gick det ju alltid att stänga av.

Filmen var inte bara skräp, visade det sig; i och för sig ingen höjdare heller, men hon såg den ända till slutet. Stängde av teven, tog dagens sista aspirin och gick ut i badrummet. Telefonen ringde mitt under tandborstningen.

Ester, tänkte hon och gurglade hastigt. Äntligen.

Men det var inte Ester. Det var en man.

– Hallå ja?

– Ursäkta att jag ringer lite sent. Är det Ester jag talar med?

Under en förvirrad sekund visste hon inte vad hon skulle säga.

– Hallå? Är ni kvar?

– Ja... nej, det är inte Ester ni talar med.

– Kan jag få tala med henne, då?

Hans röst lät grov. Hon fick diffus vision av en orakad hamnarbetare med nätbrynja och en ölburk i handen.

Men det var förstås bara fördomar.

– Det finns ingen Ester på det här numret. Vem är det jag talar med?

– Det spelar ingen roll. Ester Suurna, är hon inte där?

– Nej, sa Anna Kristeva. Och ingen annan Ester heller. Ni har slagit fel nummer.

– Aj fan, sa mannen och lade på.

Egendomligt, tänkte hon när hon kommit i säng. Här går man och väntar på samtal från den där jäkla Ester i två dagar, och det enda som händer är att en karlslok ringer och yrar om en annan Ester.

Och oron gnagde på nytt.

I själva verket dröjde det till måndagens morgon innan Ester Peerenkaas hörde av sig. Då lät hon i gengäld pigg som en jävla nötskrika.

– Godmorgon, min sköna. Jag väckte dig väl inte?

– Jo.

– Jag kom inte hem förrän sent igår kväll. Ville inte ringa och störa dig. Hur mår du?

– Har inte hunnit känna efter än, sa Anna Kristeva. Vad är klockan?

– Halv åtta. Är på väg till jobbet, men jag tänkte jag skulle slå en signal först. Hörde dig på svararen. Du är fortfarande sjuk, alltså?

Anna kom upp i halvsittande och kände att hon i varje fall inte var frisk. Flyttade undan håret som klibbat fast i pannan och på kinderna och tog ett fastare grepp om luren.

– Jo, nog är jag sjuk alltid. Tar säkert en vecka som doktorn lovade. Var har du hållit hus? Jag ringde några gånger.

– Jag vet, sa Ester. Har varit hos mina föräldrar i Willby, jag trodde jag nämnde det?

– Det gjorde du inte, sa Anna Kristeva.

– Nåja, skitsamma. Du ville höra hur fredagskvällen avlöpte, antar jag?

– Till exempel, ja.

– Jo, jag gick till Keefer's till slut i alla fall.

– Jaha?

– Han satt där.

– Och?

– I röd slips och med Eliot på bordet.

Anna väntade. Plötsligt brast väninnan ut i skratt i luren.

– Faktum är att det gick rätt bra. Jag har tagit över honom.

– Va?

– Tagit över honom. Jag brydde mig inte om att hälsa från dig. Åt middag med honom i två timmar istället. Du får min pilot.

– Din pilot? sa Anna och nös rakt in i luren.

– Prosit. Javisst, han med huset i Grekland, det duger nog åt dig. Vi byter, helt enkelt.

– Det går väl inte. Du kan väl inte bara…

– Klart det går, hojtade Ester förnöjt i luren. Varför skulle det inte gå? Det är redan fixat, finns ingen återvändo.

Anna Kristeva kände hur någonting som antingen var feber eller ilska – eller en kombination av bäggedera – började skjuta upp inom henne.

– Vad tusan menar du? flåsade hon. Du kan väl inte ta över min karl hur som helst, jag bad dig ju bara gå dit och meddela att jag inte kunde komma. Det är väl ett jäkla sätt att passa på och…

– Visserligen, avbröt Ester. Men nu gick det som det gick. Min arbetskamrat blev också sjuk i fredags, så jag hade ändå ingen att gå på bio med. Jag tyckte det var mycket enklare om jag testade den här karln när jag ändå var där. Vad bråkar du om egentligen? Det spelar väl ingen roll, det går knappast att ändra på saker och ting nu, och du får ju min pilot...

– Jag vill inte ha din jävla pilot!

– Varför då? Det är väl inget fel på piloter. Ryck upp dig nu, för tusan!

Anna satt tyst en stund och försökte hålla tillbaka en ny nysning. Det gick inte.

– Prosit, upprepade Ester. Det går inte att ändra på det här, det begriper du nog. Han har ju ingen aning om att vi är två stycken i leken. Tror inte han skulle uppskatta om det dök upp en helt annan kvinna nästa gång... ta det inte personligt, men vi är trots allt inte tvillingar.

– Och när är nästa gång? frågade Anna.

– Det dröjer. Så om du har bråttom har du inte förlorat nåt. Han är upptagen fram till jul, sedan åker jag bort två veckor. Kommer inte att träffa honom igen förrän i januari.

– Januari?

– Ja. Jag fattar inte vad du surar för. Om jag inte gått till Keefer's hade du ju ändå inte kommit nånvart. Nu har jag serverat dig en kultiverad pilot på guldbricka, du kunde visa lite tacksamhet åtminstone. Eller hur?

Anna Kristeva kände att hon inte hade något bra försvar mot denna attack. Ester hade en poäng, det var inget tvivel om saken. Hon tänkte efter en stund igen.

– Och den här flygande guldgossen, då? sa hon. Kommer inte han att märka någon skillnad?

– Inte fan, sa Ester och demonstrerade sitt onaturligt goda morgonhumör genom att skratta igen. Han är ute och flyger, det sa jag ju. Har bara snackat med honom på telefon. Första daten är om en vecka, det är inga problem, jag kan sätta dig in i vad vi sa till varandra på fem minuter.

– Verkligen? sa Anna Kristeva.

– Lätt som en plätt, förkunnande Ester. Sluta sura nu, se till att bli frisk istället så hörs vi av om några dagar. Jag måste sticka till jobbet nu.

296

– Allright, suckade Anna. Ja, du ska väl ha tack i alla fall, då. Antar jag.

– Klart jag ska, sa Ester. Puss på dig.

– Jag smittar, sa Anna och lade på luren.

Din egotrippade höna, tänkte hon när hon kommit ur sängen. Här satsar man allt på ett wild card med högriskfaktor, och så tror den där förbannade Ester att det bara är att gå och sno bytet framför näsan på en.

Med sådana vänner behöver man inga ovänner.

Fast några planer på hur hon skulle kunna ställa saker och ting till rätta, lyckades hon inte fundera ut. Inte på hela dagen.

Hon visste ju för tusan inte ens vad karln hette, och till slut började hon inse att det nog var lika bra att ge upp och nöja sig med den där piloten.

Hoppas du råkat ut för en riktig skitstövel, Ester Peerenkaas, tänkte hon när hon släckte lampan för natten. Det skulle vara rätt åt dig.

Under de närmaste åren av sitt liv skulle hon ofta återkomma till denna tanke, och ångra den djupt.

Maardam, januari 2001

30

Inspektör Baasteuwel såg sig om efter en lämplig plats för sin våta regnrock. Eftersom han inte hittade någon släppte han helt enkelt taget om den och lät den bli liggande på golvet innanför dörren.

Reinhart tittade upp och nickade.

– Välkommen till högkvarteret. Slå dig ner.

– Tack, sa Baasteuwel och tände en cigarrett. Råkade ha vägarna förbi, som sagt, så jag tänkte jag skulle titta in och höra efter hur det går för er. Du har ju förekommit i televisionen till och med... gott nytt år förresten!

– Tack detsamma, sa Reinhart. Ja, vad gör man inte?

– Jag tittade faktiskt, erkände Baasteuwel. Riktigt informativt program, måste jag säga. Men det blev inga napp, alltså?

– Inte mycket.

– Men ändå något?

Reinhart kliade sig i huvudet medan han övervägde svaret.

– Småskit, konstaterade han och tittade under naglarna. Vi fick väl bekräftat vad vi redan hade klart för oss. Att den här prästen verkligen blev knuffad framför tåget, till exempel. Och att flickan Kammerle hade träffat honom... åtminstone en gång, det var en grabb på hennes skola som sett dom sitta och samtala på ett café.

– Ett café?

– Ja. Kan tyckas vara en lite oortodox plats att bikta sig

på, men det var kanske inte bikt det var frågan om, riktigt.

Baasteuwel nickade.

– Så vi kan lugnt utgå ifrån att det var samma gärningsman i alla tre fallen, fortfor Reinhart. Noggrann herre också, han har torkat bort så gott som vartenda fingeravtryck från mordlägenheten, inte bara sina egna.

– Vad tyder det på? undrade Baasteuwel.

– Ingenting entydigt, men det kan förstås vara så att han vistats där en del, och ville ta det säkra före det osäkra...

– Måste ha tagit tid, sa Baasteuwel. Även om det är en liten lägenhet blir det ett jävla fejande.

– Han hade tid, sa Reinhart och började omständligt fylla på tobak i pipan. Det tog över en månad innan vi kom in i bilden, glöm inte det. Han skulle ha hunnit både tapetsera och sätta in nytt kök, om det hade varit nödvändigt.

– Nåja, muttrade Baasteuwel. Jag tror det är samma en som i mitt fall i alla händelser. Han lämnade inga avtryck i Wallburg heller, men där behövde han inte vara så noga. Hade förmodligen bara hunnit sätta fingrarna på något handtag och ett glas...

– Och hennes hals, sköt Reinhart in.

– Den också, instämde Baasteuwel. Inte att förglömma. Du håller med om att det är samma jävel vi har att göra med, alltså?

– Varför inte? sa Reinhart. Det är alltid en fördel att leta efter en galning istället två.

Baasteuwel nickade igen.

– Vad var det för namn du talade om? Kerran... eller vad det nu var?

– Benjamin Kerran, sa Reinhart och drog en djup suck av olust. Jo, det är alltså möjligt att han kallat sig så, men det är bara en alldeles vild gissning.

– Namnet säger mig ingenting, erkände Baasteuwel. Du får nog upplysa mig lite, är jag rädd.

– Med nöje, sa Reinhart och tände pipan. Benjamin Kerran är en litterär mördare i en obskyr engelsk deckare från tjugotalet. Flickan Kammerle hade skrivit upp namnet i ett anteckningsblock... det är bara det, vi har inte kunnat hitta någon levande människa med just det namnet.

– Märkligt, sa Baasteuwel.

– Mycket, sa Reinhart. Nåja, det här är som sagt bara ett hugskott, men det är nog en märklig fan vi har att göra med, det är lika bra vi kommer ihåg det. Varför sågade han av benen på flickan, till exempel, kan du säga mig det?

– Vet ej, sa Baasteuwel.

– Varför låg mamman under sin säng och flickan ute vid havet, det kan du väl förklara åtminstone?

– Märkligt, upprepade Baasteuwel. Dom mördades samtidigt, alltså?

– I stort sett, såvitt vi kan bedöma. Det går inte att fastställa exakt... fast visst är det lite underligt om han dödade dom bägge två i deras hem och sedan bara gömde dottern.

– Hade han ihop det med modern?

– Skulle tro det.

– Dottern, då?

– Vad menar du? sa Reinhart.

– Ingenting, sa Baasteuwel. Jag menar inte ett skit.

– Jag vet nog fan vad du menar, sa Reinhart.

Han drog ett djupt bloss och släppte ut ett rökmoln över skrivbordet.

– Jag uppskattar att man får bolma i ditt rum, sa Baasteuwel. Han fimpade sin cigarrett och tog fram en ny. Reinhart höjde ett förvånat ögonbryn.

– Du menar inte att du har rökförbud uppe hos dig?

– Jovisst, sa Baasteuwel. Hela polisstationen är rökfri sedan två år tillbaka.

– Det var som fan, sa Reinhart bekymrat. Hur löser du den ekvationen, då?

303

– Det är inte så svårt som det verkar, sa Baasteuwel. Jag röker i alla fall.

– Genialt, sa Reinhart.

Irene Sammelmerk betraktade kvinnan som just slagit sig ner på andra sidan skrivbordet.

Mellan sexti och sextifem, bedömde hon. Välbärgad. Platinablont, pageklippt hår (eller peruk), pälsbrämad kappa och bruna halvhöga stövlar i något som åtminstone måste vara kalvskinn. Handväska i samma nyans i knät. Rena drag och sparsmakad make-up.

Om inte oron svävat som ett moln omkring henne, kunde hon ha passerat för en presidenthustru inför en officiell fotografering, tänkte Sammelmerk. Eller en gammal filmstjärna.

– Välkommen, sa hon. Vill ni ha någonting?

Kvinnan skakade på huvudet.

– Jag tror vi tar det från början. Mitt namn är Irene Sammelmerk, jag är kriminalinspektör. Ni heter alltså Clara Peerenkaas, vill ni vara snäll och berätta varför ni kommit hit?

Clara Peerenkaas fuktade läpparna och justerade handväskan.

– Det gäller min dotter, det är henne det gäller... jag talade ju om det mesta på telefon för en annan polisman. Jag minns inte vad han hette, men ni kanske...?

– Kan ni vara snäll och berätta en gång till, bad Sammelmerk. Så får vi med alla detaljer ordentligt. Jag spelar in det här samtalet, det är viktigt att vi inte missar någonting... er dotter, sa ni?

Fru Peerenkaas nickade.

– Ester, ja. Vår dotter, hon bor här i Maardam... på Meijkstraat. Min make och jag bor kvar i Willby. Ester har försvunnit, det är därför jag sitter här. Vi har inte lyckats få kontakt med henne på en hel vecka, herregud, ni måste hjälpa oss med det här...

Hon avbröt sig och knäppte händerna ovanpå handväskan. Hennes tunna näsvingar fladdrade oroligt. Sammelmerk förstod att paniken simmade ganska tätt under den kontrollerade ytan.

– När talade ni senast med henne? frågade hon.

– I måndags. Förra måndagen. Vi talade med varandra i telefon... sedan skulle vi höras av på onsdagen, det var en julklapp som Ester lovade att försöka byta i en affär här i Maardam... en soppterrin, vi samlar på en serie, min make och jag, men det var inte rätt pjäs vi fått den här julen, så vi... ja, Ester skulle gå in på Messerling's i alla fall och försöka hitta den rätta modellen, och så skulle vi ringa under onsdagen...

– Jag förstår, sa Sammelmerk och antecknade. Vad arbetar er dotter med?

– Hon är administratör på Gemejnte Hospitaal... ekonomi och sådant. Hon är duktig, har varit där i snart fem år... jag har ringt och talat med dem, förstås. Hon har inte varit där sedan i tisdags.

– Och de visste inte var hon är?

– Nej. Hon har varit frånvarande fyra arbetsdagar utan att meddela sig med dem... det har aldrig hänt någonting liknande tidigare... inte på fem år.

– Vilka andra har ni varit i kontakt med?

– Inga andra, erkände fru Peerenkaas med låg röst. Ester bor ensam, vi känner inte till hennes umgänge så bra... hon var gift tidigare, men det är en så förfärlig historia... vi kanske inte behöver gå in på den?

Sammelmerk funderade hastigt.

– Det får ni avgöra, sa hon. Om ni är säker på att det inte har med det här att göra, så är det förstås inte nödvändigt att vi tar upp tid med det.

Clara Peerenkaas såg ut att tveka, men bestämde sig för att inte utveckla ämnet.

– Har ni varit och tittat i hennes bostad? frågade Sammelmerk.

Clara Peerenkaas drog ett djupt, oroligt andetag.

– Nej, sa hon. Vi åkte förbi och ringde på bara, min man och jag. Men hon var inte hemma... vi har ingen nyckel till hennes lägenhet. Det lyste inget ljus därinne heller, vi såg det från gatan.

– När? frågade Sammelmerk. När var ni där?

– Två timmar sedan ungefär.

– Var är er make för tillfället?

– Hos sin doktor. För några provtagningar, vi hade planerat att åka till Maardam idag i vilket fall som helst. Vi skall äta lunch på Kraus sedan, om nu inte...

Resten av meningen blev hängande i luften. Inspektör Sammelmerk satt tyst en stund och betraktade sina klottriga anteckningar. Nåja, tänkte hon, det är ju därför bandspelaren stått påslagen.

– Ni har inga idéer om vad som kan ha hänt?

Clara Peerenkaas skakade på huvudet.

– Inga som helst?

– Nej. Vi träffade ju Ester under juldagarna och då var allt som vanligt... hon var glad och positiv, precis som hon brukar. Sedan åkte hon på den här resan till Kanarieöarna. Kom hem förra söndagen.

– Och det har aldrig hänt någonting i den här stilen tidigare? Att hon hållit sig undan... av det ena skälet eller det andra?

– Aldrig. Inte ens under skilsmässan... det är absolut inte likt Ester.

– Finns det någon man i hennes liv?

Fru Peerenkaas klippte ett par gånger med ögonlocken innan hon svarade.

– Antagligen. Men hon har inget fast förhållande, då skulle jag ha vetat om det... hennes äktenskap gjorde henne bränd, hon har nog varit försiktigare än de flesta andra när det gäller att binda sig… numera, menar jag.

– Jag förstår, sa Sammelmerk. Har ni något fotografi av er dotter som ni kan undvara några dagar? Det är kanske inte aktuellt med någon efterlysning riktigt än, men om det skulle bli så måste vi förstås ha en bild.

Clara Peerenkaas plockade upp ett kuvert ur handväskan och räckte över det.

– Det är några år gammalt, sa hon. Men vi hittade inget annat och hon är sig rätt lik.

Sammelmerk tog upp fotografiet och betraktade det ett ögonblick. Det var nog för att konstatera att Ester Peerenkaas var sin mors dotter. Samma rena, späda drag. Samma ögon, samma mjukt tecknade mun. Mörkt, rakt hår, generöst leende.

I trettiårsåldern, gissade hon. Ett par år ytterligare numera, således. Vacker; hon borde inte ha svårt att skaffa en karl… om bara viljan att göra det fanns. Hon undrade vad det var för slags trauma som var förknippat med äktenskapet; verkade vara någonting mer än själva skilsmässan i alla händelser.

Hon stoppade tillbaka fotot i kuvertet.

– Tack, sa hon. Vi skall göra vad vi kan för att bringa klarhet i det här. Om ni bara ger mig hennes adress och talar om var vi kan nå er, så återkommer jag till er… skall vi säga imorgon?

Clara Peerenkaas tog fram ett visitkort ur handväskan.

– Det gör ingenting om ni hör av er redan ikväll. Även om ni inte vet något… vi åker tillbaka hem nu i eftermiddag. Vårt mobilnummer står på kortet också… Esters adress och sådant på baksidan.

Sammelmerk lovade att ringa senast klockan sju. Fru Peerenkaas reste sig, tog i hand och lämnade rummet.

Inspektör Sammelmerk stängde av bandspelaren och lutade sig tillbaka.

307

Vacker kvinna försvunnen, tänkte hon.

Det var inte första gången i världshistorien, och det brukade sällan sluta lyckligt. Sällan eller aldrig.

Hastigt började hon fundera på vilka åtgärder som borde vidtas.

Hennes första blev att lyfta telefonluren och ringa upp inspektör Moreno.

När kommissarie Reinhart kom hem märkte han att det kliade i själen.

I hans snutsjäl, vill säga, inte i hans privata. Fast ibland var det svårt att hålla isär dom.

Hans hustru och dotter var inte hemma, men det låg en lapp på köksbordet. Där stod att de befann sig tre trappor ner, hos Julek och Napoleon.

Julek var Reinharts dotters fästman, bägge två i treårsåldern. Napoleon var en sköldpadda, betydligt äldre.

Julek hade även en moder, men hon hade olyckligtvis råkat ut för ett sammanträde; det var därför Winnifred och Joanna hade ryckt ut.

Skulle återvända vid niotiden uppskattningsvis, stod det på lappen. Reinhart var välkommen ner om han kände sig på det humöret, annars fanns det en paj i kylen. Bara att värma.

Han såg på klockan. Några minuter i sju.

Han tvekade en stund, sedan tog han ut pajen och satte in den i ugnen. Satte sig själv vid bordet och började klia själen.

Det var det här fallet, naturligtvis. Ännu en gång och fortfarande.

Gick snart in på sin fjärde månad, det var åt helvete för lång tid.

Och knappast någon fjäder i hatten. Man hade gått in på nytt år också; det kändes alltid värre att sitta kvar med olösta historier över årsskiften, han hade tänkt på det förr. Som om de tunga jul- och nyårshelgerna utövade något slags dunkel preskriptionskraft på alla brott... att börja dra i gamla trådändar i januari brukade kännas både segt och unket, som om det vore fråga om någon sorts arkeologiskt arbete istället för kriminologiskt.

Ändå var det förstås inspektör Baasteuwels besök, och samtalet med honom, som var den främsta orsaken till irritationen. Det hade hängt kvar hela eftermiddagen, noga taget, och det var ingenting att förundras över.

De hade ätit lunch tillsammans också, och om Reinhart inte lagt märke till det tidigare, så upptäckte han åtminstone nu att Baasteuwel inte var vilken standardkriminalare som helst.

Intelligent. Bara det var ovanligt. Respekt- och prestigelös. Och begåvad med precis samma taskiga anlag för klåda i själen som han själv, av allt att döma.

Det gick en mördare lös. Detta var knuten.

Syftet med kriminalpolisens arbete var att det inte skulle gå några mördare lösa. Det fanns naturligtvis andra aspekter på deras arbete också, men att sitta med tre (eller fyra, om man nu räknade in Baasteuwels också) olösta mord – ja, det var i varje fall inte mycket att förhäva sig över.

Skulle man göra en jämförelse med andra yrkesgrupper, så var det väl ungefär i paritet med en taxichaufför som aldrig lyckades hitta fram till rätt adress (eller körde fel fyra gånger i rad åtminstone).

En låssmed som aldrig lyckades öppna några dörrar eller en lantbrukare som glömde bort att så.

Fan också, tänkte kommissarie Reinhart och tog ut pajen trots att den bara var ljummen, vi måste se till att komma nånstans med den här satans stryparn.

Det är ju inte omöjligt att han får för sig att göra det igen. Inte omöjligt alls.

309

31

När inspektör Moreno steg in genom genom den mörka, solida porten till Booms, Booms & Kristevs advokatkontor på Zuyderstraat, kände hon plötsligt ett hugg av underklassmedvetande.

Det blev knappast bättre efter att hon med bistånd av en avmätt sekreterare i tweed ledsagats in i Anna Kristevas rum (med tre fönster utåt gatan och ett tungt gammalt Wanderlinckmöblemang, som förmodligen kostat ungefär lika mycket som Moreno tjänade på ett år) och sjunkit ner i en skinnfåtölj i ordinär småbilsstorlek.

Och inte hjälpte det att Anna Kristeva, när hon dök upp tio minuter försenad, visade sig vara en kvinna i hennes egen ålder. Moreno brydde sig inte om att göra någon ekonomisk analys av hennes garderob också – det behövdes inte. Positionsbestämningen var klar ändå.

Hon hävde sig upp ur fåtöljen och tog i hand.

– Ewa Moreno, kriminalinspektör.

– Anna. Jag vet. Förlåt att ni fått vänta. Vi kan väl säga du, förresten?

Klimatet steg en smula.

– Vill du ha en sherry? Jag tror jag behöver en själv.

Sherry? tänkte Moreno och positionerna återställdes.

– Ja tack, sa hon. Varför ville du inte tala med en manlig polis?

Anna Kristeva svarade inte omedelbart. Öppnade ett hörnskåp i rosenträ med intarsiainläggningar istället. Tog ut en stor sherrykaraff och hällde upp i två blåtonade glas på hög fot. Slog sig ner i den andra bautafåtöljen och drog en djup suck.

– Skål, sa hon. Och fy tusan! Det oroar mig, det här… oroar mig fruktansvärt mycket, det ska du veta.

Moreno smuttade på sitt glas. Anna Kristeva tömde sitt.

– Jo, apropå manlig polis, sa hon. Du kommer att förstå min poäng… det skulle inte vara särskilt kul att sitta och redogöra för det här inför en karl med… traditionellt könsrollstänkande.

– Jaså? sa Moreno. Ja, du vet ju att mitt besök gäller din väninna Ester Peerenkaas… och vad som möjligen kan ha hänt med henne. Jag tror det är bäst om du utvecklar lite.

Anna Kristeva utvecklade.

Det tog en stund. En halvtimme och ytterligare ett glas sherry, noga räknat, och Moreno måste erkänna att det nog var ett av de intressantaste samtal hon haft på länge.

Till en början intressant åtminstone. Att det kunde finnas sådana här infallsvinklar och lösningar på könsproblematiken hade aldrig fallit henne in. Anna Kristeva berättade utförligt om hur hon och Ester Peerenkaas arbetat med sina annonseringsäventyr alltsedan starten för fyra år sedan. Om urvalsproceduren. Om spänningen inför mötena. Om utfallet (resultaten, så att säga), och om alla dessa olika män som man alltså på det här sättet fick ett slags kontroll över. Möjligen var det fråga om en illusorisk kontroll, men vad tusan, menade Anna Kristeva, hela livet kanske var en illusion.

Om avigsidorna också förstås. Om att det liksom aldrig blev riktigt på allvar. Om att man kunde såra.

Och om att förutsättningen för att ge sig in i något sådant här nog var att man bestämt sig för att leva ensam. En gång för alla.

– Fast det där med allvaret kan man förstås aldrig vara sä-

311

ker på, konstaterade Anna Kristeva och tände en smal cigarrcigarrett.

– Du tänker på din pilot? frågade Moreno, men fick bara ett kort, svårtolkat leende till svar.

Jo, när korten väl låg på bordet, förstod Ewa Moreno alldeles utmärkt varför den unga kvinnliga advokaten inte velat tala med någon av hennes manliga kolleger.

Rooth skulle inte ha haft någon förståelse för det här, tänkte hon. Förmodligen inte Münster eller Reinhart heller.

Frågan var om hon själv hade det. Men intressant var det, det måste hon medge. Åtminstone de första tjugo minuterna.

Därefter allt olustigare.

När de började komma in på de senaste turerna i jakten på dessa män. Utvecklingen sedan mitten av december ungefär.

– Wild card? sa Moreno. Du valde alltså ett wild card... en karl som du inte visste ett dugg om? Inte ens hans namn?

– Stämmer, sa Anna Kristeva och nickade dystert. Men när jag skulle träffa honom blev jag sjuk, så Ester tog honom istället.

– Mot din vilja?

– Ja. Hon snodde honom, helt enkelt.

– Och hur reagerade du?

– Jag blev förbannad. Men det var inte mycket jag kunde göra åt saken. Vi har nästan inte träffats sedan det här hände heller... pratat på telefon ett par gånger, bara. Det är därför jag inte vet mer än att hon hade en träff med honom i tisdags... förra tisdagen, den 10:e måste det ha varit.

– Var? Vet du var de skulle träffas?

– Ingen aning.

– Vad känner du till om den här mannen?

Anna Kristeva drog ett djupt tankfullt bloss.

– Ingenting i stort sett. Jag tror inte dom hunnit träffas vid så många tillfällen än... kanske var det här andra gången. Hon nämnde nånting om att han skulle vara upptagen under julen och hon har själv varit på Kanarieöarna i två veckor...

– Ensam?

– Nej, hon åkte med en arbetskamrat. Du borde nog intervjua henne istället, hon vet säkert betydligt mer än jag.

Moreno bläddrade tillbaka några sidor i sitt block.

– Är det Karen deBuijk du syftar på?

Anna Kristeva funderade.

– Jag tror det, sa hon. Jag känner henne inte. Men jag har för mig att hon heter Karen.

– En kollega till mig skall tala med henne senare i eftermiddag, förklarade Moreno.

Anna Kristeva satte handen för munnen.

– Herregud, utbrast hon. Ni tar verkligen det här på allvar. Menar du att ni alltså tror att det hänt henne nånting?

– Vi vet ingenting ännu, sa Moreno. Men det är inget gott tecken att hon varit borta i en hel vecka.

– Nej, sa Anna Kristeva. Det är det förstås inte.

Moreno harklade sig och ställde ifrån sig sherryglaset som hon suttit och snurrat i handen en stund.

– Hursomhelst måste vi försöka identifiera den här mannen, sa hon. Det enda du kan säga om honom är alltså att Ester träffade honom första gången på Keefers restaurang... den ligger på Molnarstraat, eller hur?

Anna Kristeva nickade.

– Och det var den 8 december, en fredag?

– Ja.

– Hur beskrev hon honom?

– Nästan inte alls. Han var trevlig, tydligen. Jag tror han charmade henne rätt ordentligt, men mer vet jag inte... inga detaljer, hon berättade just ingenting efter det här första mötet. Inte senare heller, men kanske var det faktiskt så, att den här daten förra tisdagen var andra gången de träffades...

313

eller första på riktigt, så att säga.

– Du tror det?

– Ja, faktiskt… om det stämmer vad hon sa att han var upptagen både före och under julen… fast hon kan ju ha ljugit för mig också.

– Varför skulle hon ljuga?

– För att inte göra mig svartsjuk. Jag var ganska irriterad på henne för att hon gjort på det här viset, det var inte enligt reglerna.

– Vilka regler?

– Inga skrivna förstås. Men det finns alltid ett nätverk av osynliga regler. Det lär man sig i det här yrket, om inte annat.

Hon slog ut med händerna och log lite urskuldande.

– Jag förstår, sa Moreno. Men inget namn, alltså?

– Nej.

– Det är du säker på?

– Absolut. Jag skulle ha kommit ihåg det om hon sagt det. De enda detaljer jag känner till är det här med slipsen och boken, men det visste jag innan hon träffade honom… röd slips och en röd T. S. Eliotbok, det var så jag skulle känna igen honom, som sagt.

Moreno nickade. Det hade de redan talat om.

– Ingenting om hans jobb?

– Nej.

– Hans klädsel?

– Nej.

– Hans ålder eller utseende?

– Ingenting. Men du kan nog räkna med att han ser bra ut. Ester är rätt kräsen av sig.

– Och den här träffen i förra veckan, den vet du alltså ingenting om? Mer än att den skulle äga rum?

Anna Kristeva tänkte efter och betraktade sina välmanikyrerade naglar.

314

– Nej. Hon sa bara att de skulle träffas och att hon såg fram emot det.

– Varför sa hon nånting överhuvudtaget, om hon nu trodde du var svartsjuk?

Anna Kristeva ryckte på axlarna.

– Jag berättade att jag var ganska nöjd med Gordon... det är piloten, alltså... ja, så nånting måste hon väl säga. Jag var inte irriterad på henne längre, det var faktiskt för den sakens skulle jag ringde upp henne. Jag tyckte väl att...

– Ja? sa Moreno när fortsättningen inte kom.

– Tyckte väl att jag hade överreagerat en smula. Jag ville släta över lite och förbättra vår relation, helt enkelt.

– Lyckades det?

Anna Kristeva log snett.

– Jag tror det. Vi talade om att träffas till helgen... den som varit. Vi bestämde ingenting, skulle höras av bara, men jag tyckte det var hennes tur att ringa, och jag... ja, jag var upptagen av Gordon en del också.

– När var det som ni talades vid? Vilken dag, alltså?

– Söndag i förra veckan. På kvällen, hon hade kommit hem från Fuerteventura på eftermiddagen.

Moreno antecknade och funderade på om det fanns någonting kvar att fråga om.

Hon kom inte på något. Tackade Anna Kristeva för att hon fått uppta hennes tid och lämnade advokatkontoret.

Hon gjorde det med lite andra känslor än hon haft när hon kom. Vad hon egentligen tyckte om Anna Kristeva – som kvinna och människa – hade hon svårt att reda ut, men det stråk av underlägsenhetsfobi som hon haft i sällskap när hon anlände var i varje fall helt bortblåst.

Är det rentav så att jag tycker synd om henne? frågade hon sig när hon kom ut på gatan. Eller om bägge två? Både Anna Kristeva och Ester Peerenkaas och deras artificiella kärleksliv?

315

Jo, möjligen.

Vad gällde fröken Peerenkaas fanns det kanske extra stor anledning att känna medlidande.

Om hon nu tolkade alla oroande tecken rätt.

Torsdagen den 19 januari, nio dagar efter att Ester Peerenkaas senast setts i livet, tog sig Maardamspolisen in i hennes lägenhet på Meijkstraat. Ansvarig för företaget – i all hast utplockad – var inspektör Rooth, eftersom inspektör Moreno – i all hast – fått andra arbetsuppgifter, beordrade av ingen mindre än polischef Hiller själv.

Rooth åtföljdes av inspektör Sammelmerk, samt av de två väninnor till fröken Peerenkaas man varit i kontakt med föregående dag: Anna Kristeva och Karen deBuijk.

Innan han lät portvakten öppna den grönlackerade dörren med sin huvudnyckel, böjde sig Rooth ner och ropade genom brevinkastet. Samtidigt lade han märke till att det låg en hel driva med postförsändelser på golvet inne i tamburen, och drog snabbt slutsatsen att lägenhetsinnehavarinnan med största sannolikhet inte varit hemma på några dagar.

Han rätade på ryggen och gav portvakten – en lång, gulhårig man med sömniga ögon och en slocknad cigarrettfimp i mungipan – ett tecken att låsa upp.

– Sakta i backarna! beordrade han sedan, när dörren var öppen och den gulhårige försvunnit. Nu tar vi av oss skorna här utanför och smyger in som nakna indianer.

Nakna? tänkte Sammelmerk. Varför *nakna* indianer?

Men hon lät bli att fråga. Kommissarie Reinhart hade ju antytt att inspektören var lite underlig.

– Vi vet inte vad som väntar oss därinne, utvecklade Rooth, men vi måste vara beredda på det värsta. Det viktiga är att vi inte rör någonting.

– Usch, sa Karen deBuijk. Jag vill inte vara med om det här.

– Du är med om det, sa Anna Kristeva. Lika bra du inser det.

Rooth klev in i tamburen och vinkade in de andra tre. Det luktar i alla fall inte lik, noterade Sammelmerk optimistiskt.

– Stanna här medan jag gör en sonderingsrunda, uppmanade Rooth. Sedan vill jag att ni båda ... han nickade åt de bägge väninnorna... att ni går runt i lägenheten och ser om ni upptäcker någonting ovanligt.

– Ovanligt? undrade Karen deBuijk. Vad då ovanligt?

– Tja, någonting som inte ser ut som det brukar, helt enkelt. Främmande föremål eller saker som inte finns där de brukar finnas... ni har ju varit här åtskilliga gånger bägge två. Men ni rör ingenting, okej?

– Det är klart vi inte rör nånting, sa Karen deBuijk. Vi är inga idioter.

Anna Kristeva nickade, inspektör Sammelmerk suckade och Rooth började gå husesyn.

Den första tanken på att det kunde finnas ett samband dök upp i Ewa Morenos huvud just när hon lämnat polischefens rum. I en och en halv timme hade hon suttit i hans växthus och gått igenom rapporterna i Surhonenaffären med honom; det hade uttalats synpunkter – både i tidningar och TV – på polisens sätt att sköta detta delikata ärende med en utländsk beskickning inblandad, och Hiller hade som vanligt gjort utfästelser.

Men just efter detta trista harvande kom den alltså. Knappast en tanke, för övrigt. En svag aning snarare, som blixtrade förbi i hennes medvetande under mindre än ett ögonblick, men som ändå lämnade ett avtryck.

Och detta avtryck blev plötsligt synligt igen när hon något senare satte sig vid ett bord nere i kantinen för att äta dagens lunchsallad. Gud vet varför, tänkte hon, men med ens fanns den där. Aningen.

Att det kunde finnas en koppling, således. Mellan Strypa-ren och den här försvunna kvinnan.

Att det var just honom Ester Peerenkaas råkat ut för.

Det fanns naturligtvis ingenting som stödde denna god-tyckliga hypotes. Inte ett skvatt. Och sannolikheten var väl inte mer än en på tusen, antagligen. Hon började äta och funderade över varför det ändå dykt upp. Antagligen var det så enkelt som att ärendena råkat krocka, eftersom bägge två fanns i hennes huvud.

Ungefär på samma sätt som hon alltid brukade förknippa äkta kärlek med begravningsbyråer, eftersom hennes första stora romans (någon gång i tioochetthalvtårsåldern, om hon mindes rätt) hade haft en pappa som ägde en sådan.

Starkare än så var väl inte kopplingen nu heller, förmodli-gen, och när Reinhart kom och slog sig ner vid hennes bord bestämde hon sig för att det vore dumt att ta upp saken.

I synnerhet verkade det dumt med tanke på att Reinhart såg mer än lovligt dyster ut. Hon kunde inte låta bli att und-ra hur det egentligen stod till med honom; till en början höll hon frågan inom sig, men när han spillde kaffe på skjortan och svor så det hördes i hela lokalen, frågade hon rent ut.

– Det är lugnt, returnerade Reinhart. Det är bara det här förbannade fallet som håller på och käkar upp själen på mig.

– Jag visste inte att du hade en själ, försökte Moreno, men det verkade inte falla i god jord.

Inte i någon dålig heller i och för sig, för han brydde sig inte om att kommentera.

– Sedan är det det där andra, muttrade han istället. Den här försvunna kvinnan. Har du pratat med inspektör Sam-melmerk sedan igår?

– Nej, erkände Moreno. Hurså?

Reinhart tuggade på sin smörgås och såg frånvarande ut en stund innan han svarade.

– Hon pratade ju med en väninna precis som du gjorde.

318

Jag träffade henne som hastigast nu i morse och hon hade fått det här namnet.

– Namnet?

– Ja, jag får det inte ur huvudet. Fröken Peerenkaas hade nämnt namnet på karln som hon just höll på att inleda ett förhållande med, och det är det namnet jag går och funderar över... har gjort det i två timmar nu. Fan också!

– Vad hette han? frågade Moreno och märkte att hennes puls ökade.

– Brugger, sa Reinhart.

– Brugger?

– Ja, Amos Brugger. Jag har slagit upp det i telefonkatalogen, det finns ingen som heter så i hela Maardam... men jag får alltså den här associationen, jag vet bara inte till vad. Amos Brugger... ringer det inte en liten klocka i ditt vackra huvud när du hör det namnet?

Moreno ignorerade komplimangen och försökte lyssna efter klockor. Det gick fem sekunder; Reinhart spände blicken i henne under tiden, som om han ville göra allt han förmådde för att hjälpa henne på traven.

– Nej, sa hon till slut. Det hörs inte ett endaste litet pingel.

– Fan också, upprepade Reinhart. Det här luktar ankskit, som min mor brukade säga.

Han sköt undan smörgåsen och tände pipan istället.

32

Efter genomgången av Ester Peerenkaas lägenhet på Meijk-straat promenerade Rooth och Sammelmerk bort till Café Renckmann alldeles om hörnet ner mot Willemsgraacht. Väninnorna Kristeva och deBuijk var avpolletterade, och det kunde behövas någonting i magen och en stund för att summera intrycken, menade Rooth.

Irene Sammelmerk hade lite svårt att förstå vilka intryck han avsåg, men hon höll god min och följde med.

– Jaha ja, sa Rooth när de slagit sig ner. Det gav inte mycket.

– Nej, instämde Sammelmerk. Men vi vet ändå att det inte hände någonting i hemmet. Såg rätt välstädat ut, tyckte jag.

– Nästan som hemma hos mig, konstaterade Rooth. Men att dom här damerna inte lyckades hitta så mycket som ett främmande hårstrå... ja, det måste väl ändå betyda att hon inte haft några främmande huvuden på besök på sistone. Eller vad säger din kvinnliga intuition?

– Stämmer nog, sa Sammelmerk. Men hon har inte varit hemma för egen del heller... inte sedan i tisdags i förra veckan. Min vänstra hjärnhalva säger mig att det inte står rätt till.

Inspektör Rooth var plötsligt djupt involverad i ett wie-nerbröd och svarade inte.

– Vi borde faktiskt åka bort till den där restaurangen, fortsatte Sammelmerk... Keefer's, alltså. Det kan ju hända att någon minns dom, trots att det gått över en månad. Eller har vi andra order?

Rooth skakade på huvudet och tuggade vidare.

– Det är ju den enda plats där vi säkert vet att hon befunnit sig med den här Brugger… fast inte vet jag. Du som är lite mer hemma i gården får väl bestämma.

Rooth svalde och tittade på klockan.

– Det är ingen dum idé, sa han. Om vi sitter här en liten stund till, kan det vara lagom att käka lunch på Keefer's sedan. Dom lär ha en zigenarbiff som inte går av för hackor, har jag hört… och Reinhart tycker om att vi tar initiativ.

Därmed var saken avgjord.

– Brugger? sa Münster. Nej, jag får inga associationer. Tyvärr.

– Inte jag heller, konstaterade inspektör Krause och såg för ett ögonblick ut som om han blivit kuggad i en tentamen. Amos Brugger, var det så?

– Ja, suckade Reinhart. Det var så han hette, tydligen. Och det finns ingen sådan i hela stan, såvitt vi vet… nåja, han kan ju faktiskt vara utifrån också, men tala om Blind Date! Skulle du Krause kunna undersöka det här namnet i lite vidare cirklar… så får vi se om det inte dyker upp någonting i periferin?

– Jag gör ett försök, lovade Krause och lämnade rummet.

Münster väntade tills han stängt dörren.

– Varför lägger du ner så mycket möda på det här försvinnandet? frågade han. Trodde vi hade andra prioriteringar?

Reinhart fnös och vispade runt ett varv bland pappersdrivorna på skrivbordet.

– Prioriteringar? Menar du Surhonen? Eller menar du att vi ska sätta igång och vända på varenda förbannad sten i Kammerle-Gasselfallet en gång till? Eller vad är du ute efter?

– Vet inte riktigt, sa Münster och reste sig. Jag tror det är

321

bäst att lämna dig i fred, hursomhelst. Du verkar lite premenstruell, om du ursäktar att jag säger det.

– Dra åt helvete, sa Reinhart och såg sig om efter ett tillhygge, men Münster hade redan hunnit ut i korridoren.

Avståndet mellan Café Renckmann och Keefers restaurang på Molnarstraat var inte mer än trehundra meter, men eftersom det börjat regna tog de med sig bilen. De fick ändå promenera ett par kvarter i blötan; det var lunchtid och lika ont om parkeringsutrymmen som vanligt.

Rooth ansåg att det var bäst att klara av matfrågan först, innan de kastade sig över personalen. Sammelmerk uttryckte ingen avvikande mening, och eftersom de var ganska tidiga lyckades de få ett fönsterbord med utsikt över kanalen.

– Lite mycket begärt att dom skall minnas gäster dom haft för en månad sedan, sa Sammelmerk. Om dom inte varit här flera gånger, vill säga.

– Skulle jag akta mig för, sa Rooth. Om jag nu hittade en kvinna som jag ville döda, tror jag knappast att jag skulle dra ut henne på krogen flera gånger först. Åtminstone inte samma krog.

– Vi vet inte om han dödat henne, påpekade Sammelmerk. Vi vet inte om hon är död, ens.

– Det är rätt mycket vi inte vet, utvecklade Rooth. Om vi skulle jämföra med vad vi å andra sidan vet i det här ärendet, ja, då är det alldeles förbannat mycket... eller hur det nu blir. Nåja, det är väl därför vi håller på och gissar hit och dit hela tiden, antar jag. Hur var det att jobba uppe i Aarlach?

Sammelmerk ryckte på axlarna.

– Jag trivdes ganska bra. Fast vi var tvungna att gissa oss fram där också ibland, det skall erkännas.

– Det är som det är, sa Rooth och såg sig om i den halvtomma lokalen. Nu gör vi så här. När vi får in maten ger jag

322

fotografiet till servitrisen… så kan hon låta det gå runt bland arbetskamraterna medan vi käkar. På det viset rullar det liksom på av sig självt, utan att vi behöver lägga oss i.

Sammelmerk funderade ett ögonblick.

– En god idé, sa hon.

– Jag är inte född igår, sa inspektör Rooth och log rutinerat.

Även om metoden var utmärkt så blev det inget napp.

När Rooth och Sammelmerk lämnade Keefer's efter nästan två timmar, hade hela lunchstyrkan – sammanlagt nio anställda – tittat på bilden av Ester Peerenkaas.

Ingen av dem kunde erinra sig att de sett henne som gäst på restaurangen, varken den 8 december eller vid något annat tillfälle. Eller någon annanstans. Av de nio var det bara fyra som varit i tjänst den aktuella kvällen, men ingen ur denna kvartett mindes heller att det skulle ha suttit någon rödslipsad herre i sällskap med T. S. Eliot vid något bord. Röda slipsar förekom visserligen då och då, i synnerhet runt jul, men böcker var ovanligare tillbehör, förklarade man. Alldeles oavsett färg.

Man kunde förstås heller inte svära på att ett sådant par som det eftersökta *inte* varit hos dem. En vanlig kväll brukade man ha runt sexti-sjutti matgäster att ta hand om, på fredagarna kunde det vara över hundra.

– Vi förstår, sa Rooth. Nåja, vi får tacka hursomhelst. Biffen var inte så pjåkig. Om än lite dyr. Hur många fler var det som jobbade den där kvällen förresten… och hur får vi tag i dom?

En blonderad kvinna i femtiårsåldern, som bar glasögon i halvkilosklassen och som av allt att döma innehade någon sorts chefsställning, förklarade att man i normala fall var ett dussin som arbetade kvällspasset, fredagar och lördagar någon eller ett par extra. Vilka som tagit upp beställningar och serverat den 8 december hade hon förstås ingen aning om, men Rooth fick en lapp med ett telefonnummer dit han kunde ringa. Till ekonomichefen, närmare bestämt; hon hette Zaida Mergens och hade hand om personalen och lönelistorna.

– Utmärkt, sa Rooth, vek ihop papperet och stoppade det i innerfickan. Vi hör nog av oss igen.

– En liten middag kanske? föreslog kvinnan. Jag rekommenderar att ni bokar bord i förväg i så fall. Vad är det som har hänt egentligen? Fast det kanske ni inte vill svara på?

– Det vill vi visst, sa Rooth. Problemet är bara att vi inte har en aning.

Kriminalinspektör Ewa Moreno hade sedan länge haft klart för sig hur en perfekt morgon såg ut.

Efter att ha älskat grundligt med sitt livs karl skulle hon vakna utvilad. Stretcha som en katt en stund. Äta en bastant frukost i sängen medan hon lusläste morgontidningen. Sova en kvart till och ta en lång, skön dusch.

Därefter kunde hon vara redo att gå till jobbet.

För tillfället – i januari månad år 2001 när hon snart skulle fylla 34 år – fanns det två allvarliga hinder när det gällde förverkligandet av dessa ideala morgnar.

För det första var hon inte säker på att hon hittat sitt livs karl än; även om hon mer och mer började luta åt att det nog blev Mikael Bau som fick ikläda sig rollen. Om han fortfarande hade lust; det fanns liksom inget som drog åt något annat håll och någonting sa henne att det började bli dags.

För det andra skulle hon vara tvungen att stiga upp redan vid fyratiden för att hinna med alla punkterna.

Och, tänkte hon, när hon den här morgonen rusade ner för trapporna utan att ha mer än en halv kopp te och en tvåminutersdusch i bagaget, hur skulle det egentligen gå till att älska grundligt och sedan stiga upp utvilad klockan fyra?

Omöjligt. Så de perfekta morgnarna hade nog inte med livets mening att göra, trots allt.

Dessutom hade hon sovit illa. Hade drömt om flickan Kammerle och om hennes svartspacklade klasskamrater, just de där unga damerna som hon suttit och pratat med på det där caféet för några månader sedan. I drömmen hade de befunnit sig på en strand; en stor och folktom sandstrand, där Monica Kammerle krupit omkring och gråtit medan hon letade efter sina försvunna underben, alltmedan kamraterna hånade och retade henne. Moreno själv låg på en badhandduk ett stycke bort och försökte läsa i en bok, men blev störd av flickorna.

Det var framförallt hennes egen roll i drömmen som ingav betänkligheter; satt kvar i henne som en gammal skam nästan. Hon hade inte brytt sig om den lemlästade flickan ett skvatt, nämligen, bara önskat att hon ville kravla iväg åt något annat håll, så att hon själv kunde få läsa vidare i lugn och ro.

Medan hon stod och väntade på spårvagnen kom hon så på gårdagens koppling igen. Den där tanken om ett samband mellan Kammerlehistorien och den försvunna Ester Peerenkaas.

Lita alltid på hugskott! mindes hon att *kommissarien* sagt en gång. Ge dom en chans åtminstone, det kostar inte så mycket.

Spårvagnen kom och hon trängde sig ombord. Lyckades till och med skaffa sig en sittplats – mellan en fetlagd karl som satt och läste bibeln och ung kvinna som såg ut som en ovanligt mager barbiedocka – och fortsatte funderingarna.

Började rekapitulera hela den olustiga historien med den isolerade familjen på Moerckstraat... familj förresten? tänkte hon. Det var ju bara fråga om två personer: en mor och hennes dotter. Kallades sådana små konstellationer överhuvudtaget för familjer?

325

"Min familj består av en person", hade hon läst någonstans. "Det är jag."

Nu var de borta hursomhelst. Martina och Monica Kammerle. Döda.

Dödade.

Det gick en mördare lös, som det hette. Kanske hade han dödat fler; den där kvinnan uppe i Wallburg, till exempel? Och kanske hade han... det var här hugskottet kom in... kanske hade han med Ester Peerenkaas försvinnande att göra.

Att det var den där karln hon träffat på restaurangen som låg bakom det hela verkade rätt så obestridligt i varje fall. Han som kallat sig Amos Brugger.

Ester Peerenkaas hade berättat för den där andra väninnan att han sagt sig heta så.

Amos Brugger?

Men det fanns ingen med det namnet i Maardam, hade Reinhart påstått, och han hade också påstått att det betydde någonting.

Betydde? tänkte Moreno. Namn brukade väl inte betyda något?

Hon tittade ut genom fönstret. Spårvagnen kom just in till hållplatsen på Ruyders Plejn.

Tittade på klockan.

Kvart i nio. Hon fick ett nytt hugskott och klev av.

– Dagen börjar bra, konstaterade Van Veeteren. Inte hade jag väntat mig att få se en sådan skön kriminalinspektör bland alla dessa luntor.

– Pyttsan, sa Moreno. Om hundra år är vi alla skalliga. Jag tror det var komm... jag tror det var du som lärde mig det.

– Förmodligen alldeles riktigt, sa Van Veeteren. Bägge delarna. Men om du hade ett ärende till mig, så hade du också

tur. Jag brukar sannerligen inte vara på plats klockan nio…
vill du ha kaffe?

– Om jag får en skorpa till, sa Moreno. Hann inte med
frukost riktigt. Borde kanske ringa Reinhart och säga att jag
kommer lite senare förresten. Det var bara en idé jag fick,
alltså… om att byta några tankar med dig.

– Verkligen? sa Van Veeteren och såg milt förvånad ut. Ja,
jag har gott om tankar som jag gärna byter bort. Skyll dig
själv… nej, nu låser vi dörren och går in i pentryt.

– Nå, vad gäller saken, som det står i Koranen? undrade han
när kopparna kommit på bordet och Moreno tagit den förs-
ta tuggan av ciabattabrödet som han värmt upp i ugnen. För
det var väl inte bara hungern och läsintresset som drev dig
hit?

– Nej, fast jag vet inte egentligen, sa Moreno. Ville bara
höra lite med dig. Jag fick en idé, som sagt…

– Vågar man gissa att det rör sig om vår vän Stryparen
igen? sa Van Veeteren och började rulla en cigarrett.

– Hm, sa Moreno. Jovisst… fast det var kanske inte så
svårt att räkna ut.

– Det har väl inte hänt nånting nytt? Jag har inte sett en
rad i tidningarna på flera veckor.

– Det står still, bekräftade Moreno. Men vi har en för-
svunnen kvinna. Jag fick för mig att det kanske hängde
ihop… det är det som är idén.

Van Veeteren rullade färdigt cigarretten och kisade värde-
rande på henne.

– När? sa han.

– En vecka sedan ungefär… ja, en och en halv.

– Här i Maardam?

– Ja.

– Ålder?

– Trettifem.

327

– Som du på det stora hela taget?

– På det stora hela, erkände Moreno.

– Fast du ser ut som tjugofem.

– Pyttsan.

Van Veeteren tände cigarretten.

– Och vad är det som får dig att tro på ett samband?

Moreno tvekade ett par sekunder innan hon svarade.

– Ingenting, sa hon. Intuition bara.

Van Veeteren fnös.

– Häda inte, fröken. Om man börjar kalla intuitionen för ingenting, har man förlorat rätten att få hjälp av makterna. Nå?

Moreno skrattade.

– Allright, jag tar tillbaka. Men faktum är att det inte finns några hållbara trådar...

– Har du diskuterat det här med Reinhart eller Münster?

– Nej. Dom kanske är på samma linje, inte vet jag. Kom inte att tänka på det förrän igår.

Van Veeteren drog ett bloss och funderade.

– Berätta, sa han. Berätta om den här nya kvinnan.

– Amos Brugger? utbrast Van Veeteren tio minuter senare.

– Ja, sa Moreno. Reinhart säger att han associerar till nånting... han sa så igår i alla fall. Men han kunde inte komma på vad, alltså.

Hon tittade upp och mötte Van Veeterens blick. Stelnade till.

Innan han sa någonting visste hon att han visste. Det var höjt utom varje tvivel.

Ansiktet tycktes ha frusit på något vis. Koagulerat kanske. Han höll munnen halvöppen och en strimma rök letade sig långsamt ut genom ena mungipan och gled uppför kinden. Ögonen verkade avstängda. Eller inåtvända.

Uttrycket hängde säkert inte kvar längre än en sekund,

men Moreno insåg plötsligt att det var just så här hon skulle minnas honom.

Alltid minnas honom. *Kommissarien.*

Som Rodins berömde tänkare, när idén äntligen slår ner i honom och han lyfter huvudet ur handen.

– Du har rätt, sa han långsamt. Klart som fan att du har rätt. Ska jag berätta vem Amos Brugger är?

– Ja tack…, sa Moreno och svalde. Du menar att…?

Van Veeteren reste sig och gick ut i antikvariatet. Återkom efter en halv minut med tre tjocka böcker som han placerade på bordet mellan dem.

– Musil, förklarade han. Robert Musil. Mannen utan egenskaper. Ett av 1900-talets stora verk… i paritet med både Kafka och Joyce, finns det dom som menar. Jag är böjd att hålla med.

– Jaha? sa Moreno och tog fatt i den översta volymen.

– Oavslutad tyvärr. Han skrev på den i över tjugo år, om jag minns rätt, men blev aldrig nöjd med slutet. Hursomhelst förekommer det en mördare i boken. Kvinnomördare, närmare bestämt… ett lysande psykologiskt porträtt, för övrigt. Vet du vad han heter?

Moreno skakade på huvudet.

– Han heter Moosbrugger, sa Van Veeteren och stjälpte i sig kaffet.

– Moosbrugger… Amos Brugger?

– Just, sa Van Veeteren. Eller varför inte A Moosbrugger… *I am A Mos Brugger*… jag tycker inte det kan bli mycket tydligare.

– Herregud…, sa Moreno.

– Var det inte så att han lånade namn ur en annan bok förra gången också?

– Jo, sa Moreno. Benjamin Kerran… vi är inte säkra, men han kan ha tagit det ur en gammal engelsk deckare. Det stämmer. Du tror alltså…?

– Vad tror du själv? replikerade Van Veeteren. Hursomhelst föreslår jag att du ger dig iväg till polishuset och att ni sätter in alla resurser på det här.

– Jag är redan på väg, sa Moreno och reste sig. Tack... tack för hjälpen... och frukosten.

– Ingen orsak, sa Van Veeteren. Men se för farao till att hålla mig underrättad. Glöm inte att jag har en slev med i soppan... om jag inte hade avvisat den där förbannade prästen, så hade läget varit lite annorlunda nu.

– Jag lovar, sa Moreno och skyndade ut ur antikvariatet.

Den perfekta morgonen? tänkte hon. Du milde tid.

33

– Saken är alltså fullständigt klar, morrade Reinhart. Alla som läst Musil räcker upp en hand!

Han stirrade på sina medarbetare och lät fem sekunders kall tystnad flyta förbi. Därefter lyfte han långsamt sin högra hand och tog ner den igen.

– En, summerade han. Det är för jävligt. I denna hjärntrust finns det bara en enda sketen kommissarie som tagit sig igenom Mannen utan egenskaper, och han hade inte vett att hitta sambandet. Det är uselt, i sanning uselt.

– Vi förlåter dig för den här gången, sa Rooth. Är den bra?

– Lysande bok, betygade Reinhart. Absolut lysande. Men det är ett kvartssekel sedan jag plöjde igenom den, så jag är beredd att ha ett visst överseende med mig själv för egen del också. Hursomhelst betyder Van Veeterens klargörande att vi vet var vi står. Jag håller tio mot ett på att fröken Peerenkaas råkat ut för samma galning som våra offer i höstas. Är det någon som tror någonting annat?

– Vi kanske inte ska förhasta oss, modulerade Münster försiktigt. Men jag håller med om att det är ett huvudspår… Amos Brugger måste syfta på Moosbrugger. Vi har nog att göra med en rätt så speciell typ.

– Speciell? sa Jung. Ja, det skriver jag under på. Vad har han för poäng med att köra med dom här konstiga namnen? Om han nu måste presentera sig för sina offer, kunde han väl lika gärna hugga till med vad som helst? Rooth, till exempel.

– Va? sa Rooth.

– Man kan tycka det, ja, sa Reinhart. Men den här namn-fixeringen borde väl ändå säga en del om honom, eller hur? Han såg sig om igen med ett frågetecken ristat i pannan.

– Jag skulle kunna ta ledigt en vecka och läsa Musils bok, erbjöd sig Jung. Den är väl ganska tjock?

– Min utgåva ligger på tolvhundra sidor, bekräftade Reinhart. Nej, jag tror det räcker med att du fick läsa en deckare på tjänstetid. Men vad säger ni om vår nutida Moosbrugger, alltså? Vad vet vi?

Det blev tyst under några sekunder.

– Han är stark i händerna, sa Moreno. Men det har vi sagt förut.

– Han tycker om att leka, sa Sammelmerk.

Reinhart nickade.

– Jo, det förefaller så. Att han är galen kan vi väl ta för givet, men det är metod i galenskapen, för att citera en annan stor författare.

– Hamlet, sa Rooth. Det kan till och med jag. Ska jag säga vem som skrivit den också?

– Behövs inte, förklarade Reinhart vänligt. Du får ett plus ändå. Kom med nånting mer om vår strypare istället.

– Välutbildad, sa Krause.

– Läser böcker åtminstone, sa Moreno.

– Djärv, sa Münster. Om han faktiskt tagit livet av Ester Peerenkaas också, så är det ju ganska kallblodigt att sitta på restaurang med henne först... där vem som helst kan iaktta dom, menar jag.

– Han kan ha valt ett undanskymt hörn, påpekade Sammelmerk. Rooth och jag kontrollerade det när vi var på Keefer's, det finns flera bord där man nästan inte syns alls. Fast helt osynlig kan han ju förstås inte ha varit... inte för personalen i alla fall.

– Vänta nu, avbröt Jung. Hade han inte beställt bord i något namn? I så fall kanske han körde med Amos Brugger då också... och då borde vi ju kunna få veta lite mer om hur han...

– Tyvärr, sa Reinhart. Eller hur, Rooth?

– Jo, sa Rooth. Vi kollade med Keefer's nu på morgonen. Dom hade faktiskt kvar listorna, men det fanns ingen med det namnet den kvällen... ingen annan kväll heller, för övrigt. Men dom hade ganska många bord bokade för just två personer vid åttasnåret den 8 december... det är ju den tidpunkten vi har att hålla oss till. Så någon av dom måste det alltså ha varit.

– På sikt kanske vi kan komma fram till vilket namn han använt, sa Münster. Om vi får tag på alla de andra, vill säga... fast jag vet inte om det skulle vara så mycket vunnet med det.

– Förmodligen ingenting alls, instämde Reinhart. Han lär ju inte ha använt sitt riktiga namn i alla fall. Men kan ni inte dra några andra slutsatser när det gäller herr Kerran-Brugger? Eller repetera en del gamla, åtminstone?

– Snygg och välbyggd, sa Moreno. Ester Peerenkaas föll för honom och hon brukade inte falla så lätt, påstod väninnan.

– Mellan trettifem och fyrtifem, antagligen, sa Sammelmerk.

– Han tar inte livet av dom med en gång, sa Jung. Inleder ett förhållande först, det är ganska ovanligt i den där branschen, tror jag...

– Branschen? sa Krause.

– Som en katt som leker en stund med maten först, utvecklade Rooth.

– Usch, sa Moreno.

Reinhart pekade med pipskaftet på Krause.

– Krause, sa han. Vill du vara snäll och anteckna dom här synpunkterna. Jag är ingen tillskyndare av gärningsmannaprofiler, men den här typen går ändå att ringa in rätt så bra.

Krause såg upp.

– Har jag redan gjort, förklarade han och knackade med pennan i sitt anteckningsblock. Hrrm.

– Utmärkt, sa Reinhart. Jag borde ha förstått det. Nåja, vårt huvudspår är i alla händelser att Ester Peerenkaas blivit mördad och vi inriktar alla resurser på att det är så. Officiellt är hon dock bara försvunnen, kom ihåg det. Vi ligger lågt med Musilkopplingen gentemot journalisterna, dom där klåparna vet ändå inte vem Musil är. Lågt med kopplingen bakåt också... även om vi förstås kommer att behöva mediahjälp på alla möjliga sätt vad det lider. Det är samma oheliga allians som vanligt, inga konstigheter. Vad har vi mer?

Man hade inte mycket mer, visade det sig.

Inte vad gällde bilden av mördaren i varje fall. Spekulationer om vad som hänt med Ester Peerenkaas fanns det å andra sidan gott om. Ganska dystra spekulationer; för även om man bar intendent Münsters varning om att inte förhasta sig i gott minne, så var det svårt att hitta några särskilt optimistiska infallsvinklar i ärendet.

Tidsaspekten gick det också att anlägga synpunkter på, och det gjorde man.

Om det således kunde antas att Kerran-alias-Brugger låg bakom mordet på Kristine Kortsmaa uppe i Wallburg också, och att Ester Peerenkaas rönt samma öde, var antalet offer nu uppe i fem. Antalet kända offer. Utspridda över en artonmånadersperiod i stort sett. Ett och ett halvt år.

Det första i Wallburg i juni 1999.

Nummer två, tre och fyra i Maardam i september 2000.

Nummer fem i samma stad i januari 2001.

Inspektör Krause antecknade även dessa fakta och läste upp dem.

Därefter blev det tyst en stund.

Därefter lutade sig Reinhart fram över bordet och sträckte upp ett varnande pekfinger i luften.

– Låt oss inte använda begreppet seriemördare, inskärpte han. Rent teoretiskt kan vi faktiskt ha att göra med ända upp till fem olika gärningsmän, även om jag personligen inte skulle spela en tändsticka på det alternativet... rent teoretiskt vet vi heller inte om nummer fem verkligen är något offer. Hon kan ju faktiskt ha rymt med den här jävla Brugger, kanske sitter dom och lapar sol och champagne på nån liten pittoresk Söderhavsö just i detta nu. Det går att tröttna på charmen i den här stan i januari, det behöver jag kanske inte påminna om... och så länge vi inte hittar henne är hon först och främst försvunnen.

– Kloka ord, sa Rooth. Även om vi tror vad vi tror. Måste säga att jag inte gillar försvinnanden... jag är inte så förtjust i mord heller i och för sig, men om man nu ändå är mördad, är det rätt onödigt att dessutom vara försvunnen. Det blir liksom ingen ordning förrän man hittar kroppen. Vad fan ska vi göra... jag menar vad ska vi göra just nu?

Reinhart såg på klockan.

– Jag antar att det där var ett förtäckt förslag om att vi borde ta en fikapaus innan vi drar upp riktlinjerna?

– Hade jag inte en tanke på, sa Rooth. Men är ni sugna, vill jag inte vara omöjlig.

Frågorna om insatser och arbetsfördelning tog över två timmar att fastlägga, och mynnade så småningom ut i något som – åtminstone i inspektör Krauses spiralblock – tog formen av ett fempunktsprogram.

För det första skulle en brett upplagd efterlysning av den 35-åriga Maardamskvinnan Ester Peerenkaas skickas ut per omgående. I varje fall så snart det var praktiskt möjligt; kommissarien lovade att själv sitta kvar och röka och formu-

335

lera sig när de andra gått hem för att kamma hönsen. Eller vad fan de nu brukade ägna kvällarna åt.

För det andra, och i anslutning till efterlysningen, skulle en kraftfull uppmaning riktas till alla personer som besökt Keefer's restaurang på Molnarstraat den 8 december föregående år, att snarast möjligt sätta sig i förbindelse med polisen i Maardam. Även detta föll av naturliga skäl på Reinharts bord.

För det tredje måste givetvis alla som på något sätt kände, eller brukade vara i kontakt med, den försvunna fröken Peerenkaas i den ena eller andra egenskapen – vänner, släktingar, arbetskamrater – förhöras. Hur många människor detta på sikt kunde komma att omfatta var det förstås svårt att ha någon uppfattning om, men tills vidare avdelades Krause och Jung för att organisera insatserna.

För det fjärde bestämdes att en förnyad förbindelse skulle upprättas med inspektör Baasteuwel i Wallburg – enkannerligen i syfte att på nytt gå igenom Kristine Kortsmaahistorien och försökta hitta länkar till både september- och januarifallen i Maardam. Inspektör Moreno anmälde sig frivilligt för detta uppdrag.

För det femte beslöts att även framdeles hålla god kontakt med bokhandlare Van Veeteren på Krantzes antikvariat borta i Kupinskis gränd.

Det var det hela, lät kommissarie Reinhart meddela, sedan Krause läst högt en stund igen. Hade någon något att tillägga?

Klockan var vid det laget tjugo minuter i sju på kvällen och ingen hade som väntat något mer på hjärtat.

Ewa Moreno hann precis dammsuga i vardagsrummet, duscha och öppna en flaska vin, innan det ringde på dörren.

Irene Sammelmerk hade en bukett röda och gula gerberor i ena handen, en kasse kinamat i den andra.

– Jävla bra idé, sa hon. Måste få halvligga och äta, jag orkar inte sitta upprätt.

– Samma här, sa Moreno och vinkade in henne.

De hade äntligen kommit så långt som till att träffas en kväll på tu man hand. Det var sannerligen hög tid. Plan A hade naturligtvis varit ett litet krogbesök, men när de sågs i kantinen under lunchen hade de bara behövt spegla sig i varandra en sekund för att förstå att ingen av dem hade lust att sitta på lokal.

Inte mitt i den förbannade januaritröttheten.

Inte med en massa störande människor i omgivningen.

Det krävdes en soffa, helt enkelt.

Och ingen matlagning, gud förbjude.

Så kinamat och en flaska vin i Morenos trevna tvårummare på Falckstraat fick det bli. En kongenial lösning.

– Gott, sa Sammelmerk en timme senare. Jag förstår inte varför vi envisas med att laga mat sju dagar i veckan i våran familj.

– Sju? undrade Moreno.

– Nåja, fem av sju då, erkände Sammelmerk. Ibland tar datasnillet med arvingarna på hamburgerbar och ibland blir det bara pizza. Jag hade en väninna uppe i Aarlach som gav sig sjutton på att hennes ungar skulle ha näringsriktig husmanskost två gånger om dan. Hon fick sin första infarkt när hon var fyrtisex. Ungarna är nervvrak bägge två. Så går det.

– Jo, det är dåligt om tid nuförtiden, sa Moreno.

– Den är dåligt fördelad i varje fall, sa Sammelmerk. Vissa sliter häcken av sig och vissa har inget annat för sig än att klia sig i den.

Moreno skrattade.

– Ja, balansen kunde nog vara lite bättre, det medges. Men du har fått ordning på familjen nu?

– Jovars, sa Sammelmerk och drack en klunk vin. Jag ska

inte klaga. Du då? När ska du ta steget? Det är dumt att vänta till klimakteriet.

Moreno tvekade. Men bara ett ögonblick.

– Han bor här i huset, sa hon. En trappa ner. Det är jag som är bromsklossen.

– Varför då? Är du bränd?

Moreno funderade. Det var en bra fråga. Var hon bränd? I ärlighetens namn inte. Lite skrubbsår och en och annan buckla i själen fick man väl räkna med på livets törnbeströdda stig. Födelsemärken fanns där också förstås, men inte hade hon haft det värre än andra.

Inte fanns där så mycket att andraga. Egentligen.

– Nej, sa hon. Bränd är jag inte, lite svedd i kanterna bara. Jag är nog trög, helt enkelt... och kräsen, kanske.

– Som vår saknade kvinna?

– Inte riktigt. Jag kommer aldrig att hemfalla åt blindträffar på krogen i alla fall, det lovar jag. Skulle du kunna tänka dig att hitta en karl på det viset?

Irene Sammelmerk ryckte på axlarna.

– Har ingen aning, sa hon. Faktiskt. Jag träffade min Janos när jag var tjugoett. Vi har tre ungar och har varit otrogna var sin gång... jag vet ärligt talat inte hur det går till i kärlekens labyrinter. Är inte säker på att jag vill veta det heller.

Moreno log.

– Han som du var otrogen med, då?

– En snut, sa Sammelmerk. Så var det med det. Skål.

– Jag förstår, sa Moreno. Ja, skål... och kul att äntligen träffa dig utanför polishuset.

– Den här Kerran... eller Brugger? sa Sammelmerk.

– Ja?

– Vad tror du om honom?

– Tror? Vad menar du?

– Tja, vad det är för en typ, helt enkelt?

338

Moreno snurrade på glaset.

– Ingen aning. Jo, förresten, det har jag förstås, men jag har inte funderat så mycket på det finpsykologiska porträttet. Fast det är klart att han är ännu en sån där perverterad, frustrerad hanne... han är ju i gott sällskap.

– Förvisso, nickade Sammelmerk. Ja, dom flesta våldsbrott begås förstås av aggressiva hannar mellan tjugo och fyrti som inte fått knulla... fast dom så gärna ville och innerst inne är mjuka och goda.

– Ack ja, sa Moreno.

– Det är som det är tyvärr, sa Sammelmerk. Men våran typ idkar ju inte umgänge med sina offer... vare sig före eller efter, om man säger. Fy satan, han bara dödar dom. Varför gör han det, det är det jag undrar.

– Han är sjuk.

– Naturligtvis är han sjuk. Men det kanske går att diagnosticera sjukdomen?

– Möjligt. Tja, det hänger väl ihop med att vi är så förbannat felkonstruerade biologiskt sett... om man nu skall titta djupt i kristallkulan, vill säga.

– Va? sa Sammelmerk. Nu får du vara lite tydligare, tror jag.

Moreno knäppte händerna bakom nacken och bestämde sig för att fullfölja tankegången.

– Jo, sa hon, så här alltså. När nu hannarna – om dom bara följer sina instinkter och primära behov, alltså – är programmerade för att få tillfredsställelse på styvt tjugo sekunder... ja, då kan ju vår herre knappast ha menat att vi kvinnor skulle ha nåt nöje av det hela. Eller hur?

– I understand that God is a Bachelor, sa Sammelmerk och log snett. Fast dom brukar ju kunna lära sig, åtminstone dom... den... som jag känner.

– Med tiden, ja, sa Moreno. Det är riktigt. Men håll med om att den ställer till mycket onödigt lidande, den här... temposkillnaden.

Irene Sammelmerk lutade sig tillbaka i sitt soffhörn och gapskrattade.

– Temposkillnaden! frustade hon. Ja jävlar... visst har du en poäng. Men vår vän Kerran-Brugger, då? Varför tror du han gör det... från hans egen synpunkt sett, alltså? Om vi försöker tränga in i hans perverterade skalle.

Moreno drack en klunk vin och funderade. Blåste ut en ljuslåga som började komma i farlig närhet av manschetten.

– Makt, sa hon till slut. Om du vill ha ett enstavigt svar. När man inte får kärlek från den man åtrår, vill man åtminstone ha underkastelse... att kontrollera den andre. Det är ju en bevekelsegrund som är gammal som gatan, men det är nog en sån variant som styr vår strypare också. Skulle jag tro, alltså.

– Mycket möjligt, instämde Sammelmerk och rynkade pannan. Jag läste en sak en gång... "När en man säger nej till en kvinna, vill hon dö. När en kvinna säger nej till en man, vill han döda." Det ringar in det rätt bra, eller vad tycker du?

– Som i en liten ask, sa Moreno. Visst är vi ovanligt begåvade ikväll?

– Måste vara vinet, sa Sammelmerk. Och umgänget. Nej, nu är det tamejtusan dags att leta sig hem till sin flock.

Moreno tittade på klockan.

– Halv tolv. Ja, vi har visst arbetsdag imorgon.

– En i raden, suckade Sammelmerk. Jag tror jag måste be dig ringa efter en taxi. Har ingen större lust att stöta ihop med några främmande karlar i mörkret.

– "När en kvinna säger nej till en man...", citerade Moreno och tog sig upp ur soffan. Jo, det ligger nog en del i det där. Usch.

– Usch ja, sa Irene Sammelmerk. Jag hoppas vi hittar honom snart.

– Det är en tidsfråga, sa Moreno och tog fatt i telefonen. Ingenting annat än en tidsfråga.

340

34

Fem minuter innan inspektör Rooth skulle träffa Karen de-Buijk drabbades han av en akut depression.

Han hade just kommit ut på Grote torg från Zwillesteeg när han höll på att springa rakt i armarna på Jasmina Teuwers. Det skulle han i och för sig inte haft någonting emot att göra – under andra förhållanden. Förutom under italienskklasserna hade de träffats på tu man hand tre gånger i november och december: café, bio, restaurang, i nämnd ordning, och även om det hela nog bäst kunde beskrivas som ett mycket försiktigt framåtskridande, så var det ändå ett framåtskridande.

Åtminstone hade Rooth uppfattat det så.

Åtminstone fram till den här gråblöta, vindpinade januariförmiddagen, då han mötte hennes blick och det kändes som om hjärtat sprack.

Hon var inte ensam nämligen, Jasmina Teuwers. Tvärtom. Hon var i högst påtagligt sällskap med en tvålfager typ i ljusbrun ulster och hästsvans. Han höll armen vårdslöst slängd över hennes axlar, de tittade in i varandras ansikten och skrattade gemensamt åt någonting.

Innan hon under bråkdelar av en sekund uppmärksammade Rooth.

En rultig kvinna med en tax girade in mellan honom och det såta paret, och de behövde aldrig låtsas om att de sett varandra. Rooth och Teuwers, alltså. Fortsatte i respektive färdriktning bara, som om ingenting hänt. *Tra la perduta gente.*

Hästsvans! tänkte Rooth när hjärnans analytiska halva efter fem sekunder började fungera igen. Fy fan!

Kvinna, ditt namn är bräcklighet!

Han vacklade vidare över torget och fortsatte in på Olde Maarweg. Karen deBuijk bodde i ett av de gamla lagerhusen som börjat göras om till lägenheter från mitten av nittitalet, och där man knappast hade råd att bo om man till exempel var kriminalinspektör. DeBuijks lägenhet bestod visserligen bara av ett stort rum, men det var gott och väl femti kvadratmeter stort, och de öppna träbjälkarna i taket måste vara utmärkta hjälpmedel om man ville hänga sig.

Tänkte Rooth och satte sig tillsammans med sin depression i en korgstol under ett takfönster. Himlen var grå, noterade han. Han harklade sig och plockade mekaniskt fram penna och anteckningblock ur portföljen.

Det här har jag gjort tiotusen gånger förr, tänkte han vidare. Undrar hur många jävla block och hur många jävla pennor jag slitit ut?

Hur många meningslösa frågor jag hasplat ur mig och korkade svar jag klottrat ner?

Karen deBuijk hade lämnat honom ensam ett ögonblick och nu kom hon bärande på en liten löjlig bricka med två fula kaffekoppar på. Ett fat med någonting som såg ut som hundkex. Hon slog sig ner i den andra korgstolen, lade det ena benet över det andra och log svagt och lite osäkert mot honom. Han konstaterade att hon var vacker. Solbrun och blond.

Djävulens bländverk, tänkte han. Från och med den här dagen ska jag aldrig titta efter en kvinna igen.

– Jaha? sa hon och han förstod att det var dags att sätta igång.

– Jag mår inte bra, sa han.

Det var inte meningen att han skulle säga just det, men han hörde själv att det var dom orden som kom ut.

342

– Jag ser det, sa Karen deBuijk. Ta lite kaffe.

– Jaså? sa Rooth. Syns det?

– Ja... men jag trodde du hade kommit för att prata om Ester Peerenkaas och inte om ditt själstillstånd?

– Jag har ingen själ, sa Rooth.

– Om man kan må taskigt, betyder det att man har en själ. Det är den man har ont i.

Rooth funderade. Det lät bestickande.

– Okej, sa han. En liten, då. Men skitsamma, Ester Peerenkaas, var det. Vad tror du?

– Vad jag tror?

– Ja.

– Om vad då?

– Om allt möjligt. Om vad som har hänt, till exempel. Om den här mannen hon börjat träffa... du tillbringade ju två veckor med henne på nån Kanarieö alldeles nyligen. Min erfarenhet är att kvinnor pratar med varandra under sådana omständigheter... men rätta mig om jag har fel, jag förstår mig inte på kvinnor.

Hon skrattade, men satte handen för munnen – som om det varit opassande under rådande omständigheter: en försvunnen väninna och en deprimerad kriminalinspektör.

– Förlåt mig. Du är rolig... jo, det stämmer förstås.

– Vad är det som stämmer? Att jag har fel?

– Nej, att vi pratade rätt mycket därnere.

– Om vad då?

– Allt mellan himmel och jord, förstås.

– Till exempel?

Hon gjorde en kort paus och bet tankfullt i ett hundkex.

– Den där lilla farligheten, till exempel.

– Farligheten? sa Rooth.

– Ja.

– Fortsätt.

– Den lilla farligheten..., upprepade Karen deBuijk, sög

343

in underläppen på skolflicksmanér och såg allmänt bedåran-de ut.... den som gör att man överhuvudtaget blir intresse-rad av en karl, men som naturligtvis också är... ja, en farlig-het. Spänning.

– Säger du det? sa Rooth och började rita en streckgubbe med horn i sitt block. Vad menar du egentligen?

– Det är som det är med män, sa Karen deBuijk och han märkte att hon utan anmodan slagit an en sträng av förtro-lighet, som han kände att han inte gjort sig förtjänt av – och som någon idiotisk impuls uppmanade honom att klippa av.

– Jaha? sa han neutralt.

– Den här mannen, alltså. Brugger. Hon talade ju lite om honom. Fast bara lite... sa att hon kände sig kluven.

– Kluven? sa Rooth och drog ett vertikalt streck tvärs ige-nom huvudet på sin gubbe.

– Ja. Hon sa att hon kände sig attraherad av honom, men samtidigt fanns det nånting som gjorde henne osäker... ja, hon visste inte var hon hade honom, helt enkelt.

– Kanske var den lilla farligheten inte så liten? undrade Rooth.

– Ja, kanske... usch.

– Berättade hon nånting om hans utseende?

– Nej, bara att han såg bra ut... jag tror hon sa att han var mörk.

– Och hon hade bara träffat honom en gång?

– Ja.

– När var det?

– På Keefer's, då i december.

– Hur var han klädd? frågade Rooth.

– Det sa hon inte.

– Yrke?

– Jag tror han hade en firma?

– Vad för sorts firma?

– Jag vet inte. Egen företagare av något slag... men jag är

344

inte säker. Vi pratade inte så mycket om honom. Det var mest på planet hem, hon skulle ju träffa honom ett par dagar senare... är ni verkligen säkra på att han har med hennes försvinnade att göra?

Rooth tog ett hundkex.

– Rätt så, sa han. Vi har indikationer som pekar i den riktningen.

– Vad då för indikationer?

Hon har inte läst Musil, hon heller, tänkte Rooth. Vi har ändå en del gemensamt.

– Jag kan inte gå in på det, sa han. Vad sa hon mera om Brugger?

– Inte mycket faktiskt. Hon berättade om deras annons, hennes och Anna Kristevas, jag visste inte om att de höll på med sånt... ja, vi talade mer om själva den historien än om Brugger, alltså.

Rooth knaprade i sig kexet och funderade.

– Varför kände hon sig kluven inför honom? frågade han. Nånting mer måste hon väl ändå ha antytt?

Karen deBuijk tänkte efter en stund.

– Nej, jag tror inte det. Kluven är kanske mycket sagt... hon hade gillat honom när hon träffade honom, påstod hon. De satt och snackade rätt länge på den där restaurangen, tydligen... sen hade hon pratat med honom i telefon en eller två gånger, och, ja, hon visste väl inte hur pass intresserad hon var av honom egentligen. Om det var nånting att bygga vidare på eller inte, alltså.

– Jag förstår, sa Rooth och betraktade sin streckgubbe som nu var försedd med både svans och stora bröst. När de talade i telefon... du vet inte om hon ringde upp eller om det var tvärtom?

– Hur skulle jag kunna veta det?

– Jag frågar bara för att få reda på om hon hade hans telefonnummer.

– Jaså, sa Karen deBuijk. Nej, jag har ingen aning, som sagt. Vad... vad är det ni tror har hänt egentligen? Jag menar...

– Det är för tidigt att ha några teorier, sa Rooth.

Hur många gånger har jag kläckt ur mig den repliken? tänkte han. Eller någonting med samma andemening. Måste vara hundratals. Han vände blad i blocket och satt tyst en stund.

– Hon kunde försvara sig, sa Karen deBuijk plötsligt.

– Va? sa Rooth.

– Försvara sig. Ester kunde det.

– Mot män?

Jiujitsu? tänkte han. Karate? Tårgas?

– En kvinna kan komma i den situationen, förklarade hon.

– Det behöver du inte tala om för mig, sa Rooth. Jag har varit polis i tjugo år. Hur kunde hon försvara sig, alltså?

– Det finns några olika varianter, sa Karen deBuijk.

– Jag vet det, sa Rooth.

– Ester körde med fluorvätesyra.

– Fluorvätesyra?

– Ja. Hon hade alltid med sig en liten flaska i handväskan som hon kunde kasta i ansiktet på en karl om han gick för långt... hon visade mig den.

Herregud, tänkte Rooth och undrade om det var vanligt. Gick många kvinnor omkring med fluorvätesyra i sina små nätta handväskor? Eller någon annan, liknande brygd. Hade Jasmina Teuwers suttit och fingrat på en sådan liten flaska när de käkade middag på Mefisto's några dagar före jul?

– Jaså ja, sa han. Det låter otäckt... ger väl fruktansvärda skador, sånt där?

Karen deBuijk ryckte på axlarna.

– Vet inte. Antagligen. Men det är väl det som är meningen.

– Har hon använt det nån gång?

– Nej... men hon är tuff, Ester. När det gäller karlar, alltså... numera. Hon var tvungen att bli tuff för att klara sig. Du vet om att hennes före detta snodde dottern för henne?

– Jo, sa Rooth. Jag känner till det.

Det blev tyst några sekunder igen och Karen deBuijk skruvade oroligt på sig.

– Usch, sa hon. Jag är så himla rädd att det har hänt henne nånting... nånting fruktansvärt. Hon är liksom inte typen som bara håller sig undan så här länge. Har ni verkligen inga idéer om...?

– Nej, ljög Rooth. Tyvärr inte. Men vi jobbar för fullt för att få klarhet i det.

Hon tvekade en stund, sedan såg hon honom rakt in i ögonen.

– Tror du hon är... död?

Ja, tänkte Rooth. Det tror jag.

– Nej, sa han. Hon är försvunnen, det är nånting annat.

– Jaså? sa Karen deBuijk.

Ja, vad fan ska jag säga? tänkte han.

– Det finns massor av andra tänkbara förklaringar, spädde han på med.

Kan du säga en enda, herr kriminalinspektör? undrade han i sitt stilla sinne när han kommit ner på gatan igen.

En enda tänkbar förklaring som innebar att Ester Peerenkaas fortfarande var i livet?

Vad var det Reinhart föreslagit? Champagne och sol i Söderhavet?

Det skulle väl vara den varianten, då. Något annat kom han inte på, och när han åter sneddade över Grote torg dök bilden av Jasmina Teuwers och den där satans hästsvansen upp igen.

347

Italienskkurser! tänkte inspektör Rooth och sparkade undan en fet duva som inte hade vett att flytta på sig. *Lasciate ogni speranza voi ch'entrate!*

Nästa vecka skulle han tamejfan gå dit och klottra det på dörren till klassrummet. I som här inträden, låten hoppet fara!

Sedan skulle han aldrig sätta sin fot där igen.

– Kan ni beskriva hur det går till? bad Jung och lutade sig mot disken.

Kvinnan på andra sidan suckade tungt, som om hans fråga inneburit någon sorts angrepp på hennes arbetsfrid.

– Det är inga konstigheter, sa hon. Bara att sätta in och hämta ut. Om det är brevsvar, alltså.

– Sätta in och hämta ut? sa Jung. Vad menar ni med det?

Hon riste lätt på huvudet, förmodligen för att markera vad hon ansåg om hans själsförmögenheter, och vände bort blicken från datorn.

– Man sätter in en annons och anger signatur. Sedan svarar folk och efter några dagar kommer man hit och hämtar svaren.

– Jag förstår. Så dom här breven med svar ligger bara hos er den här korta tiden?

– Javisst. Hur de gör på andra tidningar bryr jag mig inte om. Här på Allgemejne har vi använt samma system i tjugofem år. Svar som inte blivit avhämtade inom en månad kastar vi bort.

– Är det mycket? frågade Jung.

– Mycket? fnös kvinnan. Det kan ni hoppa opp och sätta er på. Ett par tusen i veckan åtminstone.

– Oj, sa Jung. Ja, vi letar alltså efter ett svar som bör ha kommit in mot slutet av november förra året. Men jag antar att det är omöjligt att få reda på nånting om det?

– Det har ni alldeles rätt i, instämde kvinnan. Antingen är

348

det avhämtat eller kastat. Vad var det för sort förresten?

– Sort?

– Båtar eller frimärken eller husdjur eller kärlek eller…

– Kärlek, tror jag, sa Jung.

– Sort? upprepade hon.

– Vanlig…, sa Jung.

– Hanne söker hona eller tvärtom?

– Tvärtom.

– Jaja, sa kvinnan. Dom är flest faktiskt. Tio om dan ungefär.

– Så pass? sa Jung. Hur många svar brukar dom få?

Han insåg att hoppet om att fiska upp någon ynka ledtråd till Amos Brugger den här vägen för länge sedan flugit sin kos, men märkte att han börjat bli nyfiken.

– Beror på, förklarade kvinnan. Unga honor tjugo-tretti på en vecka. Äldre tio-femton. Men nu måste jag be att få ägna mig åt mina arbetsuppgifter istället… ni har väl fått svar på era frågor?

– Jodå, tack så mycket, försäkrade Jung. Jag visste inte att det var så många människor som ägnade sig åt… den här verksamheten.

– Hmpf, muttrade kvinnan. Ensamma människor finns det hur många som helst av.

Ja, tydligen, tänkte Jung när han satt ute i bilen igen. Det var väl den som var den största gemensamma nämnaren mellan människor, paradoxalt nog. Ensamheten.

Vad åkte jag hit för egentligen? tänkte han sedan. Anna Kristeva hade ju förklarat att de kastat bort svaret från Amos Brugger – liksom alla de övriga pretendenterna till hennes och Ester Peerenkaas gunst – och att de skulle ha bevarat någon sorts kopia på tidningen kunde han väl inte ha drömt om ens.

Det var en utryckning på eget bevåg dessutom. Reinhart

hade inte beordrat honom, men kanske hade han hans välsignelse ändå.

Det är en tid att ta egna initiativ också, hade han inskärpt under morgonens korta sammankomst.

Och en tid att jaga halmstrån.

Efter en stund kom Jung på sig med att sitta med händerna på ratten och stirra ut mot regnet genom vindrutan. Sitta där och fundera över den där figuren Kerran-Brugger, helt enkelt.

Han har nog ingen större umgängeskrets, han heller, tänkte han, apropå samtalet inne på tidningsexpeditionen. Kanske är han den ensammaste jäveln av alla. Jo, antagligen är det just så.

Det var knappast någon överraskande tanke. Mördare var sällan utpräglade sällskapsmänniskor.

Han märkte att han frös. Gryningen hade övergått i skymning. Han tittade på klockan, startade bilen och körde iväg för att hämta Maureen på hennes jobb.

35

Münster stängde av motorn men lät musiken vara på. Dexter Gordon, tenorsaxofonisten, i en tidig 50-talsinspelning på Vanguard.

Han hade fått skivan av Reinhart. Du tänker bättre om du har en sax i örat, hade han sagt.

Kanske hade han rätt. Det blev inte det vanliga ödsliga tomrummet i bilen, och det fanns en sorgsen skärpa i tonen som kanske kunde rensa bort en del slagg ur huvudet.

Han stod på Moerckstraat. Klockan var halvfem på eftermiddagen, det regnade och ett smutsigt skymningsljus inneslöt bostadsområdet i en sorts barmhärtig svepning. Man slapp se det.

Fast kanske var det inte så illa ändå, tänkte Münster. Inte sämre än mycket annat i varje fall. Hela stan såg ganska bedrövlig ut den här årstiden. Blygråheten och de frostiga dimmorna. Regnet och den nariga blåsten utifrån havet... nej, Maardam hade små förutsättningar att konkurrera om några olympiska vinterspel, den saken var klar.

Han betraktade den fuktfläckade husfasaden. Det var fortfarande släckt i de flesta av fönstren. Folk hade väl inte hunnit hem från sina jobb än? tänkte Münster. Eller inte lagt märke till att mörkret börjat falla.

Eller inte orkat stiga upp ur sin letargi för att tända ljus, kanske; sjukskrivnings- och arbetslöshetstalen var antagligen höga i ett bostadsområde som det här. De tre fönstren där Martina och Monica Kammerle hade bott var alla mörka.

Münster visste att bohaget magasinerats men att inga nya hyresgäster flyttat in. Han undrade varför. Fanns den kvar, den där gamla föreställningen om att det var farligt att bo i hus där någon bragts om livet? Kanske. Folk var mer vidskepliga än man trodde.

Fast det var nog svåruthyrt i vilket fall som helst, gissade han. Stopeka, som området hette, var ett av de minst attraktiva i hela stan, och förmodligen hade byggherren förbyggt sig. När man på senare år börjat strypa invandringen i landet ordentligt, var det inte lätt att hitta naturliga hyresgäster till sjuttitalets bostadsgetton. Så det var knappast ägnat att förvåna om det stod tomt här och var.

Han suckade. Gör nåt! hade Reinhart uppmanat honom. Vadsomhelst. Försök få nån fason på det här jävla fallet, jag har kört fast som en skridskoåkare i ett risfält!

Jo, nog satt man fast alltid. Münster hade inget att invända gentemot Reinharts analys. Nya utredningar kom och gick på polishuset, men när det gällde morden på prästen och på de bägge kvinnorna på Moerckstraat hade det gått över fyra månader och man hade knappast skymten av ett spår. Bara det där med namnen egentligen. Benjamin Kerran och Amos Brugger. Namn som mördaren själv släppt ifrån sig; som för att retas lite, kunde man nästan få för sig – och lika lätt var det att föreställa sig hans sardoniska leende någonstans i bakgrunden. Långt borta, djupt inne i en mörk återvändsgränd.

Kopplingen till den försvunna Ester Peerenkaas var givetvis inte hundraprocentigt säkerställd, men Münster trodde på den. Det gjorde alla de andra också, såvitt han förstod. Det hängde ihop, nämligen. Det fanns ett mönster. Även om de riktigt skarpa konturerna ännu så länge saknades, kunde man utan svårighet föreställa sig samma gärningsman bakom Peerenkaas som bakom de andra – liksom att vederbörande lät sig anas i Kortsmaafallet uppe i Wallburg från förra sommaren.

Men bara anas, således. Inte mer. Inte ett förbannat dugg mer än en skymt! Efter all den här tiden, alla dessa ansträngningar... nej, det var inte svårt att förstå Reinharts känsla av vanmakt. Inte alls. Man ville tro på någonting, alltså trodde man på en koppling. Kanske var det inte mer substans i det än så? Münster drog en suck och glodde på de svarta fönsterrektanglarna.

Därinne hade Kerran-Brugger mördat Martina Kammerle. Dottern också kanske, men gissningsvis hade detta dåd ägt rum någon annanstans. Det verkade rätt orimligt att han skulle ha forslat bort ett av sina offer och låtit det andra ligga kvar. Han hade inte haft någon brådska. All tid i världen, verkade det, särskilt om man betänkte de timmar han måste ha ägnat åt att torka bort fingeravtryck.

Borde ha vistats en del därinne före dåden, således. Hur mycket?

Det var det ingen som kände till. Sannolikt inte så ofta dock, tänkte Münster. Ingen av grannarna hade iakttagit honom. Fru Paraskevi trodde sig ha hört en röst, det var allt.

Så ganska sporadiskt antagligen, och under en ganska kort tidsperiod. Någon månad på sin höjd? Ett par veckor?

Ett förhållande med Martina Kammerle var väl den troligaste bakgrunden. För att inte säga den enda tänkbara. Men varför hade han sett sig nödgad att döda henne?

Nödgad? tänkte Münster. Skitprat. Galningar nödgas av vad som helst som kläcks i deras sjuka hjärnor.

Och dottern? Hur hade hon kommit in i bilden? Hade hon blivit vittne till mordet på sin mor, eller räckte det med att hon kände till honom? Var det helt enkelt för farligt för honom att ha ett levande vittne kvar? Hade hon spelat någon annan sorts roll också? Och hur...?

Bryt nu! sa Münster åt sina egna tankar. Det räcker! Jag får det att låta som om han haft legitima skäl att döda Martina

353

Kammerle, men inte Monica. Jag går på tomgång, det är samma frågor som i november, samma jävla skridskoåkande i risfältet som Reinhart håller på med, samma jävla...

Han höjde volymen på musiken för att öka retningen. Dexter Gordons sax skrek och klagade nu. Sträva, alienerade rop i en tonart som skulle ha hörts inuti en jetmotor.

Namnen då? tänkte han. Kerran och Brugger. Vad betyde det att mördaren tyckte om att skylta med dessa sinistra litterära gestalter? Varför?

Han fällde tillbaka sätet så mycket det gick. Slöt ögonen och försökte under ett par minuter inbilla sig att det kunde finnas någon ny öppning till problemet – någonting de inte tänkt på. En tråd som undgått dem, en infallsvinkel de inte prövat.

Han hittade ingenting. Det finns ingenting sådant, konstaterade han till slut. Vi har gjort vad vi kunnat. Att vi inte kommit någonstans beror på att det är för irrationellt. Orsakerna och motiven härstammar från samma perversion som ger honom signaler att döda. Roten finns bara där, i detta förbannade stryparhuvud, vi kommer inte att förstå någonting förrän vi hittar honom. Kanske inte ens då.

En beläst typ dessutom, det verkade höjt utom allt tvivel. Akademiker kanske. Dom som har studerat är värst, hade Reinhart påstått häromdagen. Ju mer du använder din hjärna, desto större risk är det att den spårar ur.

Münster hade svårt att hitta någon pregnans i en sådan dyster reflektion... den förde med sig allför absurda konsekvenser, och spaningsledaren hade varit rätt trött de senaste dagarna.

Han övergick till att fundera över ensamheten istället.

Alla människors ensamhet, men Martina och Monica Kammerles i synnerhet. Den måste ha varit stor, oerhört stor. De hade bott därinne bakom dessa mörka fönster, och så värst långt utanför den trånga trerummaren verkade inte deras gränser ha sträckt sig. Kanske hade de haft varandra; en sjuk mor och hennes isolerade dotter. Inget umgänge – mer än en man som såg till att döda dem bägge två när han tyckte tiden var inne... det var för jävligt, men det var nog så det var. Just så. Vissa människor fick sina mått ganska snålt tillskurna, tänkte Münster. Så snålt rentav, att de aldrig fick en rimlig chans att påverka riktningen i sina liv.

Inte det minsta. Monica Kammerle blev sexton år gammal. Sexton! Det var som hans egen son Bart om två år.

Tanken vred sig som en kall mask i huvudet på honom och han rös till. Vad var det för ett monster som satt punkt för en sextonårig flicka? Som missunnat henne livet. Dödat henne, sågat av benen på henne och begravt henne ute i dynerna vid havet.

Sågat av henne benen!

Han kände vreden skjuta upp inom sig, en vrede som var som en gammal bekant det aldrig gick att bli kvitt. En hopplös och tröstlös släkting som alltid dök upp och för tid och evighet höll honom snärjd i dessa ofrånkomliga blodsband. Ilskan och maktlösheten.

Och fanns det verkligen en logik som gick att förstå bakom den här sortens handlingar? Mönster som gick att upptäcka?

Jodå. Han visste att det var fullt möjligt. Bara man kom igenom sitt eget äckel, lyckades trycka ner sin personliga känsla av vanmakt och öppna sina spärrar, så kunde mycket väl både det ena och det andra bli urskiljbart.

Vad då? tänkte han. Vad är det jag letar efter? Bilden av en mördare? Skulle den gå att skönja på det här stadiet? Trams! Vi vet ju för fan ingenting!

Han stängde av musiken. Det var pianosolo nu. Måste det alltid vara piano i jazzmusiken? undrade han. Det passade inte att tänka till, lät för lättviktigt på något vis. Som en tunn, blå rökslinga. Han lade på minnet att fråga Reinhart om saken. Om det fanns skivor med bara blås. Eller blås, bas och trummor, kanske?

Intendent Münster ruskade på huvudet. Kastade en sista blick upp mot de mörka och intetsägande fönstren och startade bilen.

Började långsamt leta sig ut genom Stopekas trånga gator. Det var hög tid; badmintonmatchen mot *kommissarien* var utsatt till halv sex.

Kriminalinspektör Ewa Moreno hade ätit många goda middagar nere i Mikael Baus kök, men den här bouillabaissen tog nog ändå priset.

– Det är sältan det kommer an på, förklarade han när de ätit färdigt. Alla fisksoppor smakar förstås salt, men det finns en kvalitativ aspekt på salt och inte bara en kvantitativ, som de flesta tycks tro.

– Säger du det? sa Ewa Moreno.

– Ett dåligt salt dödar massor av andra smaker, ett gott kan lyfta fram dem istället... det är samma sak som den där lilla citronskvätten... eller angosturastänket... eller den halva droppen tabasco...

– Jaså minsann? Ewa Moreno lutade sig belåtet tillbaka. Och hur har du fixat till sältan i den här anrättningen, då? Ärligt talat var det bland det godaste jag ätit.

Mikael Bau svarade inte. Satt tyst och såg på henne med sina varma blå ögon en stund. Sedan harklade han sig och tittade upp i taket istället.

– Grunden är förstås hummerskal, men om du gifter dig med mig, får du hela receptet.

– Allright, sa Ewa Moreno.

När hon kom tillbaka upp till sin egen lägenhet, tände hon inte ljuset. Drog istället fram fåtöljen så att den vette mot fönstret; sjönk ner i den och stirrade ut mot den gråvioletta himlen.

Är jag inte klok? frågade hon sig. Han friade faktiskt och jag sa faktiskt ja.

Motivet var ett recept på den rätta sältan i en fisksoppa. Hummerskal?

Mikael Bau hade friat några gånger förr. Mer eller mindre uttalat. Men hon hade aldrig svarat ja.

Det hade hon gjort nu. Hon skulle gifta sig med honom. Det var vad som förväntades om man sa ja i en sådan situation.

Herregud, tänkte hon. Jag funderade ju inte ens.

Hon märkte att det pirrade i kroppen och att gråten inte var långt borta. Eller gapskrattet. Eller en stark våg av någonting som var en sorts mellanting. Men hon fick tårar på kinderna, åtminstone på den högra.

När vi får barn, insåg hon, kommer de att fråga hur det gick till när vi bestämde oss för att gifta oss. De kommer att få veta att farsan giljade med en fisksoppa som trumfkort.

Hon log upp mot den mörka himlen. Mindes plötsligt ett av de citat Van Veeteren brukade strö omkring sig.

Livet är inte en vandring över ett öppet fält.

Det var så sant som det var sagt.

Innan hon gick till sängs lyssnade hon av svararen. Det var bara ett meddelande på den och det kom från inspektör Baasteuwel i Wallburg.

Hon kunde ringa honom före midnatt, förklarade han. Ja, det var viktigt.

Hon tittade på klockan. Fem i tolv. Hon slog numret.

Han svarade efter en sekund.

– Ewa Moreno, sa hon. Du ville nånting. Förlåt att jag ringer så sent, men du sa att det gick bra.

– No problem, sa Baasteuwel. Jo, det är det visst förresten, det var därför jag ringde.

– Jaha? sa Moreno.

357

– Gubben har fått slag, vi får skjuta på det.

– Vad säger du? Vem är det som har fått slag?

– Farsan. Infarkt, alltså. Hans tredje, dom tror inte han klarar sig, jag måste sitta och vaka...

– Din far?

– Ja... han är åttinio, jag tror inte han strävar efter nitti-strecket faktiskt. Men jag tänker vaka inatt, och kanske några dagar framåt... så vi får nog skjuta upp det där stryparsamtalet en tid?

– Javisst, sa Moreno. Självklart, det står ändå och stampar... har du syskon?

– Nej, sa Baasteuwel. Jag har inte det, tyvärr. Och morsan dog för tio år sedan, så... ja, du vet?

– Ja, sa Moreno, och tänkte samtidigt att det gjorde hon förstås inte alls. Att sitta vid en förälders dödsbädd måste rimligen vara en av dessa upplevelser man inte kunde göra sig en riktig föreställning om förrän man varit med om det. Hon letade efter någonting lämpligt att säga, men orden kändes lika avlägsna som döden.

– Jag ringer dig, sa Baasteuwel. Sköt om dig.

– Du också, sa Moreno. Är det... är det nånting jag kan göra för dig?

Baasteuwel skrattade kort och torrt.

– Nej, för fan, sa han. Det känns rätt märkligt, det gör det. Jag har liksom inte grepp om det, men jag har aldrig trott på det där med evigt liv. Inte ens för farsgubben. Sov nu gott, min sköna.

– Tack detsamma, sa Moreno.

– Tvärtom faktiskt.

– Javisst ja, sa Moreno.

Så snart hon lagt på började hon fundera över sina egna föräldrars hälsotillstånd.

Och över sin bror.

Över Maud.

Humöret sjönk som en sten i henne, och plötsligt erinrade hon sig en annan av de där deviserna hon haft på väggen nere i tonåren.

Om du inte vågar lita på din kärlek,
måste du lita på din ensamhet.

Eller hade det stått *frihet*, i själva verket? Måste du lita på din *frihet*? Eller *styrka*? Hon mindes inte.

Sedan insåg hon att hon faktiskt inte behövde stiga upp klockan sex för att köra till Wallburg följande dag, och lyfte luren en gång till.

– Jag är rädd, sa hon. Kom upp till mig. Om vi ändå ska vandra den vägen, alltså…?

– Tio sekunder, sa Mikael Bau. Du kan börja räkna nu.

36

Han fingrade över den ömmande halsen samtidigt som han läste efterlysningen.

Betraktade bilden på första sidan också och tyckte att den gjorde henne mer än rättvisa. Fotografiet måste vara taget för ganska länge sedan, kanske uppemot tio år, bedömde han. Samma ögon, samma självsäkra leende, men vitalare. Naivare och friskare. Han undrade vad som hade hänt henne sedan fotot togs – och hur det skulle ha varit att träffa henne på den tiden, istället för den där decemberkvällen i den begynnande medelåldern.

Tio år?

Det var en eon. Ett sådant enormt spann av tid att han inte kunde greppa det. Kunde heller inte för ett ögonblick inbilla sig att han själv varit samma människa 1991 som han var nu.

Där fanns ingen kontinuitet. Ingen lugn flod i hans eget liv som gick att följa från barndomens klara källa ut över livets flacka landskap mot utloppet i havet i ålderns skymning. Som han tänkt häromdagen när han satt och läste Auden... W.H. Auden, en av favoriterna, men det fanns många... det var egentligen bara hos poeterna han kunde återfinna sig själv och tonarten från sitt eget liv. Numera.

En förskjutning hade ägt rum, och meningslösheten – hans personliga och alla andras – bredde ut sin sterila öken över alla uttorkade fåror – hans personliga och andras, ja – han hade försökt skriva egna dikter om just detta, men givit upp, tomheten behövde inga ord. Inga åthävor.

Döden gör oss den största av tjänster, hade han istället formulerat sig. Men att vara dess hantlangare är varken ädelt eller ont. Bara lika innehållslöst.

Han sov bättre om nätterna nu in på det nya året. Hade inte erinrat sig några drömmar på flera veckor; inte mer än det där minnesfragmentet som alltid kom flytande med jämna mellanrum. Om han var vaken eller sov kvittade egentligen... mitt första mord, tänkte han..: det ligger så nära källan, men det var inte jag, det var hon som regisserade det... hon som planerade och iscensatte. Det brinnande huset i den råkalla februarimorgonen, hennes ännu kallare hand som kramar om hans där de står ute på den blöta bygatan bland alla grannarna, det luktar våt jord och kyla trots elden, och de ser lågorna sluka hem och far... märkligt att både luften och hennes hand kunde vara så kalla, när elden måste ha varit så het....

Om någon gör dig ont, ta bort honom! hade hon sagt och kysst honom på munnen. Just de märkvärdiga orden, och om kvällen hade han fått sova i hennes säng i pensionatsrummet där de bodde den första tiden efteråt... Ta bort honom.

Eller henne. Han kände att han längtade till den grekiska ön igen, till någon sorts hemkomst, men sköt undan det. Klämde ut en ny klick gul salva på fingertopparna istället och masserade försiktigt in den över sårytorna. Det ömmade för minsta beröring, men var ändå uthärdligare än det varit i början. De första dagarna, för att inte tala om de första timmarna; så nära smärtans och vansinnets kärna hade han aldrig tidigare varit... aldrig så nära.

Han bläddrade till sidan tolv och läste vidare om spekulationerna.

Polisen hade ringat in den där kvällen på Keefer's i varje fall, men det var också allt i stort sett. Man visste att Ester

Peerenkaas träffat en okänd man den 8 december och att denne man möjligen kunde ha med hennes försvinnande att göra.

Man var angelägen om att komma i kontakt med honom, och det riktades också en uppmaning till alla som besökt restaurangen under den aktuella kvällen att snarast sätta sig i förbindelse med Maardamskriminalen.

Eller närmaste polismyndighet.

Han kontrollerade dagens datum högst upp på tidningssidan och räknade bakåt i huvudet. Tidsavståndet var 54 dygn.

Åtta veckor i stort sett.

Det hade gått åtta veckor sedan någon eventuellt kunde ha sett dem tillsammans vid det där undanskymda bordet bakom en av spaljéerna inne på Keefer's. Inte mer än två och en halv vecka sedan "försvinnandet" å andra sidan, men från det möte som föregick detta fanns det inga åskådare. Inga presumtiva vittnen.

Bara hon och han.

Han log hastigt, det stramade till över kinden och halsen.

Och ingen koppling till det andra.

Inte så mycket som en antydan om att morden i september – eller förra sommarens hora uppe i Wallburg – kunde ha med denna vulgära Ester Peerenkaas att göra.

Dilettanter, tänkte han trött, och ett slags kall tillfredsställelse smög sig över honom. En njutning som sannerligen inte var värd mer än ett blekt, stramande leende, men som ändå var en positiv kraft i hans känslors karga landskap.

Mina känslors karga landskap? tänkte han. Nej, det håller inte.

Och namnet? Vad hade man att säga om detta utstuderat välkomponerade namn, den här gången?

Där stod inte en rad. Icke ett ord.

Pärlor, konstaterade han och vek ihop tidningen. Svarta

362

pärlor för dumma svin. Jag skulle kunna döda en av deras
egna och de skulle ändå inte få fast mig.

Tanken bet sig fast. En av deras egna?

Han märkte att det intresserade honom högeligen.

Wallburg-Maardam, februari 2001

37

Kuststaden Wallburg var inhöljd i en tung havsdimma, när Moreno anlände vid halvtolvtiden på förmiddagen – och inspektör Baasteuwel i ett ungefär lika tungt tobaksmoln, när hon letat sig fram till hans rum i polishuset vid Polderplejn en kvart senare.

Han log brett och skevt, fimpade dagens åttonde cigarrett och gick och öppnade fönstret

– Tänkte just vädra lite, förklarade han. Roligt att se dig igen. Har resan gått bra?

– Jo tack, sa Moreno. Gud hade glömt att tända ljuset, men det är ju som det brukar den här årstiden.

Hon hängde av sig kappan på ett dokumentskåp och såg sig om efter en sittplats. Baasteuwel flyttade undan en back tomglas, en skinnjacka, en avbruten biljardkö samt en driva gamla tidningar – och uppenbarade på detta sätt en stålrörsfåtölj, där hon efter en viss tvekan slog sig ner.

– Skall städa lite på eftermiddagen, sa han. Arbetet har ackumulerat sig en smula under min frånvaro, det är väl fan att man ska vara så oumbärlig att dom inte ens bryr sig om att ordna en vikarie när man inte är tillstädes?

Moreno nickade. Han hade berättat på telefon att han varit ledig i mer än tre veckor till följd av sin fars sjukdom, bortgång och begravning. Hade återgått till arbetet i måndags. Idag var det onsdag. Hon höll med om att det såg lite ackumulerat ut, i synnerhet på skrivbordet.

Luktade inte alldeles violartat heller, om man skulle vara petig.

– Så dom kriminella elementen har fått lite extra försprång, fortsatte Baasteuwel. Det kan inte hjälpas, men det är bara en nådatid, jag tar dom ändå vad det lider... fast nu talar jag inte i första rummet om vår förbannade strypare. Han har ganska stort försprång, om jag förstått det rätt?

Han trevade efter cigarrettpaketet, som låg bland bråten framför honom på skrivbordet, men tycktes ångra sig.

– Ganska stort, bekräftade Moreno. Vi har inte skurit några lagrar precis. Faktum är att det inte hänt ett skvatt de senaste veckorna... mer än att ytterligare några hundra arbetstimmar försvunnit, vill säga.

– Försvunnit? sa Baasteuwel. Ja, det är så det är i den här branschen. Och den här nya kvinnan som också försvunnit, hon har inte kommit till rätta, alltså... på det ena eller andra sättet?

Moreno suckade och skakade på huvudet.

– Inte ett spår.

– Ni tror att det är han som ligger bakom det också? Samma typ?

– Möjligt, sa Moreno. Men inte säkert. Skulle jag vara tvungen att gissa, så gissar jag att det är han.

– Mhm, nickade Baasteuwel. Jo, jag har funderat på det där du sa om namnen. Verkar ganska bestickande, men det är ju förbannat att han inte kan lämna nånting lite mer substantiellt efter sig. Nånting konkret.

– Det är därför jag är här, sa Moreno. Min kommissarie börjar bli lite desperat, men han menar i varje fall att vi måste försöka länka ihop oss lite bättre med ditt gamla ärende... det är åtminstone en möjlig väg när vi sitter så fast som vi gör.

– Man får inte låta sig nedslås, instämde Baasteuwel optimistiskt. Vi ska se vad vi kan åstadkomma. Du är inläst på fröken Kortsmaa?

– Jovars, sa Moreno. Men det skadar inte om du rekapitulerar det. Det är inte så att det finns några kaffemöjligheter i det här palatset, apropå ingenting? Jag brydde mig inte om att stanna efter vägen.

Baasteuwel log igen och grävde med fingrarna i sitt toviga hår.

– Mon dieu, sa han. Ursäkta min uraktlåtenhet. Sitt kvar och kontemplera föralldel, så är jag tillbaka på två röda minuter. Socker och mjölk?

– Mjölk, sa Moreno. Men bara en droppe.

Baasteuwels muntliga rekapitulation av Kristine Kortsmaa-fallet tog en halvtimme, men innehöll inga väsentliga uppgifter som hon inte redan kände till. Medan han höll på började en känsla av missmod sabotera hennes koncentration. Trots det starka kaffet. Sabotera högst betydligt faktiskt, hon tyckte sig redan ha hört allting till leda, och det var inte förrän han drog fram en mörkbrun kartong ur en hurts som en svag strimma av hopp tändes.

En kartong, tänkte hon, var åtminstone någonting konkret. Substantiellt, som sagt.

– Vad är det där? frågade hon.

– Teknisk bevisning, sa Baasteuwel och tände dagens elfte cigarrett.

– Teknisk bevisning? Nu yrar inspektören igen.

– Jag yrar bara på min fritid, klargjorde Baasteuwel. Knappast ens då, för övrigt. Men låt gå, bevisning är kanske mycket sagt.

Han tog av locket och började plocka upp plastpåsar ur kartongen. Placerade dem med viss noggrannhet på skrivbordet framför sig. Moreno iakttog honom stillatigande tills han var klar. Han räknade igenom resultatet.

– Tretton tunga indicier, konstaterade han. Låt oss kalla det indicier, eftersom fröken är så petig. Är du fortfarande fröken, förresten?

– Nätt och jämnt, sa Moreno. Vad är det för nånting?

– Vad det är? sa Baasteuwel. Tillvaratagna pinaler från hennes lägenhet, förstås.

– Kristine Kortsmaas?

– Vems annars? Naturligtvis har vi en helvetes massa andra påsar med fibrer och ludd och fanskap också, men det här är liksom lite mera påtagligt.

Han höll upp en av påsarna så att Moreno kunde se innehållet.

– En penna? sa hon.

– På pricken, sa Baasteuwel. Det är glädjande att det finns folk med sådan iakttagelseförmåga i kåren. Hrrm... jag bad alltså tre av fröken Kortsmaas väninnor att gå igenom lägenheten och peka ut föremål som de trodde var lite främmande. Som möjligen... det är förstås ett av historiens tunnaste *möjligen*... kunde härröra från den där karln som hon släpade hem från musikpuben. Hennes mördare med andra ord... ja, och här sitter jag alltså med tretton gåtfulla föremål. Håll med om att det är spännande i kriminalsvängen!

Han höll upp en ny påse med någonting som såg ut som en buss- eller spårvagnsbiljett.

– Jag har suttit med dom ett tag också, utvecklade Baasteuwel dystert. Vänt och vridit och stirrat på dom en hel del under nitton-tjugo månader, eller vad det nu blir. Du är varmt välkommen att ta över hela rasket.

Moreno reste sig och försökte överblicka de tretton tunga indicierna som han spritt ut över pappershögarna på skrivbordet.

En ölkapsyl. En tändstickask. En liten nagelfil.

Plötsligt kunde hon inte hålla tillbaka skrattet.

– En nagelfil? Varför i herrans namn skulle han ha lämnat kvar en nagelfil på brottsplatsen? Driver du med mig?

– Ingalunda, försäkrade Baasteuwel allvarligt. Jag driver aldrig med någon, knappast ens på min fritid. Nagelfilen

370

återfanns på golvet under bordet i rummet där kroppen hittades. Ingen av väninnorna var säker på att den tillhörde offret.

Moreno satte sig ner igen.

– Bra, sa hon. Bländande detektivarbete, han filade naglarna innan han ströp henne. Ni hittade inte något nagelskrap bland luddet?

– Tyvärr, sa Baasteuwel. Du kan glömma DNA:n. Nej, ärligt talat är jag glad om du tar hand om den här skiten... fast det finns en grej som faktiskt är lite intressant.

– Verkligen? sa Moreno. Vilken då?

– Den här.

Han höll upp ännu en av påsarna så hon kunde se innehållet. En liten nål av något slag. Han plockade fram den och räckte över den till henne.

Moreno synade skeptiskt det lilla föremålet medan hon försiktigt vred på det mellan tumme och pekfinger. Själva nålen var guldfärgad, antagligen mässing eller någon annan legering, gissade hon. Fyra-fem centimeter i längd och i toppen en liten trekantig platta med spetsen nedåt, inte större än en halv kvadratcentimeter. Mörkgrön emalj och en liten röd slinga som möjligen var ett S. Eller en stiliserad orm.

– Något slags förening? sa hon. En klubbnål?

Baasteuwel nickade.

– Nånting ditåt, sa han.

– Eller ett sånt där tecken på att man har någon dold sjukdom... epilepsi eller diabetes...?

– Nej, sa Baasteuwel. Jag har kollat varenda sjukdom som existerar norr om Sydpolen. Ingen av dom har en sån där symbol.

Moreno funderade.

– En förening alltså?

– Kanske det.

– Vad då för förening?

– Har inte en jävla aning, sa Baasteuwel.

– Har du undersökt det?

– Vad tror du?

– Ursäkta.

Baasteuwel kliade sig i huvudet igen och såg melodramatiskt uppgiven ut.

– Väninnorna kände inte igen den i varje fall. Den enda förening hon någonsin tillhört var en handbollsklubb nere i tonåren, och dom var fattiga och höll sig inte med några klubbmärken. Det är ju en sån där nål som folk bär på rockslaget för att dom tycker om att skylta med att dom är medlemmar i nånting... Anonyma alkoholister eller Siegbrunns roddarförening eller Vänsterhänta präster mot aborter... vad som helst, som sagt. Men det finns inga nålregister i det här landet, förmodligen inte i några andra länder heller. Tro mig, jag ägnade en vecka åt den där förbannade pinalen.

– Var hittades den?

– Det är det som gör det lite intressant, sa Baasteuwel. Om man inte har för stora pretentioner åtminstone. Den låg i en sko i tamburen. Under kläd- och hatthyllan. En av offrets skor förstås, nålen kan ha ryckts loss och fallit dit från en kavaj eller rock. Den kan mycket väl komma från mördaren... eller någon annan besökare... men jag har fått nog av den, vi hade till och med en bild i tidningen, men ingen hörde av sig... ger mig tusan på att hon köpt den på en loppmarknad i Prag eller Casablanca eller nånstans.

– Tillverkning då? Kan man inte få reda på var den är gjord?

– Vi lyckades inte med det heller, suckade Baasteuwel. Men ta hand om den du, så har ni nånting att ägna er åt.

– Med nöje, sa Moreno. Om du stuvar ner hela den tekniska bevisningen i en kasse, så ska vi lösa det här åt er.

– Utmärkt, sa Baasteuwel och såg på klockan. Så får det bli. Men nu är det banne mig hög tid för lunch. Inspektören tillåter väl att jag bjuder på en matbit som tack för hjälpen?

– Än så länge är det jag som skall tacka, sa Moreno. Och eftersom jag är skyldig dig åtminstone två restaurangbesök från förra sommaren, så kanske jag kunde få stå för fiolerna den här gången.

– Gnidighet och jämställdhet mellan könen har alltid varit mina ledstjärnor, sa Baasteuwel. Kör i vind.

Under den två timmar långa återfärden till Maardam delades inspektör Morenos uppmärksamhet tämligen jämnt mellan tre företeelser.

Det första var västerhimlen, där plötsligt solen bröt fram i en spektakulär nedgång över havet i rött och purpur... med trasiga moln belysta nerifrån horisonten av skeva strålar; ett långsamt döende ljusspel där tonerna hela tiden antog mörkare och dovare nyanser med ett slags nästan apokalyptisk tyngd. *Der Untergang des Abendlandes*, dök det upp i hennes huvud, medan hon stod bredvid bilen på en parkeringsplats för att få betrakta sceneriet med helt öppna sinnen under några minuter.

Det andra var kartongen med Baasteuwels plastpåsar som stod bredvid henne på passagerarplatsen i framsätet.

Tretton presumtiva ledtrådar, tunnare än hårstrån. Åtminstone tolv av dem. Den där nålen var väl det enda som kunde vara värt att lägga ner lite kraft på, antagligen.

Ett rött S på grön botten.

Eller en orm i gräs? Varför inte? Någonting måste det ju i alla händelser betyda.

Någon måste ha burit den. Från något kapp- eller kavajslag måste den lilla nålen ha lossnat, fallit ner och gömt sig i en sko. Inte en av de svarta halvpumps Kristine Kortsmaa burit under mordkvällen tyvärr, hade Baasteuwel förklarat, så den hade likaväl kunnat hamna där vid något tidigare tillfälle. Närsomhelst.

Men ändå ett vittnesbörd om någonting? En försvinnande liten bit av information som kanske var en nyckel?

En omedveten hälsning från en mördare?

Önsketänkande? undrade hon.

Med största sannolikhet, förstod hon.

Den tredje företeelsen som sysselsatte hennes tankar – i synnerhet under den sista halvtimmen in mot Maardam, då solen försvunnit och plastpåsarna låg i halvmörker bredvid henne – var en räkneövning.

Den var ganska enkel, men den var ändå upphovet till det stråk av distraktion hon känt under samtalet med inspektör Baasteuwel – både på hans rum i polishuset och på Restaurang Bodenthal, där de ätit en alldeles utmärkt lammfrikassé, en lika utmärkt citronsorbet, samt talat en hel del om livet och döden och poängen med att vara snut.

Hon skulle haft mens i lördags.

Det var fyra dagar över tiden.

38

– Varför sitter vi här? sa Rooth.

– Det var nånting med en nål, sa Jung. Reinhart lät nästan entusiastisk, det kanske är nån sorts genombrott på gång?

– Du talar om Stryparn? sa Rooth och gäspade.

– Jag tror det, sa Jung.

– Vore inte så dumt, konstaterade Rooth. Om det hände nånting, alltså. Det har snart gått ett halvår, det är lite för länge enligt vad mitt utredningssinne säger mig.

– Ester Peerenkaas är bara en månad, påpekade Jung.

– Om hon verkligen råkat ut för honom, ja, sa Rooth. Måste säga att jag börjar tvivla... fast det var nånting jag tänkte på imorse.

– Jaså? sa Jung. Du menar att du börjar tänka redan på morgonen?

Rooth rynkade pannan och glodde ut genom fönstret. Det regnade därute. Wollerimsparken såg ut som om den helst av allt velat sjunka genom jorden. Eller faktiskt höll på att göra det.

– Nå? sa Jung. Har du fått en propp?

– Vänta, sa Rooth och sträckte upp ett varnande pekfinger i luften. Det kommer.

Jung suckade.

– Det är alltid lika intressant att få vara med när en stor hjärna arbetar, sa han och tittade ut genom fönstret han också. Det ser för bedrövligt ut! Kan inte fatta hur det kan finnas så förbannat mycket regn. Det är ju som om...

375

– Jo, nu vet jag! avbröt Rooth. Hennes föräldrar, det var det jag tänkte på…

– Vems föräldrar?

– Ester Peerenkaas förstås. Eller hennes morsa snarare. Att hon inte hör av sig längre.

– Va? sa Jung. Vad menar du?

– Hon har slutat höra av sig.

– Jag hör att du säger det, sa Jung irriterat. Vad är det med det, då?

– Inte vet jag, sa Rooth och slog ut med armarna. Krause nämnde det bara, hon ringde ju hit en eller två gånger om dan de första veckorna, men sen slutade hon hux flux tydligen.

Jung funderade.

– Jag förstår inte vad du vill ha sagt med det. Fru Peerenkaas har lagt av med att plåga polisen varenda dag om sin försvunna dotter… skulle det betyda nånting särskilt?

– Jag är inte allvetande, sa Rooth. Bara nästan. Var fasen håller Reinhart hus? Jag tyckte han sa klockan…

– Här, sa Reinhart, som just kom in genom dörren. Inspektören ligger väl inte på ägg?

– Inte för tillfället, sa Rooth. Det är långt till påsk, trots allt.

– Ovanligt tydliga instruktioner, konstaterade Jung när Reinhart lämnat dem ensamma igen. Det kan man inte klaga på.

Rooth nickade dystert och stirrade på nålen som han höll i handen.

– Vi ska ta reda på var du kommer ifrån och berätta det senast vid genomgången imorgon eftermiddag, sa han. Misslyckas vi blir vi flådda levande. Ja, inspektörn har rätt, det är ganska tydligt.

– Det är bra när man har ramarna klara för sig, sa Jung. Hur ska vi bära oss åt?

Rooth ryckte på axlarna.

– Vad tycker du själv? Telefonkatalogen är alltid en bra början.

– Allright, sa Jung och reste sig. Gör en insats du, jag har en halvtimmes pappersarbete inne hos mig. Så kan vi rycka ut när du fått upp en vittring.

Rooth grävde i kavajfickan och kastade in två-tre karameller i munnen.

– Vi säger så, sa han. Hur bedömer du sannolikheten?

– Vilken sannolikhet?

– För att den här lilla nåljäveln verkligen kommer från Kristine Kortsmaas mördare.

– Inte så stor, sa Jung. Noll, ungefär.

– Och sannolikheten för att hon alls haft att göra med våran Strypare?

– Lite drygt noll, sa Jung.

– Jävla pessimist, sa Rooth. Lämna mig ifred, så jag kan få nånting uträttat.

Butiken var inte större än tio-tolv kvadratmeter till ytan, men kanske fanns det ytterligare utrymme inåt gården, där tillverkning och reparationsarbeten kunde utföras. Firman hette Kluivert & Goscinski i vilket fall som helst, och låg inklämd mellan en lagerlokal och ett slakteri längst nere på Algernonstraat – en mörk, svagt böjd gatstump som löpte från Megsje Boisstraat ner mot Langgraacht, och som knappast kunde erbjuda något vidare idealiskt läge för den som var ute efter att bedriva affärsverksamhet. Slakteriet verkade igenbommat sedan länge.

Men kanske var Kluivert & Goscinski så pass nischade – som Jung börjat lära sig att det hette – att det inte spelade så stor roll var man höll till. Medaljer, plaketter, prispokaler, bucklor, klubbmärken och nålar – Tillverkning och försäljning! – Priser utan konkurrens! – Snabba leveranser! –

377

Branschledande sedan fyrtitalet!

Allt detta stod i guldtryck på den brösthöga teakdisken med glasskiva där Rooth med viss preciositet placerade plastpåsen med den wallburgska nålen. Expediten – en mager, svartkostymerad herre i sextiårsåldern med en näsa som en fartygsköl och mustascher som en luden korv (och som antagligen inte underlättade matintaget om sådant förekom, tänkte Jung) – sköt upp brillorna i pannan och granskade föremålet framför sig med ett allvar som om det gällt Drottningens av Saba naveldiamant. Jung märkte att han höll andan. Och att Rooth också gjorde det.

– Jaha ja? sa Rooth efter tio sekunder.

Expediten stoppade tillbaka nålen i påsen och lät glasögonen falla tillbaka över kölen. Det fanns en röd rand just där de landade och Jung antog att han brukade utföra denna eleganta manöver åtskilliga gånger varje dag.

– Tyvärr, sa han. Kan inte identifiera den. Den kommer inte ifrån oss... i varje fall inte den senaste tjugoårsperioden. Fast den kan förstås vara äldre.

– Säger ni det, sa Rooth. Känner ni igen själva symbolen, då?

– Tyvärr, upprepade expediten.

– Tyvärr inte?

– Tyvärr inte.

– Kan ni gissa?

Han tvekade.

– Jag tror den är lite äldre. Tretti-fyrti år sådär.

– Hur kan ni säga det?

Han vände handflatorna uppåt och rörde sakta på fingrarna, vad nu en sådan gest kunde tänkas betyda.

– Från vårt land?

– Omöjligt att säga. Men jag tror det.

– Varför då?

– Infattningen av emaljplattan. Men det är bara en myck-

378

et ytlig bedömning. Vad är ni ute efter egentligen?

– En mördare, sa Rooth. Faktum är att vi är ganska angelägna om att få det här lilla fanskapet identifierat. Ni råkar inte veta vart vi kan vända oss för att komma vidare i ärendet?

Expediten grävde en stund i mustaschen och kisade introvert bakom de tjocka glasögonen.

– Goscinski, sa han slutligen.

– Goscinski? sa Jung. Han som...?

– Eugen Goscinski, ja. Grundare av den här rörelsen. Han är åttinio år, men det inte han vet om heraldik och symboler är inte värt att veta... även i de mest prosaiska sammanhang.

– Prosaiska?

– Han känner till klubbmärkena för varenda fotbollsförening i Europa, till exempel, och de två-trehundra största i Sydamerika. Om han får tid på sig kan han också räkna upp...

– Utmärkt, avbröt Rooth. Hur får vi tag på honom?

– Wickerstraat... alldeles intill erat polishus, faktiskt. Men ni ska veta att han är en smula speciell, gamle Goscinski... går aldrig ut under vintermånaderna, bland annat. Jag tror det är säkrast om ni ringer och avtalar tid först, han är inte känd för att släppa in människor i sitt hem, och han är inte alltid lätt att...

– Vi är från kriminalpolisen, påpekade Rooth. Det gäller ett mordfall, som sagt.

– Hrrm, sa expediten. Om ni ursäktar så är jag inte säker på att Goscinski bryr sig om ett sådant argument. Han har blivit en smula... ja, speciell, alltså.

– Vi får väl acceptera det, då, sa Rooth. Har ni hans adress och telefonnummer, så fixar vi det här. Inspektör Jung här har tagit psykologexamen och är en människokännare av stora mått, det kommer inte att bli några problem.

– Verkligen? utbrast expediten förvånat. Sköt upp glasögonen i pannan igen och tittade med nyväckt intresse på Jung. Jag trodde inte…

– Adress och telefonnummer, var det! påminde Rooth.

– Man borde göra nånting åt din tunga, sa Jung när de satt i bilen igen. Klippa av den eller nåt.

– Struntprat, sa Rooth. Det är ju märkligt att du inte ens har vett att tacka för en komplimang när du får en. Kör nu och håll tyst, så ringer jag till Goscinski.

Jung startade och började krypköra tillbaka längs den trånga gatan, medan han lyssnade till hur Rooth i telefonen tog sig an det gamla originalet på Wickerstraat. I motsats till vad tukanmannen inne i butiken förutskickat, så innebar det inga större svårigheter att få tala med Goscinski per omgående, och tio minuter senare parkerade de nere i polishusets garage. Adressen låg bara ett stenkast från huvudentrén, och när de ringde på klockan nere på trottoaren, insåg Jung att han förmodligen kunde se huset från sitt tjänsterum.

Ger mig fasen på att vi är på rätt spår, tänkte han. Den här osannolika närheten till Goscinski var just ett sådant där typiskt utslag av gudarnas ironiska lek, och det skulle förvåna om det inte betydde någonting.

Det var förstås inget särskilt rationellt sätt att resonera på, men vart hade fem månaders rationalitet fört dem?

Frågade sig inspektör Jung, och började känna det där välbekanta pirret i kroppen, som brukade tyda på att något var på gång. En öppning eller nånting.

Ett kraxande hördes i talröret. Rooth förklarade vilka de var, och låsmekanismen öppnades med ett svagt klick.

Hos Eugen Goscinski luktade det ganska strävt och det var kanske inte så konstigt. Hans lägenhet var liten, mörk och ovädrad, och de bägge katterna som kom och strök sig redan ute i tamburen hade antagligen samma instängda vintervanor som sin husbonde. Det var dock bara den senare som rökte och det var Jung tacksam för; det var illa nog som det var med den inpyrda odören av gamla cigariller och gammal gubbe. Deras värd tände en ny Pfitzerboom så snart han visat in dem i köket och hällt upp becksvart kaffe i tre små koppar utan att fråga om de ville ha.

– Nå? sa han sedan. Låt se!

Rooth nickade och drog upp plastpåsen ur innerfickan. Goscinski tog ut nålen, höll den i spetsen och blängde på den. Jung märkte på nytt att han höll andan.

– Jaha ja, muttrade Goscinski och drog ett bloss på cigarillen. Vad är det vi har här nu då...? Nej, jo, ja, jag tror tamejfan att jag känner igen den...

– Bra, sa Rooth.

– ... känner igen, men det ringer bara en svag liten klockjävel än så länge, det ska herrarna veta...

Jung smuttade på kaffet. Det smakade bränt kött och tjära.

– Jo! utbrast Goscinski. Jag har det!

Han knackade sig eftertryckligt med knogarna i pannan ett par gånger, som för att understryka att maskineriet fortfarande var väloljat och i gott trim.

– Bra, upprepade Rooth. Det var det vi hoppades på. Vad är det för en rackarns nål, alltså?

– Succulenterna, sa Goscinski.

– Succu...? sa Rooth.

– Heh, sa Goscinski förnöjt, tömde sin kopp i ett drag och snurrade på nålen. Visst fan är det dom! Jag ombesörjde faktiskt affären, men dom tillverkades uppe hos Glinders i Frigge. Femtisex eller femtisju, om inte mitt minne sviker mig. Tvåtusen nålar, kontant betalning vid leveransen.

– Vad är Succulenterna för någonting? undrade Jung stillsamt.

Goscinski fnös.

– Vete fan. Ett sällskap av nåt slag. Universitetet. Lite frimureri antagligen, men jag är inte närmare insatt i vad dom har för sig.

– En universitetssammanslutning? sa Rooth.

– Ja. Beställdes av nån sorts dekanus på teologiska institutionen, har jag för mig. En svartrock. Minns inte hans namn, men så var det i alla fall. Varför är ni så intresserade av det här?

Jung bytte ett ögonkast med Rooth. En av katterna hoppade upp på bordet och doppade nosen i Goscinskis kaffekopp. Började slicka den ren.

– Det är en lång historia, sa Rooth avledande. Vi kanske kan höra av oss igen om ni vill veta hur det går... eller om vi skulle behöva någon mer upplysning. Jag antar att vi kan få fram vad vi behöver veta via universitetet... sekretariatet kanske?

– Jojo, sa Goscinski. Dom jävla bläckskitarna. Men gneta på i ert anletes svett, ni. Vad är det för väder därute?

– Grått och blött, sa Rooth. Och blåsigt. Det är som det brukar.

– Jag går ut i april, förklarade Goscinski och kastade en skeptisk blick ut genom fönstret. Runt den femtonde eller så. Det var ingenting annat då, när ni ändå sitter här och dräller?

– Nej, sa Rooth. Tack för hjälpen. Succulenterna var precis vad vi var ute efter.

– Jaså, sa Goscinski. Ja, ge er iväg då, jag tänker sova middag nu.

De blev stående ett slag ute på Wickerstraat innan de skildes åt.

– Vad tror du om det? sa Jung. Succulenterna? Vad är det för figurer?

– Tror ingenting än så länge, sa Rooth. Men det var det

382

jävligaste kaffe jag druckit i hela mitt liv, det är jag säker på... fast vi klarade det på en eftermiddag. Tycker du inte vi är värda en sovmorgon imorgon?

– Tycker jag absolut, sa Jung. Ska vi säga att vi börjar tio?

– Vi säger halv elva, sa Rooth.

39

Det dröjde ända till lördagens förmiddag innan kommissarie Reinhart lyckades utverka audiens hos en av prorektorerna vid Maardams universitet. Under tiden hann han ackumulera ett visst mått av raseri.

– Vad är det med dig? undrade Winnifred medan de åt frukost i sängen. Du har gnisslat tänder hela natten.

– Satans förbannade pjolter, genmälde Reinhart. Det finns folk i universitetsförvaltningen som skulle sitta insppärrade om dom inte fick gå omkring och sprätta och uppbära lön i akademikervärlden.

Winnifred betraktade honom med ett uttryck av mild förvåning under några sekunder.

– Det vet jag väl, sa hon. Jag arbetar också i begåvningsfabriken, har du glömt det? Det är ingenting att gnissla tänder för.

– Det är mina tänder, sa Reinhart. Jag gnisslar så mycket jag vill.

Han vred på huvudet och såg på klockan.

– Dags att komma iväg hursomhelst. Professor Kuurtens, är det någon du känner till?

Winnifred funderade.

– Tror inte det. Vilket gebit?

– Statsvetare, om jag hörde rätt. Fullkomligt indolent.

Winnifred skakade på huvudet och återgick till tidningen.

– Säg hejdå till Joanna innan du går.

Reinhart hejdade sig på väg in till badrummet.

– Har jag någonsin glömt att säga farväl till min dotter?

Han kunde höra henne prata för sig själv genom den öppna dörren in till barnkammaren, och märkte att han slappnade av i käkmusklerna när han tänkte på henne. Antagligen var det precis som hans hustru hävdade. Han hade bitit ihop inatt.

Tror jag det, tänkte han. Prorektor Kuurtens, passa dig jävligt noga.

Han tog emot på ett tjänsterum på fjärde våningen i universitetshuset. Reinhart bedömde takhöjden till fyra meter och golvytan till ungefär sjutti kvadrat. Förutom några utspridda kolonner i svart granit med huvudlösa byster på, ett konstskåp från sexton- eller sjuttonhundratal samt några murriga oljor av redan avdöda prorektorer, fanns det egentligen bara en pjäs i rummet: ett gigantiskt skrivbord – i något svart träslag som Reinhart preliminärt diagnostiserade som ebenholtz – med en rakryggad röd karmstol på varje långsida.

I den ena satt professor Kuurtens och blickade ut över världen och den tomma skrivbordsytan, medan han med avmätta rörelser flyttade omkring en femhundraguldens reservoarpenna över ett hamrat, vitt pappersark.

I den andra satte sig Reinhart utan att ha blivit anmodad.

Ett visst löje spelade över professorns anletsdrag, vilka såg nog så aristokratiska ut. Klassiskt grekisk näsa. Hög panna som förlorade sig i ett olympiskt krus av grånade lockar. Djupt borrade ögon och ett kraftigt, vederhäftigt käkparti.

Oklanderlig mörk kostym, benvit skjorta och mörkröd slips.

Han har fått jobbet på sitt utseende, tänkte Reinhart. Han är dum som en sockel.

– Välkommen, herr kommissarie.

– Tack.

– Eller skall ni tituleras kriminalkommissarie?

385

– Mitt namn är Reinhart, sa Reinhart. Jag har inte kommit hit för att bli titulerad, och inte för att spela cricket.

– Hnn, sa professorn och tittade på sitt armbandsur. Jag har tid i femton minuter. Cricket?

– En metafor, förklarade Reinhart. Men strunt i det. Succulenterna, vad är det för ett påfund?

Prorektor Kuurtens skruvade av hatten till reservoarpennan och satte på den igen.

– Jag får nog be att ni sätter mig in i sakernas tillstånd innan vi går vidare, sa han.

– Mord, sa Reinhart. Nu är ni insatt. Nå?

– Det är inte tillfyllest, klargjorde Kuurtens och knäppte händerna ovanpå papperet. Om ni betänker att Maardams universitet har över femhundra år på nacken, förstår ni nog att jag försvarar värden som inte kan ifrågasättas hur lättvindigt som helst.

– Vad i helvete dillar ni om? kontrade Reinhart och ångrade att han inte fått med sig pipan. Det skulle ha varit ett gyllene tillfälle att få hölja in den här tvålfagre politruken i ett tungt rökmoln just nu.

– Får jag be att ni begagnar er av en anständig samtalston.

– Allright, sa Reinhart. Men om ni är så enfaldig att ni påstår att universitetet har flera hundra år gammalt orent mjöl i sina påsar, ja, då gör ni i varje fall inte Alma Mater någon tjänst, det borde ni begripa. Nå, Succulenterna, om jag får be! Jag har inte all tid i världen, jag heller.

Professorn lutade sig tillbaka och anlade en min av djup eftertanke. Reinhart väntade.

– En förening, kom det till slut.

– Tack, sa Reinhart. Utveckla.

– Statuter från 1757. En sammanslutning av befattningshavare från universitetets olika fakulteter... för att befrämja forskning och framsteg.

– Varför just succulenter?

Kuurtens ryckte lätt på axlarna.

– Det var några biologer som instiftade föreningen. Det finns en hänsyftning till förmågan att ta till sig och bevara under lång tid... kunskap, till exempel. Men ni kanske inte...?

– Jag förstår, sa Reinhart. Vi har att göra med frimurare, alltså?

– Det finns inga frimurare längre.

– Det kan nog diskuteras. Men nu menar jag dåförtiden.

Kuurtens gjorde en kort paus och betraktade pennan.

– Ett slags.

– Och man har existerat ända sedan dess?

– I obruten följd.

– Ett rött S på grön botten som symbol?

Professorn åstadkom en vagt bananformad huvudrörelse. En blandning av bekräftelse och protest.

– Ja, fast det är ett sentida påfund. Långt in på nittonhundratalet.

– Jaså minsann, sa Reinhart. Och hur många medlemmar finns det idag?

– Ett hundratal.

– Män och kvinnor?

– Enbart män.

– Och ni själv är medlem?

– Det är förbjudet att avslöja sitt medlemskap för utomstående.

– Hur kan ni veta det om ni inte är medlem?

Professor Kuurtens svarade inte. Som sagt, tänkte Reinhart. Han är inget nobelprisämne.

– Jag råkar veta att ni är en högt uppsatt medlem i Succulenterna, och jag utgår ifrån att ni kommer att låta mig titta igenom medlemsmatrikeln. Nu genast, det torde inte möta några hinder.

– Det kommer... kommer aldrig på fråga! utbrast professorn. Tror ni att ni bara kan stövla in här och begära att få titta på... vadsomhelst som faller er in?

Reinhart placerade armarna i kors över bröstet.

– Ja, sa han enkelt. Det tror jag faktiskt. Om det finns någon jurist bland era såta medlöpare, skulle han säkert kunna förklara för er att det finns ett väl tilltaget lagrum för mig att... ja, stövla in här, som ni så träffande uttryckte det.

Professorn stirrade på honom ett ögonblick. Sedan stoppade han reservoarpennan i bröstfickan och sträckte på sig.

– Jag kommer inte att överlämna någon medlemsmatrikel till er, förklarade han sturskt. Succulenterna är en helt fristående organisation och har inga officiella band med universitetet. Det här är inte mitt bord.

Reinhart betraktade honom en stund medan han sakta skakade på huvudet.

– Var inte löjlig, sa han. Och bete er inte som en akademisk pajas. Här gäller det mord och inte bord. Ni har fem minuter på er att ta ert förnuft till fånga. Om ni trilskas vidare, kommer jag att låta hämta er med polisbil och sätta er i häkte för att ni obstruerar en mordutredning. Har ni förstått?

Prorektorn bleknade.

– Ni... ni överskrider era befogenheter, stammade han.

– Inte omöjligt, erkände Reinhart. Men jag tror inte det. Hursomhelst vore det värt besväret att få putta in er i baksätet på en av våra bilar... jag tror jag skulle vilja tala med någon av våra tidningar först också. Kan ni se det framför er? Jag slår vad om att dom skulle ta det på förstasidan. Har ni provat handbojor någon gång?

Nu gick jag för långt, tänkte han, men professor Kuurtens såg påtagligt blek ut av stundens allvar. Och av den hårresande möjlighet han fått skisserad för sig. Han satt orörlig och rakryggad under en halv minut medan hans händer vred sig om varandra på det blanka pappersarket. Reinhart började känna en spirande inre tillfredsställelse.

Han ser ut som gips, tänkte han. Man skulle kunna placera hans skalle på en av de där huvudlösa bysterna faktiskt. Skulle göra sig riktigt bra. Inatt behöver jag inte gnissla tänder.

– Låt se nu, sa prorektor Kuurtens till slut. Om ni utvecklar lite mer, så kan vi kanske komma fram till en lösning...

– Jag kan inte säga så mycket mer, förklarade Reinhart tålmodigt. Vi har i samband med en mordutredning tillvaratagit en medlemsnål från Succulenterna. En av era kolleger berättade alltså på telefon att de här nålarna tillverkades 1957 och att de utdelas i samband med inträdet...

– Vilken kollega var det?

– Det skall ni inte bry er om, sa Reinhart. I alla händelser spelar den här nålen en viss roll i utredningen, det är därför jag behöver få en kopia av den aktuella medlemsmatrikeln. Mer kan jag inte avslöja.

Kuurtens svalde ett par gånger och flackade med blicken upp mot stuckaturerna.

– Ja, de där nålarna, sa han... det har väl ändå inte särskilt stor betydelse. De tillkom, som ni säger, 1957... till 200-årsjubileet, således... och, ja, varje medlem får alltså en i samband med att han blir invald...

– Hur går invalen till?

– Rekommendationer. Enbart på rekommendation från minst tre andra medlemmar.

– Hur många per år?

– Inte många. Ett halvdussin på sin höjd. Det krävs naturligtvis att man är disputerad också.

– Naturligtvis, sa Reinhart. Nåja, har ni bestämt er nu? Om ni inte vill ha en präktig skandal på halsen, föreslår jag att ni plockar fram den där matrikeln. Ni kan väl föreställa er hur det skulle se ut i media om ni – en halvhemlig frimurarsammanslutning i akademikervärlden – avslöjades som

389

inblandad i en mordhärva... det är inte bara fråga om ett offer, kan jag avslöja, utan flera... och att ni dessutom gör allt för att obstruera och mörklägga?

Professor Kuurtens drog två djupa andetag och reste sig. Höll sig i bordsskivan för alla eventualiteters skull.

– Jag tycker inte om era metoder, sa han i ett blekt försök att låta syrlig. Jag tycker verkligen inte om dem. Men ni lämnar mig inget val, tyvärr. Om ni följer med mig ner till mitt arbetsrum, skall ni få en kopia av medlemsförteckningen. Jag förutsätter dock att ni hanterar den med den största diskretion.

– Diskretion är en av mina starkaste sidor, bekräftade Reinhart. Nu går vi. Så ni har ett arbetsrum också? Vad är det här för sorts lokal, då?

– Detta är ett audi... mottagningsrum, förklarade Kuurtens sammanbitet. Sedan 1842 då den här byggnaden togs i bruk. Hrrm, ja.

– Hrrm, instämde kommissarie Reinhart och följde efter prorektorn nerför trapporna.

Antalet medlemmar i Sodalicium Sapientiae Cultorum Succulentorum, vilket var sammanslutningens officiella namn enligt statuterna från 1757, visade sig vid dags dato uppgå till 152 personer.

Reinhart ögnade hastigt igenom kolumnerna med namn, invalsår och akademisk ämnestillhörighet. Vek sedan de fyra pappersarken dubbla och stoppade dem i innerfickan. Blängde en stund på professor Kuurtens, tog honom i hand och tillönskade en fortsatt givande lördag. Därefter vände han honom ryggen och lämnade universitetsbyggnaden.

Jaha ja, tänkte han medan han sneddade genom parken bort mot Keymerkyrkan. Då har vi ringat in det, då.

Ringat in vad? tänkte han i nästa andetag. Vad fan är det

jag försöker inbilla mig? Tror jag verkligen att jag går här med mördaren i innerfickan?

En av de etthundrafemtitvå?

Han drog på sig handskarna, sköt upp axlarna mot blåsten och funderade.

Måste vara rena önsketänkandet i så fall, insåg han – framvuxet lika naturligt som ett mögelangrepp eller en cancersvulst ur alla resultatlösa veckor och månader? För att tala bildspråk.

Eller fanns där en reell möjlighet?

Svårt att säga, konstaterade kommissarie Reinhart. Svårt att såhär mitt i upphetsningens stund avgöra vad som var tanke och vad som bara var känsla och förhoppning. Att ha mördarens namn insmuget bland etthundrafemtien andra innebar naturligtvis inget drömläge, det heller – men det var ändå en väsentlig förbättring jämfört med det hittillsvarande noll-läget, där man inte haft så mycket som en flugskit till ledtråd.

Nu gick det att komma framåt. I princip åtminstone. Nu hade man plötsligt ett arbetsfält att plöja. Mördaren var en i en stor grupp, men gruppen var klart avgränsad.

Och bara han fick sätta sig och gå igenom personuppgifterna för de här ljusskygga akademikerna skulle gruppen avgränsas ytterligare – utifrån rena ålderskriterier om inte annat. Krympas högst rejält förhoppningsvis; det var svårt att föreställa sig att medianmedlemmen i ett sådant här gäng var särskilt ung. Man satt väl kvar på livstid, förmodade Reinhart, och eftersom statuterna krävde att man var både doktorerad och gediget rekommenderad, så kunde det väl knappast bli fråga om några inval förrän i trettifemårsåldern sådär?

Och Stryparen kunde knappast vara över fyrtifem, det omdömet hade flera personer i offrens närhet avgivit.

Så nog tusan borde den här matrikeln ge luft under vingarna åt den här satans sega utredningen. Visst var det så?

Han märkte att han promenerade i tempo furioso och hade börjat vissla, och förstod att det var dags att lägga band på sig.

Sakta i backarna, ditt nöt! intalade han sig själv. Om du kör in alla resurser på det här spåret och det visar sig vara fel, kommer ni aldrig att lösa det här fallet. Aldrig i helvete!

Den där fördömda nålen kunde ju ha hamnat i Kristine Kortsmaas sko på vilket sätt som helst, praktiskt taget. Eller hur? Hon kunde ha hittat den någonstans. Någon Succulentbroder kunde ha besökt henne i alldeles fredliga avsikter... erotiska till exempel... och råkat tappa den. Någon annan kunde ha kommit över en nål på något sätt... Anta till exempel, tänkte Reinhart, att mördaren hittat en nål på gatan och helt enkelt tagit med den och planterat den i offrets lägenhet för att vilseleda dem... nåja, det var kanske i långsöktaste laget; kunde hålla i en puttrig engelsk trettitalsdeckare men knappast i verkligheten.

Hursomhelst fanns det gott om tänkbara varianter, den saken var klar. Och beträffande antalet nålar... ja, det fanns ju gott om dem. Summa summarum tvåtusen stycken; dessa som tillverkats 1957. Det återstod drygt trehundra i lagret, hade prorektor Kurtens förklarat, så det var inte aktuellt med någon nyproduktion på många år än.

Helvete, tänkte Reinhart. Tror jag på det här eller tror jag inte på det?

Tvehågsen som en åsna mellan etthundrafemtitvå hötappar kom han ut i det relativa myllret på Keymerstraat, och då hände det. Ett ögonblicks verk, inte mer.

Utan att riktigt förstå hur det gick till kolliderade han med en av de andra fotgängarna och tog ett snedsteg ut i gatan. Bussen som kom körande in mot hållplatsen vid Keymer Plejn träffade honom med högra framflygeln och skickade honom i en flack båge tvärs över trottoaren, där han studsade mot ett litet grått elskåp och slutligen landade framför ost- och delikatessbutiken Heerenwijk's – där han för övrigt brukade titta in och handla en eller ett par dessertostar om lördagarna. Då och då i varje fall.

Det gjorde han inte den här lördagen. Redan innan han tog mark, hade kommissarie Reinhart förlorat medvetandet, och var barmhärtigt ovetande, både om alla de ben som brutits i hans kropp och om den unga kvinna i ljusblå dunjacka som skrek så att folks hjärtan hoppade över flera slag.

Hon hette Vera Simanowa, för övrigt, var elev på operaskolan och hade en sopran som den här dagen under en kort sekund klingade i hela centrala Maardam.

Dock ej i kommissarie Reinharts öron, som sagt. I varje fall kunde han inte erinra sig det efteråt.

40

Van Veeteren lyfte upp sin sondotter och luktade på henne.

Mer än luktade.

Insöp. Han satte näsan i hennes nackgrop och drog ett flertal djupa, njutningfyllda andetag.

Herregud, tänkte han. Den där doften.

Hur kan det finnas någonting så ambrosiskt ljuvligt i en värld som ser ut som den här? Obegripligt.

Andrea fnittrade. Han förstod att hon var kittlig. Det hade Erich och Jess också varit.

Särskilt just där i nackgropen.

Och de hade luktat likadant. Exakt lika ljuvligt.

Han hivade upp henne på raka armar. Hon skrek av förtjusning och släppte ifrån sig en sträng av saliv.

– Ibland, sa Ulrike Fremdli, som satt i det andra soffhörnet och såg glatt tårögd ut, ibland önskar jag att jag träffat dig lite tidigare i livet. För tjugofem år sedan, eller så.

– Det är en tillräckligt stor nåd att ha fått träffa dig överhuvudtaget, svarade Van Veeteren. Jävlar, vad söt hon är! Kan du förstå hur hon kan vara så inihelvete söt?

– Nej, erkände Ulrike. Det är obegripligt. Men du kommer att lära henne svära när hon kommer i rätt ålder, det begriper jag i alla fall. Jo, Andrea är en pärla. Jag tycker det är utmärkt att det där dagiset håller söndagsstängt... det är precis vad du behöver, att få vara farfar ett par timmar varje helg.

– Visst är det utmärkt, instämde Van Veeteren och placerade Andrea på rygg över sina lår.

– Gag, sa Andrea.

– Jajamen, sa Van Veeteren.

Ulrike reste sig.

– Jag går och sätter in gratängen. Marlene är här om en halvtimme. Men, ärligt talat, tror du vi hade hittat varandra om vi fått chansen medan vi var unga?

– Självfallet, sa Van Veeteren. Jag skulle ha hittat dig på havsbottnen om det hade behövts, och förresten läste jag någonstans, hos Heerenmacht, tror jag, att vägarna till målet är legio. Om man bara...

Han fick inte tillfälle att utveckla tankegången eftersom telefonen ringde. Ulrike svarade.

– Ja? sa hon.

Sedan sa hon i tur och ordning "ja", "ja", "va?", "nej" och "ja, han sitter här". Satte handen för luren och viskade:

– Polischefen.

– Öh? sa Van Veeteren.

– Hiller. Polischefen. Han vill tala med dig.

– Jag är inte hemma.

– Han låter mycket angelägen.

– Säg åt honom att det är fyra år för sent.

– Men han...

– Söndagseftermiddag dessutom. Ser han inte att jag är upptagen?

– Det är nånting med Reinhart.

– Reinhart?

– Ja.

– Vad är det med Reinhart?

– Det är det han vill tala med dig om.

Van Veeteren funderade i två sekunder. Därefter suckade han och bytte bort sin söta sondotter mot en telefonlur fylld av en ful polischef.

Samtalet tog nästan en halvtimme, och i samma stund som han lade på luren, klev Marlene Frey in genom dörren efter välförrättat helgkneg på Merckx, den stormarknad där hon arbetade sedan två månader tillbaka. Det blev således inte tillfälle att ventilera polischefens oväntade och utstuderade sabbatsbrott förrän efter middagen – när mor och dotter givit sig av hemåt, och värd och värdinna på nytt sjunkit ner i soffan.

– Det är märkligt, sa Van Veeteren. Det är som om det jagade mig.

– Jaså? sa Ulrike Fremdli neutralt. Vad är det som jagar? Van Veeteren funderade.

– Nånting.

– Nånting?

– Ja. Kan inte precisera det än, men det förföljer mig i alla fall. Olivkärnan och prästen och Stravinskys stackars svala... Minns du den där morgonen i höstas när vi just hade kommit hem från Rom?

Ulrike nickade.

– De där strypta kvinnorna... och Robert Musil! Och nu kanske det är en ny, alltså.

– En ny Musil?

– Nej, tyvärr. Ett nytt offer.

– En strypt kvinna till?

– Ja, åtminstone tyder vissa saker på det. Men dom har inte hittat henne än. Hon är bara försvunnen, så det finns kanske hopp.

– Fy tusan.

– Kan man säga. Och det är ingen munter historia den här gången heller. Fast det är ju det som är själva den ruttna kärnan i polisarbetet...

– Vilket då?

– Att det aldrig känns bra när man har löst sina arbetsuppgifter heller. När allt är blottlagt. Det finns ingen tillfredsställelse under arbetets gång och ingen efteråt. Mera som en... ja, som en lyckad amputation ungefär.

– Jag förstår, sa Ulrike. Och vad är det man amputerar då?

– En bit av själen, sa Van Veeteren. Den ljusa sidan av själen. Men jag har ju slutat, gudbevars, vad sitter vi här och förmörkar oss för?

Ulrike nickade eftersinnande och tog hans hand.

– Vad är det som har hänt med Reinhart? frågade hon.

– Ligger på Gemejnte, sa Van Veeteren. Blev påkörd av en buss.

– Va? Påkörd av en...?

– Javisst. Hur fan kan nånting sådant hända? På Keymerstraat igår. Benbrott på tre ställen. Frakturer lite här och var. Dom opererade honom i åtta timmar, men det fixar sig. Allting har gått bra, påstod Hiller.

– En olyckshändelse, alltså?

– Ja. Men den kom ganska oläglig, dom har just fått upp någon sorts nytt spår efter den här stryparen, tydligen. Och nu ligger spaningsledaren i gips... det var därför Hiller ringde.

– Jaha?

– Som sagt.

Det blev tyst i soffan. Van Veeteren tittade upp i taket. Ulrike såg på honom över kanten på sina läsglasögon. Det gick fem sekunder.

– Nå?

– ...

– Nå? Du behöver inte säga det på blankvers.

Van Veeteren suckade.

– Allright. Han vill att jag skall rycka in som frilanskommissarie och hålla i rodret tills skeppet är i hamn. Dom har häcken full med annat också... han argumenterade rätt eftertryckligt, faktiskt. Hade nog tränat innan.

– Aha? Hon lutade sig lite närmare honom. Och törs man fråga vad du gav för besked?

– Inga bestämda, förklarade Van Veeteren och betraktade henne tankfullt. Ärligt talat har jag ingen lust att ge mig in i leken igen, men jag måste höra lite med Münster och Moreno först... och med Reinhart när han är talbar igen. Trots allt... trots allt går det ju en mördare lös därute.

Han vred på huvudet och kisade ut genom fönstret.

– Det är liksom det som är kvintessensen, fortsatte han och strök med handen över hennes bara underarm. Man sitter inne i trygghetens soffa med en kärleksfull kvinna, men därute i världen går det annorlunda till.

– Det gör det, instämde Ulrike. Fast man behöver kanske inte titta ut genom fönstret hela tiden. När skall du tala med dom?

– Imorgon, sa Van Veeteren. Ja, jag får träffa dom alla tre imorgon. Sedan får vi se.

– Vi får väl det, sa Ulrike. Jag tycker vi går och lägger oss nu, så du blir ordentligt utvilad.

Van Veeteren såg på klockan.

– Halv nio? sa han förvånat. Vad menar du egentligen?

– Kan det misstolkas? undrade Ulrike Fremdli och drog honom med sig mot sovrummet. Var har du gjort av din gamla beryktade intuition egentligen?

Han märkte att han log.

41

– Jag drack en amerikansk öl en gång, erkände Van Veeteren. Bara en gång, var vänliga notera det, men frånsett det felsteget var nog det här den tunnaste soppa jag stiftat bekantskap med.

Han betraktade sina bägge forna kolleger med en min av återhållet missnöje.

– Kommissariens bildspråk har inte försämrats sedan han blev bokhandlare, konstaterade Münster nyktert. Jovisst är det tunt, men linjen är ändå ganska klar, tycker jag.

– Exakt, sa Moreno. Det må vara en soppa, men det finns en tråd i den… en tunn tråd, som sagt.

A hair in my soup, tänkte Münster men höll tand för tunga.

– Ja ja, muttrade Van Veeteren och drack en klunk av Adenaar's betydligt fylligare öl. Låt gå, då. Jag förstår vad ni säger… vi skulle ha att göra med en akademiker, alltså? Någon som är anställd i den ena eller andra befattningen vid Maardams universitet. Docent eller professor antagligen, och medlem i Succulenterna… jag känner faktiskt till dom, men bara till namnet. Ja, ursäkta mitt raljerande, visst finns det ett mönster. Men vem som helst kan ju ha drällt bort den där förbannade lilla nålen uppe i Wallburg, eller hur?

– Naturligtvis, sa Moreno.

– Men anspelningarna på de här litterära mördarna stämmer bra med det övriga, framhöll Münster. Benjamin Kerran och Amos Brugger… vi har ju hela tiden förutsatt att gärningsmannen måste ha en viss bildning.

– Behövs ingen bildning för att läsa en engelsk skräpdeckare, sa Van Veeteren.

– Det binder samman alla morden med varandra, påpekade Moreno. Prästen, Monica och Martina Kammerle har ju hängt ihop hela tiden, men nu är vi rätt säkra på att han har Kristine Kortsmaa och Ester Peerenkaas på sitt samvete också. Om man får välja är det alltid bättre att leta efter en mördare istället för flera... det minns jag en kommissarie som alltid brukade säga.

– Om man får välja, ja, sa Van Veeteren och såg alltjämt skeptisk ut. Det skulle bli fem stycken, alltså?

– Jo, suckade Münster. Det verkar så. En handfull. Fast den stora frågan är förstås hur vi ska komma vidare med dom här satans frimurarna. Vi måste ju undersöka dom även om det skulle vara ett villospår... det blir inte lätt att få dom samarbetsvilliga. Hela företeelsen är ju ett sånt här brödraskap där man solidariserar sig med varandra oavsett vad saken gäller. Det är liksom grundtanken... du borstar mina tänder, så klipper jag dina tånaglar...

– Camorran, sa Van Veeteren. Jovisst, en sorts stat i staten, det är förmodligen alldeles riktigt. Men inte fan har dom nåt större inflytande i våra dagar... mer än när det gäller rent akademiska angelägenheter. Tjänstetillsättningar och sånt. Ni har inte börjat nosa på dom än?

Münster skakade på huvudet.

– Vi måste försöka göra lite vettiga avgränsningar innan vi sätter igång. Ta bort dom som verkar minst sannolika. Det finns elva stycken succulenter som är över åtti, till exempel. Vi kan nog avföra dom utan större betänkligheter.

– Förmodligen, sa Van Veeteren.

– Om vi exempelvis drar en åldersgräns vid femti, så får vi fyrtiotre stycken kvar... fast det är ändå inte det som är problemet.

– Vilket är problemet? undrade Moreno.

– Som jag ser det, fortsatte Münster… och som Reinhart ser det, om jag tolkade hans sluddrande rätt, så kan det innebära ett felgrepp att bara sätta igång och förhöra dem en efter en. Oavsett hur många man plockat ut som möjliga kandidater. Reinhart hade uppenbara svårigheter att få fram medlemsmatrikeln från själva överkuckun, prorektor Kuurtens. Om vi bara klampar in, kan dom mycket väl knäppa igen käftarna… när dom förstår att vi är ute efter en av dom.

– Herregud, sa Moreno. Vilket århundrade lever dom i?

– Inte det här i varje fall, sa Münster och suckade. Kanske inte i det förra heller.

Van Veeteren lutade sig tillbaka och tände en nyrullad cigarrett. Münster bytte en blick med Moreno och bestämde sig för att det kunde vara läge för lite tystnad. De hade suttit vid ett av de vanliga fönsterborden i över en timme nu. *Kommissarien* hade fått veta vad han rimligen kunde behöva känna till för att fatta sitt beslut, och antagligen befann han sig långt bortom alla övertalningsknep och enkla finter vid det här laget. Såvitt Münster kunde bedöma i varje fall.

Hade han lust att rycka in, så skulle han göra det. Ville han inte, fick de väl fortsätta att dra lasset med lite färre hästar. Det var som det var. Münster tittade ut genom fönstret och noterade att solen inte sken den här dagen heller.

– Jaha ja, sa Moreno efter en stund. Så ligger det till, med andra ord.

– Jag har förstått det, sa Van Veeteren.

– Du har bilden klar för dig? undrade Münster försiktigt.

Van Veeteren drog ännu ett bloss och såg upp.

– Klar som en Budweiser, sa han. Det var så det hette, det där blaskiga yankeepisset.

– Jaså, Bud? sa Münster. Nej, det är sannerligen inget vidare. Synd om Reinhart hursomhelst. Just nu och allting.

Van Veeteren ryckte på axlarna.

401

– Finns inga bra tidpunkter att ge sig på bussar, konstaterade han. Nåja, jag får se hur jag gör. Räkna inte med mig.

Moreno och Münster nickade unisont och väntade.

– Jag åker upp och pratar med Reinhart ikväll på sjukhuset. Ger besked till Hiller imorgon bitti, det kan ni hälsa honom. Är det tillfyllest?

– Jovisst, försäkrade Münster. Du skulle behövas i alla händelser. Vi sitter med ett par andra historier parallellt med den här utredningen, så det är lite tjockt. Rooth påstår att han tappat två kilo.

– Dåliga omen, konstaterade Van Veeteren. Men som sagt, räkna inte in mig i laget.

Han tömde i sig ölen och såg på klockan.

– Hoppsan, sa han. Dags att öppna butiken om det skall bli några böcker sålda. Tack för gratislunchen.

– Nöjet är helt på vår sida, försäkrade inspektör Moreno och fick en klapp på huvudet i retur.

– Jag... har... krockat... med... en... busch, sluddrade Reinhart.

– Jag ser det, sa Van Veeteren och drog fram en stol till sängkanten.

– Nummer... fjorton... jag... kommer... ihåg... att... det... var...nummer... fjorton.

– Bravo, sa Van Veeteren. Duktig polis.

Det här kommer att ta tid, tänkte han.

– Jag... har... inte... blivit... idiot, förklarade Reinhart. Men... jag... har... en... schpricka...i... schäk... benet.

Van Veeteren knackade honom uppmuntrande på det gipsade benet och betraktade hans blåsvullna anlete.

– Du ser ännu jävligare ut än vanligt, förklarade han vänligt. Tog du emot dig med ansiktet?

Reinhart hostade och rosslade en stund.

– There... isch... a... crack... in... every...sching, flåsade han och tecknade med sin obandagerade arm mot huvudet. Thatsch... how... the... light... getsch... in.

– Så sant som det är sagt, instämde Van Veeteren. Minns du vad som hände?

Reinhart försökte ruska på huvudet, men rörelsen var för våldsam och fick honom att grimasera.

– Bara... busch... numret... gick... och... tänkte... på... dom... schatansch... schuccu... lenterna... vaknade... i... ambu... lanschen... fan... vad... jag... är... trött...

– Hiller ringde, sa Van Veeteren.

– Jag vet, sa Reinhart i ett enda svep.

– Han vill att jag hoppar in.

Reinhart anlade någon sorts min som inte gick att tolka.

– Jag har inte bestämt mig.

– Det... är... inte... mitt... förschlag..., bedyrade Reinhart.

– Jag tror dig. Men du lär ju inte vara arbetsduglig på ett tag, som det ser ut?

– Dröjer... nog... ett... par... dar, grimaserade Reinhart. Men... jag... har... ett... önschke... mål...

– Verkligen?

– Schätt... fascht... den... jävla... schtryparn!

Van Veeteren funderade en stund medan Reinhart sörplade juice ur en pappersförpackning och stönade.

– Jag har en fråga, sa han när patienten sjunkit tillbaka mot kuddarna igen. Jag vill veta hur du ser på saken. Håller det verkligen, det här med nålen? Tror du på det?

Reinhart slöt ögonen och höll dem stängda i fem sekunder innan han svarade.

– Femtien... proschent..., sluddrade han. Jag... är... till... femtien... prosch... ent... över... tygad!

– Strålande, sa Van Veeteren.

Han satt kvar en stund medan han lyssnade till det svaga susandet från ventilationssystemet och erinrade sig sin egen operation för sex år sedan, och när han såg att kommissarie Reinhart somnat in, reste han sig försiktigt och lämnade salen.

Från Gemejnte promenerade han hem i ett lätt regn. Mindes att han haft ett paraply med sig från Klagenburg på morgonen, det låg antagligen kvar på antikvariatet. Eller på Adenaar's. Han hade i varje fall inte glömt det uppe hos Reinhart, det var han säker på.

Obeslutsamheten molade som ett välförtjänt illamående i honom, och han förstod att det gällde att hitta en metod. Ett sätt att avgöra saken; någonting icke-rationellt – som huruvida den första person han mötte när han svängde runt hörnet in på Wegelenstraat skulle vara en man eller en kvinna... eller om det skulle stå ett jämnt eller udda antal cyklar utanför biografen Paradiso.

Dra lott helt enkelt, och få beslutet ur världen.

För det var inte lätt.

Att hoppa in som kommissarie igen – låt vara för en kort period – var en högst vederstygglig tanke.

Men att inte dra sitt strå till stacken var åtminstone lika illa. I synnerhet som han hade den där förskjutna prästen i gott minne.

Pastor Gassel, som hade slutat sin jordevandring på järnvägsspåret av alla platser.

Och Hiller väntade besked imorgon. Satan också.

Fast kanske, slog det honom just som han hade passerat Zuyders steeg och motstått frestelsen att slinka ner på Sällskapet en timme, kanske fanns det en tredje väg? En kompromiss?

Tanken bet sig fast och förföljde honom ända hem. Fanns det alltså en möjlighet att tacka nej och ändå fullgöra sin plikt i det här segdragna fallet? Gick det att hitta en sådan lösning? En moralisk genväg.

Vore guld värt i så fall. Och värt att lägga ner en smula tankemöda på, utan tvivel.

Ulrike var inte hemma; han mindes att hon sagt något om en väninna med bekymmer. Han tände bara golvlampan i stora rummet och sjönk ner i fåtöljen framför fönstret. Steg upp och satte på Preisners *Requiem dla mojego przyjaciela* på CD:n och sjönk ner på nytt.

Började försiktigt rekapitulera allt som hänt sedan den där dagen i höstas, då han bet i den ödesdigra oliven.

Pastor Gassel.

De ensamma – och mördade – kvinnorna på Moerck-straat.

Den sockerkindade kyrkoherden ute i Leimaar med sin frisinnade sexualsyn.

Benjamin Kerran.

Moosbrugger.

Wallburgskvinnan och den försvunna fröken Peerenkaas, som hade annonserat efter sin mördare av allt att döma. Och den osannolika lilla nålen med spetsen pekande rakt in i den fina universitetsvärlden.

Och Reinhart påkörd av en buss mitt i alltihop!

Vilken historia, tänkte han. Vilken fullkomligt osannolik historia! Tankegången över den kändes som en utomordentligt osäker vandring över en sankmark. Ett träsk rentav, där det mesta var bottenlöst och okänt och där det var långt mellan tuvorna som bar.

Och där tråden mellan dem var tunn, just så tunn som både Moreno och Münster framhållit på Adenaar's.

Icke destomindre fanns den där. Tunn men hållbar. Det var också precis som de sagt, de gamla kollegerna, han hade ingenting att invända gentemot deras analys.

Fem mord, en gärningsman. När han tänkte på det, visste han att alla andra varianter verkade betydligt osannolikare. Bättre att leta efter en ogärningsman än flera, hade Moreno hävdat... någonting han själv kläckt ur sig vid något tillfälle, tydligen. Fan tro't.

Dessutom mindes han någonting.... nej, inte mindes, det var för mycket sagt.

En association bara; något slags länk till någonting som ännu så länge låg dolt i hans undermedvetna, men som förhoppningsvis skulle komma upp till ytan utan att han behövde anstränga sig. Eller offra en natts sömn på saken.

En association som var en bekräftelse?

Jo, så var det antagligen. Han förstod funktionen innan han kände till innehållet, det var en smula märkligt. En detalj, alltså, som rimmade med alla de här lätt bisarra omständigheterna: Kerran, Moosbrugger, universitetsvärlden...

Vad? tänkte han.

Vad då för jävla detalj?

Han gick och hämtade en mörk öl för att stimulera minnets gåtfulla mekanismer, och i samma ögonblick som han svalde den sista klunken fick han sin belöning.

Ja jävlar, tänkte han. Som ett brev på posten.

Han blev sittande ytterligare en kvart och funderade, medan rekviet via *Agnus Dei* och *Lux aeterna* tog sig fram till *Lacrimosa*, den skönaste av satser. När musiken var slut, plockade han med sig en ny flaska in till skrivbordet och började skriva ett meddelande till polischef Hiller.

42

– Du ser annorlunda ut på nåt vis, konstaterade inspektör Sammelmerk och betraktade Ewa Moreno som just kommit in genom dörren. Har det hänt nånting?

– Jag är lättad, log Moreno. Därav mina rosiga kinder. Men det är rätt banalt.

Irene Sammelmerk tänkte efter i två sekunder.

– Mensen?

– Ja. Fick den i morse. Tio dagar för sent. Kan du tala om varför vi måste ha det så här?

Sammelmerk ryckte på axlarna.

– Det står i kontraktet. I nästa liv får du bli man eller krukväxt, då slipper du perioderna.

– Får man välja?

– Välja?

– Mellan man och krukväxt.

– Jag tror det. Jag tyckte du sa att du hade bestämt dig för din gosse en trappa ner, förresten?

– Jovisst, erkände Moreno och satte sig i fönsternischen. Nog har vi bestämt oss. Fast bara för att flytta ihop... ja, gifta oss också, tror jag. Men är det inte en bra idé att kolla om man står ut med varandra under samma tak, innan man börjar sätta ungar till världen? Jag tror jag har läst det nånstans.

Sammelmerk lade pannan i veck.

– Det är en synpunkt, tillstod hon. Fast jag har aldrig provat den modellen för egen del, måste jag erkänna. Har liksom aldrig haft tid. Men nu skiter vi i filosofin. Vad står det på din dagordning idag?

Moreno suckade.

– Skrivbordsarbete, sa hon. Men allt har sin tid, antar jag. Och om man ändå blöder är det kanske lika bra. Nej, fy fan, det där menade jag inte. Du då?

– Samma här, sa Sammelmerk... ja, skrivbordet, alltså. Fast bara på förmiddagen förhoppningsvis. Om jag får min vilja fram gör jag en liten utflykt till Willby efter lunch.

– Willby? Varför då?

– Bra fråga, sa Sammelmerk. Jo, Clara Peerenkaas, alltså, det är henne jag har i kikaren. Rooth tyckte det hade varit lite för tyst från det hållet... om du kommer ihåg, så ringde hon ju hit varenda dag den första tiden efter att dottern försvunnit. Sedan upphörde det med ens... plötsligt, liksom. Tja, det betyder kanske ingenting, men det kan vara värt att undersöka saken åtminstone.

Moreno funderade.

– Kanske det, sa hon. Ja, om du slipper en halv dags pappersvändande, så är det absolut ett riktigt drag. Men du har inte fått klartecken än, alltså?

Sammelmerk slog ut med händerna.

– Hur skulle det ha gått till? Vi vet ju inte ens vem som tillhandahåller klartecknen för närvarande. Blir det den här beryktade VV som hoppar in, tror du? Skulle vara kul att träffa honom.

Moreno ryckte på axlarna.

– Jag vet inte, sa hon. Har faktiskt ingen aning. Ska inte du också upp till Hiller klockan tio och få besked?

Sammelmerk tittade på sitt armbandsur.

– Jovisst, sa hon. Jag är också utvald. Hon är två minuter i. Ska vi gå?

Polischef Hiller var inte till sin fördel denna glåmiga februarimorgon, men det var han sällan.

Moreno tyckte för ett ögonblick att han påminde om en fanatisk tysk frimärkssamlare och barnamördare, som hon sett i en dålig film för några månader sedan – och hon undrade hur det kunde komma sig att han hade fem barn och en hustru som behållit honom genom alla dessa år. Det måste vara uppemot fyrti, tänkte hon förfärat.

– Hm ja, inledde han. Alla på plats?

Han överblickade skaran. Det gjorde Moreno också. Münster, Rooth, Jung. Hon själv och Sammelmerk. Lovande inspektör Krause.

Det var de som kallats, tydligen. Den kriminella cirkeln.

Fler fanns väl heller inte att tillgå, noga taget. Hon sjönk ner bredvid Jung i den glatta skinnsoffan och slöt ögonen i väntan på att Hiller skulle ha skrivit upp de närvarande i sitt block. Försökte frammana hur det sett ut när hon började på kriminalavdelningen för åtta år sedan. Vilka som var kvar – och framförallt: vilka som inte var det.

Heinemann var borta, naturligtvis. Gamle timide intendent Heinemann, som hållit sig med ett alldeles eget tempo, men som ofta ändå gnetade sig fram till svar och lösningar som de andra bara rusade förbi i brådskan... Och deBries, som tagit livet av sig för halvtannat år sedan. För att undgå skammen. Det var fortfarande bara hon själv, Münster och Van Veeteren som kände till denna skam. Det verkliga skälet bakom hans självmord. Ett överdrivet intresse för unga flickor. Mycket unga flickor. Hon kunde inte undkomma rysningen när hon tänkte på det.

Någon mer som var borta?

Van Veeteren förstås. *Kommissarien.* Skulle han verkligen dyka upp igen? Hon hade svårt att tro det. Mycket svårt, han hade låtit föga entusiastisk på Adenaar's.

Hon öppnade ögonen, och av polischefens dystra frimärkssamlarnuna drog hon slutsatsen att hennes förmodan var riktig.

De nya ansiktena då? Jämfört med för åtta år sedan.

Krause hade tagit sig in i det ordinarie manskapet. Med flit, noggrannhet och ambition. Kanske skulle han bli en bra polis en dag. Men hon undrade om han någonsin skulle bli en man.

Och hon undrade varför en sådan nedlåtande tanke dök upp. Det var naturligtvis inget fel på Widmar Krause. Man eller krukväxt? Vilket fördomsfullt tänkande det gick att hemfalla åt ibland...

Sammelmerk hade kommit, hon kände en hastigt uppflammande tacksamhet inför detta, och hon hoppades sannerligen att hon anlänt till avdelningen för att stanna.

Fler nytillskott fanns inte. Man var färre nuförtiden, således, trots att brottsligheten knappast gått ned. Ännu färre just idag förstås, med anledning av Reinharts olyckshändelse. Det var därför man satt här. För Reinharts skull. Ewa Moreno satte handen för munnen och dolde en gäspning.

– Ja, godmorgon alltså, intonerade polischefen och bläddrade fram en ny sida i sitt block.

– Godmorgon polischefen, sa Rooth.

De övriga höll tyst.

– Läget är kärvt. Ovanligt kärvt.

Han strök med handen över huvudet för att kontrollera att det tunna håret låg som det skulle, och klickade ett par gånger med den senaste ballografen.

– Vi beklagar djupt malören med kommissarie Reinhart... vi hade alltså hoppats att det skulle gå att övertala Van Veeteren att rycka in under en begränsad tid. Det har dock inte lyckats, trots att jag hade en ordentlig överläggning med honom i söndags...

Han halade fram ett papper ur innerfickan och viftade med det.

– Jag har fått hans svar nu på morgonen och han avböjer... vänligt men bestämt, påstår han. Däremot säger han att han har för avsikt att, jag citerar, "bedriva viss spaningsverksamhet på egen hand!" Vad fan det nu betyder. Kommentarer?

Rooth passade på att nysa, men i övrigt var det ingen som hade några synpunkter.

– Det är som det är, återtog polischefen. I synnerhet Van Veeteren är som han är. Vi måste hursomhelst omdisponera styrkorna med anledning av Reinharts frånvaro... Münster, du får gå in som spaningsledare i det här gamla Kammerle-Gasselfallet... eller vad ni nu kallar det. Jag förutsätter att vi hittar en snabb lösning, det tycks ju ha förekommit en viss utveckling den senaste tiden och vi kan inte ha den här stryparen gående lös hur länge som helst, folks rättsmedvetande urholkas... Du använder de övriga efter behov, men vi har mycket annat att arbeta med också, så bara efter behov, kom ihåg det!

– Tack för förtroendet, sa Münster förbindligt.

– Och se för tusan till att upprätthålla kontakten med Van Veeteren. Gud vet vad han har i kikaren... privatspaning, det är så man får knottror!

Han demonstrerade sin vanmakt genom att knyckla ihop *kommissariens* svarsfax och kasta det i papperskorgen.

– Jag har inte för avsikt att lägga mig i det operativa arbetet i det här ärendet heller... mer än om det visar sig absolut, jag upprepar *absolut*, nödvändigt.

Ingen tycktes tro att denna typ av nödvändighet var särskilt nära förestående, och eftersom ingen heller hade någonting annat lämpligt på hjärtat, lät Hiller styrkorna skingras för att ge sig ut på fältet.

– Se till att lösa den här härvan! var hans sista order. Ni är faktiskt avlönade för det här. Allmänheten har rätt att förvänta sig en viss uppklarningsprocent.

Inspirerande genomgång, tänkte Münster när han stängde dörren. Fem och en halv minut lång. Om man skulle lägga sig i gips ett par veckor?

Van Veeteren satt nersjunken i fåtöljen i antikvariatets inre rum. Ute i butiken tassade två kunder försiktigt omkring mellan hyllorna; han kunde höra deras steg och försynta bläddrande som viskande ekon från en annan värld nästan, men han hade faktiskt förklarat att de kunde varsko honom om det var så att de behövde assistans. Eller om de rentav ville köpa något.

I knät hade han kopiorna av Succulenternas medlemsmatrikel, som han fått av Münster på Adenaar's i söndags. Fyra sidor. Etthundrafemtitvå namn.

Etthundrafemtien skulle rensas bort. Ett skulle återstå. Benjamin Kerran alias Amos Brugger alias Stryparen. Det var det som var uppgiften. Den ideala lösningen.

Han drack en klunk kaffe från muggen som stod i armstödet, fick en hastig och idiotisk association till kulinarisk såsreducering (där man började med tio liter grädde och slutade med en halvliter gudanektar), och satte igång.

Efter tio minuter hade han elva namn kvar.

Efter femton sex.

Efter ytterligare fem fyra.

Längre kom han inte.

Längre var det inte möjligt att reducera. Det fanns såser och det fanns såser. Han skrev upp namnen på ett löst papper och memorerade dem.

Erich Lambe-Silbermann
Maarten deFraan
David Linghouse
Mariusz Dubowski

De bägge första – Lambe-Silbermann och deFraan hade professorsstatus. Linghouse var docent, Dubowski disputerad lektor. Åldersnivåerna låg på respektive 48 – 42 – 38 – 41.

En av dem, tänkte han. En av de här männen har mördat

fem människor. Jag måste hysa tillit till metoden, tvivlet får sitta i garderoben så länge.

Det var lättare sagt än gjort, men han svalde beslutsamt alla invändningar. Tur att han inte var spaningsledare i alla händelser; den här metoden låg på ljusårs avstånd från normalt, godtagbart polisarbete. Han skakade på huvudet åt sig själv. Lyfte telefonluren och slog numret till Gemejnte Hospitaal.

Efter diverse kopplingar hit och dit fick han Reinhart på tråden.

– Hur mår du idag? frågade han.

– Tack bättre, sa Reinhart.

Det hördes på hans röst att han inte for med osanning.

– Du var här igår, eller hur?

Van Veeteren tillstod att varit på besök en stund.

– Fan, sa Reinhart, det är knappt så jag kan skilja mellan dröm och verklighet... förrän nu, alltså. Dom har tryckt i mig några kilo morfin, är jag rädd, men det är ju den seden dom har på det här slakthuset. Från och med idag bär jag dock min läkedomsprocess i egna händer.

– Så talar en riktig karl, sa Van Veeteren. Du kommer att kunna springa maraton i maj.

– Skulle aldrig falla mig in, protesterade Reinhart. Vad fan vill du? Du har väl inte hamnat i selen igen, jag vill verkligen inte att du...

– Ingen fara, försäkrade Van Veeteren. Men jag leker privatdetektiv... det har jag drömt om sedan jag var åtta år och det ger lite friare tyglar...

– Privatdetektiv?

– Ungefär. Ja, kalla det vad du vill, förresten. Jag har en idé angående den här mördaren ni letar efter, men den är lite oortodox, så det är lika bra att jag sköter om den i skuggan.

– Gammal bokhandlare talar i tungor, sa Reinhart. Aj!...

413

fan också, jag glömde att jag är handikappad! Nå, jag är också en skugga av mitt forna jag... tala nu om vad i helvete du menar!

– Jag tänkte utnyttja din hustru, sa Van Veeteren.

– Min hustru?

– Ja.

– Winnifred?

– Har du flera?

– Nej. Men...

– Bra. Och du har ingenting emot det?

Reinhart hostade och stönade en stund.

– Vad tänker du ha för dig med min hustru?

– Hon har sin tjänst på engelska institutionen, är det inte så?

– Jo... javisst.

– Hrrm, jag har alltså räknat ut att Stryparen finns där också.

Det blev tyst i luren en stund.

– Ursäkta, sa Reinhart sedan. Var tvungen att kontrollera att jag var vaken. Varför i alla glödheta skulle han finnas på engelska institutionen?

– Jag kommer upp och berättar det för dig någon av de närmaste dagarna, lovade Van Veeteren generöst. Jag vill bara testa hållbarheten i min teori först. Men du har ingenting emot att jag konsulterar Winnifred, alltså?

– Varför skulle jag ha det?

– Bra. Hon är en kvinna med gott omdöme, eller hur?

– Hon har valt mig, konstaterade Reinhart. Kan det sägas tydligare?

– Hrrm, sa Van Veeteren. Förmodligen inte. Det gläder mig att höra att du är vid gott humör. Vet du om hon är hemma ikväll?

– Om hon inte sitter här, som en god och kärleksfull hustru. Joanna tycker det är skitkul på sjukhuset, för övrigt, så dom tittar nog upp en stund.

– Jag förstår. Då kanske du kan förvarna om att jag kommer att höra av mig?

– Lita på det, sa Reinhart. Vet dom andra om dina griller? Van Veeteren gjorde en paus.

– Inte än. Münster är spaningsledare i din frånvaro, jag kommer att hålla honom underrättad om det faller väl ut. Men bara då.

– Om jag inte vore gipsad, morrade Reinhart, så skulle jag krama ur dig vad fan det är du håller på med. Det vill jag att du ska ha klart för dig.

– Du *är* gipsad, sa Van Veeteren. *Det* har jag klart för mig.

Han lade på luren och drack ur kaffet.

43

Klockan var ett par minuter över tio när han ringde på dörren på Zuyderstraat 14. Det var Winnifred Lynch själv som bestämt den sena tidpunkten för mötet, men Van Veeteren tyckte hon såg mer än lovligt trött ut när hon öppnade.

– Utschasad, förklarade hon också omedelbart. Arbete, dagis, sjukhus, matlagning, badning, läggning, saga... A day in the life, sannerligen. Jag måste få en whisky, vill du också ha en?

– Tackar, sa Van Veeteren och hängde av sig rocken. Jag lovar att inte bli långrandig, men det är nödvändigt att du är någotsånär skärpt. Reinhart sa att du brukar vara det.

– Det är jag som har hand om förståndet i familjen, tillstod Winnifred. Oroa dig inte. Slå dig ner därinne, så ordnar jag ett par glas. Vatten? Is?

– En centimeter kranvatten, tack, sa Van Veeteren och gick in i vardagsrummet.

Han tyckte om det, märkte han. Och mindes att han brukade göra det. De strama välfyllda bokhyllorna. Pianot. De nästan kala väggarna och de stora insuttna sofforna. Ingen teve. En tunn svart musikanläggning och en palm som snuddade vid taket. Sparsamt med ljus.

Han insåg också att han inte varit här på fyra-fem år... inte sedan Reinhart parade ihop sig med sin fagra hustru, faktiskt.

Varför då? tänkte han. Vad gör vi med våra liv och våra vänner? Reinhart var ju bland de uthärdligaste människor han träffat överhuvudtaget.

Winnifred återkom med ett glas i var hand.

– Skål, sa hon och dråsade ner i den motsatta soffan. Jag måste säga att du gjort mig nyfiken. För att inte tala om vad min käre make är.

– Jag ber om ursäkt, sa Van Veeteren. Det är inte min mening att vara gåtfull, det är bara så förbannat dumt att sprida sina förnumstigheter för alla vindar. Men jag behöver din hjälp, som sagt.

– Jag har förstått det, sa Winnifred Lynch.

– Saken är den att jag är ute efter ett raskt snitt... en genväg direkt fram till målet. Visar det sig att det är alldeles fel, är det bättre att så få som möjligt kände till dumheterna.

– Jag är med, bekräftade Winnifred och tog en ny smutt på sin whisky. Utschasad men klar i knoppen, tro mig.

– Din tystnad är ett villkor.

– Jag är inte född igår.

– Bra. Och jag kommer att oroa dig djupt.

– Jag är redan oroad.

– Och smutskasta dina kolleger.

Hon log hastigt.

– Jag har fått viss information från sjukhuset, glöm inte det. Du kan strunta i preludierna.

– Allright, sa Van Veeteren. Jag vill bara försäkra mig om att du är med på noterna och förstår vilken tonart de går i.

Hon svarade inte. Han tog fram papperet med namnen. Satt tyst en stund, men Winnifred såg lika lugnt avslappnad ut som en gudinna efter badet.

Eller kärleksakten.

Trots att hon verkat så trött för bara några minuter sedan, således, det var egendomligt så fort hon bytt aura. Det är någonting med vissa kvinnor..., tänkte han och märkte att han höll på att tappa tråden. Han harklade sig och lutade sig framåt; sköt det dubbelvikta papperet tvärs över bordet, men lät två fingrar vila på det.

– Här står namnen på fyra av dina kolleger vid engelska institutionen, förklarade han långsamt. Jag vill att du studerar namnen och koncentrerar dig på människorna bakom namnen. Visualisera dem så gott du kan, du får inte ha bråttom... vi kan gärna sitta tysta en halvtimme, om det behövs. Det jag vill ha reda på är alltså vem av dem det är som kan ha dödat fem människor.

Hon svarade inte. Nickade bara lite vagt; han förstod att det måste ha varit någonting sådant här som föresvävat henne. Trots allt.

Hon hade talat med Reinhart och de hade dragit sina slutsatser tillsammans. Det skulle ha varit konstigt om de inte gjort det.

– Om du inte intuitivt fastnar för någon av dem, skall du låta det vara. Det här har ingenting med normalt polisarbete att göra, men du kan lita på mitt omdöme. Om det inte är någon av de fyra, eller om du pekar ut fel person, stannar det mellan oss. Det kommer inte att betyda någonting i något hänseende. Men...

– ... men om jag pekar rätt?

– ... så kommer det att underlätta hela processen, och sätta fast en mördare.

– Verkligen?

– Förhoppningsvis i alla fall. Ansvaret är förstås mitt helt och hållet. Går du med på de här premisserna?

Hon betraktade honom ett kort ögonblick med någonting nästan roat över munnen, innan hon svarade.

– Ja. Jag går med på det.

Van Veeteren tog bort fingrarna från papperet och lutade sig tillbaka.

– Då så. Varsågod.

Inspektör Sammelmerk hade många goda sidor men bara en mani.

418

Hon älskade att duscha.

Det hade inte med någon överdriven renlighetsiver att göra. Inte alls. Hade mera att skaffa med själen än med kroppen på det hela taget, även om den kroppsliga njutningen förstås var själva åsnebryggan över till själens framsida.

När de varma – så varma att de nätt och jämnt var uthärdliga – strålarna träffade området runt sjunde halskotan och första bröstkotan spred sig ett slags elektriskt välbefinnande ut i hela hennes kropp, och det var inte utan att hon ibland frågat sig om inte Vår Herre gjort ett slarvfel när han placerade ut hennes g-punkt.

Fast det funkade inte med beröring, bara med varmvatten, så kanske var hon inte fullt så abnorm när allt kom omkring.

Hursomhelst duschade hon gärna och länge. I synnerhet länge. Kunde ibland nästan falla i trans inne i badrummet, till övriga familjemedlemmars alltmer luttrade förvåning. Tjugo-tretti minuters skvalande var ingen ovanlighet, men med tiden hade både datasnillet och telningarna lärt sig att det var som det var. Varje människa har rätt att få sina grundläggande behov tillfredsställda, brukade hon framhålla, och skulle hon försöka arbeta bort den här harmlösa perversiteten, skulle det säkert dyka upp någonting mycket värre istället. Summan av lasterna är konstant.

Det var heller inte alltid fråga om detta transartade försjunkande. Inte varje gång. Under duschen kunde hon lika gärna uppleva en förhöjd och aktiv livskänsla av klarhet och tankeskärpa, och viktiga beslut och överväganden fick ofta sin säkraste förankring och sitt tydligaste uttryck just under dessa meditativa stunder. Tilltrasslade tankehärvor rätades ut och irritationer spolades bort; om hon någon gång sökte efter förklaringar till dessa sakernas lite märkliga tillstånd, fann hon oftast den mest kongeniala lösningen i att hon var född i fiskarnas tecken. Helt enkelt.

Resten av familjen var jord- och lufttecken och kunde knappast förväntas förstå vattnets betydelse till fullo.

Den här kvällen stod hon i duschen redan tjugo minuter efter att hon kommit innanför dörren, och det var egentligen bara ett problem som sysselsatte henne under strålarna. Ett enda.

Samtalet med Clara Peerenkaas.

Intendent Münster hade utan betänkligheter accepterat hennes förslag om en förnyad kontakt med de oroliga föräldrarna borta i Willby – som för övrigt råkade vara hans egen födelsestad, hade han anförtrott. Hon hade ringt och aviserat sin ankomst, och klockan fyra hade hon tagits emot i ett prydligt, gulkalkat radhus utmed en kanal i den idylliska småstaden vid floden Gimser.

Maken hade inte varit tillstädes. Inspektör Sammelmerk hade druckit te och ätit småkakor, suttit i en hal plyschsoffa och försökt förstå vad det var som störde henne i fru Peerenkaas uppträdande.

Om inte störde, så åtminstone förvånade.

För det var någonting.

Subtilt och ogripbart visserligen, men ändå någonting.

Oron över vad som kunde ha hänt med dottern föreföll nog så genuin, inte tu tal om saken. På Sammelmerks direkta fråga om varför paret slutat höra av sig till polisen, svarade hon att man tappat sugen när ingenting hände. De hade diskuterat möjligheten att anlita en privatdetektiv, men hade ännu inte kommit till något beslut. Istället inriktade man sig på att försöka hantera sin oro och sin rädsla.

Detta verkade inte särskilt långsökt som förklaring betraktat, tyckte Sammelmerk. Man var troende och hade fått mycket stöd från sin församling, förklarade fru Peerenkaas. Det hölls förbön för Ester flera gånger i veckan, bland annat; när man inte kunde uträtta någonting konkret för egen del, var det människans lott och plikt att lägga sitt öde i Guds händer. Lugnt och förtröstansfullt.

Det hela hade låtit nog så övertygande, och det var egentligen först när hon satt i bilen på väg tillbaka till Maardam, som inspektör Sammelmerk började tvivla på sina sinnens vittnesbörd. När de kommit lite på avstånd, så att säga.

Och när hon sedan stod där i det strömmande vattnet kom hon också snart fram till var knuten satt.

Hon ljög.

På någon punkt ljög fru Peerenkaas.

Gud vet vilken, tänkte hon och insåg att det antagligen kunde tolkas direkt bokstavligt med tanke på vad som sagts om bönerna och det hinsides.

Ett slags skevhet hursomhelst. Fru Peerenkaas höll inne med någonting och hade inte riktigt förmått dölja att hon gjorde det.

Ungefär så var det.

Ungefär där klämde skon.

Vad?

Vad hade hon hållit inne med? frågade sig inspektör Sammelmerk och ökade vattentemperaturen med en halv grad.

Det hjälpte inte.

Det hjälpte inte heller att hon stod kvar där i trettifem minuter. Inte att hon ökade med en halv grad till, så att det verkligen blev på gränsen till det outhärdliga – och inte att yngste sonen kom och bultade på dörren och undrade om hon skulle hålla på hela natten eller höll på att förvandlas till en säl.

Ingenting hjälpte.

Någonting var fel, det visste hon. Fru Peerenkaas for med osanning om någonting.

Men hon visste inte vad, det var som förgjort.

Winnifred Lynch vek ihop papperet och drack ur de sista whiskydropparna.

– Jag är klar, sa hon.

Van Veeteren ryckte till och insåg att han varit nära att falla i sömn. Han såg på klockan. Det hade ändå bara gått några minuter. Men tystnaden hade varit påtaglig. Högst påtaglig. Som ett vakuum.

Hon sköt tillbaka papperet över bordet på samma sätt som han gjort. Som ett sista mörkat kort för att fylla en straight flush, tänkte han. Han tog det och vek upp det.

– Vem? sa han.

– Maarten deFraan, sa hon. Nummer två.

Han betraktade namnet. Lät några sekunder rinna undan och strök med handen över kinden. Märkte att han var orakad.

– DeFraan? sa han. Du är säker?

Det var bara ett namn för honom. Ingenting mer.

– Om det är en ur den där kvartetten, ja. De andra är uteslutna.

– Hur kan du veta?

– Jag vet.

Han funderade en stund.

– Är han en trolig kandidat? Eller bara den minst osannolike?

Hon dröjde med svaret. Höll fingertopparna pressade mot varandra och betraktade sina händer.

– Jag kan... jag kan faktiskt tänka mig honom i den rollen. Han har alltid gett mig obehagliga känslor.

– Känner du honom väl?

– Inte alls. Kom ihåg att vi är över tretti anställda på institutionen. Jag ser honom då och då, men vi har våra rum rätt långt ifrån varandra... det blir mest på sammanträden och så.

– Vad vet du om honom?

422

Hon gjorde en avvärjande åtbörd med huvudet.

– Inte mycket. Nästan ingenting. Han kom till institutionen året innan jag började, tror jag. Fick professuren i engelsk litteratur, det finns en till med mer lingvistisk inriktning, det är där jag hör hemma. DeFraan var i Aarlach tidigare, om jag inte tar fel. Räknas som en stor begåvning, det är ovanligt att man får en professur före fyrti.

– Gift?

– Jag tror inte det.

– Vet du var han bor?

– Nej. Rätt nära universitet, har jag för mig. Men jag kan ta fram alla uppgifter om honom ur datorn, om du vill?

– Utmärkt, sa Van Veeteren. Kan jag få det imorgon?

– Självfallet. Får man ställa en fråga till oraklet?

– Oraklet svarar bara om han vet svaret, kontrade Van Veeteren.

– Fair deal, sa Winnifred och drog hastigt på munnen. Vad var det som ledde dig fram till... ja, till den här kvartetten på engelska institutionen?

Van Veeteren överlade ett ögonblick med sig själv.

– Allright, sa han. Ett par tämligen grova pekpinnar faktiskt. Känner du till fallet?

– Litegrann, erkände Winnifred. Vi har diskuterat det i badkaret några gånger... och nu i eftermiddags på sjukhuset, förstås.

– I badkaret? sa Van Veeteren. Reinhart och du?

– Ja, det är där vi samtalar bäst. Hm, ja...

– Jag förstår, sa Van Veeteren. Nåja, det är inga märkvärdigheter, det är det aldrig när jag är i farten. Att den här personen som polisen letade efter hade en viss litterär bildning stod ju klart ganska tidigt, och när man fick ett tips som pekade rakt in i universitetsvärlden, blev det ju närmast en fråga om att hitta rätt fakultet... och ämnesområde. Robert Musil är förstås allmängods, behöver inte betyda någon tyskspråklig belastning, men den här Benjamin Kerran ur en obskyr engelsk kriminalroman... parat med T. S. Eliot på Keefers restaurang, ja, jag vill påstå att det räcker.

– Kanske det, instämde Winnifred eftertänksamt. Men inte är det säkert?

– Har jag heller aldrig påstått, betonade Van Veeteren. I alla händelser finns elva av dina engelska kolleger med i det här Succulentsällskapet. Sju föll för åldersstrecket. Men visst är det som du säger – högst osäkra observationer. Och kom ihåg att det här är fråga om en metod och ingenting annat, felmarginalen är närmast grandios. I samma stund som jag upptäcker att deFraan har rent mjöl i påsen, kan vi bara glömma hela saken och ingen skada är skedd... vet du förresten vad han har för specialområde?

Winnifred tänkte efter och han såg att någon sorts insikt landade i henne.

– Jäklar, sa hon. Det kan stämma. Jag är rätt säker på att hans avhandling handlar om engelsk populärlitteratur. Underground och deckare och sånt... början av 1900-talet, skulle jag tro.

– Aj då, sa Van Veeteren. Kan ligga honom i fatet onekligen. Nej, nu skall jag inte störa dig längre. Jag behöver väl inte påpeka vad din insats kan komma att betyda?

– Inte att jag ska hålla klaffen heller, försäkrade Winnifred Lynch. Tack själv, det har varit... intressant. Vill du att jag faxar personuppgifterna till antikvariatet imorgon?

Van Veeteren skakade på huvudet.

– Skulle föredra att komma till universitetet och hämta dom. Skadar inte om jag får ta mig en titt.

– Som ers nåd behagar, sa Winnifred. Du hittar mig på mitt rum när som helst mellan tolv och fyra, men ring först för säkerhets skull.

Van Veeteren lovade att göra det. Stoppade namnlistan i fickan och reste sig. När han fått på sig ytterkläderna ute i tamburen, hade Winnifred en sista undran.

– Hur många har han dödat?

– Om det verkligen är han, kan han ha hunnit med fem stycken.

– Herregud, viskade Winnifred och han förstod att det var först nu som det till fullo gick upp för henne vad det var frågan om. Att det inte rörde sig om någon sorts teoretiskt problem.

– Gå och lägg dig och tänk på nånting annat, rekommenderade han.

– Jag ska bara ta en whisky till först, sa Winnifred Lynch. Vad säger du?

Han tackade nej och lämnade henne.

Ulrike sov redan när han kom hem till Klagenburg.

Kanske var det lika bra. Han skulle inte ha kunnat avhålla sig från att diskutera med henne vad som framkommit under samtalet, och det förnuftigaste var förstås att inte dra in någon annan i det här. Inte ens Ulrike. Inte ens som resonemangspartner; metoden och hans planer tålde förmodligen inte hur mycket synpunkter och kvinnligt förnuft som helst.

Planerna var det visserligen inte mycket med än så länge. Men han hade ett namn nu.

Ett namn utan ansikte. Ännu hade han inte sett Maarten deFraan, varken på bild eller i verkliga livet. Det kändes märkligt. En märklig väg att hitta fram till en mördare, han funderade på om han någonsin gått till väga på samma kliniska vis när det gällde att leta efter en gärningsman. Antagligen inte.

Han tittade lite tvehågset i skafferiet efter en mörk öl, men bestämde sig för att avstå. Hade det funnits lite whisky hemma hade han nog unnat sig ytterligare några droppar, men han visste att de druckit ur det sista under julhelgen och att det inte blivit av att köpa nytt.

Starksprit var inte hans dryck heller. Rött vin eller öl. Ju mörkare desto bättre. I bägge fallen. Och Ulrike rimmade med honom på den här punkten också.

Men nu var det inte dryckesvanor det handlade om. Nu gällde det Stryparen. Han letade fram Pärts Alinasvit och satte på CD:n på låg volym. Sträckte ut sig i soffan och mörkret med en filt över sig.

Professor deFraan? tänkte han. Vem i helvete är du?

Privatspanare Van Veeteren? tänkte han sedan. Vem i helvete tror du att du är?

Fyndigt. En formulering han skulle kunna använda i memoarboken om den någonsin blev klar. Han hade inte skrivit i den på över tre månader nu. Satt fast i det där förbannade fallet G, det var inte första gången. Hans enda ouppklarade historia efter mer än tretti år i kåren; det var förstås inget dåligt facit, men G kunde fortfarande hålla honom vaken om nätterna.

Försvinn! sa han åt G. Nu koncentrerar vi oss på Stryparen!

Han drog ett djupt andetag och slöt ögonen.

Planen således? Vad göra? Hur skulle han närma sig honom?

Hur få professor deFraan att avslöja sig, för att uttrycka saken alldeles explicit? Vilken sorts konfrontation var den rätta? I vilken situation kunde han förväntas tappa masken i tillräckligt hög grad för att en luttrad antikvariatsbokhandlare skulle förmå att observera det?

Hinna med att registrera det där absolut unika uttrycket som fanns i varje mördares ögon. I vissa situationer.

Kanske inte i alla mördares ögon, korrigerade han efter några sekunder. Men i de flestas.

Just när mördaren för första gången konfronteras med den andres blick. Den andre som vet.

För då, tänkte Van Veeteren, just i den där bråkdelen av

den där sekunden drar en slöja över mördarens öga, och ingenting kan vara tydligare för den som känner till mekanismerna. Ingenting.

Men det finns en annan sort också, erinrade han sig.

En annan sorts mördare som aldrig drabbades av skammens slöja. G till exempel. Van Veeteren blev tvungen att göra en ny tankeansträngning för att bli av med honom.

Och om Maarten deFraan faktiskt var skyldig och av samma hårda material som G, ja, då skulle metoden aldrig fungera.

Fast det återstod att se. Mycket återstod att se, det var en sak som var säker.

Han gäspade. Funderade på om han skulle ligga kvar och sova en stund i soffan och lyssna färdigt på Pärt. Eller om han skulle ta sig över till Ulrike i sovrummet.

Det var inget svårt val.

44

Föreläsningssalen såg ut att rymma drygt hundra personer och var fylld till ungefär tre fjärdedelar. Han valde en någotsånär diskret plats på näst sista raden. Slog sig ner, fällde upp det lilla anteckningsbordet och försökte se ut som en 23-årig student.

Det föll sig inte alldeles naturligt för honom; han tittade sig omkring och uppskattade att han med åtminstone femtons års marginal var den äldste i församlingen – bara ett par kvinnor, som satt två rader snett framför honom, såg ut att ha passerat fyrtistrecket, och skänkte lite tröst. Han identifierade dem luttrat och fördomsfullt som ett par gymnasielärarinnor, som lyckats utverka en termins tjänstledighet för att förkovra sig en smula i engelska språket och litteraturen. Och slippa undervisa.

I övrigt var det ungt och begåvat. Ungefär som det sett ut när han själv läste ett par år på universitet runt 1960 – i blandade ämnen och med blandad framgång. Till sin förvåning märkte han att han saknade det. Att han längtade tillbaka – med ett inte obetydligt mått av avund gentemot alla dessa unga människor med en oändlighet av oskrivet liv framför sig.

Fast fullt så enkelt var det förstås inte. Han insåg det. Hade inte varit det då och var det inte nu heller. Personligen hade han gjort sina felskär och taskiga navigeringar i tillvaron, de här unga begåvningarna hade de flesta av sina kvar; det kunde nog vara hugget som stucket vem som var mest avundsvärd.

Han mindes lukten också. Om den utsöndrades ur själva den spatiösa lokalen med höga spröjsade fönster, insuttna träbänkar och varma dammiga element – eller om människor i tjugotreårsåldern alltid bar med sig just en sådan här doft – visste han inte. Men det kvittade. Likadant nu som då, hursomhelst. Det kändes också oväntat, som om han hamnat i ett veck i tiden som inte fyrti år förmått räta ut... en sorts motståndsficka kanske? Mot all förment så kallad utveckling. Ju äldre vi blir, desto cirkulärare tidsuppfattning skaffar vi oss, tänkte han. Desto mindre avstånd mellan igår och imorgon. Det är förstås inte särskilt underligt.

Han plockade upp sitt block och papperen han fått av Winnifred Lynch, och funderade på om det skulle förekomma någon form av närvarokontroll. Inte för att det heller spelade någon roll; Winnifred hade påstått att det var högst osannolikt, och han skulle under inga förhållanden bli utkörd. Professor deFraans föreläsning om Conrad, Borrow och Trollope var öppen för studenter som gick på en rad olika kurser, och det var inte ovanligt att det slank in folk som ville lyssna av purt intresse. Så alldeles ovidkommande behövde han inte känna sig. Även om han var det.

Personuppgifterna om Maarten deFraan upptog nätt och jämnt två tättskrivna sidor; han hade fått dem i sin hand inne på Winnifred Lynchs rum för fem minuter sedan och inte hunnit mer än kasta en blick på dem. Om framställningen blev alltför sövande kunde han väl passa på att göra det i all diskretion medan han ändå satt här. Kasta ytterligare ett par blickar, alltså.

Detta kändes också märkvärdigt bekant – att ha ett slags bisyssla att ägna tankarna åt under föreläsningarna. Det var förmodligen så han resonerat redan på sextitalet, när han satt här på riktigt. Undra på att man aldrig kom längre än man gjorde i den akademiska cirkusen, tänkte Van Veeteren och gäspade.

Men det fanns förmodligen ingen anledning att gråta över spilld mjölk i det här fallet heller.

DeFraan gjorde entré exakt femton minuter över elva, och det stillsamma sorlet övergick i en någotsånär vördnadsfull tystnad. Van Veeteren kunde omedelbart konstatera att han inte fick något tungt vägande förstahandsintryck. Tyvärr, men det hade kanske varit mycket begärt. DeFraan såg frisk och förhållandevis vältränad ut. Något över medellängd, ganska kraftig och med ett ansikte som vagt erinrade Van Veeteren om någon amerikansk skådespelare som han för länge sedan glömt namnet på. Håret var halvlångt, mörkt och lite gråsprängt; de tunna ovala glasögonen och det välansade skägget gav en nimbus av styrka och intellektuell integritet. Mörk polotröja och en enkel gråsvart kavaj; det verkade troligt att kvinnor kunde falla för honom.

Han hälsade välkommen. Tog av sitt armbandsur, placerade det framför sig på katedern och satte igång utan vidare preludier.

En kort men elegant exposé över den engelska 1800-talsromanen på knappt fem minuter, innan han var framme vid den förste av de tre författare som stod på programmet: Joseph Conrad.

Då och då antecknade han på tavlan och ute i salen skrevs det för fulla muggar, noterade Van Veeteren lite förvånat. Några av åhörarna hade till och med bärbara små bandspelare placerade på skrivklaffarna. Det hade man aldrig haft för fyrti år sedan, han började ana att professor deFraan räknades som en auktoritet.

För egen del fick han dock snart problem när det gällde koncentrationen. Uppenbarligen var det dåligt med syre i lokalen, och gravitationens inverkan på ögonlocken var inte att förakta. Han hade läst både Conrad och Trollope; hade sitt eget personliga förhållande till åtminstone Conrad, och hade väl egentligen inte något större intresse av att få sina uppfattningar omvärderade eller reviderade.

Inte av en potentiell mördare i varje fall.

Borrow kände han blott till namnet och knappt det. Han märkte att han gäspade igen, det knakade i käkarna och det var märkligt hur rogivande det var att sitta i den här salen.

DeFraans röst var stark och välmodulerad. Medan han som bäst fördjupade sig i den Vite mannens börda i Mörkrets hjärta, kände Van Veeteren en tydligt tilltagande svårighet att ikläda honom den roll som var orsaken till att han själv satt här.

DeFraan uppträdde inte som en Strypare, helt enkelt. Lät inte som en mördare.

Uppträdde inte som en strypare?

Van Veeteren skakade på huvudet åt denna amatörmässiga bedömning. "Vi måste ha klart för oss att även ogärningsmän för det mesta uppträder alldeles normalt" – det var en regel som gamle Borkmann inskärpt i honom för många år sedan. "Under vissa omständigheter kan det till och med vara omöjligt att särskilja en busslast psykopater från en högst fredlig samling oförvitliga samhällsmedborgare", hade han lagt till och dragit upp munnen i sitt karaktäristiska flin. "Till exempel ett gäng begravningsentreprenörer på söndagsutflykt."

Van Veeteren log för sig själv han också, när han insåg att han mindes det ord för ord.

Lät inte som en mördare!

Borkmann skulle ha skrattat ut en sådan formulering. Så osvuret var förstås bäst. Som vanligt. Van Veeteren beslöt sig för att lämna professorn kvar i mörkrets hjärta och istället titta lite närmare på de uppgifter om honom som Winnifred Lynch hade hittat i datorn.

Till övervägande delen handlade det förstås om akademiska meriter. Examina. Anställningar. Publicerade skrifter och artiklar. Symposier och konferenser som deFraan deltagit i... vetenskapliga projekt han hållit i. Van Veeteren skummade hastigt igenom allt detta. Noterade att han disputerat på en avhandling med titeln *Narrative Structures in Popular Fiction*, och att han varit anställd som professor i engelska vid Maardams universitet sedan 1996. Tidigare hade han under fyra år innehaft en lektorstjänst vid det betydligt mindre ärevördiga lärosätet i Aarlach, vilket också var hans hemmauniversitet.

De mer personliga personuppgifterna upptog ungefär halva det andra arket och omtalade bland annat att han var född i Lingen den 7 juni 1958. Att han varit gift, men var änkling sedan 1995, att han inte hade några barn, samt att han bodde på Kloisterstraat 24.

Mycket mer var det inte. Van Veeteren läste igenom alltihop från början till slut en gång till, för att se om där möjligen fanns någonting – någon aldrig så liten detalj eller omständighet – som kunde peka på att han verkligen var den man letade efter. Stryparen. Den omskrivne och gäckande galning som dödat fem människor med sina bara händer.

Mördaren med stort M.

Han lyfte blicken och betraktade den välklädde mannen framför white-boardtavlan. Han stod och skrev någonting nu, ett par boktitlar och ett par årtal. Skulle dessa händer, alltså... denna hand (som hade ett plåster över handryggen, noterade Van Veeteren automatiskt), skulle dessa fingrar, som nu höll i den blå filtpennan och formade dessa bokstäver, i ett annat läge och under vissa omständigheter kunna sluta sig om en kvinnas hals och...?

Det förefall absurt. Nog hade han mött ulvar i fårakläder många gånger under sin karriär, men det här verkade mer än lovligt osannolikt.

432

Privatspanaren suckade och tittade på klockan. Det var tjugo minuter kvar av föreläsningen. Han märkte att han längtade efter någonting att dricka.

För att ha någonting att sysselsätta sig med tog han upp *Strangler's Honeymoon* ur portföljen och började bläddra i den. Han hade sökt den i början av december och fått ett exemplar från Dillman's i London i mitten av januari. Hade läst boken, men inte haft särskilt stor behållning av den.

Det var bara det där förbannade namnet som spökade.

Kerran. Benjamin Kerran.

Han hade svårt att förknippa det med den där prydlige akademikerknodden därframme vid pulpeten. Mycket svårt.

Sedan fick Borkmann säga vad han ville.

Två av studentskorna – en kort, kraftig, mörk och en lång, blond, hästsvansad – hade synpunkter på Trollope att diskutera med deFraan, och Van Veeteren fick vänta en stund innan han kunde få ett ord med professorn på tu man hand. Så småningom var dock flickorna klara, det syntes att de nog gärna velat förlänga samtalet, men att de saknade förmågan. *Förmågorna* – både de intellektuella och de rent kvinnliga, antagligen. Överdrivet och omständligt tackade de, stoppade ner sina pennor och anteckningar i axelremsväskorna, knixade en smula och släntrade ut ur salen. DeFraan rättade till glasögonen och såg uppmärksamt och frågande på Van Veeteren.

– Ursäkta. Jag vet inte om ni har tid en minut?

DeFraan drog lätt på munnen och sköt in sina föreläsningsnotater i en gul plastmapp.

– Naturligtvis.

– Tack. Mitt namn är Van Veeteren. Jag är delägare i Krantzes antikvariat borta i Kupinskis gränd.

– Jaha?

– Saken är den att jag fick in en bok häromdagen, som jag

433

undrar om ni kan hjälpa mig med... eller med författaren, snarare... Henry Moll. Han är alldeles okänd för mig.

Han räckte över den ganska skamfilade, häftade volymen. DeFraan tog den i sin hand och betraktade den under en sekund med ena ögonbrynet höjt. Justerade glasögonen igen, slog upp försättsbladet och kontrollerade copyrightuppgifter och tryckår.

– Jag är ledsen, sa han. Jag har aldrig hört talas om den. Men det kom ut oerhört mycket litteratur av det här slaget under tjugo- och trettitalet. Varför är ni intresserad av den?

– Jag har läst den och tyckte om den.

– Verkligen?

DeFraan tittade först på boken, sedan på Van Veeteren, medan någonting som möjligen var ett milt uttryck för löje eller skepsis spelade över hans mun.

– Det är naturligtvis inte fråga om någon märkvärdig litteratur, modulerade Van Veeteren och försökte se generad ut (utan att lyckas särskilt väl, såvitt han själv kunde bedöma), men det är nånting med själva anslaget i den... och med huvudpersonen... mördaren.

DeFraan reagerade inte. Började bläddra lite okoncentrerat i boken.

– Benjamin Kerran. Ni känner inte igen det namnet heller?

– Kerran?

– Ja.

DeFraan stängde igen boken och såg på sitt armbandsur.

– Nej. Jag är ledsen, men jag tror inte jag kan hjälpa er med det här, herr...?

– Van Veeteren.

– Van Veeteren. Jag har ett möte om ett par minuter dessutom, så om ni inte misstycker...?

Van Veeteren tog emot boken och stoppade ner den i portföljen.

– Då så, sa han. Ja, tack för att jag fick ta upp er tid i alla fall. Och tack för en intressant föreläsning.

– Ingen orsak, försäkrade deFraan och lämnade utan brådska föreläsningssalen.

Van Veeteren gick långsamt ut efter professorn. Nedanför den imposanta marmortrappan, blankpolerad av mer eller mindre raska studentfötter under halvtannat sekel, och kantad av okrönta, stulna kolonner, hittade han en cafeteria. Han mindes att han suttit där förr – inte för halvtannat sekel sedan, men fyrti år kanske – slog sig ner med en kopp kaffe och en cigarrett vid ett ledigt bord och försökte analysera läget.

Fan vet, tänkte han. Kanske och kanske inte.

Längre kom han inte. Längre gick det inte att komma.

Men partiet hade öppnats i varje fall, den saken var klar.

Det tog Winnifred knappt tio minuter att skaffa fram avhandlingen. Hon hade den inte på sitt rum, men efter ett besök i institutionsbiblioteket återkom hon med en tjock ljusblå bok i sin hand. Dess fullständiga titel var *Narrative Structures in Early 20th Century English Popular Fiction*. Van Veeteren tackade, placerade den intill Henry Moll i portföljen och lämnade Maardams universitet åt sitt öde, vilket det nu kunde vara.

Köpte en lunchsmörgås utan oliver hos Heuwelinck's och var tillbaka i antikvariatet strax före klockan halv två. Satte sig i pentryt, och medan han långsamt tuggade i sig smörgåsen och drack en flaska mörkt bettelheimskt öl, började han läsa.

När både smörgås och öl var slut gav han upp. Gick till registret i slutet av avhandlingen istället och tittade efter.

Det stod där.

Moll, Henry p 136

Han bläddrade tillbaka till den angivna sidan.

Författaren Henry Moll ägnades tretton rader, varken mer eller mindre. *Strangler's Honeymoon* omnämndes, liksom tre andra titlar. I positiva om än ganska neutrala ordalag.

Han stängde igen boken och sköt undan den. Tömde i sig de sista dropparna öl ännu en gång.

Fan vet, tänkte han på nytt. Men börjar det inte väga över?

På kvällen gick han på bio med Ulrike. Såg den gamla ryska filmen *Kommissarien*, ett bortglömt mästerverk från 60-talet; efteråt satt de en timme på Kraus och pratade om hur det kunde vara möjligt att åstadkomma ett sådant fullödigt konstverk under de förhållanden som rått i Sovjetunionen bara ett decennium efter Stalins död.

Om den sublima scenen där den judiske skomakaren tvättar sin hustrus fötter.

Om saltets och det bittras funktion i livet. Talade både om Karel Innings, Ulrikes make, som mördats av en hämnande kvinna för ganska precis fem år sedan, och om Van Veeterens son Erich, som varit död i mer än två vid det här laget.

Det var inte ofta de berörda dessa saker, men nu gjorde de det.

Var det faktiskt så att deras respektive sorger fört dem närmare varandra? Fördjupat deras förhållande, och gjort det i någon mening starkare än det skulle ha varit under normalare omständigheter?

Svåra frågor, kanske dåligt formulerade dessutom, och några svar kom de förstås inte fram till. Inte den här kvällen. Men när de vandrade hemåt i duggregnet, kände han att han älskade henne som en skeppsbruten måste älska en flotte som kommer drivande mot honom när alla krafter tagit slut.

Ja, faktiskt var det just den bilden som dök upp på hans innersta näthinna.

Klockan var närmare halv tolv när de återkom till Klagenburg, och han beslöt att skjuta upp samtalet till följande morgon. Folk hade alltid lägre gard när de just vaknat, och kunde han presentera sin föga diskreta fråga i ett sådant läge, vore det naturligtvis en poäng.

Han satte klockan på sju och kröp närmare Ulrike med ett sardoniskt leende på läpparna.

– Vad är det med dig? undrade hon. Ni verkar överfylld av energi på nåt vis, mister Yang.

Han kände efter och märkte att det stämde.

– Det är den gamle jägaren i mig som vaknat, förklarade han. Han tror att det finns en vittring.

– Jag? frågade Ulrike och fnittrade.

Han blundade och försökte räkna ut hur mycket en kvinna som var femtiåtta år och som fortfarande fnittrade som ett barn kunde vara värd.

Ganska mycket, kom han fram till.

– Nåja, sa han. Naturligtvis är det du, men det är nånting annat också...

– Ett byte?

– Ungefär.

– Släck lampan och håll om mig hårdare.

Han gjorde så.

– DeFraan.

– Van Veeteren här. Godmorgon.

– Vem?

– Bokhandlare Van Veeteren. Vi träffades som hastigast efter er föreläsning igår.

– Jaha?

– Angående den där boken av Henry Moll.

– Ja... javisst, jag kommer ihåg er. Men varför ringer ni så tidigt? Klockan är ju inte halv åtta ens.

– Ursäkta. Jag ville få tag på er innan ni gick till jobbet.

– Det har ni lyckats med.

– Det är en sak jag undrar över.

– Jaså? Ja, jag lyssnar, men låt det gå fort, så är jag tacksam.

– Naturligtvis. Det var inte min mening att väcka er... jo, en fråga, alltså. Vidhåller ni fortfarande att ni inte känner till Henry Moll och den där boken som jag visade er?

– Vidhåller och vidhåller? Jag förstår inte...

Två sekunders tystnad.

– Vad var det den hette?

– *Strangler's Honeymoon*. Utgiven på Thornton & Radice 1932.

– Javisst ja... nej, jag kan inte erinra mig det här. Och jag förstår inte varför ni håller på och ansätter mig på det här viset. Får jag be att vi avslutar samtalet nu, jag tror inte...

– Jag har läst lite i er avhandling.

– Vad?

– Er avhandling. *Narrative Structures in Popular Fiction* ... det stämmer väl att den heter så?

Inget svar.

– Det är en sak som jag funderar lite över.

– Vad då för någonting?

Fanns det för första gången ett stänk av rädsla i rösten? Eller var det bara hans egen inbillning och förväntan som spelade spratt?

– Att ni skrivit både om Moll och om boken i er avhandling, och att ni ändå påstår att ni inte känner till dom.

– Moll? sa deFraan eftersinnande. Ja, kanske har jag stött på honom... Men begriper ni inte att jag var klar med min avhandling för över femton år sedan? Om jag minns rätt tar jag upp över tvåhundra författare och tre gånger så många böcker, man kan inte begära att...

– Och Benjamin Kerran?

– Kerran? Jag vet inte vad ni talar om. Vad i helvete är ni

ute efter egentligen? Jag tänker sannerligen inte...

– Ni minns inte namnet Benjamin Kerran heller, alltså? Jag tror jag nämnde det också för er igår... det är alltså mördaren i boken. En strypare.

Ny tystnad i fem sekunder. Därefter lade deFraan på luren.

Van Veeteren gjorde detsamma. Lutade sig tillbaka mot kuddarna i sängen.

Första ronden, tänkte han. Ingen övervikt åt någotdera hållet.

Men om – *om* det är rätt byte jag siktat in mig på, så vet han att jag vet nu. Inget tvivel om saken, det är ingen dumskalle jag har att göra med. Ett faktum som lika säkert förändrade förutsättningarna inför alla eventuellt följande ronder. Förändrade dem alldeles radikalt.

Men ändå? tänkte han när han stod i duschen en kvart senare. Det saknades något.

Mördarens skam, till exempel – den där blicken, eller den där specifikt beslöjade rösten – den hade han inte registrerat ett uns av. Han hade spelat ut ett ganska högt trumfkort och inhöstat... ja, vad då?

Ingenting, låg det nära till hands att summera. Fan också. Han kände hur tvivlet och tvehågsenheten började gnaga i honom, välbekanta som gamla kroniska krämpor, men istället för att skärskåda det hela närmare klev han ur duschen. Frotterade sig omständligt, satte på kaffevatten och tog sig an schackproblemet i Allgemejne.

En tredragsmatt med idel obekanta. Allt har sin tid.

45

Reinhart drömde.

Två olika drömmar samtidigt, tycktes det, den ena värre än den andra. Dels höll hans dotter Joanna och hennes rödhåriga väninna Ruth på att baka in hans vänstra ben i något slags deg, det var därför det kändes så tungt... de hade för avsikt att baka in hela honom för att använda honom som ett ovanligt häftigt utställningsobjekt på ett födelsedagskalas på dagis, hade de låtit omtala; skulle dekorera degen med allehanda vackra små föremål såsom sjöstjärnor, flaggor och gnistriga stenar vad det led, och därigenom vinna första pris i en tävling: en resa till Disneyland i Paris – blotta tanken skickade svallvågor av vämjelse genom Reinhart, men han förmådde inte protestera, eftersom de först sett till att ge honom en ordentlig dos morfin, hans tunga låg halvdöd som en uppspolad manet i munnen på honom, det var för bedrövligt på det hela taget...

Dels vandrade han genom en larmande stad på väg mot en olycka. Sin egen olycka. Någonting skulle hända, oklart vad ännu så länge, men han gick mot sitt öde lika säkert som om det varit fråga om reprisen på en gammal film som han låg och tittade på för sjunde gången... låg där hjälplös med sitt inbakade, blytunga ben och såg samtidigt sig själv trängas och knuffas bland människorna på de hotfulla trottoarerna i den hotfulla staden. Hans eget Maardam och hans egen Zuyderstraat, om han inte tog fel, men där fanns också märkliga och främmande inslag som han alls inte kände igen, trasiga broar och söndersprängda hus som från ett krigshärjat land... och han försökte förtvivlat påkalla Joannas och Röda Ruths och sin hustrus uppmärksamhet för att be dem stoppa filmen innan allt var för sent, men det var förgäves: maneten i hans mun var bara en likgiltigt döende encellig organism, som nu börjat torka ut fullständigt och klistra fast sig i gommen på det mest hopplösa vis, och han förstod att alla hans ansträngningar var fåfänga och gagnlösa.

Alldeles innan olyckan var framme förstod han detta. Och alldeles innan det som måste ske skedde, kände han knuffen mot vänster axel och skymtade gestalten som hastigt försvann in i folkmängden, och sömnen brast.

Han tappade balansen, en skev viktlöshet for genom kroppen och han vaknade kallsvettig. Visste för en kort sekund inte var han var.

Benet värkte. Höften värkte. Armen värkte och tungan klibbade.

Men drömmen hängde kvar. Inte Joanna och Röda Ruth och dagiskalaset och degen med flaggorna. Men knuffen.

Den där stöten mot axeln.

Han stirrade upp i det kliniskt vita taket. Stirrade på sitt gipsade ben.

Herregud, tänkte han och ryckte loss tungan från gommen med en kraftansträngning. Det var någon där.

Någon knuffade mig.

Van Veeteren tog en förnyad kontakt med Winnifred Lynch på torsdagen och fick reda på att professor deFraan hade en sen föreläsning samma eftermiddag. Mellan fem och sju ungefär. Han frågade om hon fortfarande ville vara honom behjälplig i denna tvivelaktiga affär, och hon svarade ja utan alltför mycket tövande, tyckte han.

– Det är ett par saker jag undrar över, förklarade han.

Först angående hans umgänge... om det finns någon på institutionen som står honom nära... eller som vet lite om hans vanor åtminstone? Det skulle vara mycket värt om vi kunde få reda på en del av det här slaget.

– Jag ska undersöka det, lovade Winnifred. Jag vet att han brukar ta ett glas med Dubowski då och då. Men vad tusan är det du vill ha reda på egentligen? Jag kan ju inte bara...

– Nej nej, avbröt Van Veeteren. Du måste gå försiktigt fram. Han kanske anar att jag är ute efter någonting, men han får under inga förhållanden misstänka att det finns en bulvan på institutionen. Den andra detaljen är på sätt och vis viktigare, kan du få fram en korrekt uppgift här, vore det ännu mera värt.

– Låt höra, sa Winnifred Lynch.

– Det är bara ett hugskott, erkände Van Veeteren. Men det vore dumt att inte undersöka saken. Juni 1999... kan deFraan möjligen ha varit i Wallburg i något slags tjänsteåliggande då? Om det finns dokumenterat och du kan kontrollera det utan att trampa fel, ja, i så fall är jag beredd att slå vad om en öl att han är rätt man, trots allt.

– Hm, sa Winnifred.

– Vad betyder Hm? undrade Van Veeteren.

– Att jag nog måste gå via Beatrice Boorden, är jag rädd. Hon är institutionssekreterare och ingen av mina favoriter, men jag får väl hitta på nånting.

– Försiktighet, manade Van Veeteren. Kom ihåg det. Inga onödiga risktaganden. DeFraan kan ha fem liv på sitt samvete, du får absolut inte utsätta dig för någonting.

– Jag är införstådd med villkoren, bedyrade Winnifred Lynch och lade på.

Villkoren? tänkte Van Veeteren när han gjort detsamma. Var han själv införstådd med dem?

Om deFraan verkligen var identisk med Stryparen måste han rimligen börja reagera på något vis, när han förstod att

442

den här förbannade bokhandlaren höll på och rotade.

Hur?

Hur skulle han reagera? Vilka åtgärder skulle han vidtaga?

Bra frågor. Det var ju just att aktivera deFraan på det här viset som varit avsikten, men om han nu faktiskt lyckats i detta uppsåt, gav det knappast anledning att känna någon tillfredsställelse.

Oro snarare. Som inför någon sorts kemisk brygd, där man pipettade ner några droppar i retorten utan att riktigt veta om det skulle explodera eller inte. Fan också, tänkte Van Veeteren. Har jag verkligen kontroll över det här?

Måste tänka på själva regin också.

Han fattade posto på Kramers Café mittemot universitetstrappan strax efter klockan sex. Satt där och rökte och sög på en mörk öl medan han hade full uppsikt genom fönstret. Om deFraan tog samma väg ut efter sin föreläsning som normala människor, skulle det svårligen gå att missa honom.

Valde han att slinka ut genom någon bakdörr, så fick han väl göra det. Det rådde ingen överdriven brådska; blev det inte av att spetsa den kemiska brygden ytterligare ikväll gick det förstås lika bra att göra det någon av de närmaste dagarna. Naturligtvis, kanske vore en liten paus till och med att föredra? Ett slags fördröjning?

Svårt att bedöma. Även detta.

Det blåste friskt därute mellan universitetet och Kramers. Trots larmet inne på caféet kunde han höra flagglinorna rappa mot stängerna; den trånga passagen fungerade närmast som en vindtunnel och han såg att folk som hastade förbi kurade ihop sig ordentligt. En muslimsk kvinna stod tryckt intill en av pelarna som inramade de imposanta dubbelportarna och sökte lä. Väntade på någon, uppenbarligen; det syntes på henne att hon frös, trots att hon hade slöja om både hår och ansikte. Det var överhuvudtaget inget väder att vistas ute i; regnet hade kommit i kortvariga skurar under hela eftermiddagen. På antikvariatet hade han inte haft mer än en handfull kunder sedan morgonen, och han hade slagit igen en halvtimme före utsatt stängningstid.

För att inte försumma sina åligganden som privatdetektiv, alltså.

Med ojämna mellanrum kom studenter ut genom de tunga portarna däruppe. I par eller grupper oftast, och strax efter halv sju myllrade en stor skock nerför trappan under loppet av en minut. Han gissade att det var professor deFraans utläggningar om Wilde och Shaw som tagit slut, men det kunde naturligtvis lika gärna vara någon annan föreläsning som var till ända. För säkerhets skull drack han ur ölen och skärpte uppmärksamheten för att snabbt kunna komma på fötter.

Mycket riktigt. DeFraan dök upp bara ett par minuter senare. Sneddade nerför trappan och stannade ett ögonblick vid foten av den, som om han tvekade om åt vilket håll han skulle bege sig. Knöt halsduken tätare och knäppte rocken. Van Veeteren lämnade sitt bord.

Nu, tänkte han. Det må bära eller brista.

Nere på Alexanderlaan svängde deFraan till vänster. Tänkte således inte bege sig hemåt, konkluderade Van Veeteren och följde efter på ett avstånd av tjugo-tretti meter. Den muslimska kvinna hade tydligen inte hittat den hon väntat på, han upptäckte henne ett tiotal meter bakom professorn. Vid Grote torg sneddade deFraan in mellan de parkerade bilarna och styrde stegen mot Zimmer's, krogen som låg i hörnet ut mot Vommersgraacht, och som knappast hörde till Van Veeterens favoritlokaler. Han kunde inte påminna sig att han satt sin fot där på tio-tolv år åtminstone. Han stannade upp vid den lilla tidningskiosken och såg professorn gå in genom den upplysta entrén. Såg också, till sin milda förvåning, att den muslimska kvinnan gjorde likadant.

Han plockade upp sin cigarrettmaskin, men när han upptäckte att det var slut på förrådet av färdigrullade, stängde han locket och släppte ner apparaten i rockfickan igen. Funderade ett ögonblick innan han köpte en Telegraaf i kiosken och begav sig in på Zimmer's, han också.

Om det verkligen behövdes en paus fick det bli en annan dag. Bära eller brista, som sagt.

Klockan var ännu inte sju och det var ganska glest med folk i lokalen. Han upptäckte genast deFraan vid ett bord snett in till vänster, där han just tog emot menyn av en servitris. Van Veeteren väntade tills den mörkhyade flickan var ur vägen, passerade sedan förbi deFraans bord, utan att låtsas om att han kände igen honom och utan att etablera ögonkontakt. Såg dock till att deFraan hann lägga märke till honom. Ur ögonvrån noterade han att den unge professorn stirrade på honom under bråkdelen av en sekund, innan han skyndsamt återgick till att studera menyn.

Såja, tänkte Van Veeteren och slog sig ner vid ett bord några meter längre in i det långsmala rummet. Ännu en droppe i brygden. Han vet att jag är här, och att han har mina ögon i ryggen.

Och han måste undra varför jag inte hälsade.

Det var uppenbart att deFraan kommit till Zimmer's för att äta middag. Van Veeteren nöjde sig med vitlöksbröd, en sallad och en liten karaff rödvin. Började bläddra i Telegraaf medan han höll ett halvt öga på sitt spaningsobjekt och försökte slappna av.

Det sistnämnda var inte lätt. Han märkte snart att den optimistiska kemimetaforen började ersättas av ett visst tvivel – av de högst berättigade frågor som han så framgångsrikt hållit stången hela dagen. På bara några sekunder hade de satt klorna i honom på allvar. Det var liksom dags nu, han förstod det.

Vad höll han på med, således?

Varför i helvete satt han här?

Bra frågor. Utomordentligt motiverade undringar i själva verket.

Han drack en klunk vin och suckade. Fanns det överhuvudtaget någonting i Maarten deFraans sätt att uppträda eller reagera på, som tydde på att han var identisk med Stryparen? frågade han sig. Någonting alls?

Att han inte erinrat sig en bok och en författare – bland hundratals andra – som han skrivit om för femton år sedan?

Att han blivit irriterad när han väcktes klockan tjugo minuter över sju på morgonen av en efterhängsen bokhandlare?

Att han satt på krogen och åt middag efter en föreläsning?

Utomordentligt suspekt, tänkte Van Veeteren och drack ett halvt glas vin till.

Lika starkt graverande som den indiciekedja som lett fram till honom, skulle man kunna påstå. Ett par sinistra litterära gestalter. En nål i en sko uppe i Wallburg. En avancerad reduceringsprocess från 152 frimurare ner till en!

Satan, tänkte han och betraktade den sorgliga salladen med galaktisk liknöjdhet. Jag är en jävla pajas!

Efter denna dagens första ovedersägligt korrekta slutsats – och denna rättframma självkritik – kändes det dock genast lite bättre. Det var ju ändå ingen som visste vad han ägnade sig åt, försökte han intala sig. Undantagandes Winnifred Lynch, förstås (och Reinhart, antagligen), men det fick han väl försöka stå ut med. Han petade ut de tunna mozzarellaskivorna ur salladen och åt upp dem. Gjorde likadant med de soltorkade tomaterna. Sedan sköt han tallriken åt sidan, rullade en cigarrett och rökte upp den.

DeFraan satt fortfarande och åt. I godan ro, som det verkade. Van Veeteren drack upp återstoden av vinet och vinkade efter servitrisen för att få betala och gå hem. Eftersom hans objekt (bytet? den jagade? Stryparen?) gjorde detsamma i nästan exakt samma sekund, bestämde sig blodhunden hastigt för att han lika gärna kunde fortsätta bevakningen en stund till – när han nu ändå bestämt sig för att spela pajas. Blodhundspajas? Oddsen för att deFraan helt enkelt ämnade bege sig till sin bostad på Kloisterstraat var väl tämligen goda; att kontrollera det skulle inte kosta mer än ytterligare några bortkastade minuter denna bortkastade dag.

Bära eller brista, pyttsan! tänkte Van Veeteren. Jag får hoppas han inte anmäler mig.

Hans enkla plan kom dock att stäckas genom den lilla omständigheten att deFraan fick sin nota först – och att han betalade och reste sig från sin plats så snart proceduren var avklarad. Bokhandlarpajasen försökte irriterat påkalla servitrisens uppmärksamhet, men hon tog sig andra vägar. Han funderade en sekund på att bara lämna en vältäckande sedel på bordet, men ångrade sig när han såg den beslöjade kvinnan komma ut ur ett av de inhägnade båsen på andra sidan kassan och baren, och följa efter deFraan ut genom entrén.

Ångrade sig och blev sittande med en alldeles ny tanke i huvudet. Vad i helvete? tänkte han. Vad i...?

Hastigt rekapitulerade han minnesbilderna av henne. Hur hon stått och väntat invid en av pelarna utanför universitetshuset. Hur hon lämnat sin plats strax efter att deFraan gått nerför trappan. Hur hon vandrat efter honom i blåsten och slunkit in på samma restaurang.

Samt hur hon nu lämnade den bara några sekunder efter att han gjort det.

Kunde det vara tillfälligheter?

Aldrig, tänkte han.

Aldrig i livet.

Det var fler som var intresserade av professor deFraans göranden och låtanden denna dystra februarikväll, tydligen.

Men en muslimsk, beslöjad kvinna?

Som skuggade en professor i engelsk litteratur?

Det föreföll bisarrt, minst sagt. Van Veeteren satt kvar en stund och rökte och drack ett glas isvatten. Sedan betalade han utan brådska och bestämde sig för ett nytt samtal med Winnifred Lynch så snart han hunnit hem.

Kanske också ett med någon representant för Maardams ordinarie blodhundskår.

För även om brygden inte reagerat riktigt som han hoppats, så verkade det finnas fler ingredienser i den än han anat.

46

Kriminalintendent Münster betraktade sin hustrus mage.

Någonting vackrare hade han aldrig sett. Jo, möjligen två gånger tidigare, när hon varit gravid med Bart och Marieke. Men det var åratal sedan.

– Jag är en jävla flodhäst, suckade Synn. Fast inte lika vig.

– Struntprat, sa Münster. Du är så vacker att jag nästan önskar att du var i det där tillståndet för jämnan.

Hon klippte till honom med kudden, välte över på sidan och tog sig upp ur sängen.

– Du skulle må då, sa hon. Om inte det här blir en nobelpristagare, kommer jag aldrig att tycka att det var mödan värt.

– Det är inte mer än två månader kvar, tröstade Münster och steg upp han också. Sen kommer jag att ta hand om allting.

– Amningen också? undrade Synn.

– Sure, lovade Münster storsint och började kyssa henne. Hur är det man gör egentligen? Jag har nästan glömt bort det.

Hon skrattade. Höll kvar honom och lekte en stund med hans tunga.

– Fast ärligt talat gillar jag det, mumlade hon. Och att det är så skönt att älska när jag är på det här viset… visst är det lite underligt? Det kan ju knappast finnas någon biologisk poäng i det.

– Det är alltid en poäng med att älska, sa Münster. Det är

det naturligaste som finns, skitsamma om det är biologiskt eller inte... men jag tror jag måste gå till jobbet nu.

– Måste du?

– Jag tror det. Fast två gånger en vanlig vardagsmorgon vore i och för sig inte så dumt... är det verkligen ditt allvar?

Synn såg på klockan.

– Herregud! Är ungarna vakna? Dom kommer aldrig att hinna i tid till skolan.

– Strunt i det, sa Münster. När jag var ung kom jag också för sent till skolan en gång, det minns jag tydligt.

I bilen på väg till polishuset tänkte han att han aldrig någonsin varit så lycklig som han var nu.

Det var inte bara den här morgonen. Det var de här dagarna, de här veckorna, hela den här tiden. Han hade redan skrivit om det i sin gula anteckningsbok, där han noterade de bästa och de värsta perioderna av sitt liv. Naturligtvis var det svårt att väga den här tiden mot andra tider, att jämföra dem, men det behövdes inte heller. Lyckor konkurrerade inte med varandra, det hade han lärt sig. Det viktigaste – det som ändå gjorde att det kändes starkare nu än någonsin tidigare – var att det höll i sig, och att han på allvar, på verkligt absolut allvar, började tro att det skulle vara livet ut.

Han och Synn. Och ungarna. Marieke och Bart, och en till som han ännu inte visste vare sig kön eller namn på.

Den goda underströmmen, det var detta som var det nya. Han skulle aldrig behöva leta efter någon annan kvinna. Synn skulle aldrig skaffa sig en annan man istället för honom. Om tretti år eller så skulle de sitta intill varandra i var sin vilstol på en badstrand och tänka tillbaka. Hålla varandras skrynkliga händer i ett fast grepp, minnas alla de miljoner detaljer och händelser och tankar som vävt deras liv samman... och blicka in i solen som sakta sjönk ner bakom horisonten.

450

Jag är ett jävla romantiskt blöthjärta, tänkte Münster och körde ner i polishusets garage. Men det skiter jag i.

Bilderna av Synn och familjen och framtiden försvann medan han stod i hissen upp till sitt rum på fjärde våningen. Det var som det brukade. Hissen var slussen mellan livet och arbetet. Med åren – i synnerhet efter att han fick den där kniven i njuren uppe i Frigge – hade han börjat lära sig att separera dessa företeelser åt. Att inte ta med sig utredningar hem. Att inte sitta och grubbla framför teven eller när han hjälpte Bart med läxorna. Eller läste högt för Marieke. Eller när Synn krävde hans fulla närvaro.

Liksom att inte släppa in arbetet förrän i hissen mellan garaget och tjänsterummet. Det var lättare sagt än gjort förstås, men trägen vinner, det var en annan sak han börjat inse.

Just den här morgonen, den 25 februari 2001, var det samtalet med Van Veeteren som anmälde sig först i huvudet på honom. Naturligtvis.

Kommissarien hade ringt honom vid niotiden föregående kväll. De hade samtalat i nästan en halvtimme; en ganska märklig konversation – han hade tänkt på det redan medan den pågick – där de gamla rollerna med Van Veeteren som vresig överordnad och han själv som något slags underlydande bollplank för idéer och tankar, dessa roller som grott in hos dem bägge två under så många år, nu verkade ha förskjutits på något sätt. Åtminstone inledningsvis.

Münster själv var spaningsledare (i Reinharts frånvaro). Van Veeteren lekte privatsnok (hans egen formulering). Med ganska dålig framgång, ärligt talat, hrrm... ungefär som en reumatisk höna på en flyguppvisning (också detta *kommissariens* egen blygsamma bedömning).

I början av samtalet hade han låtit närmast ödmjuk, och det brukade han inte göra. Han hade beskrivit sin tvehågsenhet angående professor deFraan, redogjort för sina insat-

ser och inte låtit särskilt hoppfull på det hela taget. Inte
förrän han kom in på den märkliga incidenten med den
muslimska kvinnan hade han låtit lite mer på hugget.

Och visst var det en förbryllande omständighet, Münster
kunde inte göra annat än att hålla med. Varför i hela friden
skulle en beslöjad kvinna smyga efter deFraan som om hon
bevakade honom? Vid första påseende verkade det obegrip-
ligt, fast å andra sidan hade man ju ingen aning om deFraans
vanor och leverne än så länge. Det fanns ingen gäckande
kvinna av det här slaget i Stryparutredningen, men även om
det egendomliga låg i öppen dager, behövde det på intet vis
peka på att deFraan verkligen var den person de letade efter.
Inte alls, det hade Van Veeteren och Münster varit helt över-
ens om. Vem som helst hade väl rätt att bli förföljd av beslö-
jade kvinnor? Om man hade den läggningen.

Samtalets viktigaste aspekt för Münsters del var heller
inte denna mystiska kvinnogestalt, utan det faktum att *kom-
missarien* tagit sig friheten att boka in en besökare åt ho-
nom.

Redan följande dag. Det vill säga idag, tänkte Münster
och såg på sitt armbandsur.

Redan klockan tio. Det vill säga om tjugo minuter.

Det var med tanke på denna snåla tidsmarginal Van Vee-
teren sett sig föranlåten att störa familjefriden med en tele-
fonpåringning så sent på kvällen. Han hade också vinnlagt
sig om att förklara denna omständighet mycket noggrant...
någonting dylikt skulle aldrig falla honom in under normala
omständigheter, det hade han betonat både en och två gång-
er. Men han hoppades intendenten ursäktade. För det var ju
som det var.

Nej, tänkte Münster, riktigt som förr hade han inte låtit.

Besökarens namn var Ludmilla Parnak.

Hon var en gammal bekant till professor deFraan, och

452

hade gått med på ett samtal med intendent Münster eftersom hon råkade befinna sig i Maardam just den här dagen. I vanliga fall bodde hon i Aarlach; det var som ett tecken och ett Guds finger att Winnifred Lynch lyckats få tag på henne här i stan just nu, hade Van Veeteren betonat.

Halvt ironiskt, halvt på allvar, såvitt Münster kunnat bedöma. I den mån han själv hyste någon uppfattning om gudsfingret, hade han hållit inne med den.

De sista fem minuterna av samtalet hade delvis återställt de gamla invanda positionerna mellan *kommissarien* och intendenten. Van Veeteren hade instruerat minutiöst, både om den lite vanskliga situationen med fru Parnak och om hur Münster borde gå till väga vid själva intervjuandet.

Känsligt! hade han inskärpt flera gånger. Förbannat känsligt och tunn is. Hon får ju under inga förhållanden misstänka vad det är vi misstänker deFraan för! Det gäller att vara delikat, intendenten!

Delikat? tänkte Münster när han klev in på sitt rum. Jo, man tackar. Den där inledande ödmjukheten hade nog inte suttit så djupt, när allt kom omkring.

Han såg på klockan igen och insåg att det var hög tid att planera rökridåerna.

– Det är viktigt att ni förstår att det här samtalet är helt och hållet inofficiellt. Jag vet inte hur mycket ni blivit informerad...?

Ludmilla Parnak slog ut med händerna i en gest som tydde på att hon var tämligen dåligt insatt i läget. Münster betraktade henne förstulet medan han gick omkring i rummet, plockade fram koppar och hällde upp kaffe. Hon var en ganska tunn kvinna i fyrtiårsåldern med en aura av energi omkring sig. Mörkt pageklippt hår, rena drag och vakna blå ögon. Ovanligt blå i ett så pass mörkt ansikte, tänkte han. Enligt vad han förstått befann hon sig i Maardam i affärer, vilken sort förtalte icke historien.

– Jag vet bara att det rör sig om Maarten deFraan, sa hon. Så jag är tacksam om ni upplyser mig en smula.

Münster tecknade mot de två mazarinerna som fröken Katz i all hast lyckats få fatt i, men Ludmilla Parnak skakade på huvudet.

– Tack, det räcker med kaffe.

– Likadant för mig, sa Münster och tänkte att han alltid kunde äta upp bägge bakverken efteråt. Ja, det är riktigt att jag behöver tala lite med er om Maarten deFraan, men jag är rädd för att jag inte kan gå in så mycket på orsakerna. Ibland måste vi arbeta på det sättet inom kriminalpolisen.

Hon betraktade honom skeptiskt.

– Varför då? Är han misstänkt för någonting?

– Inte direkt. Men han ingår i en grupp personer – en mycket stor grupp – där vi är säkra på att en, en enda, gjort sig skyldig till en brottslig handling. Alla de övriga är oskyldiga och vi måste använda oss av en sorts elimineringsprocess… det är också absolut nödvändigt att ni håller tyst om vårt samtal. Åt alla håll, ni kommer att få skriva på ett papper när vi är klara, där ni går med på de här villkoren.

– Och om jag vägrar?

– Då låter vi det vara.

Hon iakttog honom med intensiva blå ögon under några sekunder.

– Allright, sa hon. Jag förstår bara inte varför ni valde just mig.

– Vad menar ni?

– Jag känner inte deFraan särskilt väl. Känner honom inte alls, om man skall vara noggrann. Jag har inte sett honom på fem-sex år… inte talat med honom heller.

– Men ni umgicks med honom när han bodde i Aarlach?

– En del. Inte mycket. Han och min make var kolleger på universitetet. Vi träffades då och då alla fyra… det var medan Christa fortfarande var i livet. Efter den där sommaren då hon försvann tror jag inte att jag sett honom en enda gång.

– Vilket år var det?

– Sommaren 1995. Min man och Maarten träffades förstås under hösten samma år, både i tjänsten och privat, men han var aldrig hemma hos oss. Ja, sedan fick han ju en tjänst här och flyttade. Vad... vad är det ni vill ha reda på egentligen?

Münster ryckte lätt på axlarna och försökte se oskyldig ut.

– Ingenting specifikt. Lite allmänt om hans bakgrund och karaktär, bara. Han tycks inte ha något större umgänge här i stan, så vi måste gå i lite vidare cirklar.

– Hur fick ni tag i mitt namn?

– Han angav er som kontaktperson i samband med att han anställdes vid universitetet. Maardams universitet, alltså. Det är ett standardförfarande, det vanligaste är förstås att man väljer en närstående släkting, men deFraan har inga sådana.

Hon satt tyst en stund.

– Han måste vara ganska ensam?

– Antagligen, sa Münster. Efter vad vi förstått räknas han som något av en stäppvarg.

Hon drack av kaffet och han såg att hon övervägde vad hon ville och inte ville säga. Han tittade ner i sitt block och väntade.

– Han var lite svårtillgänglig uppe i Aarlach också.

– Jaså?

– Ja. Ärligt talat hade vi inte mycket gemensamt... jag kan väl förutsätta att ni lagt samma tystnadsplikt på er själv som på mig?

– Naturligtvis, bedyrade Münster. Ni kan betrakta mig som ett hål i marken.

455

Hon log hastigt. Han förstod att hon uppskattade detta utslag av manlig anspråkslöshet.

– Men jag tyckte om Christa. Vi tyckte om varandra... umgicks lite bara vi två också. Inte så mycket, men jag var ny i stan och behövde en smula vägledning... ja, ni kanske förstår?

– Javisst, sa Münster. Hur dog hon?

– Vet ni inte det?

– Nej, erkände Münster. Vi har överhuvudtaget inte intresserat oss för professor deFraan förrän tills helt nyligen.

– Hon försvann, förklarade Ludmilla Parnak. I Grekland... under en semesterresa tillsammans med sin man. Det antogs att hon drunknat. Att hon gått ut och simmat i havet en kväll och råkat ut för en undervattenström.

– Och hon hittades aldrig?

– Nej.

– Sorgligt, sa Münster.

– Ja.

– Det måste ha varit traumatiskt för honom. Varför antog man att det gått till på just det här viset?

Ludmilla Parnak slog ut med händerna igen.

– Jag vet inte riktigt. Har för mig att det var nånting med att hennes baddräkt saknades... och att man hittade en handduk och lite kläder nere på stranden, tror jag. Men jag är osäker. Kroppen återfanns aldrig i varje fall. Min man talade rätt mycket med Maarten när han kom hem efter den där resan, men inte jag, som sagt.

– 1995, sa ni? frågade Münster och noterade årtalet i sitt block.

– Ja. Kanske valde han att lämna Aarlach för att det skulle vara lättare att börja om på en ny plats, det skulle vara förståeligt i så fall... fast samtidigt var han ju på jakt efter en professur i alla händelser.

– Han har goda akademiska meriter?

456

– O ja. Maarten deFraan har alltid räknats som något av ett snille. Till och med av min man, och han brukar inte geniförklara folk i första taget.

Münster antecknade igen och satt tyst ett ögonblick.

– De hade inga barn, sa han. Hur var deras förhållande?

Ludmilla Parnak tvekade.

– Jag vet inte, sa hon. Christa ville inte prata om det, trots allt kände vi inte varandra så väl. De hade ju varit tillsammans rätt länge, jag tror hon såg upp till honom på något vis… det var det många som gjorde. Fast det kanske började avta… beundran är ingen bra grund för ett förhållande, eller vad säger ni? Inte i längden.

– Stämmer med min erfarenhet, sa Münster. Och ni känner inte till om han kan ha haft andra kvinnor vid sidan av sin hustru?

– Ingen aning, erkände Ludmilla Parnak. Jag tror inte det, men det skulle i och för sig inte förvåna mig. Jag tror i alla fall att Christa var trogen så länge jag kände henne. Hon var ärlig, aldrig några krokigheter…

– Hon var en sympatisk kvinna?

– Mycket, sa Ludmilla Parnak. Det var för jäkligt att hon inte fick leva längre. Hon blev inte mer än trettitvå eller trettitre, jag har aldrig accepterat det riktigt, tror jag…

Münster lutade sig tillbaka i stolen och såg ut genom fönstret. Noterade att solen faktiskt tycktes vara på väg att bryta igenom molntäcket därute.

– Trettitre är en kritisk ålder, sa han eftersinnande. Jesus blev trettitre… och Mozart och Alexander den store, om jag inte tar fel.

Hon såg på honom med mild förvåning. Sedan tittade hon på sin klocka.

– Tror ni att ni fått reda på vad ni ville veta nu, intendenten?

Münster nickade.

– Tack för att ni gjorde er besväret, sa han. Och vi låter det här stanna mellan oss, alltså. Jag tror vi struntar i den där skriftliga omständligheten... vill ni att jag ordnar en bil åt er?

Ludmilla Parnak kastade en blick ut genom samma fönster som Münster och log hastigt.

– Tror hellre jag promenerar, faktiskt. Jag ska inte så långt, och det där ser ju nästan ut som ett vårväder.

Hon reste sig, tog i hand och lämnade honom.

När hon stängt dörren tvekade han en kort stund. Därefter rullade han fram skrivbordsstolen till fönstret. Hällde upp mer kaffe ur termoskannan, tog mazarinfatet i knät och lade upp fötterna på fönsterbrädan.

Satt där och väntade på solen och började ana konturerna av en mördare.

Van Veeteren vaknade med ett ryck och såg sig omkring.

Böcker till höger. Böcker till vänster och rakt fram.

Ingen tvekan. Han satt i fåtöljen i antikvariatet och hade somnat. Det stod en till hälften urdrucken kaffekopp på armstödet. Han såg på klockan. Några minuter i fem. Hade på sin höjd sovit en kvart således, det var som det brukade.

Hade dörrklockan pinglat? Han trodde inte det, när han lyssnade utåt butiken hördes där ingenting. Men någonting var det ändå. Måste ha varit. Han hade kastats upp onödigt brutalt ur en dröm; någon detalj, någon liten hågkomst, det kändes som om han hade det på tungan, kunde han bara erinra sig själva drömmen, så vore det väl märkvärdigt om inte...

Blake!

Där var det. William Blake låg på hans tungspets och detta namn var så förbannat viktigt att han inte förmått hålla det kvar under sömnens sköra yta. Varken namnet eller sig själv. Märkligt.

Blake?

Det tog honom fem sekunder att hitta sammanhanget.

Monica Kammerle – William Blake – Maarten deFraan.

Han satt kvar ytterligare en stund utan att röra en fena, medan han försökte väga hållbarheten i kedjan.

Kammerle – Blake – deFraan

Mindes hur han stått och bläddrat i *Songs of Innocence and of Experience* den där dagen för fem-sex månader sedan, när han besökt lägenheten på Moerckstraat. Mindes hur han förvånats över att hitta en sådan författare bland en sexton-årig flickas läsefrukter.

Det hade varit en fin utgåva också, det kom han ihåg. Ingen billig pocketbok, måste ha kostat en del. Ingenting en ung flicka sprang till bokhandeln och köpte för månads-pengen i första taget.

En gåva?

Det var ett högst rimligt antagande.

Från en person med den engelska litteraturen nära sitt hjärta?

Det var i varje fall tänkbart.

– Professor deFraan, muttrade han och reste sig. Hur löd den där raden?

"Rude thought runs wild in contemplation's field"?

Någonting med den andemeningen i varje fall. Han gick ut i butiken och kontrollerade att den var kundfri. Återvän-de ut till pentryt och satte på mer kaffevatten.

Vad göra? tänkte han. Hur utnyttja denna nya, plötsligt uppdykande lilla pusselbit?

Potentiella pusselbit åtminstone.

Ännu en författare. Ännu ett slags litterär ledtråd. Visst var det slående?

Eller var det bara han själv som konstruerade detta möns-ter, dessa sambandsstigar – mot bakgrund av någon sorts bi-sarr yrkessjukdom? Varför inte? Böcker är den långa vägen till visdom och den korta till galenskap, som någon brusten begåvning uttryckt det.

Svårt att avgöra. För att inte säga omöjligt. Bättre att hitta en metod att testa hållbarheten i skiten! tänkte han irriterat och hällde vatten över kaffepulvret. Blake!

Hur?

Hur? Vad då för satans metod?

Trots att han bara var en gammal nyvaken antikvariatsbokhandlare med högst tvivelaktiga själsförmögenheter, tog det inte lång stund att hitta svaret. En halv kopp kaffe och en cigarrett ungefär.

Han lyfte telefonluren och ringde till Münster på polishuset.

Intendenten hade just gått för dagen, fick han veta.

Han slog hemnumret.

Han hade ännu inte kommit hem, upplyste sonen Bart.

Förbannade sölkorv, tänkte Van Veeteren, men han sa det inte. Bad istället sonen hälsa fadern, att han skulle ringa upp Krantzes antikvariat så snart han stuckit snoken innanför dörren.

– Snoken? undrade Bart.

– Så snart han är hemma, förtydligade Van Veeteren.

Medan han väntade kontrollerade han väderleken genom butiksfönstret. Det regnade.

Besynnerligt, tänkte han. Var det inte solsken när jag somnade i fåtöljen?

Det dröjde en halvtimme innan Münster hörde av sig, och hans enda försvar var att han åkt in och handlat på vägen hem. Van Veeteren fnös, men lät nåd gå före rätt.

– Var är deras bohag? frågade han.

– Vems vad? sa Münster.

– Lösöret från Moerckstraat, förstås. Skärp dig! Mor och dotter Kammerles efterlämnade saker.

– Jag vet inte, sa Münster.

– Vet inte? Vad är du för jävla spaningsledare?

– Tack... det är väl magasinerat nånstans, skulle jag tro. Varför...?

– Därför att vi måste se till att få fatt i det.

Det blev tyst i luren.

– Är intendenten kvar?

– Ja... javisst är jag kvar, försäkrade Münster. Varför måste vi få fatt i deras bohag?

– Därför att vi kan hitta avgörande bevisning mot mördaren där.

– Jaså minsann? sa Münster rutinerat.

– En bok, preciserade Van Veeteren. Flickan hade en bok av William Blake i sin hylla och jag känner på mig att vår vän Stryparen lämnat sina fingeravtryck i den.

Ny kortvarig tystnad.

– Hur kan komm... hur kan du veta det?

– Det är inte en fråga om kunskap, Münster! Jag känner det på mig, sa jag. Skitsamma förresten, se till att hitta boken var den än håller hus, och se till att fingeravtrycksnissarna gör sitt jobb! Du kommer att få ett annat avtryck att jämföra med om någon dag. Stämmer de överens är saken klar!

Münster hade ingenting att säga på en stund igen. Van Veeteren kunde dock höra honom andas i luren. Det lät lite förkylt. Eller kanske upphetsat.

Eller skeptiskt?

– DeFraans? frågade han till slut. Du talar om professor deFraans fingeravtryck?

– Rätt gissat, sa Van Veeteren och lade på.

Han väntade några minuter.

Därefter ringde han upp Winnifred Lynch – som hunnit hem från både jobbet och sjukhuset med god marginal – och gav henne nya instruktioner och förhållningsorder.

Nej, inte order. Man ger inte order till kvinnor av Winnifred Lynchs kaliber, tänkte han. Man ber om hjälp snarare. Och uppmanar henne att vara försiktig.

Efter allt detta intrikata blodhundsjobb drack han ur sitt kallnade kaffe, låste butiken och vandrade hemåt i regnet.

47

Under lördagen och söndagen stod tiden stilla.

Åtminstone upplevde han det så; regnvädren kom och gick, dagsljuset sögs ner i den våta marken, och han förstod på allvar hur djupt involverad han blivit i jakten på denne mördare. Om han nu hette Maarten deFraan eller någonting annat.

Ännu en gång. Ännu en ogärningsman som skulle fångas in. Det var lätt att få för sig att det aldrig skulle ta slut.

På lördagskvällen spelade han schack med Mahler nere på Sällskapet, och förlorade bägge partierna på grund av ren och skär okoncentration. Trots att Mahler var nyopererad i benet. Trots en tacksam nimzo-indisk.

På söndagen hade de som vanligt hand om Andrea under eftermiddagen, men inte ens under dessa timmar lyckades han hålla deFraan borta ur tankarna. Ulrike undrade hur det stod till med honom egentligen, och till slut gav han upp och försökte berätta som det var.

Jakten. Vittringen av gärningsmannen. Bytet.

Han nämnde ingenting om det moraliska imperativet. Ingenting om plikten. Istället var det hon som tog upp den aspekten, och han var tacksam för att hon gjorde det. Han hade alltid haft svårt att upptäcka de goda bevekelsegrunderna hos sig själv. Eller sätta tilltro till dem åtminstone, vad det nu kunde bero på.

När middagen var avklarad och Marlene och Andrea hade lämnat dem ensamma, tog han telefonen och slog deFraans hemnummer.

Inget svar.

Kanske var det lika bra, tänkte han. Han var inte säker på vad han skulle ha sagt om han fått honom på tråden.

Efter disken och tevenyheterna vankade han omkring i lägenheten som en osalig ande en stund. Förklarade sedan för Ulrike att han behövde en promenad för att rensa slagg ur skallen, tog regnrocken och gick ut. Bäst för henne att vara av med honom en stund, tänkte han.

Han inledde med en runda över kyrkogården och tände ett ljus på Erichs grav, och eftersom det låg alldeles i närheten – och eftersom det ändå var en ganska mild kväll – begav han sig därefter bort till professorns adress på Kloisterstraat.

Utan några egentliga syften och utan förväntningar. Klockan var några minuter över åtta när han kom in på den omslutna gårdsplanen inne i det stora jugendkomplexet. Han kunde inte minnas att han satt sin fot här tidigare. Inte någon enda gång under alla dessa år, ett faktum som överraskade honom en del, fast det kanske inte borde göra det. Naturligtvis fanns det gott om adresser i Maardam han aldrig haft anledning att uppsöka. Naturligtvis, brottsligheten var inte legio, trots allt. Inte riktigt.

Gården omgavs av mörka huskroppar på fyra håll. En kal kastanj på en liten upphöjd gräsrotunda med två bänkar. Cykelställ med korrugerade plåttak. En låg träbyggnad för sopor och avfall.

Han räknade till fem olika uppgångar med låsta dörrar och porttelefoner. Fem våningar högt på två håll, fyra på de bägge övriga. Brant stupande svarta plåttak och höga, gammaldags fönster; en tredjedel upplysta ungefär, en tredjedel med blått spelande teveljus. Inga människor utomhus. Han slog sig ner på en av bänkarna och tände en cigarrett.

Sitter det en mördare och trycker däruppe någonstans? tänkte han. En snillrik och överbegåvad universitetsprofessor med fem liv på sitt samvete?

Vet du om att jag finns härnere och väntar på dig?

Vad tänker du ta dig före i så fall? Du tänker väl inte bara sitta med armarna i kors och vänta på att jag kommer och hämtar dig?

Det var den sista tanken som var roten till hans oro, det visste han. Den djupaste roten i varje fall. Tiden hade visserligen stått stilla sedan i fredags eftermiddag, men det rörde sig enbart om hans egen tid. De privata timmarna. Bara för att han – bokhandlaren och ex-kommissarien och blodhundspajasen – satt i beråd och inte hade ett enda förbannat schackdrag att ta till, så behövde det väl inte betyda att hans intelligenta byte också låg hemma och bidade tiden? Som en skadad fågel eller en vanlig fårskalle?

Eller hade han inte förstått, trots allt? Anade han ingenting?

Eller – hemska tanke – var han alldeles oskyldig, när allt kom till kritan? Hade han ringat in fel person?

Skulle inte förvåna, tänkte han med dyster klarsyn. Den så kallade indiciekedja som deFraan hängde i, var under alla förhållanden så tunn och så utdragen, att vilken åklagare som helst skulle skratta ut den stackars spaningsledare som kom dragande med den. Ingen tvekan. Några abstrusa litterära gestalter, en tappad nål i en sko, ett gäng harmlösa akademiska frimurare... och alltihop drivande omkring i en uppsjö av vildvuxna gissningar och spekulationer!

Handfasta bevis? Skrattretande, som sagt. Just den sortens kalla och torra skratt som fem döda människor kunde ge upphov till.

Satan också, tänkte Van Veeteren för hundrationde gången sedan fredagskvällen. Måtte dom där förbannade fingeravtrycken finnas i den där boken, annars kan jag lika gärna kasta in handduken.

Ta kungen av brädet och erkänna mig besegrad.

465

Han blängde upp utefter de mörka fasaderna.

Jag vet inte ens var du bor, tänkte han resignerat. Vet inte om du är hemma eller inte. Du svarade inte i telefon, men det finns ingen lag som tvingar en att lyfta luren, även om man hör att det ringer.

Han kastade cigarrettfimpen i gruset och trampade på den. Återvände genom portalen ut på gatan. Hann precis lagom notera gestalten i bilen som stod parkerad på andra sidan.

En kvinna bakom ratten. En gatlykta kastade ett skevt ljus över sidorutan och han såg slöjan över hennes huvud alldeles tydligt.

Såg ingenting av hennes hår, och inte mer än en skymt av hennes ansikte.

Men han hann möta hennes ögon under en kort sekund innan hon startade bilen och körde därifrån.

Hann aldrig se bilnumret.

Hann bara känna hur hjärtat slog en hästspark i bröstet på honom.

Till slut blev det faktiskt måndag. När han träffade Winnifred Lynch på morgonen kändes det som om det gått en månad sedan han såg henne sist.

– Nå? sa han, och tänkte att om han hade haft en gud, skulle han ha bett en stilla bön nu.

En bön om att åtminstone någonting hade gått i lås. Att inte alla utkastade krokar skulle komma upp ur djupet som tomma blänken. Winnifred Lynch harklade sig och tog fram ett papper ur sin axelremsväska.

– Jag skrev upp det, sa hon och log lite urskuldande. Fast det behövs förstås inte.

Han knäppte händerna. Sämre inledningar hade han hört.

– Sätt igång, uppmanade han.

Hon studerade vad hon skrivit ett par sekunder.

– Jag tror det börjar likna nåt, sa hon. Faktiskt. Fast det är väl du som ska bedöma värdet i det?

– Efter förmåga.

– Den är ju omvittnad så det räcker.

– Sätt igång nu, skit i preludierna.

– Allright. För det första så tycks det här med Wallburg stämma. DeFraan deltog i ett symposium där under fyra dagar i juni 1999, så han kan mycket väl ha träffat den där kvinnan.

– Utmärkt, konstaterade Van Veeteren och fumlade med cigarrettmaskinen. Kände pulsen i halsådern öka högst påtagligt.

– För det andra har jag fixat några fingeravtryck. Jag tog några saker från hans skrivbord... ett par böcker, en temugg, några plastmappar. Jag var inne och lämnade det på polishuset för ett par timmar sedan.

Hon måste få en gratifikation, tänkte Van Veeteren. Om det här löser sig ska jag personligen klämma en tusenlapp ur Hiller. Två.

– Ja, och för det tredje, så berättade min stackars make en sak som höll på att få hjärtat att stanna på mig.

– Reinhart? sa Van Veeteren. Vad menar du?

Winnifred drog ett djupt andetag innan hon fortsatte.

– Jag var uppe hos honom igår kväll, han får förresten komma hem i morgon eller i övermorgon... och han talade om att han drömt... eller börjat erinra sig, kanske... vad som hände när han blev påkörd. Han tror att någon knuffade ut honom framför den där bussen.

Van Veeteren kände plötsligt hur någonting kortslöts inuti honom. Ett bländande vitt ljus slog ut inne i skallen, och han blev tvungen att blunda en sekund för att återhämta sig.

– Vad i helvete...? väste han och märkte att blodet dun-

kade som en stångjärnshammare i tinningarna på honom.
Skulle det ha varit någon som...?

Hon nickade allvarligt.

– Ja. Han säger det.

– Säger han det?

– Ja. Han låg och funderade på det i två dagar innan han
nämnde det för mig också. Så han är nog rätt säker på det.

Han grävde efter ord utan framgång. Sedan slog han en
knytnäve i bordet och reste sig.

– Helvetes jävlar! stönade han. En sån satans... Herregud
vilken tur att han klarade sig!

– Det tycker jag också.

– En präst framför tåget och en kriminalpolis framför en
buss... ja, nog fan börjar det likna nåt, det har du alldeles
rätt i!

Winnifred Lynch bet sig i läppen och med ens blev han
varse vilken rädsla som fanns hos henne. Han sjönk ner på
stolen igen och strök henne lite valhänt över armen.

– Ta det lugnt, uppmanade han. Vi ska ordna det här nu.
Faran är över.

Hon försökte sig på ett leende, det blev en grimas.

– Det är en sak till också, sa hon. Han har inställt sina fö-
reläsningar hela veckan.

– Va? Inställt...?

– DeFraan, alltså. Han skickade ett fax till expeditionen i
lördags. Mycket kortfattat, det stod bara att han skulle vara
bortrest och att studenterna skulle meddelas.

Fyratusen tankar exploderade i huvudet på Van Veeteren,
men det enda som kom ut ur munnen på honom var en
svordom.

– Jävlar!

På tisdagsmorgonen kom våren. Ljumma sydvästvindar
svepte himlen ren från moln, och när han promenerade ge-

468

nom Wollerimsparken på väg till polishuset, kunde han känna hur marken svällde under hans fötter. Småfåglarna yrde i buskagen. De gamla kvinnorna på bänkarna satt barhuvade och hade kapporna uppknäppta. Han mötte en joggare i kortbyxor och T-shirt.

Jag har överlevt en vinter till, tänkte han med ett plötsligt stråk av förvåning.

Det var förenat med en viss självövervinnelse att bege sig in i Maardams polishus, i synnerhet en sådan här dag, men det var för sent att åtgärda saken nu. Intendent Münster hade föreslagit plats för överläggningarna och han hade inte kommit sig för att protestera. Av någon anledning. När han närmade sig den skugglagda entrén med solen snett i ryggen kände han sig nästan som Dante inför helvetesporten.

Men nog av litterära anspelningar nu! bestämde han. Det har varit tillräckligt av den varan i den här historien.

Han klev in genom dörren och tog hissen upp till fjärde våningen utan att se sig om.

Münster tog emot med kaffe och ett snett leende.

– Torka bort det där flinet ur ansiktet, sa Van Veeteren. Det här är bara en blixtvisit.

– Jag vet, sa Münster. Men det är kul att se dig här i alla fall.

– Kul? replikerade Van Veeteren. Har intendenten fått fnatt? Nu sätter vi igång. Aten, sa du?

Münster nickade och blev allvarlig.

– Ja. Ett plan från Sechshafen i söndags morse. Landade vid tolvtiden någon gång. Vad tror du?

– Tror? Att han stuckit naturligtvis. Hur går det med fingeravtrycken?

– Det tar lite mera tid, sa Münster. Dom har ju just börjat med den där boken…

– Blake?

– William Blake, ja. Men Mulder säger att det nog finns ett par användbara avtryck. Dom från deFraans tjänsterum är klara förstås... men hur i helsike kunde du veta att den där boken varit i händerna på honom? Han torkade ju hela lägenheten ren.

Van Veeteren ryckte på axlarna.

– Jag har också tummat på Blake, konstaterade han torrt. Låt oss vänta med acklamationerna tills vi vet vems fingrar det är dom hittar.

– Allright, nickade Münster. Det lär vara klart i eftermiddag, hursomhelst. Men visst är det han, det behöver vi väl inte tvivla på längre?

Van Veeteren suckade.

– Nej, sa han. Vi behöver väl inte det. Jag sätter en rätt stor öl på att det är deFraan som mördat dom allihop... och som höll på att ta livet av Reinhart också. Men bevisen, intendenten! Vad fan har vi för bevis? Om vi inte kan passa ihop dom där fingeravtrycken... eller han ger upp och erkänner, ja, då står vi oss ganska slätt, eller hur?

– Jag antar det, instämde Münster och tittade ut mot solskenet. Jo, jag har tänkt på det. Det är ju inte särskilt bindande ens om hans avtryck finns på boken. Utom varje rimligt tvivel, och så vidare...

– Jag vet, morrade Van Veeteren. Jag kanske inte har berättat det, men jag har faktiskt också varit polis en gång i tiden.

Münster letade fram ett papper.

– Vi har börjat rota lite i hans bakgrund i varje fall. Det är inte så mycket än, men det kommer mera... Krause och Moreno håller på med det.

Van Veeteren tog emot papperet och läste under tystnad. När han var klar slängde han det ifrån sig och muttrade en stund för sig själv. Plockade fram cigarrettmaskinen och började fylla tobak i det utstansade spåret.

– Vad gör vi? undrade Münster efter en halv minut.

Van Veeteren såg upp. Slog igen locket på maskinen och stoppade den i fickan.

– Jag vill ha alla uppgifter om honom som ni får fram, sa han. Imorgon bitti. Till dess väntar vi och sedan gör jag upp en plan. Du kan säga åt Hiller att jag arbetar i högsta lönegraden från och med nu.

– Att du...?

– Du hörde nog.

Münster prövade ett nytt snett leende.

– Men jag tänker inte sitta här och göra det.

– Jag misstänkte det, sa Münster. Det är rätt fint väder därute.

Van Veeteren reste sig och tittade ut genom fönstret.

– Det är ännu bättre i Aten, fastslog han och lämnade rummet.

Aten, Kefalonia, Maardam, mars 2001

48

Hotellet hette Ormos och låg i en gränd som mynnade mot Syntagmatorget.

Bara ett stenkast från Grande Bretagne, där han bott en gång i tidernas morgon. Så många år hade gått, så mycket vatten och liv och plåga hade flutit under de mörka broarna. Inte mycket återstod nu.

Inte mycket.

Han hade börjat telefonera till Vasilis redan från Maardam, utan att få något svar, och han fortsatte med det hela den första eftermiddagen och kvällen.

Till slut, strax efter klockan tio, fick han tag på en kvinna som hette Dea och som antagligen var den nya hustrun. Såvitt han förstod; hon talade enbart grekiska, han nöjde sig med att ta reda på det viktigaste från henne. Vasilis befann sig i Thessaloniki och förväntades inte återvända på tre-fyra dagar. Nej, det var ingen konferens, det var hans mor som blivit sjuk. Men inte så allvarligt, hon låg inte för döden.

Ja, onsdag eller torsdag hade han sagt.

Han bad om telefonnummer och fick två stycken; till hans mobil och hem till modern, där han bodde. Mobilen var förresten en osäker historia, hon hade själv inte kommit fram på den under dagen. Dea.

Eller Thea.

Han tackade och lade på. Mindes plötsligt att Vasilis sagt att hon var rödhårig. Kunde greker – eller grekinnor – vara rödhåriga? Besynnerligt, tänkte han. Förbannat besynnerligt. Han log hastigt åt tanken och började klia sig över såret på halsen; det irriterade inte längre men själva beröringen hade blivit en vana. Över handen hade han plåstret kvar; kunde antagligen vara utan det, men det fick sitta där det satt. Det bjöd honom emot att behöva stirra på ett sår så fort han såg på sina händer.

Han rökte några cigarretter efter samtalet. Satt på repstolen ute på den trånga balkongen och drog in bensinångorna tillsammans med tobaksröken. Mindes hur det luktat första gången han varit här, en julimånad för tjugo år sedan, några år före Grande Bretagnebesöket. Det hade varit svårt, hart när omöjligt, att andas under de olidligt heta eftermiddagstimmarna.

Nu var det bättre. Temperaturen låg bara på tolv-femton grader förmodligen, imorgon skulle lungorna ha vant sig och han skulle inte ens känna ångorna. Allt blir förr eller senare till en vana, tänkte han.

Allt.

Tvingad att stanna i staden en vecka, således. Mer eller mindre. Det var ett streck i räkningen, men han hade ingen lust att ändra planerna för den sakens skull. Det måste gå till som han hade bestämt, och fick han bara kontakt med Vasilis skulle han säkert få den hjälp han behövde; de hade en sådan relation, fanns ingen anledning att betvivla det.

Han gick in och prövade med mobilnumret. Trots vad Dea förutspått fick han svar efter tre signaler. Vasilis hesa röst, restaurangljud i bakgrunden, en bouzouki.

My friend! A voice from the past! Where are you?

Aten, förklarade han. And in deep shit.

Behöver hjälp med en sak.

No problem, my friend! Vad då för sak?

Ett vapen.

Tystnad i luren. Bara restaurangskrammel och bouzouki i fem sekunder.

Ett vapen! What the fuck happened, my friend?

Vi talar om det när du kommer hit. When?

Ny tystnad.

Onsdag. I promise you Wednesday, my friend! But what the hell...?

Han gav honom numret till sin egen mobil men inte till hotellet.

Take care!

I will. Nu kliade det på halsen på riktigt.

För säkerhets skull bytte han hotell på måndagen. Man kunde aldrig veta. Den där förbannade bokhandlaren och den där kvinnan. Han tog in på ett tredje klassens pensionat bortom Lykabettos, där han betalade i förskott och inte behövde visa passet. Låg på sängen i timmar och tänkte på Mersault i Camus Främlingen. Kände ingen hunger och ingen törst.

Och ingen lust att gå upp och sitta i fönstret och titta på flickor. Som Mersault. Även om det skulle ha funnits några i den trånga gränden. Aldrig så många fittor.

Tänkte på sin mor istället.

Tänkte på ett ordspråk härifrån. En grekisk man älskar sig själv och sin mor hela livet. Sin hustru i sex månader.

En vrede hade börjat gro inom honom, och ett äckel. Det låg under lock, men jäste med en sorts obönhörlighet som kom rummet att sakta rotera så fort han slöt ögonen. Ljuden utifrån gatan och kvarteret förvreds också när han blundade, blev påträngande och pockande, följde med i rummets rörelser på något vis och trängde in i honom. Ändå hade han svårt att inte hålla ögonen stängda. Det var som om det funnits en lockelse i det.

En sorts kamp. Brottningen med modern och vreden och äcklet. Blundandet. Den blinda striden; ljuden och rotationerna dess uttrycksformer, mobilen var avstängd. Vid en tidpunkt när skymningen hastigt börjat falla gick han ut till toaletten i korridoren och försökte kräkas. Det lyckades inte. Han lade sig på sängen igen. Rev bort plåstret på handryggen och betraktade den ödelagda huden.

Väntade in mörkret och gick ut i staden.

Återvände efter midnatt, lindrigt berusad på ouzo och billig retsina. Ingen mat, det fanns inte utrymme i honom att äta. Inte mer än några oliver och en bit feta, som en tavernaägare bjudit på. Han rökte ytterligare tio eller tolv cigarretter liggande på sängen, somnade svettig och vagt illamående någon gång efter tre.

En sorts tomhet. Där fanns en sorts tomhet som han snart inte orkade fylla längre.

Drömde om branden och om sin mor. Om hur han sög på hennes bröstvårtor för sista gången på sin tolvårsdag. *Jag har ingen mjölk längre och du är en man nu. Minns att du är en man och ingen kvinna skall neka dig någonting, inte ens din mor. Tro mig när jag säger det.*

Tro mig.

Tisdagen blev måndagen lik.

Onsdag kväll, Plakas. Han ville sitta ute, Vasilis insisterade på att de skulle gå in. Det var ju knappast vår, ens.

Som om det hade någon betydelse. De hittade en plats mittemellan, vid ett fönster öppet utåt Tripodon. Krogen hette Oikanas, Vasilis hade gått upp femton kilo sedan han såg honom sist. Sju år eller om det var åtta?

Själv var han redan berusad, det var förstås en förbannad onödighet, men äcklet hade legat över honom och inuti honom hela eftermiddagen och han hade tvingat sig att dricka en del. Vasilis sa My Friend, My Friend, My Friend och snart orkade han inte lyssna längre. Hävde ur sig Cut the Crap och Bullshit, och när kunde han leverera det förbannade

478

vapnet? Det var detta det handlade om och ingenting annat.

When? My Friend.

Det tog tid att övertala Vasilis men han avslöjade inte en millimeter av sin plan och sina avsikter. Eller sin historia. Han insåg och mindes att han i grunden var oerhört mycket viljestarkare och snabbare än Vasilis; han hade gott grepp om honom även när han var full. Så småningom hade också greken fått i sig tillräckligt många glas, blev tung och trög och gav upp. Medelhavsflegmatisk.

Fuck you, My Friend. Allright.

När? When?

Vasilis sög på det dyra Boutarivinet och körde fingrarna genom sitt kommunistskägg från juntatiden. Mera grått än svart nuförtiden. Mera borgarsvin än revolutionär.

Fredag kväll. Här. Same place. Allright, My Friend?

Allright.

Torsdagen blev tisdagen lik.

På en liten resebyrå köpte han båtbiljett. Måste vänta till söndagen, visade det sig, det var lågsäsong. Det hade gått att flyga Olympic Airways också, men bara i princip för planet på lördagen var fullbokat. Ville han stå i kö för en reservplats?

Ochi. Nej tack. Han satte sig i nationalparken istället och tittade på kvinnor. Föreställde sig dom nakna. Föreställde sig dom nakna och döda.

De nakna och de döda. Äcklet steg åter i honom. Och blodpelaren. Det enda som kunde fylla tomheten. Allt annat var passerat och förbi. Hans fingrar var seismografer igen. Han onanerade i ett buskage. Skrek högt när han kom, men ingen tog någon notis. Det var glest i parken. Vanlig vardag, folk arbetade förstås, det var mulet men ganska varmt.

Låg på sängen och rökte i fem eller sex timmar sedan. Åt

nästan ingenting, försökte onanera en gång till men fick inte ens stånd. Halsen kliade.

Försökte kräkas ute på toaletten men magen var uttorkad. Gick ut och köpte några sesamkakor, en vattenflaska och två paket inhemska cigarretter.

Drack en del och drömde om sin mors könshår. Det blev ganska uttunnat med åren.

Fredag blev onsdagen lik.

En kontrollerad berusning. Kort möte med Vasilis på samma taverna i Plakas. Hade klippt av sig det mesta av kommunistskägget av någon förbannad anledning, och påstod att han var bekymrad. Levererade dock utan mankemang en pistol i en skokartong i en plastbag. En Markarov, förklarade han. Rysk, niomillimeters. Lite klumpig men pålitlig. Skulle laddas med åtta patroner, han fick en hel ask på köpet. Trettitusen drachmer, det var billigt, han betonade det några gånger. Billigt som fan, vad tänkte han använda det till?

Han svarade inte. Betalade och lämnade honom. Visste att de aldrig skulle ses igen.

My Friend.

Från lördagen inte många minnen. Han låg på sängen. Rökte och drack flera glas ouzo, men rätt så utspädda. Onanerade lite då och då, fick stånd men aldrig utlösning. Uttorkad där också på något vis. På söndagsmorgonen kunde han heller inte fiska upp någonting från nattens drömmar. Han tog en taxi ut till Piraeus och klev ombord på båten.

Den hette Ariadne och var inte särskilt stor. Det blåste ganska kraftigt. Man blev några timmar försenad eftersom man inte kunde gå ut på den grova sjön, men han stannade på båten, gick inte iland igen.

Klockan två kom man iväg. Han var tacksam för att det dröjt litegrann. Hade varit lätt illamående hela förmiddagen. Nu satte han sig omedelbart i baren och beställde en vanlig öl. Började läsa i Isaac Nortons Byronbiografi, han hade tagit med den som reselektyr men inte haft ro att titta i den ännu.

Byron? tänkte han. Jag dröjde för länge med att göra den här resan. Människor har fått lida i onödan.

Men han hade ingen brådska nu.

49

När M/S Aegina lade ut från Piraeus hamn klockan nio på morgonen tisdagen den 5 mars, var himlen blå som en fläck-fri safir. Temperaturen låg runt tjugostrecket i skuggan, och ute på B-däcks öppna aktersalong fanns ingen vind att tala om. Bara en långsamt stigande morgonsol. Det tarvades inga filtar om benen, knappast ens långbyxor. Van Veeteren hade till och med införskaffat en halmhatt.

– Inte så dumt, sa Münster och vände ansiktet mot solen.

– Du borde ha blivit astronaut, muttrade Van Veeteren.

– Astronaut? sa Münster.

– Ja, en sån där amerikansk månfarare. Jag hörde hur pi-onjären på månen försökte uttrycka sin hänförelse för den förstummade menigheten nere på jorden den där gången... vet du vad han sa?

– Nej.

– It's great up here.

– It's great up here?

– Ja. Lite torftigt, kan det tyckas.

– Jag förstår, sa Münster och blickade ut över relingen. Och hur skulle bokhandlaren själv välja att uttrycka saken?

Van Veeteren funderade i fem sekunder, medan han också lät blicken svepa över havet, himlen och kustlinjen. Sedan slöt han ögonen och smakade av ölen.

– O salighet att vara ung i morgonljus på havet, sa han.

– Inte så dumt, medgav Münster.

– Vi kanske skulle utbyta några tankar om vår mission, föreslog Van Veeteren när Münster återvänt till vilstolarna med två flaskor citronvatten (ett slags primitivt ölsubstitut; klockan var ändå inte mer än halv tio på morgonen och vätskebalansen förtjänade förstås en viss uppmärksamhet i detta värmande solljus). Så att vi vet var vi står, menar jag.

– Gärna det, sa Münster. Personligen är jag inte ens säker på att vi är på väg till rätt ö. Men jag är ju bara spaningsledare.

Van Veeteren lirkade av sig skor och strumpor och spretade njutningsfullt med tårna.

– Klart som fan att vi är, deklarerade han. DeFraan är ute efter att sluta en cirkel, jag vet inte exakt hur, men det kommer att visa sig.

– Du menar att han letar sig tillbaka till platsen där hans hustru dog?

– Har du några andra förslag?

Det hade inte Münster. De hade inte diskuterat fallet ordentligt på två dygn, och då hade de ändå tillbringat nästan hela denna tid i varandras sällskap. På planet hade Van Veeteren sovit hela tiden – och under gårdagskvällen hade han hemfallit åt sin gamla irriterande faiblesse för rökridåer och allmänna mystifikationer, hade Münster tyvärr nödgats konstatera.

Föredragit att sitta och småmuttra och kommentera det grekiska köket, istället för att utbyta tankar och avslöja vad som möjligen rörde sig i huvudet på honom – en otillgänglighet som han ofta visat prov på under åren som kriminalkommissarie, och som Münster kände igen och kunde identifiera lika väl som ett gammalt födelsemärke. Eller ett skoskav.

Men det var som det var; intendenten hade varit med förr, som sagt. Och tydligen var det äntligen dags att glänta lite på förlåten. Bättre sent än aldrig. Münster drack en klunk vatten och väntade.

– Bevisläget är lindrigt talat botten, fastslog Van Veeteren inledningsvis. Eller hur?

– Medgives, sa Münster. Men visst är det bedrövligt att åklagaren inte gick med på husundersökning?

– Bedrövligt var ordet, instämde Van Veeteren. Men det är ju rätt klart vad som ligger bakom.

– Att åklagare Ferrati är med i Succulentbröderna?

– Naturligtvis. Har han en chans att obstruera, så gör han förstås det. Kom ihåg att deras devis är "Singillitam mortales, cunctim perpetui!".

– Vad betyder det?

– Ensam är du dödlig, tillsammans är du evig!

– Jag visste inte att du kunde latin.

– Jag slog upp det, förklarade Van Veeteren. Arbetar i en bokhandel då och då, som du kanske känner till, så det var inte så svårt. Enligt Reinhart kommer Ferrati att bli utbytt, hursomhelst, så den detaljen löser sig väl om några dagar.

– Förmodligen, sa Münster och vände ansiktet mot solen igen.

Jag tvivlar på det här, tänkte han. Vet han verkligen vad han håller på med?

– Om deFraan haft lite mera is i magen, fortsatte Van Veeteren, så hade han bara behövt ligga lågt istället för att ge sig iväg på det här panikartade sättet. Han måste ha förstått läget, han är ju inget dumhuvud. Vad tycker du det tyder på?

– Att han stack?

– Ja.

Münster funderade hastigt.

– Att han är trött på det?

– Exakt, sa Van Veeteren och justerade halmhatten. Jag kommer också fram till det. Han vet att vi vet, och hans galenskap ligger inte kvar under locket längre. Inte helt och hållet i varje fall, det är det som blir hans undergång. Han orkar inte längre, jag gissar att han är helt slut... undra på det, förresten.

– Fingeravtrycken i Blake är ju rätt så graverande, påpekade Münster. Inte avgörande förstås, men det bevisar ju att han haft en koppling till familjen Kammerle.

Van Veeteren nickade. Satt tyst en stund och blängde på glaset med citronvatten som han höll i handen.

– Jovisst. Men en bra advokat skulle skaka fram tio oskyldiga förklaringar ur rockärmen på lika många sekunder. Samma sak när det gäller den där förbannade nålen... alla ledtrådar fram till deFraan är så tunna att de inte betyder ett skit i en rättegång, det är det som är problemet. Men jag skulle verkligen uppskatta att få sätta mig öga mot öga med honom... jag hoppas det går i lås.

– Varför då? undrade Münster försiktigt. Varför vill du träffa honom?

– Mänskligt intresse, sa Van Veeteren och tände en cigarrett.

– Eller omänskligt kanske? föreslog Münster.

– Möjligen, ja. Jag vill veta hur han är funtad, och vad tusan som ligger bakom alltihop. Det är så förbannat obehagligt när en stark intelligens kan hålla en lika stark galenskap stången så här länge. Han måste ju vara ett känslomässigt odjur, jag kan inte se det på annat sätt. Men även odjur är konstruerade av kött och blod och nerver... jag har alltid inbillat mig det i alla fall.

Münster tog på sig sina nyanskaffade solglasögon och knäppte upp ett par knappar i skjortan.

– Ingen verkar ha känt honom speciellt väl?

– Inte en enda jävel förmodligen. Om den här docenten Parnak umgicks med honom i så många år och inte hade mer att komma med, ja, vem skulle då kunna kasta ljus över honom?

– Hans fru? Skulle ha kunnat göra, alltså...

– Det är till henne vi är på väg, konstaterade Van Veeteren. Synd att vi inte hann prata med hennes syster, det kunde kanske ha gett oss en ingång åtminstone?

Münster nickade. De hade lyckats spåra professor deFraans före detta svägerska, en viss Laura Fenner, född Markovic, till Boston, USA, men just innan de lämnade Maardam hade Krause meddelat att fru Fenner tyvärr befann sig på skidsemester i Lake Placid och inte gick att komma i kontakt med.

– Vad tror du om Christa deFraans död? frågade Münster.

Van Veeteren satt tyst en stund och vickade på tårna.

– Jag tror vad jag tror, upplyste han sedan.

Klockan var fyra på eftermiddagen när de klev ur taxin vid torget i Argostoli. Van Veeteren blev stående bredvid resväskan ett slag, medan han nickade belåtet för sig själv och såg sig om. Münster betalade chauffören och gjorde sedan likadant. Det var inte svårt att förstå kommissariens förnöjda min. Agoran var stor och kvadratisk, omgärdad av restauranger, tavernor och caféer i tre väderstreck. Låga bleka byggnader med platta tak och skuggande plataner och oleandrar. Staden klättrade uppför bergsluttningen och ner mot havet. Palmer knastrade lätt i den ljumma vinden. Cyklande och lekande småbarn. Spatserande eller tavlispelande äldre gentlemän och några loja duvor som gick och pickade runt en tom liten tribun med något slags rudimentär högtalaranläggning.

– Ah, sa Van Veeteren. Vi har kommit till världen, Münster. Det här såg aldrig Pascal.

– Pascal? sa Münster. Hurså?

– Han har ju påstått att människan är oförmögen att sitta stilla på samma plats under någon längre tidsrymd, och att vi kan härleda nästan allt elände ur just den omständigheten... ondskan, till exempel. Men vid det här torget kan man utan svårighet tillbringa en evighet, det ser du väl? Om man har en öl och en tidning åtminstone.

Münster såg sig om.

– Jovisst, instämde han och fattade tag i sin väska. Och det där hotellet ser inte så pjåkigt ut, det heller. Det är väl där vi ska bo?

Han tecknade mot Ionean Plaza, den stora byggnaden på torgets norra sida. Den ljusockra fasaden badade just nu i eftermiddagssol. Tre våningar högt, smäckra järnsmides-balkonger, gröna fönsterluckor och en påtagligt fransk touche på det hela taget. Van Veeteren nickade och såg på klockan.

– Stämmer, sa han. Fast vi ska inte glömma att den här ön har en historia också. En nutidshistoria.

– Jaså? sa Münster.

– Den var en av de allra värst drabbade under kriget... på olika sätt. Tyskarna anställde massaker på flera tusen ita-lienska soldater, till exempel. Brände dem på bål i stora hö-gar. Dessutom hade man en fruktansvärd jordbävning 1953.

– Jag trodde Tyskland och Italien stod på samma sida i kriget, sa Münster.

– Det trodde italienarna också, sa Van Veeteren. Nåja, jag tror vi glömmer både kriget och Pascal en stund och checkar in istället. Vi borde kanske uträtta någonting den här dagen också. Eller vad säger intendenten?

– En god idé, sa Münster. För vår själsfrids skull... om vi sedan skall sitta här en hel evig kväll.

Resebyrån Fauner hade sitt kontor i sydvästra hörnet av ago-ran, och Münster togs emot av två blonda, blåuniformerade kvinnor. De såg ut att vara i trettiårsåldern, kunde mycket väl vara tvillingsystrar, och de var för tillfället inte sysselsatta med någonting mer krävande än att sitta framför var sin av-stängd dataskärm med var sin kopp kaffe. Münster visste att

den egentliga turistsäsongen inte började förrän om fyra-
fem veckor, och det förvånade honom att man höll kontoret
öppet redan från och med första mars.

Men det fanns kanske en och annan tidig båtluffare att ta
hand om. Och en och annan kriminalintendent. Han vände
sig till den närmast sittande blonda och presenterade sig.

– Det var ni som ringde?

– Ja.

Hon log ett milt charterleende. Münster log tillbaka.

– Ja, jag har undersökt saken.

Hon tog fram ett papper ur en mapp.

– Maarten och Christa deFraan var här på en tvåveckors-
semester i augusti 1995, det är precis som ni sa. De köpte
resan av oss och bodde på ett av hotellen ute i Lassiområdet.
Det ligger ett par kilometer härifrån bara, det är där strän-
derna finns och det är där de flesta vill bo. Olympos hette
hotellet, det finns inte kvar längre... det var inget av de bätt-
re ställena, ärligt talat. Vi slutade använda det för tre år se-
dan ungefär, och förra året slog man igen helt och hållet. Jag
tror man håller på att bygga om det till butiker istället. Men
jag är inte säker.

Münster antecknade i sitt block.

– Ni vet ingenting om någon incident medan de var här?

Hon skakade på huvudet.

– Nej. Vad skulle det ha varit?

– Ni arbetade inte här på den tiden? 1995, alltså?

– O nej, jag kom hit förra våren... Agnieszka också.

Den presumtiva tvillingsystern såg upp från en tidning
och log bekräftande.

– Jag har tagit fram uppgifterna ur datorn, bara.

– Jag förstår, sa Münster. Det finns rätt många hotell där-
ute, eller hur?

– Javisst. Vi anlitar ett tiotal, men sammanlagt är det väl
tjugofem-tretti stycken. Fast dom flesta har inte öppnat

488

än... från påsk fram till slutet av september är den normala säsongen.

– Jag förstår, upprepade Münster och betraktade den långsamt vispande fläkten uppe i taket ett par sekunder. Men ni har alltså inte fått någon bokning från Maarten de-Fraan den här veckan?

Hon slog ut med händerna.

– Nej. Vi har väldigt lite att göra den här tiden faktiskt. Det är mest att planera inför säsongen... att kolla hotellens standard, ordna med bussar till utflykterna och så vidare. Men vi har ändå öppet några timmar varje eftermiddag, som ni ser.

Münster nickade.

– Hur är det med polismyndigheten här i stan? frågade han. Argostoli är öns huvudstad, om jag förstått det rätt?

– Ja. Polisprefekturen ligger nere vid hamnen. Vi har inte så mycket med dom att göra... det är ganska fredligt här, som tur är. Men det finns tre avdelningar hos dom. Trafikpolis, turistpolis och kriminalpolis... ja, kriminalpolisen är väl ingen avdelning egentligen. Han heter Yakos. Dimitrios Yakos.

– Gått hem för dagen, förklarade Van Veeteren en timme senare när de slagit sig ner under gröna parasoll utanför Ionean Plaza med var sin öl. Kommissarie Yakos. Jag ringde dit, sekreteraren var inte ens säker på om han varit där idag... hon hade inte sett till honom, om jag tolkade henne rätt. Du har inte funderat på förflyttning?

– Jag sitter ju här, sa Münster.

– Ja, du gör ju faktiskt det, noterade Van Veeteren och plockade fram cigarrettmaskinen. Nåja, hon skulle meddela att jag vill tala med honom imorgon förmiddag i alla händelser. Fan också, jag undrar var vi har vår gosse egentligen... han har ju ett par dagars försprång också.

Gosse? tänkte Münster. Han har tagit livet av fem människor, eller hur många det nu är. Vad han än är, så inte är han en *gosse*.

– Var det kommissarie Yakos som hade hand om utredningen 1995? frågade han.

– I den mån man kan tala om utredning, bekräftade Van Veeteren och såg plötsligt betydligt bistrare ut. Jag hoppas han talar bättre engelska än sin sekreterare i varje fall. Men det kanske är meningen att den inhemska befolkningen skall stå för det kriminella hantverket på ön… inte turisterna.

Münster satt tyst en stund och såg ut över torget, där en blå medelhavsskymning hastigt hade börjat sänka sig och lösa upp konturerna. Det gjorde det hela ännu vackrare; som ett stort vardagsrum under öppen himmel. Temperaturen låg fortfarande runt tjugo grader, gissade han, och det var lite fler människor ute nu. Äldre herrar som läste tidning eller satt och samtalade över diminutiva kaffekoppar. Kvinnor med eller utan nätkassar, med eller utan änkedok. Ungdomar som satt på det lilla podiet och rökte. Ett par motorcyklister som stod och hängde och lät sig beundras… småflickor som skrattade och skrek och jagade varandra och pojkar som spelade fotboll. Hundar och katter. Inte många turister, såvitt han kunde bedöma, kanske ett tjugotal på de caféer och tavernor han kunde se från deras bord.

Hur fan ska vi hitta honom? tänkte han. Vi vet ju inte ens om han finns på den här ön.

Hade han verkligen någon plan, bokhandlare Van Veeteren?

Han brydde sig inte om att fråga, eftersom han visste att han inte skulle få något ordentligt svar. Nöjde sig med att förstulet betrakta sin gamle överordnade från sidan – för tillfället såg han lika outgrundlig ut som en nyuppgrävd antik staty, där han satt och sög på sin öl med en nyrullad och nytänd cigarrett mellan högra handens pek- och långfinger.

Fast statyer brukade kanske inte röka och dricka öl? tänkte Münster. Jag är nog en astronaut när allt kommer omkring.

Han litar på sina hugskott i alla händelser, det har han alltid gjort, fortsatte han tankegången. Men förr eller senare måste väl han också gå på en mina? Eller var det inte så? Var det så att Van Veeteren alltid var säkrare på saker och ting än han ville ge sken av? Alltid satt inne med mer kunskap än han låtsades om? Det skulle inte förvåna, fast å andra sidan...

– Satan också! avbröt Van Veeteren hans funderingar. Det vore förstås ingen omöjlighet!

– Va? sa Münster.

– Den här muslimska kvinnan.

– Ja?

– Det behöver ju inte vara så att...

Münster väntade.

– Det skulle ju lika gärna...

Münster suckade.

– Vad talar du om?

– Tyst, sa Van Veeteren. Fråga inte så förbannat, jag försöker tänka. Har du telefonen med dig?

Spaningsledaren suckade och räckte över mobiltelefonen.

50

Medan de satt i inspektör Sammelmerks rum och väntade, funderade Ewa Moreno över detta med tid och rum.

Eller skeenden och tidpunkter, snarare. Den där egendomliga omständigheten, nämligen, att händelser tycktes äga förmågan att dra till sig andra händelser. Som ett slags magnetism nästan; hon mindes att hon diskuterat fenomenet med Münster vid något tillfälle: hur det kunde gå långa tidsrymder – i privatlivet, men i synnerhet när det gällde polisarbetet – outhärdliga perioder när ingenting alls inträffade; sega utredningar där dagar och veckor och månader lades på hög utan att det hände ett skvatt som förde någonting framåt – och sedan, plötsligt och utan förvarning, kunde två eller tre eller fyra avgörande händelser inträffa mer eller mindre samtidigt.

Som nu. Som just den här marsdagen med ljumma vindar och förebud om vår i luften. Hon hade suttit på sitt rum med gavlade fönster hela eftermiddagen. Samtalet nerifrån den grekiska arkipelagen hade kommit precis tio minuter över fem; en veckas ackumulerat pappersarbete var precis i hamn, och hon var den siste kvarvarande på den starkt reducerade kriminalavdelningen. Därför hade det blivit hon som fått ta sig an *kommissarien.*

Hade talat med honom i knappa fem minuter, det behövdes inte mer. Därefter lagt på luren och suttit och stirrat ut genom fönstret en stund, medan hon funderade på vilka åtgärder som borde vidtas.

Och på hur i helsike han bar sig åt.

Sedan hade nästa samtal kommit. Anna Kristeva. Via växeln, även detta. När hon lyssnat så pass länge – några minuter på sin höjd – att hon förstod att det krävdes ett öga-mot-öga-samtal, hade hon gjort upp om en tid, lagt på luren och tittat på klockan. Den hade ännu inte varit halv sex.

En kvart således. Mer än så lång tidsrymd hade det inte gått mellan Van Veeterens och Anna Kristevas samtal. Visst var det egendomligt? Vad var det för märkliga vågor i tiden som åstadkom dessa förtätningar i händelseströmmen? Som fick dem att komma till beslut i stort sett samtidigt?

Bokhandlare Van Veeteren och advokat Anna Kristeva? Två för varandra helt obekanta människor på flera hundra mils avstånd.

Ja, för *kommissariens* del hade det förstås inte varit fråga om något beslut. En insikt snarare. Några synapser som plötsligt fungerade och några iakttagelser som fick ett sammanhang. Intuition, som det hette.

Anna Kristeva hade dock hittat fram till ett beslut. Ett avgörande som hon gått och dragit på i dagar och veckor. Som fått hennes nerver att spännas till det yttersta och som krympt hennes nattsömn till åtskilliga timmar under minimum.

Det var antagligen därför hon hade så svarta ringar under ögonen, tänkte Moreno, när fröken Kristeva dök upp i polishuset några minuter över sju.

– Två kvinnliga poliser? undrade Anna Kristeva när presentationerna var överstökade. Det hade jag inte väntat mig. Är det någon sorts ny förhörspsykologi som håller på att ta form?

– Det är en ren tillfällighet, försäkrade inspektör Sammelmerk. Varsågod och sitt. Kaffe? Vatten?

– Vatten, tack. Hon strök ett par gånger med händerna

över sin lätt skrynkliga, blå kavaj och vände sig till Moreno. Det var dig jag pratade med i telefon, alltså? Jag förstod inte att vi setts tidigare...

– Stämmer, sa Moreno. Och jag måste säga att du gjorde mig rätt förvånad. Så vi är tacksamma om du kunde berätta alltihop från början. Vi behöver spela in det också, det kan faktiskt vara fråga om avgörande bevisning. Sedan skriver vi ett protokoll som du får komma in och underteckna någon av de närmaste dagarna. Det är standardproceduren, så att säga.

– Jag förstår, sa Anna Kristeva och såg ner i golvet. Jag vet att jag borde ha kommit till er mycket tidigare, men det blev inte av. Det har... ja, det har inte varit lätt.

Sammelmerk satte på bandspelaren.

– Förhör med Anna Kristeva på Maardams polishus den 5 mars 2001, sa hon. Klockan är 19.15. Närvarande är inspektör Moreno och inspektör Sammelmerk. Vill ni vara vänlig och berätta varför ni kommit hit, fröken Kristeva?

Anna Kristeva drog ett djupt andetag och vandrade oroligt med blicken ett par gånger mellan de bägge kriminalinspektörerna innan hon satte igång.

– Ester Peerenkaas, sa hon. Det gäller alltså Ester Peerenkaas, min väninna som varit försvunnen i... ja, det måste vara över en och en halv månad vid det här laget. De flesta har väl antagit att hon var död... att hon mördats av den här mannen som skall ha gjort av med några kvinnor tidigare... tydligen. Men så är det alltså inte. Ester är i livet.

Hon hade hållit blicken stadigt fästad på bandspelaren under denna inledning. Nu tystnade hon ett ögonblick, såg upp och drack en klunk vatten.

– Fortsätt, uppmanade Moreno.

Anna Kristeva satte tillbaka glaset på bordet och knäppte händerna i knät.

– Jag trodde också att hon var död... om jag skall vara är-

494

lig. Men så en kväll för två veckor sedan ringde hon. Det var den 19 februari, en måndagskväll. Jag blev fruktansvärt överraskad naturligtvis... och fruktansvärt glad. Först trodde jag att det var någon som drev med mig, ja, ingenting hade kunnat göra mig lyckligare än det där telefonsamtalet... fast då hade jag ännu inte hört hennes berättelse. Hon frågade om hon fick komma och bo hos mig i några dagar, och hon avkrävde mig ett löfte om att inte avslöja för någon att hon levde. Jag förstod inte varför, inte förrän jag fick se henne och höra om vad som hade hänt den där kvällen... och om hennes plan.

– Hennes plan?

– Ja.

Hon gjorde en kort paus och skakade lätt på huvudet, som om hon hade svårt att sätta tilltro till sina egna ord.

– Hon dök upp med sin resväska samma kväll och när jag såg hennes ansikte fick jag en chock. Det var ohyggligt, jag associerade omedelbart till brännskadeoffer, sånt som man sett på teve och i tidningar... men det var alltså kejsarsyra i Esters fall. Jag vet inte om ni känner till effekten av sådan syra på hud? Hur det kan vanställa ett ansikte?

Moreno bytte en blick med sin kollega, som rynkade pannan och såg vagt undrande ut.

– Kejsarsyra? sa hon.

– Det heter egentligen fluorvätesyra... mycket värre än saltsyra och svavelsyra och sådant. Kryper liksom igenom skinnet och långt ner i huden... ja, jag kanske inte behöver beskriva det i detalj?

– Jag tror faktiskt jag sett det en gång, sa Sammelmerk. Just kejarsyra, alltså. Jag håller med dig... det är förfärligt. Ester Peerenkaas hade alltså fått sånt i ansiktet, det är det du säger?

– Ja.

– Hur gick det till? frågade Sammelmerk. Jag minns att

en annan väninna till henne berättade att hon brukade ha en liten flaska med syra i handväskan. Var det den som...?

Anna Kristeva nickade.

– Precis. Hon hade alltid den där flaskan. För att kunna försvara sig mot våldtäktsmän, var det tänkt. Och det var så det blev också, fast inte riktigt som det varit meningen. Jag vet inte exakt vad som hände, Ester ville inte gå in på detaljer... hon är mycket förändrad, inte bara i ansiktet. Hon är... ja, det har tagit mig lite tid att förstå det, men hon är faktiskt galen. Vansinnig och farlig, det har varit svårt att ha henne boende hos sig, hon är som ett... som ett svart hål. Jag har ju försökt prata med henne, försökt få henne att se någon sorts ljus i mörkret, men hon har inte lyssnat på mig så mycket som en sekund. När jag kommit för nära henne har hon bara pekat på sitt vanställda ansikte och bett mig dra åt helvete... hon är besatt av det som hänt henne. Fullkomligt besatt.

– Och vad var det som hände då? avbröt Moreno. Du sa att hon antydde det åtminstone.

Anna Kristeva nickade.

– Jo, jag vet vad som inträffade, fast bara i stora drag. Han försökte döda henne. Inte våldta, i varje fall inte i första hand. Han hade händerna om hennes hals och skulle strypa henne, hon lyckades få upp flaskan för att kasta innehållet över honom... men han parerade på något vis, jag tror han stod bakom henne, och hon fick det mesta i sitt eget ansikte. Fast litegrann kom på honom också, det var det som räddade hennes liv antagligen... på något sätt lyckades hon fly från lägenheten, han rusade ut i badrummet och vrålade och satte på duschen, påstår Ester. Hon själv spolade kallvatten i ansiktet från kökskranen... rafsade ihop sina saker och rusade därifrån med en våt handduk över huvudet... och fruktansvärda smärtor, givetvis.

– Hur mycket av ansiktet blev förstört? undrade Moreno.

Det måste ha varit oerhört plågsamt?

– Det var ett under att hon tog sig hem, bekräftade Anna Kristeva. Hela högra kinden upp till ögat är fördärvad... en bit av näsan och pannan också. Hon ser grotesk ut... som en spetälsk. Synen på det där ögat har klarat sig i alla fall, men huden är... ja, den finns nästan inte kvar. Hon sover med en våt handduk över ansiktet numera.

– Herregud, utbrast Sammelmerk. Det går inte att... återställa på något vis?

Anna Kristeva suckade.

– Jag vet inte riktigt. Hon har inte velat prata om det, men jag har kontaktat en läkare... utan att avslöja vad det gällde förstås... han påstår att det kan gå att återställa ett ansikte någotsånär. Även om det är ordentligt vanställt. En serie av små operationer och transplantationer under en period på fem-sex år ungefär. Problemet är att Ester inte är intresserad av en sådan lösning... inte än i varje fall.

– Jag förstår, sa Ewa Moreno och strök försiktigt med två fingrar över sin kind. Märkte att hon fått gåshud.

– Vad gjorde hon när hon tagit sig hem den där kvällen? frågade Sammelmerk. Jag trodde det gällde att komma under läkarvård så snabbt som möjligt?

– Jovisst. Men inte i det här fallet. Hon berättade att hon tillbringade en natt och en dag inlåst i sitt hem, medan hon baddade ansiktet med vatten och salvor och allt möjligt som hon hade på lager. På kvällen tog hon nattåget till Paris med en sjal över huvud och ansikte... och mörka glasögon förstås. Sedan stannade hon i Paris i en månad.

– En månad i Paris? sa Moreno. Var då? Varför?

– Hos en väninna. Hon känner en del folk där. Bodde ju i Paris de där åren hon var gift. Hon gick till en hudläkare, han fanns tydligen också i bekantskapskretsen, och fick lite hjälp... ja, hon höll sig undan hos den där väninnan, helt enkelt. Höll sig undan och förberedde sin återkomst.

Hon gjorde på nytt ett kort uppehåll och betraktade Moreno och Sammelmerk några sekunder. Som om hon höll på att berätta en historia som var så osannolik, tänkte Moreno, att hon var tvungen att då och då stanna upp och försäkra sig om åhörarnas tillit och fortsatta intresse.

– Hon kontaktade sin mor så småningom. Förklarade för henne att hon var i livet, men att föräldrarna aldrig skulle få se sin dotter igen, om de så mycket som antydde att hon hört av sig. Ja, och så dök hon alltså upp hos mig för två veckor sedan. Förklädd till muslimsk kvinna... för att kunna dölja ansiktet på ett naturligt sätt givetvis. Villkoren för mig blev i stort sett likadana som för hennes far och mor. Jag var tvungen att hålla henne hemlig, helt sonika, det kom ju som en chock för mig att hon överhuvudtaget levde, och... ja, jag lovade att göra allt som stod i min makt för att hjälpa henne. Som ni kanske kommer ihåg var det ju jag som skulle ha träffat den där mannen på Keefer's i december. Egentligen. Men jag blev sjuk, och så blev det som det blev...

– Ursäkta ett ögonblick, avbröt Moreno med en blick på bandspelaren. Ni talar alltså om Maarten deFraan, professor i engelska vid Maardams universitet?

– DeFraan, ja, bekräftade Anna Kristeva. Så heter han. Först ville hon inte tala om hans namn heller, men efter några dagar lyckades jag klämma det ur henne... men Ester Peerenkaas är inte längre Ester Peerenkaas, det är det som är det otäckaste i alltihop. Det är inte samma människa, det finns bara en sak i huvudet på henne, en enda, och det är att ta hämnd på den där mannen.

Hon slog ut med händerna i en gest av vanmakt.

– Varför kan hon inte gå till polisen rätt och slätt? undrade Sammelmerk.

– Tror ni inte jag har frågat henne? sa Anna Kristeva med en matt fnysning. Tror ni inte jag har försökt övertala henne dag och natt?

– Men varför? upprepade Moreno. Varför inte polisen? Den här mannen har ju mer på sitt samvete, inte bara Ester Peerenkaas förstörda ansikte...

Anna Kristeva drog en ny djup suck och rätade på ryggen.

– Därför att det inte skulle vara nog för henne, sa hon. Det skulle inte räcka med ett sedvanligt straff. Ester är bränd av myndigheter sedan tidigare också... jag vet inte om ni känner till hennes bakgrund? Mannen som tog deras dotter och försvann, hon kämpade i två år för att få sin rätt innan hon gav upp, och... ja, sådant sätter sina spår. Hon har inget förtroende för polisen, helt enkelt. Hon tänker döda Maarten deFraan på egen hand... och inte bara döda honom, för övrigt.

Moreno hajade till.

– Vad menar du? sa hon. Inte bara döda...?

Anna Kristeva drack lite vatten och satt tyst en stund innan hon svarade.

– Hon ämnar tortera honom, sa hon sedan med låg röst. Jag tror... jag tror hon tänker sig att fånga in honom på något sätt, och sedan utsätta honom för någonting fruktansvärt. Plågsamt, och så långvarigt som möjligt, innan hon slutligen dödar honom. Fråga mig inte hur det skall gå till, men hon är besatt av det här. Det är det enda som håller henne uppe, och det är som om... som om det inte alls gällde henne själv. Jag tror hon ser sig som ett redskap... och en representant för alla kvinnor som plågats och plågas av män. Hon ser det som en mission att hämnas allt förtryck som vårt kön blivit utsatt för under historiens gång... och ta ut det på honom, således. Som om hon vore utvald. Jag har ju sagt att hon är galen...

Hon tystnade ett ögonblick igen.

– ... men visst förstår jag henne. Det är inte speciellt konstigt att hon blivit på det här viset, det är därför jag inte velat förråda henne.

Hon sökte ordentlig ögonkontakt med både Moreno och Sammelmerk nu, som för att få bekräftelse. Något slags förståelse åtminstone. Moreno märkte att hon helst ville undvika Anna Kristevas blick, och hon nickade bara vagt.

– Jovisst, sa hon eftertänksamt. Nog är det begripligt. Kanske skulle det vara begripligt för en manlig kriminalpolis också. I varje fall dom flesta jag känner.

– Otvivelaktigt, sa Sammelmerk. Men jag tycker inte vi ska fördjupa oss för mycket i könsrollsaspekterna just nu. Skulle inte tro att du behöver vara rädd för något efterspel för att du tigit om det här, hursomhelst... det är illa nog som det är ändå. Men hur är det aktuella läget, alltså? Jag tror inte du har tagit oss ända fram till idag, så att säga...?

Anna Kristeva harklade sig och fortsatte.

– Ester hade den här muslimska kvinnoförklädnaden... hade skaffat den i Paris på något sätt. Slöja och allt. Jag vet inte om det bara är att gå in i en affär och köpa, men kanske är det så enkelt. Problemet när hon kom tillbaka var att hon inte ens visste vad den där karln hette. Han hade inte använt sitt riktiga namn, som ni vet. Men hon kände till var han bodde, och rätt snart hade hon fått klart för sig vem han var. Hon skuggade honom några dagar medan hon planerade... antagligen upptäckte han henne, för en dag hade han plötsligt lämnat Maardam. Förra söndagen, tror jag. Dessutom hade det dykt upp en annan figur som också smög efter deFraan, påstod Ester... någon sorts detektiv eller kriminalpolis från er, om jag fattade henne rätt?

Moreno åstadkom en ny till intet förpliktande huvudrörelse.

– I alla händelser måste deFraan ha blivit varse någon av dem... eller bägge två. Han bör ju ha förstått att han levde farligt under alla förhållanden, och en dag var han alltså borta. Ester blev rasande, hon sov inte på två nätter, gick inte till sängs ens. Jag trodde verkligen att hon skulle tappa all kontroll de där dygnen, hon måste ha gått på någon sorts tabletter också... och sedan, ja, sedan försvann hon.

– Försvann? sa Moreno.

Anna Kristeva nickade.

– Du säger att Ester Peerenkaas försvann en gång till? förtydligade inspektör Sammelmerk, och kontrollerade att bandet fortfarande rullade i bandspelaren. Efter att Maarten deFraan lämnat Maardam?

– Ja, bekräftade Anna Kristeva med trött röst. Det är det jag säger. I onsdags i förra veckan var hon inte kvar. Hon hade stuckit med sin väska utan ett ord till förklaring.

Det gick fem sekunder.

– Var är hon? frågade Moreno sedan.

Anna Kristeva ryckte uppgivet på axlarna.

– Jag vet inte, sa hon. Har inte den ringaste aning. Men jag vet vem hon jagar, och jag skulle inte vilja vara i hans kläder.

Moreno såg på Sammelmerk. Sammelmerk tittade ut genom fönstret och trummade lätt med en penna mot underläppen.

– Maarten deFraan, sa hon långsamt. Stryparen. Misstänkt för att ha tagit livet av fem människor... eller om de nu bara är fyra? Du påstår alltså att det är honom Ester Peerenkaas är ute efter?

– Ja, bekräftade Anna Kristeva med en ny suck. Det råkar inte vara så att ni vet var han är?

– Vi har våra aningar, sa Moreno.

Inspektör Sammelmerk stängde av bandspelaren.

– Herrejävlar! sa hon. Ursäkta, men jag måste få svära lite off the record. Vilken fruktansvärd historia. Jo, visst är det som inspektör Moreno säger, vi tror att vi har börjat ringa in honom... men oskrivet är förstås bäst.

– Var? sa Anna Kristeva, men hon fick inget svar.

501

– Tack för att du kom hit, sa Moreno istället. Du har inte haft det lätt.

Anna Kristeva kostade på sig ett mycket blekt och mycket hastigt övergående leende.

– Nej, sa hon. Lätt har det inte varit.

När de blivit ensamma, gick inspektör Sammelmerk bort till dörren och släckte ljuset.

– Gode gud, sa hon och sjönk ner i skrivbordsstolen igen. Vad säger du?

– Vad ska man säga? sa Moreno.

Sammelmerk funderade en stund medan hon bet sig i underläppen och kisade ut genom fönstret.

– Om vi fortfarande försöker hålla oss borta från könsrollsaspekterna, sa hon sedan. Var hamnar vi då?

– Grekland förstås.

– Och vad tror du, då?

– Om vad då?

– Om hur det står till därnere. Tror du hon har letat sig dit, hon också?

– No idea, sa Moreno. Men vi borde nog kosta på oss ett telefonsamtal i alla händelser.

Irene Sammelmerk väntade några långa sekunder. Sedan sköt hon telefonen tvärs över skrivbordet.

– Gör det du, sa hon. Du känner ju våra representanter på plats bättre än jag. Ska jag slå upp numret åt dig?

– Behövs inte, sa Ewa Moreno. Jag har bra sifferminne.

51

Polisprefekturen i Argostoli var en vit och blå byggnad i två våningar på Ioannis Metaxa mittemot hamnmyndigheten. Van Veeteren slussades av en ung vältränad konstapel genom en lång korridor bort till en blå dörr, där det stod Dimitrios Yakos på en handtextad skylt. Både med grekiska och latinska bokstäver.

Konstapeln knackade försiktigt och efter några sekunder öppnades dörren av en undersätsig, tunnhårig man i femtiårsåldern. Han hade en cigarrett i mungipan, en kaffekopp i ena handen och en dubbelvikt dagstidning i den andra, och Van Veeteren kunde inte låta bli att fundera över hur han burit sig åt för att trycka ner dörrhandtaget.

– Commissioner Van Veeteren? sa han högtidligt och gjorde händerna fria. I am very pleased to meet you.

Van Veeteren hälsade och den unge konstapeln återvände bort mot expeditionen. Kommissarie Yakos bad sin gäst sitta ner och beklagade vältaligt att han inte varit anträffbar under föregående dag, eftersom han varit upptagen av ett fall som krävde hans närvaro and full attention; nu stod han dock till förfogande one hundred and fifty percent. Europe is one big town nowadays, isn't she?

Van Veeteren nickade och tog emot en cigarrett ur ett blankt metalletui. Såg sig hastigt om i det trånga rummet med gallerfönster ut mot gatan och hamnen, och konstaterade att det (bortsett från gallren) mera erinrade om någon sorts studentrum än ett tjänsterum. Ett lågt bord med två fåtöljer. En bokhylla med pärmar, böcker och tidningar. Åtminstone tjugo inramade familjeporträtt på väggarna, samt ett litet brummande kylskåp, ur vilket kommissarien just nu med flinka händer plockade fram två ölburkar och öppnade dem utan att fråga.

Han konverserade hela tiden, och Van Veeterens farhågor om en språkbarriär kom ordentligt på skam. Yakos engelska var nästan i paritet med hans egen – om man bortsåg från bildspråket, som var tryggt förankrat i den grekiska tankesfären – och när Van Veeteren smakat av ölen och sjunkit ner i den ena fåtöljen, fick han en plötslig vision av att saker och ting kanske skulle komma att gå i lås, trots allt.

Efter fem minuter var kommissarien klar med en inledande orientering i sina familje- och tjänsteförhållanden. Han tände en ny cigarrett på glöden av den gamla, knäppte sina håriga händer och betraktade med spänt intresse sin gäst.

– Vill ni nu sätta mig in i ert ärende. Det skall bli ett nöje att samarbeta med er.

Van Veeteren funderade i två sekunder.

– Jag letar efter en mördare, sa han sedan.

– Ah, sa kommissarie Yakos och smackade lätt med läpparna, som om han just avnjutit ett färskt fikon. Här? På åsnornas och hjältarnas ö?

– Här, bekräftade Van Veeteren. Hans namn är Maarten deFraan, och jag har anledning att misstänka att han uppehåller sig här i Argostoli... eller borta i Lassi, kanske. Han bör ha kommit hit helt nyligen och har förmodligen tagit in på något av hotellen eller pensionaten. Möjligen under falskt namn, men troligen använder han sitt riktiga. Jag behöver er hjälp för att hitta honom och jag behöver er hjälp för att gripa honom. Ni har väl fått mina auktorisationshandlingar?

Kommissarie Yakos nickade.

– Javisst. Inget problem.

Van Veeteren räckte över deFraans fotografi. Yakos tog emot det; höll det försiktigt mellan tumme och pekfinger, medan han betraktade det med ögonbrynen vinklade till ett cirkumflextecken.

– Mördaren?

– Ja.

– Hur många liv har han på sitt samvete? Det framgår inte riktigt.

– Vi vet inte exakt. Fyra eller fem.

– Ah.

Han återlämnade fotografiet.

– Finns det några komplikationer att vänta? Är han beväpnad?

Van Veeteren övervägde sitt svar ett ögonblick.

– Möjligen, sa han. Det är svårt att bedöma om han är farlig eller inte. Jag föreslår att vi väntar med den aspekten tills vi lokaliserat honom. Hur lång tid tror ni att ni behöver?

Kommissarie Yakos såg på klockan och drog hastigt på munnen.

– Hör av er i eftermiddag, sa han. Vi behöver ju bara utföra en kontroll av hotellen, när allt kommer omkring. Det går på ett par timmar, jag har några underlydande till mitt förfogande. Om vi inte hittar honom blir det förstås en besvärligare situation… men varför förutse svårigheter som kanske inte finns?

– Ja, varför? instämde Van Veeteren. Han drack ur ölen och reste sig. Jag tittar in vid fyratiden, då?

– I eftermiddag, modulerade kommissarie Yakos med ett grekiskt tidstolerant leende. Om någonting händer dessförinnan hör jag av mig.

Innan hon gick ut på pass den andra dagen, kontrollerade hon innehållet i sin tygväska.

505

Ett kort järnrör intejpat i en bit lakansväv. Ett rep av nylon. Två flaskor; en med kejsarsyra, en med bensin. Ett saltpaket. Tändstickor. Två olika knivar. En liten tång.

Hon bad en stilla bön om att få använda sakerna i ungefär den ordningen, medan hon försökte visualisera scenariot för sin inre syn. Kände en plötslig ilning utefter ryggraden och ner genom benen och ett ögonblicks yrsel. Sedan knöt hon den tunna schaletten om håret och nedre delen av ansiktet. Skönt att vara av med de muslimska skynkena, tänkte hon. Tittade sig i spegeln innan hon fullbordade maskeringen med hjälp av ett par stora, runda solglasögon.

Hon tog väskan och lämnade rummet. Klev ut i solljuset och värmen i den grekiska morgonen. Såg sig om. Lassiområdet, som det kallades, bestod egentligen bara av en enda gata. Det var en fördel, en oavvislig fördel. Hon vickade på glasögonen och betraktade himlen. Den var i stort sett molnfri, temperaturen låg säkert på arton-tjugo grader redan. En varm dag, men inte het. Det fanns ett uns av ett löfte i den, intalade hon sig. Någonting som talade om en fullbordan.

Gatan var lång, två kilometer eller mer. Under gårdagskvällen hade hon strövat den fram och tillbaka utefter tavernorna och hotellen utan att väcka uppmärksamhet. Barerna, minimarketarna och butikerna. Och varför skulle hon väcka uppmärksamhet? Schalar var vanliga attribut, solglasögon närmast obligatoriska. Det var perfekt. Förr eller senare måste hon få korn på honom. Förr eller senare. Det fanns inga andra vägar att gå om man överhuvudtaget skulle röra sig utomhus i Lassi.

Förr eller senare.

– Vad gör vi nu? sa Münster.

Van Veeteren såg upp.

– Väntar, sa han. Finns inte mycket annat att göra. Men vi

506

kan gå en tur utmed hamnstråket och titta på kommersen. Eller vill intendenten ta ett bad i havet? Jag är villig att stå beredd med handduken.

– Det är den sjätte mars, påpekade Münster. Nej tack. Men jag skulle vilja veta vad du tror om fröken Peerenkaas egentligen.

De lämnade cafébordet och började gå ner mot Ioannis Metaxa. Van Veeteren tog av sig halmhatten och torkade sig i pannan med en pappersservett. Münsters undran hängde kvar i luften under en halv minut innan *kommissarien* såg sig föranlåten att besvara den.

– Jag tror hon är livsfarlig, sa han. Tyvärr. Kanske inte bara för deFraan heller. Men jag hoppas att hon inte hittat hit. Du kan väl hålla lite utkik i folkvimlet, din syn är bättre än min. Har du tjänstevapnet till hands?

Münster klappade med handen under armen och nickade bekräftande. Det hade fördröjt deras avresa ett dygn, men Van Veeteren hade insisterat på att åtminstone en av dem skulle bära vapen.

Det var ovanligt, tänkte Münster. Han brukade inte vara särskilt intresserad av beväpning. I varje fall inte sin egen.

– Risken finns väl ändå, konstaterade Münster. Att hon är här, menar jag. Om hon nu redan var i Aten när vi kom dit, som Krause påstår... ja, jag fattar ärligt talat inte hur hon bär sig åt.

– Hmpf, muttrade Van Veeteren och satte halmhatten på plats. Det är kanske inte så komplicerat. Det är inte deFraan hon legat i hasorna på, det är oss, min käre Watson. Dig och mig. Två tröga kriminalpoliser som bokar resor och hotell med buller och bång under sina rätta namn... deFraan har säkert gjort allt för att hålla henne borta ifrån sig, men vad fan hjälper det, när vi har varit synliga som kulörta flodhästar i en hönsgård?

Münster rynkade pannan och slätade ut den igen.

507

– Allright, sa han. Det är förstås så det hänger ihop. Och om vi råkar få syn på henne i vimlet, vad skall vi göra då? Arrestera henne?

– För vad? sa Van Veeteren. Såvitt jag vet har hon inte gjort sig skyldig till en felparkering ens.

Münster funderade.

– Stämmer, sa han. Men vad gör vi då?

– Väntar, sa Van Veeteren. Det var ju det jag försökte förklara för dig. Har du redan glömt din Pascal?

Helvete, tänkte Münster och bet ihop tänderna. Här spankulerar vi omkring i godan ro – som kulörta flodhästar! – fast vi egentligen är på jakt efter en galning, som dödat åtminstone fyra människor med sina bara händer... och en fullkomligt besatt kvinna. Och han pratar om Pascal! Nog har antikvariatslivet satt sina spår, alltid.

Han rättade till sitt vapen som skavde i armhålan, och dök in under en röd markis, där Van Veeteren just slunkit in för att smaka av några ovanligt stora och feta oliver.

– Se upp för kärnorna, tänkte Münster högt.

– Va? sa Van Veeteren. Dom här är inte så dumma. Vad sa intendenten?

– Det var inget, sa Münster.

Hon fick syn på honom ur ögonvrån, och det var en hårsmån ifrån att hon missat honom helt och hållet.

Nikos Rent-a-car. Alldeles i norra utkanten av bebyggelsen, där vägen började stiga upp över berget mot Argostoli. Hon fortsatte några meter förbi butiken och stannade upp.

Han stod därinne. Maarten deFraan. *Han.* Hjärtat steg i bröstet på henne, och hon kunde plötsligt känna en alldeles tydlig smak av metall på tungan. Det var egendomligt. Under några sekunder stod hon bara där, mitt på trottoaren, medan marken tycktes vrida sig under hennes fötter och cikadorna såga sönder hennes trumhinnor. Som om någonting

– eller möjligen allting – höll på att brista.

Det gick hastigt över. Hon drog två djupa andetag och återvann sig. Koncentrationen flödade in i henne i en stark ström. Nu, tänkte hon. Det är inte långt borta nu. Det är nära... men vad hade han för sig?

Han tänkte hyra bil. Eller någon sorts motorcykel. Det var lika uppenbart som solljuset.

Varför då? Vad hade han för avsikter? Vad gjorde han på den här förbannade ön överhuvudtaget?

Och vad skulle hon själv göra?

Hon såg sig hastigt om. En vitgrön taxibil kom krypande efter vägen och reflexmässigt höjde hon handen. Chauffören stannade och hon hoppade in i baksätet.

I samma ögonblick kom uthyraren – en lönnfet ung man med en stormönstrad skjorta uppknäppt ner till naveln – och deFraan ut från butiken. Papperen var påskrivna tydligen. Allt i sin ordning. De gick fram till en blåröd skoter som stod för sig själv, lite vid sidan av de andra tvåhjulingarna på trottoaren. Hon förstod att deFraan valt ut den redan innan han gick in i butiken. Uthyraren räckte över ett par nycklar och gav några enkla instruktioner. DeFraan nickade och satte sig grensle över fordonet. Rättade till sin lilla ryggsäck och bytte ytterligare några ord med den unge mannen. Därefter vred han om tändningsnyckeln och startade motorn. Såg sig om utåt vägen, innan han försiktigt tog sig ner från trottoarkanten och knattrade iväg åt Argostolihållet.

– Where are we going, miss? frågade taxichauffören och tittade frågande på henne i backspegeln.

Hon drog upp en sedel på tiotusen drachmer ur handväskan och pekade efter den försvinnande skotern.

Chauffören tvekade ett kort ögonblick, sedan tog han emot sedeln mellan pek- och långfinger. Stoppade den i bröstfickan på sin vita skjorta och körde ut från vägkanten.

– Jag förstår, sa Van Veeteren. Inringad och klar men ännu på fri fot, alltså? Ja, vi inväntar nya rapporter.

Han räckte över mobilen till Münster.

– Du får stänga av den. Jag vet inte var knappen sitter.

Münster gjorde så och stoppade apparaten i bröstfickan.

– Yakos? sa han. Har dom hittat honom, alltså?

– Inte riktigt.

Van Veeteren blev stående och blickade ut över den vitkalkade bebyggelsen som täckte hela västsidan av bukten. De hade vandrat över den smala stenbron och var på väg tillbaka. Klockan var halv tolv och solen hade börjat värma ordentligt.

– Nej, återtog *kommissarien*, dom har hittat hotellet tydligen... borta i Lassi som vi trodde, men fågeln var utflugen. Gav sig iväg vid tiotiden, trodde dom. Kanske ligger han i en vilstol någonstans, kanske har han annat i kikaren.

– Till exempel vad då? undrade Münster.

Van Veeteren satte upp foten på den låga stenbalustraden och kisade ut över det glittrande vattnet. Stod tyst en stund.

– Det vete gudarna, konstaterade han sedan och rätade på ryggen. Men han måste ju begripa att vi är honom i hälarna... och att en viss kvinna antagligen också är det. Han vet att spelet snart är slut, men han vill kanske ha ett ord med angående själva finalen, eller vad tror du?

Münster satte sig på balustraden och funderade.

– Det är svårt att hitta logiken i honom, sa han. På vissa punkter är han ju fullständigt galen, i andra sammanhang verkar han fungera mer eller mindre normalt...

– Inget särskilt ovanligt fenomen, sa Van Veeteren och tände en cigarrett. Vi har nog våra lösa skruvar både du och jag, men hos deFraan är det lite mer komplicerat. Han är antagligen hyperintelligent, och om det finns någonting vi gärna använder vår intelligens till, så är det just till att bortförklara våra lösa skruvar. Motivera våra taskiga bevekelsegrunder och våra mörka drifter… om vi inte gjorde det skulle vi aldrig stå ut med oss själva.

Münster nickade.

– Jo, det har alltid förvånat mig att vissa människor orkar leva vidare. Våldtäktsmän och hustrumisshandlare och barnamördare… hur fan kan dom se sig själva i ögonen på morgnarna?

– Försvarsmekanismer, sa *kommissarien* med trött röst. Det gäller dig och mig också. Vi väver skyddsnät över avgrunderna, och i deFraans fall har han nog fått använda hela sin förmåga för att få det att gå ihop. Hans störning när det gäller kvinnor måste sitta djupt, oerhört djupt… vi får väl se om vi någonsin får reda på vad det bottnar i.

– Vi får se om vi får tag på honom också, kommenterade Münster. Jag hoppas kommissarie Yakos kan hantera det här.

Van Veeteren ryckte på axlarna och de började vandra tillbaka mot hamnen.

– Det kan han säkert, sa han. Lika bra som vi skulle göra det, åtminstone.

Kommissarie Yakos såg trött ut när han kom och satte sig vid deras bord strax efter klockan nio på kvällen. Han tillkallade servitören, beställde grekiskt kaffe, öl, ouzo och jordnötter. Fimpade en cigarrett och tände en ny.

– Det är beklagligt, sa han. Men vi har inte lyckats få tag på honom.

– Ibland tar saker och ting tid, sa Van Veeteren.

– Han har inte varit på hotellet sedan i morse. Jag har haft en konstapel placerad på Odyssevs hela eftermiddagen, han kan inte ha undgått honom.

– Den där skotern? undrade Münster.

Kommissarie Yakos skakade dystert på huvudet.

– Han har inte kommit tillbaka till uthyraren med den. Den skulle vara återlämnad före nio, enligt avtalet… han stänger då. Jag är rädd för att vi inte kan åstadkomma mycket mera idag. Min man på Odyssevs fortsätter dock bevakningen. Är det så att han dyker upp, slår vi förstås till omedelbart.

Han placerade sin blodröda mobiltelefon på cafébordet, för att markera att sambandsnätet fungerade på högsta beredskap.

– Utmärkt, sa Van Veeteren. Du har väl instruerat din konstapel att han inte får ingripa på egen hand? Det är en mördare vi har att göra med, han kan vara ytterst farlig.

Kommissarie Yakos tömde sitt ouzoglas.

– Ingen risk, förklarade han. Konstapel Maramiades är den fegaste åsnan på hela ön.

– Utmärkt, upprepade Van Veeteren. Och den här skotern, alltså? Förekommer det något slags spaning efter den?

Yakos betraktade sina gäster med ett stramt leende, innan han svarade.

– Mina kära vänner, konstaterade han långsamt och eftertryckligt. Jag har varit kriminalkommissarie i Argostoli i tjugo år. Jag är född på platsen... två dagar efter jordbävningen och en vecka för tidigt, det var skalvet som satte igång min ömma moders värkarbete... nåja, hursomhelst garanterar jag att varenda polis, varenda barägare och varenda taxichaufför på den här ön vet att jag letar efter en blåröd skoter av märket Honda med registreringsnummer BLK 129. Underskatta mig inte.

– Jag ber om ursäkt, sa Van Veeteren. Låt oss dricka en flaska gott Boutarivin och äta lite ost medan vi väntar.

Kommissarie Yakos log och slog ut med händerna.

– Varför inte? sa han.

52

– Problemet, hade hennes morfar sagt på sin dödsbädd, problemet är att Gud inte finns.

Hon brukade ofta tänka tillbaka på dessa ord, och de senaste veckorna hade de återkommit med ett slags sömngångaraktig envishet. *Gud finns inte.* Morfadern hade dött i cancer, hade legat på sjukhuset de sista månaderna av sitt liv, och två dagar innan han dog hade hon suttit ensam med honom vid hans säng. De hade turats om; hon, hennes mor och hennes moster; man visste att det inte var långt kvar.

Suttit där i en blå fåtölj i sjukhusets speciella avdelning för döende, således. Terminalpatienter. En uträknad morfar, morfindrogad bortom allt förnuft, och en sextonårig dotterdotter. Cancern satt i bukspottkörteln. Pankreas. Åtminstone en del av den; om man hade möjlighet att välja var man skulle ha sin cancer, var det inte bukspottkörteln man skulle satsa på, det hade hon förstått.

Det var hans näst sista natt, skulle det visa sig, och framemot morgonen, strax före klockan halv sex, hade han vaknat upp och sträckt ut sin hand efter hennes. Hon måste ha slumrat till i stolen, för hon vaknade av att han rörde vid henne och försökte komma upp i halvsittande.

Han betraktade henne en kort stund först, med alldeles ogrumlad blick; hon fick nästan för sig att det var det där berömda ögonblicket av klarhet just före döden, men så var det alltså inte. Han hade över ett dygn kvar.

Så hade han sagt de där orden, med hög och tydlig röst.

Problemet är att Gud inte finns.

Släppt hennes hand, slutit ögonen och fallit tillbaka ner i sömnen.

Han hade varit djupt troende i hela sitt liv. På begravningen hade kyrkan varit så full att folk måst stå upp längst bak.

Själv var hon sexton år och hon hade aldrig berättat det för någon.

Nej, tänkte hon när hon satt i taxin med händerna hårt knäppta i knät. Gud finns inte, det är just därför vi måste skipa rättvisa på egen hand.

Färden blev knappt femton minuter lång. I en hårnålskurva ovanför en ravin hade han stannat. Ännu ett stycke kvar upp till passet över till nordsidan av ön, om hon förstod det rätt. När hon tittade bakåt kunde hon fortfarande se en bit av den smala gamla stenbron över sundet in mot Argostolis hamn. Hon bad chauffören köra förbi nästa klipputsprång och sedan stanna.

Hon tackade och klev ur. Taxin fortsatte upp utefter bergsidan, hon antog att det var svårt att vända på det smala asfaltbandet, och kanske fanns det andra vägar ner till huvudstaden. När bilen försvunnit ur hennes synfält gick hon runt kurvan och såg honom igen. Han stod bredvid den blåröda skotern med ryggen vänd åt henne och tittade ner i ravinen. Det stupade brant, steniga bergsidor utan växtlighet, men på klyftans botten, ett trettital meter ner, fanns ett gytter av torr, spretig buskvegetation och skräp, som mindre nogräknade bilister kastat ner. Papper och plastkassar och tomburkar. Någonting som såg ut som ett kylskåp.

Alldeles orörlig stod han där, med en liten grågrön kanvasryggsäck invid fötterna och en revolver i höger hand.

Hon kände med fingrarna över den sargade, ödelagda huden i sitt ansikte, och stack ner handen i axelremsväskan.

514

Fattade tag om det inlindade järnröret. Av allt att döma hade han inte lagt märke till henne. Bra, tänkte hon. Avståndet fram till honom var inte mer än tjugo meter; hon gav sig ingen tid att fråga sig varför han stod där. Varför han hade en revolver i handen eller vad han hade för planer. Det räckte med att hon hade sin egen plan klar för sig.

Räckte mer än väl.

Gud finns inte, tänkte hon och närmade sig försiktigt.

Han märkte henne inte – eller brydde sig inte om henne – förrän hon var nästan inpå honom. Försjunken i djup koncentration, såg det ut som – men när han äntligen hörde hennes steg och kände hennes närvaro, ryckte han till och vände sig hastigt mot henne.

– Excuse me, sa hon på engelska och kramade om röret nere i väskan. Ni vet möjligen inte vad klockan är?

– Klockan?

Det var en bisarr fråga att ställa mitt uppe i detta karga bergslandskap och han såg förvånat på henne.

– Ja tack.

Han lyfte handen, den som inte höll i revolvern, och såg på sitt armbandsur.

– Tolv, sa han. Klockan är en minut i tolv.

Hon tackade och rättade till schalen över sitt ansikte. Han känner inte igen mig, tänkte hon. Han har ingen aning om vem jag är.

– Det är vackert här, sa hon och tog ett steg närmare, som för att fortsätta förbi honom. Han flyttade blicken ut över ravinen igen. Svarade inte. Armen med revolvern hängde orörlig utefter hans sida. Hon såg att en rovfågel dök upp över bergskammen; den gjorde en glidande cirkel och blev stående högt uppe i luften snett ovanför dem. Hon drog fram röret ur väskan.

Gud…, tänkte hon och höjde det upp i luften.

Han vred på huvudet och stirrade under bråkdelen av en

sekund på henne med halvöppen mun. Lyfte sitt vapen så att det pekade mot hans eget huvud, hans högra tinning.

... *finns inte*, tänkte hon och svingade röret.

53

Kommissarie Yakos såg inte mycket piggare ut.

– Han hade legat och sovit hos sin älskarinna, den där förbannade taxichaufför̈en, sa han. Det var därför han inte hörde av sig förrän nu på morgonen.

Han lutade sig framåt. Stödde sig med händerna på knäna och andades tungt. Münster såg sig om. Utsikten var närmast bedövande vacker, och det var svårt att kränga av sig känslan av overklighet som hängde i det skira förmiddagsljuset... av att han låg och drömde, eller deltog i någon sorts surrealistisk filminspelning. Han hade sovit illa dessutom, inte alls som den nyss omnämnde taxichauffören, utan i sin högst påtagliga ensamhet på hotellrummet. Klockan hade varit över tre innan han fick en blund i ögonen.

Nu var hon halv elva. De befann sig några kilometer ovanför staden. Solen hade stigit en handsbredd över den höga bergskammen i öster och sköt ljus över de lägre liggande, karga bergsidorna, över olivsluttningarna nere vid kusten och över den utströdda, vitkalkade bebyggelsen på andra sidan sundet. De blåschatterade silhuetterna av småöar förlorade sig västerut bort mot horisonten, som var skarp som ett torrnålsstreck, trots att havet och himlen hade nästan identiskt samma blåhet. På närmare håll, något hundratal meter upp utefter vägen, avtecknade sig, lika skarpt, ruinerna av en byggnad – något slags kvarn, gissade Münster – kantad av två olivträd.

Och på ännu närmare håll, parkerad invid den låga, halvt

borteroderade stenmuren, som skilde vägen från branten: en blåröd skoter av märket Honda. Registeringsnummer BLK 129.

Münster justerade sitt tjänstevapen och vred på huvudet. Rakt nedanför honom låg en ravin – två brant stupande sidor som formade ett djupt och taggigt V-tecken ner i berget, med spetsen långt nedanför dem, tretti-fyrti meter uppskattningsvis och täckt av ett virrvarr av spretiga buskar och skräp. Otillgängligt för alla och envar.

Ändå kryllade branten av människor. Svartklädda unga män med rep och hackor och allehanda utrustning; en helikopter svävade ovanför dem och skar en hänsynslös ljudreva i det storslagna landskapet. Münster vred på huvudet ytterligare och betraktade Van Veeteren som stod två meter ifrån honom med en otänd cigarrett i munnen. Han såg också ut att ha sovit illa.

Eller också var det bara besvikelsen och frustrationen som stod skriven i hans tunga anletsdrag. Besvikelsen över att de inte lyckats fånga in en levande Maarten deFraan.

Ända sedan de fick nyheten om fyndet från Yakos vid åttatiden hade *kommissarien* varit irriterad och retlig. Münster gissade – hoppades rentav? – att det var det förmätna talet om Pascal som nu gav honom lite dålig smak i munnen. Bland annat.

För Maarten deFraan var död. Mycket död. Det hade aldrig blivit verklighet av den där tanken, att få sitta öga mot öga med honom och kasta ut krokar i hans svarta psykologi. Inte för Van Veeteren och inte för någon annan heller.

Kommissarie Yakos torkade sitt blänkande huvud torrt på en handduk. Han hade just tagit sig upp till vägbanan ända nerifrån fyndplatsen och svettfläckarna under hans armar var stora som elefantöron.

– Vill ni går ner och titta? frågade han och vandrade med blicken mellan Van Veeteren och Münster.

518

– Inte nödvändigtvis, sa Van Veeteren. Men om du kan beskriva det i detalj så är jag tacksam. Jag antar att det tas fotografier?

– Hundratals, intygade Yakos. Nej, strunta i klättringen, det ser horribelt ut därnere. Horribelt...

Han gjorde en paus som om han smakade på ordet för att avgöra om det var det rätta.

– ... två kroppar, alltså. Eller en kropp och ett skelett, rättare sagt. Doktor Koukonaris säger att skelettet kan vara allt från tre till tretti år gammalt, men vi kommer förstås att få en säkrare bedömning när alla analyser är gjorda. Av allt att döma en kvinna, hursomhelst...

– Det är hans hustru, avbröt Van Veeteren. Hennes namn är Christa deFraan och hon har legat i den här skrevan sedan i augusti 1995.

Kommissarie Yakos betraktade honom med cirkumflexade ögonbryn en kort stund, medan han blåste ut en tunn luftström mellan läpparna.

– Verkligen? sa han. Ja, om ni säger det så... den andra kroppen är av färskare datum, hursomhelst. En man som legat ett dygn på sin höjd. Det finns ingen anledning att betvivla att det rör sig om professor deFraan, som ni varit på jakt efter. Men han är illa tilltygad, så vi skall inte uttala oss med säkerhet ännu...

– Tilltygad? sa Van Veeteren. Hur är han tilltygad?

Kommissarie Yakos drog ett djupt halsbloss på sin cigarrett och såg ut över havet.

– Ni vill veta det i detalj?

– Ja tack.

– Skyll er själva... fast ni blir förstås tvungna att titta på honom i alla händelser, när vi fått upp honom... horribelt, som sagt.

– Vi har förstått det, sa Van Veeteren med en strimma irritation i rösten. Vill ni vara snäll och berätta nu.

Yakos nickade.

– För det första är han skjuten genom huvudet. Ingångshål genom ena tinningen, utgångshål genom den andra. Vi har inte hittat något vapen, men det rör sig om en rätt så grovkalibrig historia... niomillimeters, kanske. Vi fortsätter att leta efter det naturligtvis.

– Naturligtvis, sa Van Veeteren.

– Men det är inte det som är det värsta, fortsatte Yakos.

– Inte?

– Har han skador från fallet? frågade Münster.

Kommissarie Yakos nickade allvarligt.

– Ja, det finns inte många hela ben i honom, säger doktorn, så det är uppenbart att han fallit ner här uppifrån... eller knuffats... men det är inte de skadorna som jag syftar på.

Han drog ett nytt bloss och tycktes tveka.

– Fortsätt, uppmanade Van Veeteren. Intendenten och jag har sammanlagt femti år i branschen, ni behöver inte censurera.

– Allright, eftersom ni insisterar. Kroppen är nästan naken och full av skador förutom de som orsakats av fallet. Det finns sticksår och knivhugg lite överallt, och något som ser ut som frätsår, främst i ansiktet... det som finns kvar av ansiktet. Han är ganska oigenkännelig. Ögonen är utgrävda, och hans... hans penis och testiklar har skurits av. Händer och fötter är ihopbundna med nylonlina. Händerna bakom ryggen. Ett par av naglarna är utdragna. Dessutom har han brännskador på stora delar av kroppen, främst bröst och mage... det ser ut som om någon hällt bensin över honom och tänt på. Alltihop tyder på att han... torterats... därnere...

Han tecknade mot en liten klippavsats ett par meter ner i branten. Münster noterade ett par svarta fläckar på stenarna och sotiga rester av någon sorts tyg eller klädesplagg.

– Om det skett före eller efter att kulan gick genom huvudet på honom... ja, det vet vi inte ännu. Jag har... jag måste säga att jag aldrig har sett någonting värre.

Han tystnade. Münster svalde och följde med blicken helikoptern, som just försvann över bergskammen med någonting hängande i en lina under sin grågröna plåtbuk. Van Veeteren stod orörlig och kisade ner i ravinen med händerna på ryggen. Någon därnerifrån ropade någonting på grekiska och fick svar av kommissarie Yakos.

Nej, tänkte Münster. Varför skulle man klättra ner och titta på det, om man inte var tvungen? Tids nog skulle han stå öga mot öga med det ändå.

En av de klättrande polismännen kom upp till vägbanan med en plastpåse, innehållande ett mörkt föremål som Münster inte kunde identifiera. Yakos tog emot den och räckte över det till Van Veeteren, som betraktade påsen i två sekunder och återlämnade den till den unge polismannen. Kommissarie Yakos gav honom en kort instruktion på grekiska och han kröp in i en av bilarna som stod på rad utefter vägen.

– Fy fan, sa Van Veeteren.

Yakos nickade.

– Hans penis. Jag säger ju att det är horribelt. Vad är det för galning som har gjort det här... hade ni väntat er någonting i den här stilen? Vad är det som har hänt egentligen?

Det förflöt säkert inte mer än en halv minut innan Van Veeteren svarade, men Münster upplevde det som en evighet. Blåtonerna runt omkring dem i den perfekta morgonen ljusnade några grader. En ensam cikada började gnissla slött, en rovfågel kom in utifrån kusten och intog i stort sett den plats som helikoptern just lämnat vakant. Kommissarie Yakos kastade sin halvrökta cigarrett i vägkanten och trampade på den.

Mycket hastigt började Münster också rekapitulera hela det förbannade fallet i huvudet. Nästan mot sin vilja. I ett krängande, rapsodiskt tempo spelades bilderna upp i huvudet på honom – den lilla lägenheten på Moerckstraat, den döde prästen och hans bisexuelle vän, Monica Kammerles stympade kropp ute vid dynerna i Behrensee, samtalen med Anna Kristeva och med alla andra inblandade i denna plågsamt utdragna tragedi... nålen i skon uppe i Wallburg, Succulenterna och den beslöjade kvinnan. Ester Peerenkaas. Nemesis. Hade hon hunnit fram i tid eller vad skulle man tro?

Och mördaren själv. Professor Maarten deFraan. Som alltså tydligen dödat sin hustru för snart sex år sedan just på den plats där de stod nu, och som sedan fortsatt på denna inslagna väg... ytterligare fyra människor hade fått sätta livet till, bara för att... ja, vad då? tänkte Münster. Vad var det som dolt sig längst inne i hans vanvettiga hjärna? Fanns det ens någon förklaring? Var det meningsfullt att försöka leta efter en? *Störningen*, som Van Veeteren uttryckt saken.

Så småningom kanske, tänkte Münster trött. Just nu förstår jag inte det här fallet... men jag förstår att det är över.

Han insåg omedelbart att det där sista också var en förhastad slutsats, men han hann aldrig börja revidera den, förrän Van Veeteren harklade sig och tog sig an kommissarie Yakos undran.

– Vad det är som har hänt..., sa han långsamt. Ja, det vete gudarna. Men om vi verkligen vill ha reda på det, är det förstås bara att vänta på obduktionsresultatet. Den där kroppen har skändats... frågan är alltså om det skedde före eller efter att kulan gick mellan tinningarna på honom... antingen eller, således. För min personliga del måste jag tillstå att jag inte bryr mig om vilket.

Kommissarie Yakos såg på honom med oförställd förvåning.

– Inte bryr er om...? Förlåt, men nu förstår jag inte vad ni säger. Den här mannen har mördats, och...

– Tack, sa Van Veeteren. Ni behöver inte upplysa mig. Men det finns en möjlighet att han tog livet av sig också, glöm inte det... och att de här skadorna på kroppen tillfogats efteråt. När obduktionen är klar får vi veta vilket.

– Varför...? började kommissarie Yakos. Varför i hela världen skulle någon vilja...?

Van Veeteren lade en hand på hans axel.

– Min käre vän, sa han. Om ni kommer till vårt hotell ikväll, så skall jag berätta en historia för er.

Kommissarie Yakos tvekade på nytt en stund. Sedan nickade han, ryckte på axlarna och såg ut över havet.

– Det är en vacker morgon, sa han.

54

Följande dag steg samma sol upp över samma bergskam. Göt sitt milda ljus över samma karga sluttningar och samma grågröna olivlundar.

Och över samma ljusockra agora i Argostoli, med spatserande eller kaffedrickande herrar, lösa byrackor, knattrande vespor och lekande barn. Van Veeteren och Münster åt en sen frukost utanför Ionean Plaza, medan de väntade på att kommissarie Yakos skulle komma med senaste nytt från obducent och tekniker.

– De där olivträden, sa Münster och tecknade uppåt sluttningarna. De kan bli flera hundra år, har jag hört.

– Jag känner till det, sa Van Veeteren. Vad fick du ut av det här, då?

Han knackade med skeden på det femsidiga fax som kommit från Maardam ett par timmar tidigare. Münster hade tagit emot det i hotellreceptionen och läst det tre gånger i följd innan han överlåtit det i *kommissariens* händer.

– Krause kan vara rätt effektiv när han sätter den sidan till, svarade han diplomatiskt.

– Kvantitativt har det aldrig varit något fel på honom, instämde Van Veeteren. Men visst är det en märklig bild av deFraan som växer fram... eller som låter sig anas i varje fall. Kan inte låta bli att fundera över hans barndom, det är ju där vi börjar blöda...

– Blöda? sa Münster, men fick inget svar.

Istället bläddrade Van Veeteren i papperen och harklade sig.

– Hör här: "När deFraan var i sexårsåldern dog hans far under för pojken traumatiska omständigheter. Orsaken var att familjens hus i Oudenzee brann ner till grunden; fadern hann, i motsats till sonen och modern, aldrig ut för att sätta sig i säkerhet. I den utredning som gjordes med anledning av händelsen förekom under en kort period misstankar mot modern om mordbrand, men något åtal väcktes aldrig." Vad säger du om det?

Münster funderade.

– Jag vet inte, sa han. Det är ju liksom bara en aning.

– Liksom bara en aning! fnös Van Veeteren och såg misslynt ut. Allting börjar med en aning... till och med du, intendenten!

– Intressant synpunkt, sa Münster. Kan man få det lite utvecklat?

Van Veeteren blängde på honom en sekund innan han letade vidare i faxet.

– Här! utbrast han. Hör på det här! "Vid moderns begravning 1995 var enligt anvisningar i testamentet endast hennes son närvarande. Efter hennes bortgång var han sjukskriven i fyra månader." Fyra månader, intendenten! Vad ger du mig för det?

– Jovisst, sa Münster. Jag noterade det där. Luktar lite freudiansk avgrund onekligen. Vad skall man tro? Men frysboxfyndet är väl ändå det magstarkaste?

Van Veeteren letade upp stället i Krauses text och läste innantill.

– "I samband med gårdagens husundersökning av deFraans lägenhet gjordes ett makabert fynd i hans frysbox i köket: två människoben, avkapade strax under knät. Det finns ingen anledning att betvivla att det rör sig om just de kroppsdelar som saknats efter Monica Kammerle. En trolig förklaring är att deFraan kapat av benen på sitt offer för att hon skulle rymmas i hans golfbag; denna hittades i en kläd-

kammare i lägenheten och var fullbemängd av inre blod-
spår."

– Fullbemängd av inre blodspår! sa Münster. Herregud, så
han uttrycker sig. Men struntsamma, det stämmer ju rätt
väl. Han dödar henne, kapar av hennes ben, trycker ner
kroppen i den där golfbagen och lägger över regnskyddet...
tar henne i bilen, kör iväg och begraver henne ute i Behren-
see. Fy fan, jag är glad att jag slipper träffa honom.

Van Veeteren sköt undan papperen.

– Jo, sa han eftersinnande. Det kanske faktiskt kvittar att
vi inte kunde ta honom levande.

– Vad menar komm... vad menar du med det? sa Müns-
ter.

Van Veeteren kliade sin skäggstubb och såg ut att överläg-
ga med sig själv.

– Bara att jag nog aldrig skulle ha begripit mig på honom,
sa han. Nu behöver jag inte försöka ens.

Münster satt tyst en stund och såg ut över torget. En
brunsvart hund dök upp ur en gränd och strök några varv
runt dem; gav upp och sjönk ihop under ett bord strax intill.
En servitör kom med en ny kanna kaffe.

– Vad tror du hände däruppe? sa Münster till slut. Och
inga mystifikationer, tack.

– Mystifikationer? utbrast Van Veeteren förvånat. Jag bru-
kar väl inte ägna mig åt mystifikationer?

– Säg vad du tror, då.

– Allright, sa Van Veeteren. Det är väl tämligen uppen-
bart. Vår vän deFraan hade bestämt sig för att sluta cirkeln
och sina dagar... på samma plats som sin hustru, som han
dödade för sex år sedan. Det började med henne, åtminsto-
ne började mördandet med henne... ja, och så hann fröken
Nemesis upp honom precis i tid tydligen. Följde efter ho-
nom i den där taxin... om det varit jag skulle jag ha passat
på och lånat skotern för återresan, men hon kanske inte fick

526

igång den, vad vet jag?

– Precis i tid? sköt Münster in. Du menar att hon hann med att tortera honom i levande skick, alltså?

Van Veeteren torkade sig omständligt med servetten i munvinklarna innan han svarade.

– Hur ska jag veta det? sa han. Det är antagligen ingen svårighet för en obducent att avgöra saken, så tids nog får vi väl klarhet.

– Vi får väl det, instämde Münster. Och vi får väl se hur länge Ester Peerenkaas lyckas hålla sig undan... fast hon bör väl ha hunnit till Aten vid det här laget åtminstone?

– Förhoppningsvis, sa Van Veeteren och började fylla tobak i cigarrettmaskinen. Tycker inte ni skall lägga ner alltför mycket jobb på att hitta henne, om du tillåter att jag säger det...

– Ni? sa Münster.

– Märk inte ord, intendenten. Den här kvinnan har blivit av med sin dotter tack vare en fähund till karl, hon har fått sitt utseende fördärvat av en ännu värre fähund... om hon lyckades ta något slags revansch uppe vid ravinen, vill jag nästan gratulera henne.

Münster funderade en stund.

– Kanske det, sa han. Synd att den där taxichauffören inte såg mer än han gjorde, hursomhelst... jag undrar om vi kommer att kunna binda henne vid det här.

Van Veeteren tryckte fram en cigarrett och tände den. Kisade på Münster genom röken.

– Jag är glad att jag slipper bry mig om den detaljen, sa han.

– Jag har förstått det, sa Münster.

– Tråkigt att man inte kan stanna några dagar, konstaterade Münster när kommissarie Yakos lämnat dem ensamma ett par timmar senare. Måste vara uppåt tjugofem grader idag. Vad är det för böcker?

Van Veeteren placerade sin högra hand ovanpå boktraven som låg på bordet.

– En sorts kanon, sa han. Över det här fallet. Kunde inte låta bli att plocka fram dem ur hyllorna. Kanske finns det någon sorts tråd.

Han räckte över dem en i taget till intendenten: William Blake. Robert Musil. Den lilla lugubra deckaren av Henry Moll. Rilkes Duinoelegier. Münster tog emot dem och nickade lätt förbryllad.

En sorts tråd? tänkte han.

– Men det här då? Rappaport? Determinantan? Det där som vi...?

– Just det, sa Van Veeteren. Men den är på svenska, så jag ger mig nog inte på den.

Münster satt tyst en stund och lät blicken vandra mellan böckerna och *kommissarien*.

– Jag förstår, sa han till slut. Nåja, i alla händelser är det fyra timmar tills planet lyfter. Vi borde kanske beställa en taxi för säkerhets skull.

– Ähum, sa Van Veeteren. Gör det du.

Münster betraktade honom skeptiskt.

– Vad betyder ähum? frågade han.

Van Veeteren ryckte lätt på axlarna och sköt halmhatten i nacken.

– Betyder ingenting särskilt, förklarade han. Mer än att jag behöver lite avskildhet för att skriva mina memoarer. Fallet G, bland annat... Ulrike kommer ner imorgon, förresten. Vi stannar en vecka alltså, jag trodde jag nämnde det? Hon påstod att det regnade i Maardam från det ena till det andra... ähum.

Münster tog den sista oliven från fatet och stoppade den i munnen.

Allright, tänkte han storsint. En del av mig unnar honom det nästan.